KB152319

扶摇皇后

부요황후 2

ⓒ천하귀원 2020

초판1쇄 인쇄 2020년 6월 26일
초판1쇄 발행 2020년 7월 14일

지은이 천하귀원 天下歸元
옮긴이 김지혜

펴낸이 박대일
편집 이문영 · 박지해 · 임유리 · 신지연 · 곽현주
마케팅 임유미 · 손태석
일러스트 리마
디자인 박현주

펴낸곳 파란미디어
출판등록 2004년 9월 14일 제313-2004-00214호

주소 03992 서울시 마포구 동교로23길 14 국제빌딩 6층
전화 02.3141.5589 영업부 070.4616.2012 편집부
팩스 02.3141.5590
전자우편 paranbook@gmail.com
카페 http://cafe.naver.com/paranmedia
페이스북 http://www.facebook.com/paranbook

ISBN 978-89-6371-772-2(04820)
978-89-6371-770-8(전13권)

扶搖皇后
2
부요황후
천하귀원天下歸元 지음 | 김지혜 옮김
파란

차례

2부 무극의 마음

2부

무극의 마음

약탈과 겁탈

무극국 정녕 15년 겨울.

무극 남부 국경 지대, 홍석산紅石山.

아득히 멀리서부터 달음질쳐 와 광활한 대지 위를 굽이치던 홍석산의 산세가 칼날처럼 뚝 끊기는 지점, 그곳에 홍석평원이 있었다.

홍석평원의 절벽, 바람마저 갈가리 찢기리만치 험한 바위로 짜인 그곳에 서서 지평선 끄트머리에 시선을 던지노라면, 우뚝하니 솟은 성채가 눈에 들어온다. 명실상부한 오주대륙의 지리적 중심이자 은연중에는 이미 정치적 구심점으로서도 자리매김한 무극국의 수도, 중주中州였다.

높고도 굳건한 성벽의 위용과 드넓은 땅에 빽빽하게 들어찬 가옥의 수가 경탄을 자아내는 데는 아득한 거리도 문제가 되지 않았다.

과연 오주대륙 전역에 위명을 날리는 도시. 설사 머나먼 풍경에 불과하다손 치더라도 그 장엄함 앞에서는 절로 경외감에 젖어 숨을 죽이게 되는 것이었다.

어디선가 늑대 목청 뺨치는 부르짖음이 장엄한 정경을 와장창 박살 냈다.

“남자 하나만 뚝 떨어져라! 냉큼 안고 덩실덩실 집에 가 보자꾸나…….”

절벽 꼭대기, 두 팔 벌려 바람을 안고 선 어느 분께서 우렁차게 노랫가락을 풀고 있었다. ‘남자를 부둥켜안고 덩실덩실해 보고픈’ 본인의 소망을 그득히 담아.

뒤쪽에서 귀를 틀어막고 있는 요신은 죽을 맛이었다. 이쯤 되면 안 하려던 배신도 왈칵 당기는 게 사람의 심리다.

노래에는 살상력이 없으나 음치의 포효에는 분명 그것이 있으니, 오래 살고 싶거든 맹부요를 멀리할지어다.

부르짖기를 마친 맹부요가 옷을 툭툭 털며 똘마니 1호를 향해 말했다.

“에효, 보기야 지척일 것 같아도 막상 중주까지 가려면 그게 어디 만만한 거리냐고. 우리는 지금 개털이니까 가서 노잣돈이나 좀 꿔 와.”

“이 허허벌판 어디서 돈을 꿉니까?”

요신이 울상을 했다.

“우리끼리 주거니 받거니 쌈지라도 슬쩍해요?”

"쳇!"

아래쪽을 내려다보던 맹부요가 불현듯 눈을 빛냈다.

"마차 등장해 주시고! 가자, 도적질하러! 나는 겁탈을 맡을 테니 약탈은 네가 맡도록!"

옷매무새부터 야무지게 단속한 후, 습관적으로 생강즙을 칠한 얼굴에 검은 복면을 뒤집어쓴 그녀가 후닥닥 아래로 뛰어내렸다.

"감히 이 몸이 낸 산길을……."

구불구불 이어진 산길 한복판, 떡하니 허리에 손을 올린 자세로 버티고 선 맹부요가 쩌렁쩌렁한 목소리로 주의를 끌었다. 그사이에 2인조 강도단의 나머지 구성원, 요신은 슬그머니 마차 뒤쪽으로 접근을 시도했다.

"무극국 신무제神武帝가 과거 이곳에서 선기국 무열제武烈帝와 전투를 벌였던 때, 홍석산이 진로에 방해가 되자 군사 80만을 동원해 한 달 만에 산을 허물고 길을 뚫었으니, 이 길은 그쪽이 낸 게 아닐 테지."

마차 안에서 흘러나온 목소리는 분명 차분하고 온화했으나, 그럼에도 어딘지 냉랭한 느낌이었다.

기침을 쿨럭 뱉은 맹부요가 굴하지 않고 외쳤다.

"감히 이 몸이 심은 나무 밑을 지나려거든……."

"홍석평원과 인접한 홍강紅江에 매년 물난리가 그치지 않아 심각한 토사 유실을 초래하는 점을 고려, 8년 전 무극 태자가 백성들을 홍석산맥으로 이주시키면서 홍석 평원과 산맥에 대대적인 수림 조성을 명한 바 있소. 그러니 저 나무 역시 그쪽이 심은 건 아닐 테지."

"……."

연속으로 쿨럭거린 누군가는 결국 발끈해 악을 쓰기에 이르렀다.

"내가 낸 길도 아니고 이딴 나무도 안 심긴 했는데, 어쨌든 지나가려면 재물이고 미색이고 싹 다 바쳐라!"

짧은 정적이 흐른 뒤, 마차에 드리웠던 가리개가 스르르 걷히자 햇살 아래에 선 맹부요가 눈을 찡그렸다.

얼음 칼날 같은 바람이 대지를 훑고 지나갔다. 이 순간 입김을 불면 사르륵 살얼음이 얼어 '어석' 하고 발밑에서 부서지는 소리를 고스란히 들을 수 있을 것만 같았다. 얇게 내려앉은 서리가 한몫을 하여 태생이 붉은 홍석산의 바위들은 더욱 붉게 만들었고, 바위틈의 사철 푸른 나무들은 한층 푸르게 제 빛깔을 뽐내고 있었다.

아무리 남쪽 지방이라도 겨울은 추웠다. 냉기의 엄습에 맞서 애써 화사한 색채를 붙들고 있기는 하나, 주변 풍경에 머무는 화사함은 어디까지나 경직된 것이었다.

반면 어두운 마차 안에 있는 탓에 하얀 장포와 벚꽃색 입술 정도나 겨우 알아볼 수 있는 남자에게서는 진정 그윽한 부드러움이 느껴졌다. 바람마저도 그에게 닿을 때는 날 선 한기를 누그러뜨리는 듯했다.

맹부요가 고개를 삐딱하게 틀며 궁얼거렸다.

"하여튼 허연 옷 걸치고 청순한 척하는 것들이 제일 짜증 난다니까."

빙긋이 웃는 듯하던 마차 안의 남자가 한 손을 쓱 들어 올렸다. 그것 말고는 딱히 더 움직이지도 않았건만, 그 순간 마차 뒤에 있던 요신이 죽는소리를 하며 거꾸러졌다.

"소저, 가진 것을 모조리 내놓으라며 들이민 이유치고는 다소 부실하지 않소이까?"

퍽 천연덕스러운 얼굴로 서 있던 맹부요가 이내 입가를 실룩였다.

"일단 뒤에 저놈이랑 나는 생판 남이외다. 새삼 보니 미색도 그저 그런 것 같고 돈도 별로 없어 뵈는데, 그냥 이쯤에서 각자 제 갈 길 갑시다. 잘 가시오! 그럼 이만!"

마차 뒤에서 버르적대고 있는 요신 따위는 내다 버리고 엉덩이를 툭툭 턴 그녀가 돌아서던 때였다.

"엄동설한에 몸을 덥혀 주는 물건보다 반가운 것이 무엇이 있으리오. 다른 것이야 눈에 안 찬들 '일곡춘'만큼은 소저의 마음에도 흡족하지 않을는지?"

유혹이라는 단어를 갖다 붙일 만한 구석이라고는 눈 씻고 찾아봐도 없는 말투였으나, 맹부요는 바람결에 실려 날아든 그 목소리에서 대단히 말초적인 유혹을 느꼈다.

'일곡춘'이라면 오주대륙을 대표하는 최상급 명주, 황금에 맞먹는 몸값을 자랑하는 술이 아니던가!

귀족이라고 해도 어지간한 급은 쉬이 구할 수 없었다. 운 좋게 귀족이 손에 넣는다 쳐도 그 즉시 제집 저장고에 고이 모셔 놓을 가능성이 컸다. 그러니 평민 중에는 일생 그 이름 한 번 영접하지 못하는 이들이 수두룩했다.

맹부요가 일곡춘을 알고 있는 건 다 망할 도사 영감 덕분이었다. 한 번씩 술고래 기질이 도졌다 하면 이 나라 저 나라 들쑤시고 다니며 남의 집 살림 뒤지는 정도는 애교였고, 여차하면 문짝을 뜯고 무덤까지 파서라도 악착같이 일곡춘을 찾아내던 영감탱이였다.

뭐가 그리 좋은지 하도 궁금해서 한번 마셔 본 일곡춘이 맹부요의 뇌리에 남긴 인상은 실로 굉장했더랬다.

그 부드럽고도 알싸한 맛, 혀끝에서 폭발하는 향미의 극치. 감히 그것을 천국으로 통하는 늪이라 명명해 보련다.

하아……. 이런 날씨에는 좋은 술 한 주전자 끼고 앉아 있는 것만 한 호강이 또 없지…….

맹부요의 입가가 들썩거리기 시작했다. 남자를 향해 돌아섰을 즈음에는 이미 만면에 웃음꽃이 활짝 피어 있었다. 그녀는 고민하고 말 것도 없이 마차로 기어올랐다.

"아이고, 성의를 거절하면 쓰나. 실은 딱 보는 순간 사람이 부티가 줄줄 난다 했습니다요. 미색도 뭐……, 그럭저럭 훌륭하시고."

"과찬의 말씀을."

미소 지은 남자가 마차 안으로 들어오는 맹부요를 피해 무의식적으로 자리를 옮기나 싶더니, 무슨 연유에서인지 중간에 동작을 멈췄다.

마차 내부는 호화롭다고 할 수는 없었으나 대신 구석구석 섬세하게 신경을 쓴 티가 났다. 삼면에 빙 둘러 좌석을 만들고 가운데에는 작은 탁자를 놔뒀는데, 비어 있는 양쪽 자리 중 한 곳에는 은빛 윤기가 고급스러운 순백의 담비 털 외투가, 나머지 한쪽에는 솜저고리에 싸인 무언가가 놓여 있었다.

맹부요가 거치적거리는 솜저고리를 옆으로 밀어 버리려던 찰나였다. 솜옷 꾸러미가 휙 날아 남자의 손에 들어갔다. 저고리가 풀어지면서 모습을 드러낸 것은 짙은 자색 식물이 심긴 화분이었다.

눈이 휘둥그레진 맹부요가 한참 만에야 입을 열었다.

"화분에 솜옷을 입혀서 태우고 다녀요? 뭐 얼마나 귀한 화초이기에?"

"평범한 자초紫草요."

화분을 한쪽에 고이 치워 둔 남자가 말했다.

"누가 마을 밖에 버려 놨는지 곧 얼어 죽게 생겼기에 거두었소. 추위가 괴로운 것은 사람이나 화초나 매한가지이니."

이거 참, 웃어야 할지 울어야 할지.

맹부요가 고개를 절레절레 저었다. 다음 순간, 별생각 없이 고개를 들어 남자의 얼굴을 본 그녀는 움찔하고 말았다.

현원산 아래에서 마주쳤던, 제심의를 따라다니던 그 결벽증 아니야?

지금도 옷섶 안에 들어 있는 허리띠의 주인 되시는 양반. 맹부요의 손이 저도 모르게 얼굴로 향했다. 당시에는 가면을 쓰고 있었고, 현재는 역용을 거친 얼굴이라 알아볼 리가 없다는 생각에 금방 입가가 풀리면서 웃음이 지어졌다.

"그런데 성함이?"

"종씨 성을 쓰오."

그녀를 응시하는 종월의 눈에 광채가 스쳤다. 종월이 팔을 뻗어 맹부요의 술잔을 직접 채워 줬다.

"한 잔 받으시오."

술을 받기에 앞서 맹부요가 씩 웃었다.

"일행이 있는데."

종월이 살짝 고개를 돌리자 밖에 사람 그림자가 휙 지나더니, 요신이 뒤에 따라오던 다른 마차 안으로 내팽개쳐졌다. 맹부요는 눈을 가늘게 뜨고 상대를 주시하며, 한층 살가운 미소를 만들어 입가에 내걸었다.

술잔을 들자 안에서 맑은 담황빛이 찰랑거렸다. 제대로 된 일곡춘이 확실했다.

이물질이 약간만 섞여도 금방 표시가 나는 특유의 빛깔 탓에 일곡춘에 몰래 독을 타기란 무척 어려운 일이었다. 춘삼월 호숫가에 노니는 물오리의 연노랑 부리, 혹은 봄 산 바위틈에 만개한 개나리에 빗댈 만한 술의 색을 보아 하니 독살당할 걱정은 접어 둬도 될 듯했다.

몇 잔을 연거푸 비우며 기분을 내던 맹부요는 급기야 단지를 통째로 들고 오기에 이르렀다. 그녀가 술 단지를 향해 뻗은 손이 자기 손가락에 닿을 것 같자 종월이 황급히 팔을 뒤로 물렸다.

맹부요는 알고도 모른 척, 한시라도 빨리 고주망태로 거듭나는 데만 최선을 다했다. 그녀는 급기야 얼마 안 가 온 마차 안을 휘저으며 노랫가락을 뽑기 시작했다.

그녀의 노랫가락에는 마부를 흠칫흠칫 떨게 만드는 마력이 있었다. 덕분에 마차가 위태롭게 휘청거리며 수차례 전복 위기에 처했다.

노래를 마친 맹부요가 옷에 달린 주머니란 주머니는 모조리 탈탈 털며 혀꼬부랑 소리를 냈다.

“내가 개털이라……. 형님……, 신세 좀…… 져야겠수다…….”

세 바퀴쯤 제자리 돌기를 하다가 왼발로 자기 오른발을 덥석 밟고만 맹부요는 비틀거리던 끝에 종월이 앉은 쪽으로 꽈당 넘어졌다. 내처 데구루루 뒹굴면서 팔다리를 쩍 벌려 의자에 걸친 그녀가 행복에 겨운 듯 긴 숨을 ‘후’ 내뱉자 마차 안에 술 냄새가 진동했다.

종월의 미간에 얕은 주름이 잡혔다. 자리 차지에 한 맺힌 사람 같은 맹부요를 잠시 내려다보던 그는 조용히 몇 발자국 옆으로 물러나 창을 열었다. 물론 그에 앞서 화분부터 소중하게 한쪽으로 옮겨 누군가의 경망한 팔다리가 불러올지도 모르는 재난을 미연에 방지하는 것도 잊지 않았다.

창을 열어 버팀목을 세우고 나자 상쾌한 바람이 불어 들어와 술 냄새를 금세 실어 갔다.

그 짧은 동작을 마치고 돌아선 종월은 그새 남김없이 점령

당한 마차 안 좌석을 발견했다. 머리는 그의 깔개 위에, 다리는 맞은편 자리에 걸쳐 놓은 맹부요가 모피 외투까지 끌어다가 이불 삼아 덮고 있었다.

꼬질꼬질한 신발에 짓이겨져 시커멓게 물든 비단 방석을 황망한 표정으로 응시하며 잠시 갈등하던 종월은 결국 밖으로 나가 뒤편 마차로 향했다.

종월이 나간 직후, 맹부요가 눈을 번쩍 떴다. 사람의 발길이 닿은 적 없는 극지 산맥의 샘물 같은 눈빛. 그 안 어디에 취기 따위가 있으랴.

잽싸게 바닥으로 굴러 내린 그녀가 기민한 손놀림으로 좌석 깔개 위를 이리저리 툭툭 두드려 보더니, 어느 순간 흠칫 동작을 멈췄다. 곧이어 깔개 밑으로 손을 집어넣어 뭔가를 끄집어내려던 때였다.

마차 입구의 가리개가 스르르 걷히면서 한 줄기 밝은 빛이 그녀의 웅송그린 등을 비췄다. 이와 동시에 벽면에 박힌 구리거울에 하얗고 훤칠한 사람 그림자가 쟁반을 들고 서 있는 모습이 어른거렸으니.

가슴이 덜컥 내려앉은 맹부요는 손을 깔개 밑에 넣은 자세 그대로 굳어 버리고 말았다.

조련하는 자, 조련당하는 자

손을 빼기에는 늦은 상황. 맹부요는 차라리 깔개를 보란 듯이 틀어잡는 쪽을 택했다. 그녀가 뒤로 벌렁 드러눕자 졸지에 함께 끌려간 깔개가 바닥을 나뒹굴었다.

깔개를 답삭 품에 끌어안은 맹부요가 무척이나 흡족한 양 천 표면에 뺨을 비비적거렸다. 마차 벽에 다리를 척 올리고 몸을 뒤척이던 그녀는 이내 팔짱을 낀 채 '세상모르고' 곯아떨어졌다.

자세를 낮춘 종월이 그녀의 등 밑에 깔린 깔개를 빼 가는 게 느껴졌다. 그런데 도중에 뭘 봤는지, 그가 문득 동작을 멈췄다. 마차 안에 침묵이 흘렀다.

맹부요는 눈을 감은 채로 바쁘게 머리를 굴리고 있었다.

대체 뭘 보는 거지? 으헉, 일 났네. 혹시 아까 몸부림을 치느라 허리띠가 옷섶 밖으로 삐져나왔나? 깔개 빼다가 그거 본 거

아냐?

그건 그렇고 조금 전에 손에 잡혔던 길고 얄팍한 물건은 뭐였지? 빌어먹을, 나간 김에 한참 좀 있다가 올 것이지!

종월이 돌아서는 사이 힐끔 자신의 가슴팍을 곁눈질해 삐져나온 게 없음을 확인한 맹부요는 그제야 마음을 놨다. 긴장이 풀리자 술기운과 잠기운이 한꺼번에 몰려왔고, 그녀는 얼마 지나지 않아 정말로 잠들어 버렸다.

한숨 늘어지게 자고 눈을 떴을 때는 어느덧 밤이 지나 동이 틀 즈음이었다.

연분홍빛 얇은 비단을 덧댄 창 너머에서 아침 햇살이 비쳐들어 맞은편에 가부좌를 틀고 앉은 종월의 얼굴을 밝혔다. 햇살 아래에서 본 그의 입술은 더욱 선명한 벚꽃색이었고, 그의 피부는 백옥만큼이나 투명하게 빛나고 있었다.

순백의 눈 쌓인 호수라 할까, 달빛을 안은 구름이라 할까. 백의 차림으로 잡티 하나 없이 새하얀 모피 위에 앉은 그의 자태는 한 번도 사람의 손을 탄 적이 없는 고산 지대의 눈연꽃만큼이나 깨끗하고도 순수했으니, 실로 고결의 극치이자 환한 빛 그 자체라 칭할 만했다.

존귀, 우아, 넘치는 기품으로 표현되는 원소후와 화끈, 박력, 하늘을 찌르는 기개로 요약되는 전북야. 거기에 한 그루 늘씬한 나무처럼 낭창낭창하게 빠진 몸매와 별빛이 춤추는 눈동자를 가진 운흔까지. 셋 다 내로라하는 미모의 소유자들이었다.

맹부요는 미모계의 굵직한 산맥이라 할 수 있는 세 가지 유형을 고루 접해 본 자신이 참 복이 많다고, 이번 생에 더 이상 누군가의 미색에 놀랄 일은 없으리라고 생각해 왔다.

그러나 오늘 새벽 햇살 속에서 목도한, 종월의 내면에서부터 뿜어져 나오는 완전무결한 투명함은 그녀의 입에서 감탄사를 끌어내기에 충분했다.

감탄도 마쳤겠다, 감상도 실컷 했겠다, 마지막으로 고개를 도리도리 털어 낸 맹부요가 스리슬쩍 마차 밖으로 나가려는데, 뒤에서 느닷없이 말소리가 들렸다.

"어딜 가시오?"

"종형, 제가 따로 볼 일이 좀 있어서 아무래도 동행은 어렵겠습니다요."

돌아선 맹부요가 퍽 공손하게도 말했다.

"어젯밤 후한 대접은 사무치게 감사했지 말입니다. 그럼 이만……."

그녀를 응시하던 종월이 느릿하게 입꼬리를 당겨 올렸다.

"후한 대접인 줄 알면서도 말 한마디로 입 닦고 가시겠다?"

"엥?"

"일곡춘은 귀한 술이오."

종월이 툭 던지듯 말했다.

"아는 사람은 얼마 없으나 약으로도 쓰이지. 눈연꽃, 혈수오血首烏, 꽃창포를 일곡춘에 넣어 겨울철 석 달을 땅에 묻어 뒀다가 이듬해 봄에 마시면 경맥 순환에 특효를 보거든."

"그래서 어쩌라고요."

맹부요의 눈썹이 꿈틀 경련했다.

어째 촉이 싸하다?

"어젯밤 우리가 마신 일곡춘은 중주의 덕왕德王이 보내온 물건이었소. 연공 중에 주화입마에 빠졌는데 백방으로 수소문을 해 봐도 뭉친 기혈을 다스릴 방도를 찾을 수가 없자 결국은 내게 도움을 청한 게지. 그리하여 내 세 가지 약재를 모아 중주로 가는 길이었다오. 덕왕에게 약술을 담가 주러."

길고 가느다란 손가락이 탁자 위 텅 빈 단지를 가리켰다.

"한데, 지난밤 노상에 웬 도적이 출몰해서는 한 사람의 생명을 구하는 데 쓰려던 귀하디귀한 명주를 강탈하지 않았겠소."

"……."

맹부요가 상대를 노려보며 빠드득 이를 갈았다. 조금 전에 저 인간을 두고 '깨끗', '정결', '투명', '완전무결' 운운한 게 어떤 머저리였더라.

종월은 이 순간에도 얼굴빛 하나 바꾸지 않고 태연히 앉아 있었다. 잠시 머리를 굴리던 맹부요가 별안간 피식 웃었다.

"저게 빈 단지인 건 알겠는데, 일곡춘은 뭐고 노상강도는 또 무슨 일이랍니까? 이 몸은 어디까지나 어젯밤 그쪽이 직접 거둔 유랑객이거든요? 세상에 자기 마차로 도적을 불러들여서 사이좋게 같이 다니는 경우도 있답디까?"

또랑또랑 말을 마친 그녀가 손을 탁탁 털며 돌아섰다.

"술 단지가 어쩌다가 비었는지는…… 본인 배 속에다 대고 물어보시든가!"

깔깔거리는 웃음소리와 함께 마차 입구의 가림막이 걷혀 올라갔을 때였다.

"덕왕은 포악한 성정의 소유자요. 아무리 사소한 빚이라도 반드시 받아 내고야 만다더군."

뒤쪽에서 종월의 느긋한 음성이 날아들었다.

"그걸 내가 알아야 해요?"

"자기 목숨을 구해 줄 술을 누가 중간에 가로챈 걸 알면 아마 화가 많이 날 테지. 음……, 듣자 하니 덕왕 휘하 적풍대赤風隊가 추적과 암살에 그리 능하다던데……."

가림막을 걷던 맹부요의 손이 멈칫했다. 그녀는 손에 쥔 천을 신경질적으로 내팽개치고 뒤로 돌아 빽 소리를 질렀다.

"지금 나 보내 주기 싫어서 치졸하게 수 쓰는 거잖아요? 아, 마음대로 해!"

성큼성큼 돌아와 떡하니 자리에 퍼질러 앉자마자 맹부요의 손이 향한 곳은 탁자 아래쪽에 달린 서랍이었다. 그 안에서 소금에 절인 생선과 고기, 말린 죽순, 하얀 설탕에 장미 가루를 섞어 옷을 입힌 유밀과를 꺼내 자기 앞에 한 짐 쌓아 놓은 그녀가 옥으로 된 잔과 은 젓가락까지 덥석 집어다가 닥치는 대로 음식을 흡입하기 시작했다.

그렇게 한창 우물우물, 쩝쩝 하는 도중 그녀가 말하기를.

"붙잡아 두려거든 먹여 살릴 능력은 돼야지! 매일 끼니는 최소 이 수준 이상으로. 요 식기는 그쪽이 쓰던 중고지만 내가 너그러우니까 그냥 접수. 그리고 옷은 그 담비 모피도 괜찮긴 한데 오글거리는 흰색 말고 까만색으로 준비해 주쇼! 일단은 여기까지.”

그러자 자초 화분을 매만지던 종월이 무심히 응수했다.

“그야 어렵지 않으나 하는 일 없이 밥만 축내서야 쓰겠소? 뒤룩뒤룩해서는, 그게 지금 사람 꼴이오?”

“…….”

기가 막혀서! 뒤룩뒤룩? 뒤룩뒤룩? 이 맹부요가 뒤룩뒤룩? 나올 데 나오고 들어갈 데 착실히 들어간 이 모래시계 몸매가? 눈이란 게 달리긴 하셨고요?

생긴 건 눈가루 뺨치게 반짝반짝한 인간이 말본새는 뭐가 저렇게 까칠해? 독설남의 표본 납셨구먼! 저 정도면 본인의 청순한 의상 콘셉트에 양심의 가책을 느껴야 하는 거 아닌가?

잠시 굳어 있던 맹부요는 이내 분노를 식욕으로 승화시켰다. 접시를 싹 다 비운 후, 그녀가 입꼬리를 비뚜름하게 말아 올리며 말했다.

“남이야 살이 찌든 배가 터져 죽든 무슨 상관이신지.”

“상관이 없을 리가.”

종월은 여전히 무미건조한 표정이었다.

“내가 부리는 사환이 너무 못생겨도, 뚱뚱해도, 미련해도 곤란하오. 미색이 과해도 문제겠지만.”

“그쪽이 부리는 사환? 누가요?”

맹부요의 눈이 가늘어졌다.

대답 대신 그녀를 위아래로 훑어본 종월이 마지못해 고개를 끄덕였다.

"뭐, 미색이랄 건 없고, 똑똑하지는 못해도 미련한 축은 아니니 그럭저럭 다행이군. 살은…… 빼면 되겠지."

"……."

맹부요가 빠드득빠드득 이를 갈다가 말고 픽 웃더니, 고개를 주억거렸다.

"뭐, 미색이랄 것도 없고 똑똑하지도 못하고 꽤 뒤룩뒤룩한 편인 건 그쪽도 피장파장이네요. 치졸한 독설남 주제에 꾸미고 다니는 건 번드르르하니 무슨 서문취설[1] 빰쳐. 거기다가 성질 더럽지, 입만 열면 거짓부렁이지, 갑질 쩔고, 애먼 사람 중상모략에……. 문제가 많지만 고치면 되겠죠."

입가에 살벌한 미소를 내건 채로, 그녀가 느릿하게 내뱉었다.

"조련하는 데 수고 좀 들여야겠네."

"좋소."

예상 밖에 종월은 전혀 화난 기색 없이 턱을 위아래로 까딱였을 뿐이었다.

"과연 누가 누굴 조련하는지 두고 봅시다."

---

1 西門吹雪. 고룡古龍의 무협 소설 《육소봉전기》 시리즈에 등장하는 캐릭터. 항상 흰옷을 입고 다닌다.

행궁에 숨어든 도둑

"이 몸은 그저 그런 사환이 아니다, 개인의 능력에 맞는 대우를 보장해 달라!"

중주성 동각항東角巷 덕왕부 덕형원德馨院, 맹부요는 문 앞에 쪼그리고 앉아 사환복을 흔들며 항의 중이었다. 안에서는 아무런 반응이 없었으니, 샐쭉 눈을 빗뜨고 있던 요신이 보다 못해 그녀를 잡아당겼다.

"어휴! 맹 소저, 그 비싼 술을 날름했으면 사환 일을 해서라도 갚아야지 어떡합니까. 지금 이거 해 달라, 저거 해 달라 생떼 쓸 상황이 아닌 것 같은데……."

"모르면 가만히 있어!"

맹부요가 그를 밀쳐 냈다.

"작정하고 박박 긁는 중이잖아! 조용하고 깔끔한 거 좋아하는 작자니까 이러다 보면 자기가 괴로워서라도 그냥 가라고 할 거야."

그다음 그녀가 후다닥 향한 곳은 창가였다. 단단히 닫힌 창문을 확인한 그녀는 창호지에 구멍을 내기 시작했다.

에라, 에라, 에라이……. 뽕, 뽕, 뽕!

창호지가 벌집이 되는 데는 그리 긴 시간이 걸리지 않았다.

이 구멍으로 파고든 오밤중 칼바람에 몸서리칠 누군가를 상상해 보라. 그 얼마나 아름다운 광경인가!

맹부요의 입가에 흐뭇한 웃음이 걸렸다.

더 뚫어 주마, 아주 너덜너덜해지게 뚫……, 아얏!

손가락이 바늘에 찔린 것처럼 따끔했다. 허겁지겁 손을 구멍 밖으로 뺐지만, 손끝에는 벌써 동그랗게 핏방울이 맺혀 있었다. 분개한 맹부요가 으르렁거렸다.

"이 악랄한 소인! 매복이라니!"

이때 창문이 벌컥 열렸다. 눈처럼 새하얀 옷을 입고 가부좌를 튼 종월의 뒤로는 흰 바탕에 단풍 수놓인 비단 병풍이 서 있었다. 희미한 금빛 테두리를 두른 진홍색 단풍잎, 그 화려하면서도 어딘지 처연함이 배어나는 자태를 배경 삼아 종월의 단아한 미모가 더욱 빛을 발했다.

그의 손에는 주삿바늘처럼 속이 빈 침이 들려 있었다. 바늘에 맺힌 피를 가만히 들여다보던 그가 무감하게 말했다.

"부풍에서 우연히 신공성녀神空聖女 비연非烟 대인을 만난 적이 있소. 인신 제사에 쓸 처녀가 필요하다더군. 그 조건은 방년

17세에 대무상심법大無上心法을 익혔을 것. 수년을 찾아 헤맸으나 성과가 없다며 혹시 눈에 띄거든 꼭 알려 달라 하더이다."

버젓이 앞에 있는 맹부요에게는 눈길도 주지 않은 채, 그가 짐짓 생각이 많은 표정으로 혈이 묻은 침을 이리저리 살펴보며 읊조렸다.

"그간 시험해 본 후보들은 모두 부적절하다고 판정되었던바, 과연 이번에는 어떨는지?"

창문 밑에 쪼그려 앉아 기가 찬다는 듯 픽 웃던 맹부요가 꿍얼거렸다.

"협박, 공갈, 으름장, 모함, 뭐 이런 거 말고는 할 줄 아는 게 없죠?"

고개를 든 종월이 창문 밖으로 광주리 하나를 던졌다.

"할 줄 아는 게 뭐 있는지 지금부터 보여 줄 테니 텃밭에서 칠엽초 새순을 따다가 잘게 빻아 오시오. 반드시 분말에 가깝게 만들어 올 것, 제일 어린 순만 딸 것, 이 두 가지 명심하고."

맹부요가 고개를 빳빳이 쳐들고 꼼짝도 안 하는 사이 광주리를 대신 받아 든 건 요신이었다. 그 직후 요신은 그녀를 질질 끌고 자리를 떴다.

"네가 받았으니까 네가 따든가!"

쿵쿵거리며 밖으로 걸어 나가던 맹부요의 눈에 길가에 핀 잡초가 들어왔다.

"오호라, 저거 칠엽초랑 완전 비슷하잖아. 똑같네, 똑같아. 어이, 저거 빻아서 종월한테 갖다줘. 아까 자기 실력을 보여 주겠다는 둥 했지? 어디 알아채나 한번 볼까.”

요신이 뭐라고 대꾸하기도 전, 그녀는 이미 손을 휘휘 흔들고 있었다.

“난 바깥 구경 나간다.”

역시 중주는 괜히 오주대륙에서 가장 번화한 성이라고 불리는 게 아니었다.

천살국 반도가 견고하게 우뚝 선 성벽과 고풍스럽고도 장엄한 분위기로 유명하다면, 중주는 풍요로운 화려함과 자유로운 민풍을 자랑했다.

과연, 태평성세를 누리는 사람들의 만족감과 여유로움이 도시 전체에 넘실거리고 있었다. 꽃 파는 소녀의 뽀얀 맨발, 찻집에서 한나절을 보내며 일어날 줄 모르는 다객, 문인 회관에서 토론에 열중 중인 유생들, 시장에서 물품을 거래하는 각국 상인, 기루에서 나부끼는 여인의 붉은 소매, 주안상에서 풍기는 음식 냄새와 연지분 향기가 자욱이 뒤섞인 도박장……. 모든 면면이 이 도시의 개방성과 수용성을 뚜렷이 보여 주고 있었다.

어느 유명 음유 시인이 남긴 낭만적인 표현을 빌리자면 반도는 용맹한 거한이요, 중주는 의관을 근사하게 갖춘 귀공자였다. 반도라는 거한이 태산 같은 장중함을 뿜어낸다면, 중주라는 귀공자에게는 방종과 품위, 화려함과 분방함이 공존했다.

맹부요는 발길 가는 대로 거리를 어슬렁대며 잡동사니를 몇 개 골라잡은 참이었다. 종월이 좋은 놈은 아니지만, 그래도 자기 사환에게 쩨쩨하게 굴지는 않았다. 덕분에 그녀는 더 이상 빈털터리가 아니었다.

도망갈 능력이 충분히 되면서도 맹부요가 여태껏 종월의 옆에 붙어 있는 이유는 숙식을 제공하는 물주의 소중함을 내심 통감하고 있기 때문이었다.

어느새 번화가를 벗어났는지 지나는 사람이 점점 드물어졌다. 반대로 길은 갈수록 넓어진다 느꼈을 즈음, 저만치 앞쪽에 그럴싸하게 생긴 건물들이 등장했다.

모양새가 참 번듯하긴 한데, 그렇다고 궁성으로 보기에는 무리가 있었다. 너무 만만한 담장 높이도 그렇고, 주변에 민가가 들어선 것도 그렇고.

마침 지나는 노인장이 보이기에 여기가 뭐 하는 곳이냐고 묻자 그가 인심 좋은 웃음과 함께 답했다.

"외지 사람이구먼? 여긴 태자 전하의 행궁이라네."

"태자의 행궁이요?"

맹부요의 눈이 동그래졌다.

"행궁은 황제나 갖는 거 아니었어요?"

"무극 태자가 어디 보통 태자인가? 즉위식만 안 했다 뿐이지 이 나라 실권은 진즉 그분 손으로 넘어갔는걸."

노인장이 별안간 언짢은 티를 냈다.

"그렇게 따지자면 존호라는 것도 본래는 황제만 가져야 하는

데 무극 태자한테도 존호가 있지 않나?"

"흠? 그 존호가 뭐길래요?"

맹부요가 시큰둥하게 물었다. 듣자 하니 장손무극은 본국에서 꽤나 사랑받는 태자인 모양이었다.

"태자의 존호를 우리 같은 사람들이 어디 함부로 입에 올려?"

노인장이 앞쪽으로 총총히 걸음을 옮겼다.

"여기서 구경이나 하다가 가게. 이곳 행궁은 보통 비어 있다네. 보아하니 오늘도 안 계시는 듯하군그래."

야트막한 담장을 가리키며, 노인장이 말을 이었다.

"저기 담장 낮은 거 보이지? 행궁 외곽 화원에는 가난한 백성들이 담장만 넘으면 가져다가 쓸 수 있도록 갖가지 약초를 심어 놓았다네. 사실 태자를 만나려면야 그리 어렵지 않게 만날 수 있지만, 다들 폐 끼치지 않으려고 조심하는 것뿐이거든."

"아, 완전히 무방비하네. 자객은 어쩌려고."

담장 주변을 어슬렁거리면서 들여다본 결과 노인장의 말대로 정말 별의별 약초가 다 심겨 있었다. 순간 머릿속을 스치는 생각이 있었으니.

저거 훔쳐다가 팔면 다 현금 아니야?

그로부터 1각이 지난 뒤, 맹부요가 엉거주춤하게 허리를 편 곳은 약초밭 한복판이었다. 옷섶 안은 이미 전리품으로 그득그득했다.

약리학 지식을 바탕으로 돈 될 만한 약재만 엄선해서 품에 챙긴 그녀는 이걸 종월한테 얼마에 팔아먹을까 계산하느라 벌써 머릿속이 바빴다. 이 기회에 바가지 한번 제대로 씌워 보리라.

한참을 도둑질에 열 올렸더니 땀도 나고 손도 흙투성이였다. 손 씻을 물을 찾아 이쪽저쪽 두리번거리던 도중, 자그맣게 만들어 놓은 정원 돌산 뒤쪽으로 연못이 하나 눈에 들어왔다. 그와 함께 연못 맞은편에 탁한 붉은빛의 나무가 검은 꽃을 달고 서 있는 모습도 어렴풋이 보였다.

맹부요가 미간을 찌푸렸다.

망할 도사 영감이 말하던 청동신수가 얼추 저렇게 생기지 않았던가?

청동신수의 껍질은 체질을 근본적으로 튼튼하게 만들고 원기를 북돋워 주는 약재였다.

파구소 수련에 도움이 될 거라는 생각에 회까닥 눈이 돈 맹부요는 슬금슬금 나무 쪽으로 접근을 시도했다. 그런데 근처에 가 보기도 전에 정원 돌산 뒤에서 느닷없이 시위들이 튀어나왔다.

갑옷을 입은 시위 둘이 창을 서로 교차해 앞을 가로막으며 말했다.

“저쪽은 행궁 외전입니다. 약초를 캐러 오셨다면 이쯤에서 걸음을 돌리시지요.”

“아, 그래요?”

까만 눈동자를 굴리던 맹부요가 실없이 웃었다.

“더 들어가지는 않을 테니까 병사 오라버니, 딱 돌산 위까지만 올라가서 행궁 구경 좀 하면 안 될까요? 집에 가서 바깥양반한테 자랑할 건더기는 있어야죠.”

태자를 흠모하는 백성들이 이런 종류의 요구를 하는 경우야 흔했다. 동료와 눈빛을 교환한 시위가 서글서글하게 웃으며 대답했다.

"그렇게 하십시오. 발밑 조심하시고요."

"어머나, 감사하게도!"

빨빨거리며 돌산으로 향하던 맹부요가 곁을 지나치는 길에 슬쩍 손가락을 놀리자 시위 둘이 그 즉시 풀썩 쓰러졌다.

"이야, 장손무극이 병사들 교육 하나는 끝내주게 시켜 놨네. 드러누우라니까 바로 눕는 군기 봐라, 갸륵하구먼!"

주위를 둘러본 결과 이제 지키는 사람은 아무도 없었다.

이게 웬 떡이냐!

성큼 돌산 위로 올라간 맹부요는 들입다 하강을 감행했다. 애초에 행궁 견학에는 뜻이 없었음이 분명한 모양새였다.

드넓은 창공 아래, 검푸른 사람 그림자 하나가 돌산을 박차고 솟구치더니 뒤쪽 연못을 향해 한 마리 물 찬 제비처럼 날아내렸다.

"자유형 준비하시고, 갑니다!"

호수 한가운데서 미인을 만나다

허공에 뜬 맹부요의 손에서 뭔가가 빠르게 쏘아져 나가 수면을 스쳤다. 미리 준비해 뒀던 큼지막한 풀잎이었다. 공중제비를 한 바퀴 돈 그녀는 기러기가 물 위를 미끄러지듯이 몸을 날려 이파리 위에 가뿐하게 올라섰다.

바보냐, 이 엄동설한에 진짜로 물에 뛰어들게.

발끝으로 이파리를 밟고 서서 히죽거리던 그녀가 주위를 둘러봤다. 돌산 뒤편에는 바깥과는 딴판인 절경이 펼쳐져 있었다.

연못으로 생각했던 물의 정체는 사실 커다란 인공 호수였다. 옥빛 호수에 기암괴석 그림자가 일렁이는 가운데, 물가에 흐드러진 동백꽃은 진홍, 꽃분홍, 연분홍, 순백으로 저마다 아리따웠다. 사이사이에 청아하게 핀 노랑 납매와 고운 진달래꽃까지 가세해 눈을 뗄 수 없는 색채의 향연을 벌이고 있었다.

호수 중앙에 백옥같이 새하얀 정자가 보였다. 정자에서 물가까지 비취색 회랑이 길게 걸쳐져 있었는데, 자세히 살펴보니 청죽으로 만들어진 회랑이었다. 그 말간 푸름을 무슨 수로 변치 않게 붙잡아 뒀는지는 몰라도, 청옥색 대나무가 수정 같은 수면에 비치는 모습을 보고 있자니 눈이 다 상쾌해지는 기분이었다.

실바람이 일어 호수 표면에 우아한 너울을 겹겹이 잡았다. 맑게 쟁그랑거리는 풍경 소리를 배경으로, 정자에 드리워진 휘장이 미풍에 실려 하얀 꿈결같이 나부꼈다.

휘장 사이로 어렴풋이 금을 타는 이의 모습이 보였다. 옥구슬이 구르는 듯한 현의 울림. 손끝에서 저토록 청월한 곡조를 빚어내는 이, 어느 미인이시려나.

맹부요가 숨을 훅 들이마셨다. 꽃향기 섞인 겨울날, 청량한 공기가 가슴을 가득 채우자 저도 모르게 튀어나오는 한마디가 있었다.

"환상이네!"

잎사귀를 한 장 한 장 던지면서 호수 중앙 정자로 다가가던 그녀가 도중에 흠칫 움직임을 멈췄다. 공기 중에서 살기가 감지된 탓이었다.

보이지도 만져지지도 않으나 꽃나무 사이사이, 주변 풍경 속에 분명 도사리고 있는 기운이 꽃가지의 한들거림과 풍경의 흐름을 틈타 시시각각 그녀를 옥죄여 왔다.

금을 타는 소리 말고는 아무 기척도 들리지 않건만…….

팽팽 돌던 맹부요의 머릿속이 일시 정지했다.

가만, 어떻게 다른 소리는 하나도 없지? 풀잎이 바람에 쓸리는 살랑거림이나 풀벌레의 울음처럼 응당 들려야 할 자연의 소리는?

그녀의 몸은 기민하게 수면을 가로지르고 있었으나 사고의 실마리는 정체된 채 좀처럼 풀릴 줄을 몰랐다.

맹부요는 전신의 감각을 바짝 곤두세웠다. 사방이 살기에 매몰된 가운데, 정자 안에 앉은 사람에게서만은 수상한 기운이 느껴지지 않았다. 그렇다면 저 사람이 바로 유일한 돌파구라는 뜻이었다. 태자가 그 미색을 총애하여 곁에 둔 가인일 터였다.

아마 무공은 못 하겠지?

경비 병력은 거의 없는 행궁이었지만, 대신 고대 진법을 설치해 둔 듯했다. 진법이 발동된 이상 어차피 다른 탈출로는 없다고 봐야 했다.

마음을 굳힌 맹부요는 곧장 앞쪽으로 쏘아져 나갔다.

이때 휘장 뒤에 있는 상대방도 그녀를 발견했는지 살짝 고개를 들었다. 금에 올려진 손가락이 현을 힘주어 눌렀다가 놓자 깊고도 무게감 있는 음향이 호숫가 주위로 아득히 퍼져 나갔다.

사방에서 옥죄여 오던 살기가 돌연 거짓말처럼 걷혔다. 보이지 않는 밧줄에서 풀려난 듯, 온몸이 가뿐해진 맹부요가 호수 한가운데 어렴풋한 그림자를 향해 의뭉스러운 웃음을 보냈다.

내 나쁜 놈이 아닌 줄 그대가 알아봤구려……. 흐흐!

마지막 잎사귀가 손에서 날아 나갔다. 거리를 계산해 본 결과 정자까지 닿는 데는 문제가 없지 싶었다.

참하니 악기에 손을 올린 채 앉아 있는 미인의 그림자가 아리따웠다. 휘장 너머 상대의 눈길이 자신에게 향하는 것 같자 맹부요의 입이 헤벌쭉 더 벌어졌다.

조금만 더 가까이……. 조금만…….

갑자기 휘장이 훽 걷혔다.

순리대로라면 미인의 섬섬옥수가 뻗어 나와야 했으련만, 천 뒤에서 등장한 건 예상 밖에도 풍성한 털 뭉치였다.

쪼르르 밖으로 걸어 나오는 털 뭉치의 앞발에는 앙증맞은 새총이 들려 있었다. 정자 난간에 새총을 턱 걸쳐 놓고 뒷발로 단단히 밟아 고정한 녀석이 한쪽 앞발로 고무줄을 있는 힘껏 끌어당겼다.

실로 기백 넘치는 자세!

몰아치는 바람에 눈송이 같은 털이 어지러이 휘날리는 가운데, 줄을 당기는 녀석의 눈이 증오로 타올랐다.

피융!

돌멩이 하나가 발사돼 수면 위 잎사귀에 명중했다. 수면에 걸쳐져 팽그르르 돈 잎사귀는 부력 덕에 침몰만은 면했다.

마침 그 잎사귀에 내려서기 직전이었던 맹부요는 눈길을 아래로 두고 있던 터라 정자에 등장한 털 뭉치의 존재를 미처 눈치채지 못했다.

그런데 이게 웬걸, 어디서 날아온 돌멩이가 이파리를 착지 예정 범위 밖으로 밀어내는 게 아닌가.

맹부요의 입에서 험한 소리가 나왔다.

"어느 쌍놈의 새끼가!"

투덜거리며 휘릭 공중제비를 넘은 그녀가 다시 한번 착지를 시도했다. 그러나 착지 지점은 어느덧 녹아 사라진 뒤였다.

설마하니 그 돌멩이에 이파리를 순식간에 문드러지게 할 만큼 강력한 부식성 독액이 묻어 있었을 줄이야.

맹부요는 재주넘기의 막바지 즈음에야 발 디딜 곳이 없어졌음을 알아챘다. 연속 두 번 공중제비를 넘고 나니 당장 쓸 진기가 없었다. 잠깐 멈칫하는 사이 아래로 곤두박질치기 시작한 그녀는 결국.

"어억!"

하는 비명만을 남기고 호수 깊숙이 입수하고 말았다.

그 모습에 배를 잡고 찍찍 파안대소하던 분께서 새총을 내던지고 휘장 안으로 쪼르르 사라진 뒤, '첨벙' 소리와 함께 맹부요의 머리통이 수면 위로 올라왔다.

미역처럼 축 처져 달라붙은 머리카락에 생강즙이 절반만 씻겨 나가 얼룩덜룩한 얼굴. 물귀신도 울고 갈 몰골이었다.

눈썹을 사납게 치켜세운 그녀가 고래고래 소리쳤다.

"누구야! 어느 쥐새끼 같은 놈이야? 나와! 당장 못 나와?"

진짜 쥐 새끼가 휘장 안에서 찍찍 웃음을 터뜨렸다.

순간, 맹부요의 귀가 쫑긋 섰다. 푸다닥 정자로 헤엄쳐 간 그녀가 난간을 잡고 위로 기어오르려던 찰나였다. 홀연 휘장이 걷히더니 누군가의 웃음기 섞인 목소리가 들려왔다.

"부요, 어째서 만날 때마다 형편이 그 지경인 게요?"

아찔하도록 아름다운

기품이 흐르는 저음에는 언제나처럼 희미한 웃음기가 배어 있었다.

흠칫한 맹부요는 손아귀 힘 조절에 실패하고 말았다. 우지끈, 난간이 부러졌다.

그녀가 고개를 들자 휘장을 말아 쥔 시녀 뒤로 금에 손을 올리고 앉아 엷게 웃고 있는 이가 보였다. 긴 흑발과 연보라색 옷자락이 바람결을 타고 한데 나부꼈다.

달빛을 품은 호수만큼이나 우아하고, 하늘가에 흐르는 구름인 양 고상한 자태. 세상에 저런 미모가 또 있을까. 실로 눈이 부시지 않은가.

과연 미인이로고. 사내 중의 미인!

악기를 내려놓고 일어서서 정자 가장자리로 나온 미인이 가볍게 자세를 낮췄다. 미인의 얼굴이 얼룩 고양이 몰골을 한 맹부요를 향해 천천히 다가왔다.

가까이서 볼수록 더 가슴 떨리고 숨이 막히는 미모였다. 얼굴이 금방이라도 맞닿을 것만 같았다. 기다란 속눈썹이 살갗에 스칠락 말락 하는 와중에 솔의 향인 듯 난향인 듯 그윽한 숨결이 호숫가 서늘한 미풍에 섞여 살랑 불어왔다.

호수 잔물결 사이로 녹아내리기 직전인 맹부요가 중얼거렸다.

"번번이 그쪽 때문이잖아요……."

말을 미처 맺기도 전에 그녀가 볼썽사나운 재채기로 분위기를 다 두드려 깨는 데 성공했다.

원소후가 빙긋이 미소 지으며 길고 하얀 손을 내밀었다. 맹부요의 눈길이 그의 손바닥에 가 닿았다. 매끈한 피부 위에 손금이 뚜렷했다.

흠, 지능 선이 길게 쭉 뻗은 걸 보니 머리가 비상하겠고……. 감정 선이 깊은데 어째 깔끔하지가 않네……. 결혼 선은 몇 개지? 하나…….

맹부요가 시의 부적절하게도 허튼 생각에 빠져 있는 사이, 머리 위쪽에서 피식 웃은 이가 손을 살짝 끌어당겼다. 그 힘에 기대 가뿐하게 솟구쳐 오른 맹부요는 허공에 검푸른 반원을 그리며 정자에 내려섰다.

휘장 바깥쪽에 착지하자마자 어느 쥐 새끼 발밑에 깔린 새총이 대번에 눈에 들어왔다. 돌멩이로 공격한 범인이 누구였는지 밝혀지는 순간이었다.

그녀가 정자에 올라서자 범인은 즉각 도주를 시도했다. 그러나 늑대처럼 달려들어 놈을 잡아챈 맹부요는 놈이 바둥거릴 틈을 주지 않고 냅다 자기 얼굴을 그 보송보송한 몸통에 비벼 댔다. 짐짓 울음 섞인 대사까지 덧붙여 가며.

"아이고, 원보야! 에구구, 우리 보보! 우쭈쭈, 우리 원보 대인, 보고 싶어서 죽는 줄 알았잖니……."

가련한 원보 대인은 젖 먹던 힘까지 다해 몸부림을 쳤음에도 그녀의 마수에서 벗어나지 못했다. 바둥거리는 와중에 원소후를 향해 애타는 눈빛으로 구조 요청도 해 보았으나, 그는 조금 전 맹부요가 물에 빠지던 때와 마찬가지로 빙글빙글 웃으며 강 건너 불구경할 뿐이었다.

맹부요가 가슴속 깊이 간직해 뒀던 사랑, 존경, 앙모와 그리움을 낱낱이 토로하고 났을 즈음, 고귀한 혈통의 새하얀 천기신서 원보 대인은 몸통 절반이 누렇게 얼룩져 저급한 햄스터나 다름없는 꼴로 전락해 있었다. 맹부요에게 수건으로 이용당한 결과였다.

그제야 씩 웃으며 원보 내인을 놓아준 맹부요는 내친김에 망할 새총까지 발로 짓이겨 부서뜨렸다.

풀려나자마자 부리나케 정자 모퉁이에 있는 야명주 앞으로 달려가 자기 모습을 비춰 본 원보 대인은 비통하기 그지없는 절규를 내질렀다.

퐁당!

수면에 자그마한 물보라가 일었다. 불과 조금 전에는 맹부요를 물속에 처박았던 원보 대인이 이번에는 자기가 목욕물로 뛰어든 것이다.

복수를 마친 맹부요가 뒤로 돌아서자 기둥에 기대 미소 짓고 있던 원소후가 홀연 팔을 쭉 펼쳤다. 다음 순간, 공중에 떠올랐던 연보라색 겉옷이 구름송이처럼 사뿐히 날아내려 맹부요를 도르르 감쌌다.

그가 손바닥을 쳐 소리를 내자 시녀들이 살랑거리는 걸음으로 나타났다. 장식이 섬세한 화로를 들고 온 시녀가 얇은 휘장 바깥쪽으로 촘촘한 비단 장막을 한 겹 더 내리고 아랫단을 누름돌로 고정했다. 사방에 벽이 만들어지자 정자 안에 훈기가 돌기 시작했다.

또 다른 시녀는 깨끗한 새 옷을 가져와 원소후에게 건넸다. 원소후는 받은 옷을 탁자 위에 올려놓고 뒤적거리며 뭔가를 확인한 후에야 맹부요의 손에 넘겼다.

맹부요가 흐뭇하게 말했다.

"이렇게 잘 챙겨 줄 때도 다 있네요?"

그런데 그녀가 옷을 갈아입으러 들어가려는 찰나, 원소후가 문득 입을 열었다.

"같이 들어가도 되겠소?"

"에엑!"

맹부요가 질겁해 돌아섰다. 지나치게 선정적인 요구에 명확한 거부 의사를 표명하려는데, 수면을 향해 뻗은 원소후의 손가락을 타고 홀딱 젖은 생쥐 한 마리가 기어 올라오는 게 보였다. 에취, 에취, 연신 재채기를 해 대면서.

일부러 헷갈리라고 한 소리였겠다?

일순 일그러졌던 맹부요의 표정이 원보 대인 꼬락서니를 본 순간 언제 그랬냐는 듯 활짝 펴졌다.

평소의 고상하던 자태는 어디 가고 군데군데 뭉쳐 물기가 뚝뚝 떨어지는 털에 훤하게 드러난 분홍 똥배까지.

맹부요가 똥배를 톡 치자 원보 대인이 이빨을 세우고 손가락을 향해 달려들었다. 웃음을 깔깔깔 터뜨린 맹부요는 그대로 원보 대인을 잡아채 장막 안으로 뛰어 들어갔다.

뒤에 남은 원소후는 웃는 듯 마는 듯 한 표정으로 난간에 기대 장막 안에서 들려오는 앙숙지간의 실랑이에 귀를 기울였다.

"야! 목욕은 상쾌했냐?"

"찍찍!"

"어이! 사람 말로 좀 하지?"

"찍찍!"

"참, 쥐 새끼였지! 쥐 새끼가 어떻게 사람 말을 해. 미안합니다, 미안하고요……."

"찍!"

고개를 살짝 기울이고 대화에 집중하던 원소후의 눈에 웃음기가 차올랐다. 속을 알 수 없는 평소의 미소와는 달리 진실한 온기가 도는 웃음기가.

입꼬리를 희미하게 말아 올린 그가 눈을 들어 장막을 응시했다. 불그스름한 화로 불빛이 샛노란 장막 위에 그림자를 드리우고 있었다.

그녀의 우아한 목선과 청죽처럼 가느다랗게 뻗은 팔이 제일 먼저 눈에 들어왔다. 아리따운 곡선이 허리 부근에 이르러 한 번 급격하게 조여들었다가 더 아래쪽으로 내려가서는 거꾸로 세워 둔 비파인 양 유혹적인 곡선을 그리는 게 보였다.

저 율동감이라니, 조물주가 특별히 공을 들여 빚은 작품이 아니고서는 저럴 수가 없으리라.

눈길을 느릿하게 옮겨 호수를 보고 선 원소후가 나지막이 웃으며 말했다.

"속옷은 잘 맞소?"

"헉!"

장막에 비친 그림자가 펄쩍 뛰어오르더니 다소 우스꽝스러운 모양새로 정자 안을 뱅글뱅글 돌아다니기 시작했다. 때마침 배두렁이를 입는 중에 그런 소리를 들었으니 어딘가 구멍이 있는 게 틀림없다고 생각하는 모양이었다.

구석구석 점검을 마치고 빈틈이 없음을 확인한 맹부요는 뒤늦게야 원흉이 무엇인지 알아채고 허겁지겁 화롯불을 껐다. 불이 꺼지고 나자 장막은 더 이상 아무것도 내비치지 못했다.

그럼에도 원소후는 빙긋이 웃고 있었다.

그가 장막 안에 들인 숯불은 결코 평범한 난방용이 아니었다. 궁창 설산에서 자란 소철로 숯을 만들어 불을 피우면 허한 기를 다스리는 효과를 볼 수 있었으나, 화기火氣가 몹시 강한 탓에 어지간한 사람은 그 앞에서 멀쩡히 버텨 내기가 힘들었다. 아무리 무공이 고강한 그녀라 해도 지금쯤은 불을 꺼 주는 게 적당했다.

나른하게 앉아 백옥 술잔을 집어 든 그가 짙푸른 하늘을 올려다봤다. 곧이어 일어날 일을 기다리며.

아니나 다를까, 얼마 지나지 않아 장막이 신경질적으로 젖혀지더니 뭐 씹은 표정을 한 맹부요가 저벅저벅 걸어 나왔다. 그녀의 새카만 눈동자가 자신을 잡아 죽일 듯 노려보는 와중에도 원소후는 전혀 개의치 않고 술잔을 들어 보였다.

"적당히 맞소?"

맹부요가 썩은 표정으로 답했다.

"커요."

원소후는 느린 동작으로 술을 한 모금 목으로 넘겼을 뿐, 아무런 대꾸도 없었다.

상대가 무안해하는 것 같아 맹부요는 괜히 기가 살았다. 그러나 곧 그녀의 귓가에 중얼거리는 소리가 들렸다.

"내가 직접 잰 치수가 크다니? 설마 거기서 더 줄었단 말인가?"

"……."

맹부요는 하늘을 올려다보며 생각했다.

저 능글능글한 작자와 가슴 문제로 승강이 벌이는 짓은 이쯤에서 관두자.

원소후의 옆자리에 털썩 앉은 그녀가 권하는 사람도 없는 술을 알아서 한 잔 따르고는 까칠하게 쏘아붙였다.

"치사하게, 어쩜 물에 빠지는 거 빤히 보면서도 안 도와줘요?"

원소후가 미소 지었다.

“미인이 눈앞에서 물에 빠지는 것보다 반가운 일이 세상에 또 어디 있으리. 우선은 보는 즐거움이 있겠고, 그다음으로는 옷을 빌려주고 함께 불을 쬘 수도 있지 않겠소. 행여 미인이 풍한이라도 얻거든 병문안을 구실로 찾아가 탕약 수발과 차 수발까지 들어 줄 수 있을 터. 한바탕 정성을 다하면 미인의 마음이 어찌 내게 기울지 않겠소. 내 백치가 아니거늘 설마하니 그런 절호의 기회를 놓칠까?”

처음에는 그저 농을 거는 줄 알고 꼬집어 주려 했는데, 계속 듣다 보니 어째 장난만은 아닌 분위기인지라 맹부요는 저도 모르게 뺨을 붉히고 말았다.

웃는 듯 마는 듯 한 표정으로 ‘미인의 마음이 어찌 내게 기울지 않겠소.’를 읊조리는 원소후의 그 그윽한 눈빛이란.

맹부요는 물안개가 아스라이 휘도는 푸른 호수가 통째로 그의 눈동자 안으로 옮겨 간 게 아닐까 하는 생각을 했다.

일순간, 심장이 뛰던 박자를 놓치고 헤맸다. 태연에 변란이 났던 밤, 궁문 앞에서 미소를 보내던 그도 딱 저런 눈을 하고 있었다. 무언가 깊은 의미를 담고 있으나 얇은 종이 한 겹이 덮인 양 속을 완전히 들여다볼 수는 없는 눈빛.

아니, 어쩌면 들여다볼 수 없는 게 아니라 들여다보고 싶지 않은 건지도 몰랐다.

조용히 숨을 들이켠 맹부요가 술을 단번에 목구멍으로 털어 넣고, 잔을 내려놓는 김에 화제를 돌렸다.

"어떻게 여기 있어요?"

무극국에 오면 원소후를 만날 수도 있으리란 생각을 아주 안 해 본 건 아니었다. 하지만 만남의 순간이 이토록 빨리, 이토록 때맞춰 찾아올 줄은 몰랐다. 이래서야 마치 그녀가 올 줄 미리 알고 그가 여기서 기다렸던 것 같지 않은가.

그러나 그 생각은 머릿속에서 금방 지워졌다. 말도 안 되는 일이었으니까. 태연국 이후 그녀의 행선지가 무극국이고, 무극국에서도 콕 집어 이 행궁에 걸음하리라는 것까지, 원소후가 그걸 다 무슨 수로 예상해 낸단 말인가. 오늘 행궁에 잠입한 것도 어디까지나 즉흥적인 결정이었다.

잡생각에 속이 시끄러운 그녀의 맞은편에서 원소후가 느긋하게 대답을 내놨다.

"무극 태자를 모시며 상양궁의 막료 겸 이곳 창란滄蘭 행궁의 총관 일을 하고 있다오."

"오호, 그럼 원 총관 나리?"

맹부요가 눈웃음을 보냈다.

"행궁 구경 한번 안 시켜 줘요?"

"기회야 앞으로도 얼마든지 있을 터."

원소후가 그녀의 손을 감아쥐었다.

"지금은 함께 가 줬으면 하는 곳이 있소. 그대도 분명 흥미가 동할 거요."

"어딘데요?"

"기루."

기루에서 실컷 취하다

세상에는 그런 타입들이 있다. 하는 말도, 하는 짓도, 기어코 남들과는 차별화된 노선을 걷는.

이를테면 원소후가 그러했다.

마음에 둔 여자한테 대놓고 기루 출입을 권하는 사내라니, 듣도 보도 못하였다만.

그래…….

맹부요는 청승맞게 생각했다.

나 혼자 착각했나 봐. 따지고 보면 제대로 된 고백을 받길 했어, 뭘 했어? 그래…….

맹부요는 자신을 달랬다.

원소후한테 호감이 있는 건 사실이지만, 누구랑 서로 좋아하고 그러는 건 어차피 사절이었잖아. 연애 사업에서는 손 뗐으니까.

아니 근데 뭐가 이렇게 착잡해?

본인도 모를 본인 마음에 확 짜증이 치민 맹부요가 제 빰따귀를 올려붙였다.

원소후는 그녀의 기행을 못 본 척, 그저 웃고 넘어가 주었으나 '짝' 소리를 듣고 그의 품에서 기어 나와 눈을 빛낸 녀석이 있었다. 번개처럼 몸을 날린 원보 대인이 앞발로 맹부요를 찰싹 후려쳤다.

난데없이 귀싸대기를 얻어맞고 분노한 맹부요를 향해 원보 대인이 이빨을 드러내며 찍찍거렸다. 이어서 원소후가 통역을 제공했다.

"대강 옮기자면 보기 좋으라고 대칭을 맞춰 줬다는 뜻이오."

잠자코 있는가 싶던 맹부요가 별안간 원보 대인의 양쪽 입가에서 수염 한 가닥씩을 잡아 뽑고는 씨익 미소 지었다.

"어우, 대칭미 좋네."

"……."

인간과 설치류의 일대일 대치가 한창인 가운데, 원소후는 고개를 들어 화려한 자태를 뽐내는 누각의 현판을 응시했다.

현판에 새겨진 글자는 바로, 춘심각春深閣.

춘심각.

중주에서 첫째로 꼽히는 사치와 향락의 불야성. 술맛으로 보나, 여주인의 나긋함으로 보나, 가무의 아리따움으로 보나, 기녀들의 미색으로 보나, 모든 것이 으뜸 중의 으뜸.

이러한 춘심각의 실소유주는 의외로 중주 토박이가 아니라 바다 건너 고라국高羅國에서 온 거상, 탁리托利였다.

무더기로 싣고 온 황금을 무기로 중주 각급 관리들을 공략하여 불과 몇 달 만에 요란뻑적지근하게 문을 연 춘심각은 개장 첫날부터 입체적인 이목구비에 백설 같은 피부, 금실 같은 머리칼을 자랑하는 서역 무희들을 전면에 내세워 중주 백성들의 이목을 집중시켰다. 이에 나날이 장사가 번창하여 이름 그대로 사철 춘정春情이 무르익는 명소로 자리매김하기에 이르렀다.

전해지는 말에 따르면 춘심각이라는 이름은 외국인인 탁리 본인의 머리에서 나온 게 아니었다. 그가 온갖 진귀한 보물과 골동품, 금시계까지 바리바리 싸 들고 열 번도 넘게 찾아가 사정사정을 한 끝에 태자 전하를 모시는 시종이 친히 현판을 써 주었다나.

무극국에서는 '태자'라는 두 글자만 붙으면 그게 뭐든 몸값이 백배로 치솟아 뭇사람들의 선망을 한 몸에 받기 마련이었으니, 보배로운 업소명을 얻어 낸 이후로 탁 사장은 한층 더 목에 힘을 빡 주고 다녔다는 후문이다.

춘심각 안으로 들어서자 고기, 술, 연지분 냄새를 비롯해 입 냄새와 땀 냄새 및 정체를 알 수 없는 온갖 잡내가 한꺼번에 훅 끼쳐 왔고, 난잡하게들 낄낄거리는 소리가 파도타기를 하듯 이쪽저쪽에서 돌아가며 날아들었다.

어여삐 단장한 여인들이 쉴 새 없이 오가는 1층, 서역의 배꼽춤 공연으로 한창 뜨거운 2층, 도박판이 시끌벅적하게 벌어진 3층, 4층은…… 조용해 보였다.

기루에서 주선을 하는 조방꾸니가 부리나케 달려 나오자 원소후가 빙긋이 웃으며 말했다.

"싱싱하고 야들야들한 거로."

그 말을 듣고 만면에 웃음꽃을 피운 조방꾸니가 허리를 꾸벅 숙였다.

"4층으로 모시겠습니다요!"

원소후가 남장한 맹부요의 손을 잡고 계단을 향해 걸음을 옮겼다. 맹부요는 손톱을 바짝 세워 그의 손바닥에 박아 넣었다.

아주 뻔질나게 드나드시나 봐? 암어도 다 알고!

한참 만에야 싱긋 웃으며 뒤를 돌아본 원소후가 그녀의 귓가에 가만가만 속삭였다.

"질투하는 건가, 부요?"

끝에 가서 음이 살짝 올라간 부요가 아무래도 희롱조로 들리는지라 맹부요의 뺨이 발갛게 달아올랐다.

그녀가 부루퉁한 목소리로 따져 물었다.

"그래서, '야들야들'한 건 뭔데요?"

이내 웃음기를 거둔 원소후가 간단히 답했다.

"곧 알게 될 거요."

하필 그에게 동행을 제안받은 장소가 기루라는 사실 자체만으로도 기분이 착잡하긴 했지만, 그가 즐기러 온 게 아니라는 것쯤은 알고 있었다. 그런 이유로 맹부요는 얌전히 4층 별실로 따라 들어갔다.

별실은 어지간한 고관대작의 집 못지않은 호화로움을 자랑했다. 술상이 착착 차려지고, 얼마 지나지 않아 벌써 얼큰하게 취한 원보 대인은 양쪽 옆구리에 부풍국산 커다란 대추를 하나씩 끼고 곯아떨어졌다.

맹부요는 원소후와 마주 앉아 내리 술잔을 기울이는 중이었다. 다른 건 몰라도 주량 하나만은 밀리지 않을 자신이 있었기에 이참에 그를 아주 그냥 인사불성으로 만들어 주고야 말겠노라 벼르면서.

그런데 이게 웬일, 상대는 하다하다 술까지 셌다. 어째 잔을 비울수록 눈이 반짝반짝해지는 게, 되레 정신이 드는 모양새가 아닌가. 덕분에 맹부요는 술잔이 빌 때마다 점점 더 당혹스러워졌다.

그러나 그녀는 싸워 보지도 않고 꼬리를 내릴 인물이 아니었다. 신들린 잔 꺾기가 열이 오르다 못해 급기야 도를 넘어서기 시작했다. 그녀의 자리는 의자에서 시작해 어느덧 탁자 위로, 조금 더 지나서는 아예 술 단지 무더기 한복판으로 옮겨졌다.

섬세한 문양이 있는 술 단지들로 이루어진 작은 산을 발치에 두고도, 맹부요는 지치지 않고 원소후에게 술을 권했다.

"마셔요! 위장에는…… 구멍이 나도 되지만, 의리에는…… 금이 갈 수 없지!"

원소후는 처음부터 끝까지 의자에 비스듬히 기댄 자세로 여유롭게 술을 홀짝이고 있었다. 하물며 술 단지를 잡는 자세조차도 우아하기 그지없었으니, 이를 통해 두 사람의 품격 사이에 존재하는 현격한 격차를 확인할 수 있었다.

입구에 드리워진 발이 걷히고 가냘픈 소녀들이 방으로 들어섰을 즈음, 맹부요는 원소후의 소맷자락에 매달려 히죽히죽 혀 꼬부랑 소리를 내는 중이었다.

"여장 한 번만 해 주면 안 돼요? 미모 끝판왕일 텐데……."

서로 눈치를 보던 소녀들이 곧이어 두 사람을 향해 인사를 올렸다. 이에 고개를 든 맹부요가,

"하!"

하고 짧게 웃음을 뱉더니 흐느적거리는 손을 뻗어 소녀들을 가리켰다.

"어느 집…… 꼬맹이들이여……. 번지수 잘못…… 찾았구먼……."

아무리 봐도 소녀 넷의 나이를 전부 합친들 채 마흔이 안 될 것 같았다. 개중 체구가 제일 작은 아이는 특히 젖비린내가 팍팍 나는 게 아무리 인심을 써도 예닐곱 살 정도로밖에 보이지 않았다.

얼씨구? 여기가 대체 기루야 어린이집이야?

'끅' 트림을 한 맹부요가 휘청거리는 목을 어렵사리 가눴다.

그사이에 머리통이 하나 더 돋기라도 했나, 왜 이렇게 무거운지.

무지갯빛으로 기괴하게 아롱거리는 맹부요의 시야 안에서 휘

장이 회오리치고 미인이 물구나무를 섰다. 이어서 원소후가 미소 띤 얼굴로 가장 어린 소녀에게 다가가 말을 거는 모습이 눈에 들어왔다.

처음에는 도리질을 치는가 싶던 아이들이 어떻게 된 일인지 금세 울음을 터뜨리더니 다 같이 원소후의 앞에 무릎을 꿇었다.

애기 기생…….

해롱해롱한 정신에 탁자 밑으로 기어들면서, 맹부요가 마지막으로 떠올린 단어였다.

내 마음 그대에게서 거두지 못하여

주변 풍경 전체가 빙글빙글 돌고 있었다. 진홍색 휘장도, 상아로 만든 침상도, 비룡도와 봉황도가 그려진 천장도, 은은하게 반짝이는 주렴도, 분하리만치 아리따운 원소후의 얼굴마저도.

눈을 게슴츠레하게 뜬 채, 맹부요는 엉망진창으로 빙글거리는 풍경 속에서 가장 환하게 빛나는 미색을 붙잡아 보려 애썼다. 그러나 축 늘어진 사지에는 도통 힘이 들어가지를 않았고, 시도는 번번이 헛손질로 끝을 맺었다.

서운함에 한숨을 뱉은 그녀가 중얼거렸다.

"젠장, 매사 이렇지."

옷깃이 사각거리는 소리가 어렴풋이 귓가를 간질였다. 거기에 은은한 향기까지.

누군가 곁에 와서 앉은 듯했다. 곧이어 감미로운 저음이 들려왔다.

"매사 이렇다니?"

옥돌처럼 서늘한 손가락이 얼굴에 들러붙은 머리카락을 걷어 내더니, 딱 좋은 온도로 데워진 물수건으로 얼굴 구석구석을 닦아 내기 시작했다.

술기운에 흘린 땀으로 끈적거리던 피부가 향긋한 물수건 덕에 금세 뽀송뽀송해졌다. 거기에 밤바람까지 싸늘하게 불어 들어오자 모공 하나하나가 전부 느슨히 풀리는 듯한 나른함이 몸을 감쌌다.

"흐응."

기분 좋은 소리를 낸 맹부요가 곁을 떠나려는 손을 덥석 붙잡아 아쉽다는 양 만지작대며 속삭였다.

"갖고 싶은데, 욕심내면 안 돼요……."

"무엇을 원하기에?"

아스라한 꿈속에 잠겨 있되, 꿈결보다도 더 환상적이고 유혹적인 음성이었다.

"내가 원하는 건……."

맹부요가 아주 작은 소리로 말했다. 잠기운과 술기운이 한데 섞여 발음을 뭉개 버린 탓에 그녀의 입술에서 흘러나오는 음절은 몹시도 불분명했다. 곁에 있던 이는 불가피하게 자세를 낮춰 얼굴을 그녀 가까이로 가져다 대야만 했다.

이때, 벽을 마주 본 자세였던 맹부요가 느닷없이 돌아누워 침상 바깥쪽을 보았다. 본래 원소후는 그녀의 뒤통수를 향해 다가가고 있었건만, 그녀가 돌아눕자 붉디붉은 입술이 훅 그의 입술에 와 닿았다.

원소후가 흠칫한 것도 잠시, 금세 경직을 푼 그는 미소 지으면서 맹부요의 몸 위로 상체를 굽혔다. 그러고는 손가락을 뻗어 그녀의 보드라운 뺨을 스치듯 어루만졌다. 눈썹, 눈꺼풀, 콧등, 입술……. 그의 손끝이 수려한 이목구비 위를 미끄러지며 섬세한 윤곽선을 그려 냈다.

맹부요의 입에서는 여전히 무의식적인 웅얼거림이 흘러나오고 있었다. 간질거리는 손길에 까르르 웃음을 터뜨린 그녀가 양팔을 뻗어 원소후의 얼굴을 덥석 부여잡았다.

눈도 안 뜬 채로 그의 얼굴을 잡아당기며, 맹부요가 투덜거렸다.

"진짜……, 왜 맨날 그쪽이 이겨요? 재미 하나도 없게! 하나라도 양보 좀 해 주면 어디가 덧나나."

일순 원소후의 눈빛이 그윽한 일렁임을 머금었다. 비록 뺨을 주물럭거리는 누군가의 손 때문에 전체적으로는 좀 깨는 모습이었지만.

잔뜩 취해 흐느적대는 맹부요를 웃는 듯 마는 듯 한 표정으로 지켜보던 그가 잠시 간격을 두고 입을 열었다.

"그리하겠소."

"어떤…… 거요?"

원소후의 표정에 웃음기가 짙어졌으나 대답은 곧바로 나오지 않았다. 자신의 얼굴을 붙잡고 있던 손을 가만가만 걷어 내고 맹부요에게 이불을 잘 덮어 준 그는 한참 그녀를 응시한 후에야 조용히 입술을 달싹였다.

창밖 어스름한 월광 아래 매화꽃의 자태가 아리따웠다. 정원 돌산을 졸졸 타고 내린 물줄기가 흐르고 흘러 만난 옥빛 호수, 그 맑은 물결 위에 달빛이 누운 정경이 마치 미인의 참한 자태를 보는 듯하였다.

밤의 성정이 이토록 차분하고 담박할 수 있을까.

원소후의 목소리는 이 밤, 창틈으로 불어 들어오는 미풍만큼이나 사분사분했다.

"답은, 때가 오면 알게 될 테지."

버려진 정원에서 소스라치다

어디선가 불어온 바람에 몸이 속절없이 휘청거렸다. 저 멀리 산비탈에 있는 오래된 사찰의 날아오를 듯 쳐들린 처마가 보이는가 싶더니 금세 시야에서 사라졌다…….

푹신한 느낌에 내려다본 엉덩이 아래에는 등나무 덩굴과 자수 놓인 비단 요가 한데 얽혀 깔려 있고, 주변에는 온통 물안개가 자욱했다.

수면 한가운데인 걸까.

누군가의 주름진 손이 다가왔다. 연민에 찬 탄식에 이어 어두컴컴하게 꽉 막힌 공간이 눈앞에 나타났다. 가느다란 자색 빛살이 갈라진 틈을 통해 비쳐 들고 있었다.

돌연 겁이 났다. 주체할 수 없도록 두려워졌다…….

칼날이 번뜩하더니 갑자기 세상이 빛으로 가득 찼다. 환한

빛 한가운데에 누군가의 단정한 얼굴이 있었는데…….

금세 또 몸이 정처 없이 나부끼기 시작했다. 바람에 실려 언덕 위로 날아오르는 민들레 홀씨처럼, 살랑살랑 뭔가가 얼굴을 간질였다.

가려워…….

맹부요가 얼굴 앞에서 손을 휘적거렸다.

뭐가 이렇게 근지러워?

게슴츠레 눈꺼풀을 들어 올리자 새하얀 궁둥이가 보였다. 누군가 바짝 들이댄 궁둥이가 비비적, 비비적, 비비적비비적, 짤막한 꼬리가 살랑, 살랑, 살랑살랑, 그녀의 얼굴을 연신 훑어 대고 있었다…….

어쩐지 근질거리더라니.

맹부요가 귀찮다는 듯 손을 뻗어 털 뭉치를 밀어내며 구시렁거렸다.

"얼굴 앞에서 털 날리지 마라."

몽롱한 상태로 있기를 또 한참, 문득 이상하다는 생각이 들었다.

원보 녀석이 살뜰하게 아침잠을 깨워 줘?

그러고 보니 얼굴이 어째 질척한 게 찝찝한 냄새도 나는 것 같았다. 쓱 뺨을 훔쳐 낸 결과 손끝에 묻어 나온 것은 누리끼리하니 무척이나 미심쩍은 물질이었다.

"뭐냐, 이거?"

맹부요가 눈을 가늘게 뜨고 캐물었다.

저만치 탁자 위에 쪼그리고 앉은 원보 대인이 의미심장한 눈빛을 보냈다. 척 보기에도 음흉한 저 눈빛.

이부자리를 걷고 일어난 맹부요가 묵직한 머리로 도리질을 쳤다. 세수부터 하려는데 방문이 열리더니 찬란한 햇살을 등에 업은 원소후가 걸어 들어왔다. 뒤에는 시녀 두 명이 따르고 있었다.

원소후는 먼저 맹부요에게 미소부터 보내고 난 뒤, 슬그머니 달아나려는 원보를 향해 말했다.

"아침에 큰일 보고 나서 엉덩이를 닦아 주기도 전에 뛰쳐나갔다고 시녀가 말하던데, 어딜 그리 급히 갔던 게냐?"

큰일……. 엉덩이도 안 닦고……. 얼굴에 처발라 놓은 미심쩍은 물질…….

그럼 조금 전에 남의 얼굴을 화장실 휴지 삼아 똥을 닦았다는 건가?

"끄아악!"

괴성을 내지른 맹부요가 칼을 찾기 시작했다.

"너 이 쥐 새끼, 잡아서 국 끓이고 만다!"

원보 대인은 벌써 창문 밖으로 바람같이 몸을 날리는 중이었다. 그녀가 집어 던진 이불은 와장창 꽃병 세 개만 깼을 뿐, 이제 창가에는 원보 대인의 그림자조차 없었다.

맹부요가 씩씩거리며 침상에서 뛰어내려 쫓아 나가려는데 원소후가 덥석 그녀를 붙잡았다.

"그만두시오!"

그녀의 몸이 붕 떠오르는가 싶더니 다음 순간 원소후의 품 안에 착 안겼다. 흠칫 어깨를 굳힌 맹부요는 그제야 자신이 내의 차림이었음을 상기해 냈다.

그것도 평범한 내의가 아닌 직접 만든 민소매와 속바지 차림. 민소매는 워낙 꽉 끼어 가슴 굴곡이 터질 듯 도드라져 보였고, 반대로 속바지는 바람이 훌훌 통할 만큼 벙벙했다.

이 시대는 고사하고 현대에서도 남 앞에 절대 못 나설 꼬락서니였다.

엎친 데 덮친 격으로 지금은 어느 분께서 서슴없이 허리께를 손으로 감싸고 계셨다. 화롯불처럼 따끈따끈한 손바닥이 닿은 자리가 불에 덴 듯 화끈거렸다.

이 순간, 불꽃은 원소후의 눈동자 안에서도 타오르고 있었다. 지금 그의 눈앞에 있는 것은 풍만함과 가녀림이 완벽하게 조화된 여체였다.

곧게 뻗은 목, 늘씬한 팔, 긴 다리, 가느다란 손가락. 어디 하나 아름답지 않은 부분이, 섬세하지 않은 구석이 없었다. 괴상하게 생긴 의복도 그녀의 미모를 퇴색시키지는 못했다. 출중한 몸매를 도리어 강조해 줬을 뿐.

청순과 요염이 교차하고, 순수와 매혹이 공존하는 용모. 사철 시들지 않는 봄바람이 황홀하도록 화려한 색채를 몰고 불어와 눈앞을 가득 채운 듯했다. 언제나 서늘하게 품위를 유지하던 원소후였지만, 이 순간만큼은 저도 모르게 흐트러진 숨을 내뱉고 말았다.

맹부요가 그의 눈을 올려다봤다. 어딘지 묘한 그 눈빛이 무슨 까닭인지, 어젯밤 자신이 무슨 짓을 저질렀는지 전혀 알지 못함에도 그냥 얼굴이 달아올랐다.

맹부요는 즉시 상대를 밀쳐 내고 뒤쪽으로 훌쩍 뛰어 물러섰지만, 바닥에 내려서기도 전에 도로 붙잡히고 말았다.

그사이 평소와 같은 눈으로 돌아온 원소후가 조용히 말했다.

"꽃병 조각이라도 밟으면 어찌하려고."

무감한 말투와 달리 옷 밖으로 드러난 속살을 샅샅이 훑어 내리는 그의 눈길에 기겁해 이불 속으로 뛰어든 맹부요가 팔만 밖으로 빼서 휘휘 내저었다.

"옷 갈아입게 좀 나가요."

피식 웃은 원소후가 문을 닫고 나갔다. 그의 훤칠한 그림자가 창문 밖을 스치더니 뭔가 부스럭거리는 소리가 났다. 곧 창문 한쪽이 벌컥 열리더니 털 뭉치 하나가 팽그르르 돌며 방 안으로 날아 들어왔다.

"원보, 숨어서 그리 훔쳐봐서야 주인인 내 체면이 뭐가 되겠느냐. 구경을 하려면 당당하게 할 것이지!"

익히 아는 분의 음성이 창틀을 넘어 들어왔다. 고상한 말투가 참으로 태연하시지 않은가.

딱하게도 주인에게 배반당한 원보 대인은 눈이 왕방울이 된 채로 공중을 가로지르는 중이었다. 이대로 가다가는 꼼짝없이 범의 아가리로 떨어질 판이었다.

침상에서는 천적 겸 연적 맹부요가 비열하게 입꼬리를 찢어

올리며 양팔을 활짝 벌려 자신을 환영하고 있었다. 최악의 고문법 열 가지가 원보 대인의 뇌리를 차례로 스쳐 갔다…….

"찍찍!"

존귀한 천기신서 원보 대인의 입에서 처절하기 이를 데 없는 비명이 터져 나왔다. 비실비실 웃으며 코를 '흥' 푼 맹부요가 그 손을 눈처럼 새하얀 털에 문질러 닦은 결과였다.

이른 아침, 덕왕부 담장 밖 거리는 지나는 이 없이 한산했다. 잠시 후, 햇빛이 환하게 드는 서남쪽 담벼락 꼭대기에서 잔풀이 흔들리나 싶더니 머리통 하나가 쑥 올라왔다.

요리조리 눈동자를 굴려 본 결과 담장 안쪽 덕형원은 고요 그 자체였다. 문이고 창이고 전부 꼭꼭 닫혀 있는 걸 보니 아직 안에 있는 이들은 꿈나라인 모양이었다. 안도의 한숨을 내쉰 이가 잽싸게 담장을 타고 넘었다.

벌건 대낮에 월담 중인 이의 정체는 말할 것도 없이 맹부요였다. 창란 행궁에서 눈을 뜬 그녀는 지난밤 말도 없이 숙소에 안 들어갔다는 사실을 자각해 냈다. 그와 동시에 요신과 종월의 얼굴을 떠올렸다.

그들에게 이건 실종 사건이리라.

서둘러 행궁을 나오기 직전, 그녀는 원소후에게 어제 만났던 애기 기생들에 대한 설명을 요구했다. 그러나 원소후는 따로 곡절이 있는 일이니 신경 쓰지 말라고만 했다. 그 때문에 그녀는 샐쭉하게 삐쳐서 덕왕부로 돌아오는 길이었다.

그녀의 한쪽 다리가 아직 담장 꼭대기에 있고, 다른 쪽 다리는 땅에 닿을락 말락 쭉 뻗은 때였다. 홀연 누군가의 차분한 목소리가 날아들었다.

"대문 열렸소."

담은 뭐 하러 넘느냐는 소리렷다.

술 퍼먹고 외박까지 한 맹부요는 소소하나마 눈치가 보였기에, 자신의 방까지 가려면 반드시 거쳐야 하는 종월의 처소 앞을 차마 당당히 가로지를 수가 없었다. 그리하여 어쩔 수 없이 월담을 택한 것인데 종월이 이렇게 비협조적으로 나올 줄이야.

에라, 걸린 김에 작전 변경이다.

담장 꼭대기에 다리를 쩍 벌리고 걸터앉은 그녀가 팔짱을 끼고 하늘을 올려다봤다.

"이야, 날씨 한번 쨍하구먼……."

위에서 으슬으슬하게 진눈깨비가 떨어지더니 내처 눈발까지 한둘 날렸다. 눈발을 맞으며, 맹부요가 한껏 상기된 투로 다시 말했다.

"덥지도 춥지도 않은 게 딱 좋구먼그려……."

맹부요는 날씨에서 기온, 경치에 이르기까지 두루두루 한 번씩 감탄한 뒤, 여유롭게 담장에서 내려왔다. 그러고는 종월의 처소 앞을 천연덕스레 가로질러 가다가 문득 멈춰 서서 출입문 안쪽을 향해 코를 벌름거렸다.

"무슨 약 냄새가 이렇게 역해."

고개를 살짝 틀자 창문 앞에 드리운 매화 가지 너머로 어제처럼 가부좌를 틀고 있는 종월이 보였다. 오늘따라 안색이 창백한 그의 곁에는 빈 잔이 놓인 탁자가 있었고, 잔 안에 채 마르지 않은 액체가 있었으니, 바로 냄새의 출처였다.

잔에 꽂힌 눈길을 감지한 종월이 순간 눈을 날카롭게 치뜨더니 소매를 펄럭 떨쳐 창문을 닫았다. 그 덕분에 맹부요는 하마터면 코가 깨질 뻔했다.

콧잔등을 긁적이며 돌아선 그녀는 가던 길로 마저 걸음을 옮겼다. 남의 약을 짓는 중이었는지, 아니면 자기가 다쳤는지는 몰라도 저 독설남하고는 무조건 거리를 둬야지 싶었다.

수상쩍은 구석이 한둘이 아니니까.

방에 돌아와 세수를 마치자마자 요신이 문을 두드렸다. 그가 들고 들어온 것은 아침밥이 든 찬합. 지난밤 한바탕 난리를 치른 덕에 안 그래도 허기가 진 맹부요는 앞뒤 가리지 않고 음식에 덤벼들었다.

잠시 후, 흡입을 마치고 입가를 쓱 훔쳐 낸 그녀가 물었다.

"초록색 도는 쌀죽, 맛이 되게 독특하던데 뭔지는 몰라도 엄청 고급진 향채를 썼나 봐."

요신이 어깨를 으쓱했다.

"모르겠어요. 종 공자가 소저 들어오면 먹이라고 하던데요."

"뭐?"

질겁한 맹부요가 당장 진기를 체내에 흘려 몸 상태를 확인했다. 다행히 별문제는 발견되지 않았으나 종월의 인품을 고려할 때 마음을 놓기에는 아직 일렀다.

자리에 앉아 골똘히 생각에 잠겨 있던 그녀가 느닷없이 물었다.

"어제 그 가짜 칠엽초, 종월한테 갖다줬어?"

"그럼요!"

요신이 의기양양한 투로 대꾸했다.

"실은 얌전히 진짜 칠엽초를 갖다 바칠 생각이었는데 막상 보니 진짜는 너무 질겨서 도저히 못 뺗겠지 뭡니까? 반대로 맹 소저가 짚어 준 풀은 공이만 닿아도 알아서 물러지고요. 그래서 결국 가짜를 가져갔더니만 아니 글쎄, 눈치를 못 채더라니까요? 으하하! 알고 보니 의성도 별거 없더라고요."

말을 듣고 있던 맹부요가 도중에 자리를 박차고 뛰쳐나갔다. 무슨 일인가 하고 따라붙었던 요신은 풀숲 앞에 쪼그리고 앉아 꺼이꺼이 우는 그녀를 발견했다.

"음양초였잖아……. 내가 눈이 삐었지……."

이 시각, 맹부요는 땅바닥에 납작 엎드려 엉덩이만 삐죽 쳐든 자세였다. 눈을 시퍼렇게 뜨고 흙을 뒤집어 파는 중간중간, 그녀의 손이 자꾸만 얼굴로 향했다.

음양초의 대표적인 효능이라 하면 음과 양을 역전시키는 것이었다. 양인陽人이 밤에 이 약초를 섭취하면 부족하던 음기가 성하여 허증이 해소되지만, 음인陰人이 낮에 섭취하면 양의 성질을 띤 화기가 치받아 얼굴 전체가 뾰루지로 뒤덮인다.

때아닌 여드름 피부 획득으로 자못 풋풋해 보이는 효과야 누릴 수 있겠다만, 해독제를 먹지 않고 그냥 뒀다가는 뾰루지가 점점 커져 수습 불가능한 국면을 맞게 되리니.

제 발등을 찍어도 단단히 찍은 맹부요는 그리하여 흙바닥을 기어 다니며 해독제를 찾기에 이른 것이었다.

해독제는 다름 아닌 음양초의 씨앗으로, 워낙 미세한 풀씨인지라 땅에 드문드문 떨어져 있는 걸 하나하나 찾기란 보통 힘든 일이 아니었다. 한나절 내내 이 짓거리만 붙잡고 있었음에도 아직 한 번 먹을 분량조차 채우지 못했다.

아이고, 죽는소리를 내며 허리를 편 그녀가 살기 돋친 눈빛을 종월의 처소에 고정한 채로 빠드득 이를 갈았다. 눈빛으로 칼을 날리기를 한참, 뒤늦게야 그가 덕왕의 상태를 살피러 가고 없다는 걸 떠올린 그녀는 분하지만 다시금 풀씨를 찾아 고개를 숙였다.

그런데 이때, 문득 떠오르는 기억이 있었다. 며칠 전 왕부 안에서 우연히 본 정원. 돌보는 이가 없어 보이는 그 정원에는 음양초가 유독 많았다. 거기서라면 씨앗을 찾기가 그나마 수월하리라.

맹부요는 재깍 요신을 끌고 걸음을 옮겼다. 버려진 정원은 덕왕부 서북쪽 모퉁이에 자리 잡고 있었다. 멀리서 보기에도 정원 안에 있는 집채의 군데군데 삭은 벽과 이 빠진 추녀가 눈에 확 들어왔다.

그나마 건재한 건 담장 정도였다. 오래 묵은 거미줄이 겹겹이 둘러쳐진 담장 위쪽으로는 키가 웃자라 담벼락 꼭대기를 넘어선 나뭇가지가 바람을 맞으며 떨고 있었다. 시커멓게 죽은 가지와 겨울날의 스산한 연무는 무척이나 음침한 조합이었다.

맹부요와 요신은 예상대로 정원 외곽에서 음양초를 찾아냈다. 한동안 흙을 뒤집어 판 끝에 드디어 개수가 채워져 막 자리를 뜨려는데, 요신의 걸음이 멈칫 자리에 붙박였다.

“맹 소저, 저거 좀 봐요. 사람이 사는가 본데요.”

고개를 튼 맹부요는 나뭇가지에 걸린 흰색 옷가지를 발견했다. 우연찮게 바람에 휘말려 거기까지 올라갔을 옷가지가 눈에 들어오는 순간, 그녀의 어깨가 흠칫 굳었다.

호화찬란한 덕왕부에 이런 폐허가 방치되어 있다는 사실만도 이상한데 하물며 이 안에 사람이 산다니, 영 괴이쩍지 않은가.

대문께로 다가간 맹부요가 무심결에 문을 밀어 열려 했다. 그러나 녹슨 자물쇠가 걸려 있었다. 잠시 고민하던 그녀는 훌쩍 담을 타고 올랐다. 허겁지겁 쫓아와 그녀의 뒷다리를 붙들던 요신은 발길질 한 번에 나가떨어졌다.

담장 안쪽으로 뛰어내린 맹부요는 밖에서 보던 것보다 훨씬 황폐한 풍경을 마주했다. 정원을 잡아먹다시피 한 들풀 무더기와 누렇게 시들어 빠진 화초들 너머, 뜰 쪽으로 난 문 하나가 살짝 열려 있는 게 눈에 띄었다. 한 걸음 한 걸음 문을 향해 접근하는 동안, 조용한 주변에는 그녀의 숨소리만이 또렷했다.

잠시 후, 그녀의 눈길을 잡아끈 것은 독특한 모양의 문고리였다. 사실은 문고리가 아니라 문고리 대신 달아 놓은 금방울이라 해야 옳았다. 무척 화려한 무늬가 새겨진 금방울은 척 봐도 공이 많이 들어간 작품이었다. 비록 지금은 문양의 홈을 따라 시커먼 때가 잔뜩 끼어 있었지만.

바람이 부는데도 방울은 울지 않았고, 주위는 여전히 쥐 죽은 듯 고요했다. 바닥에 쌓인 낙엽들만이 서로 스치면서 뱀이 혀를 날름대는 듯한 '쉭쉭' 소리를 내고 있었다.

별안간 정적을 깨뜨린 것은 누군가의 날카로운 절규였다.

"장손무극! 적통의 씨도 아닌 주제에 태자 자리를 차고앉은 협잡꾼 놈!"

천하제일의 영웅

귀가 따가울 만큼 째지는 목소리였다. 피를 잔뜩 먹은 천이 누군가의 손에 억지로 찢기는 듯한. 찢긴 채 허공으로 던져진 천이 온 천지를 핏빛으로 뒤덮으며 날아내려 맹부요의 시각을 비롯한 모든 감각을 통째로 집어삼켰다.

이때 '부욱' 하고 종이가 뚫리는 소리와 함께 바로 옆쪽 창문에서 시커멓게 말라빠진 손이 튀어나와 맹부요의 왼팔을 잡아챘다. 조금 전까지 날카롭게 갈라졌던 목소리가 이번에는 훨씬 가까운 곳에서 터져 나왔다.

"왔구나! 드디어 왔어! 같이 죽자, 같이 죽는 거야! 낄낄……."

맹부요는 눈을 가늘게 좁혔다. 그녀의 팔뚝을 붙든 손은 핏줄이 낱낱이 드러나 보일 정도로 여위어 있었다. 손톱 아래에는 진흙이며 북데기가 새까맣게 끼었고, 손등은 갈색 반점으로 얼룩덜룩했다.

언뜻 우악스러워 보이지만 실상 무력하기 짝이 없는 손은 바람 속에서 부들부들 떨면서도 어떻게든 맹부요의 살갗에 손톱을 박아 넣으려 무진 애를 쓰고 있었다.

맹부요가 손가락을 튕겨 한 줄기 바람을 쏘자 흡사 마귀의 그것과도 같은 손이 화들짝 창문 뒤로 움츠러들었다. 탁한 비명이 메아리치자, 맹부요는 망설임 없이 문을 밀고 안으로 들어섰다.

실내는 짐작했던 것보다 더 엉망이었다. 아무 데나 굴러다니는 일용품들, 몇 치 두께는 될 것 같은 바닥 먼지. 딱 봐도 미치광이의 소굴이었다.

원래의 색을 알아볼 수 없을 만큼 땟국물이 덕지덕지 묻은 옷을 입은 여자가 머리를 풀어 헤친 채 방 모퉁이에 웅크리고 있었다. 주변에 퀴퀴한 쉰내가 진동했다.

맹부요의 눈이 거적때기나 진배없는 잠자리로 향했다. 이불 대신 깔린 볏짚이 갈색과 누런색으로 얼룩져 있었다. 고약한 냄새가 나기에 가까이 가서 확인해 보았더니, 당황스럽게도 배설물의 흔적이 있었다.

여자는 잔뜩 겁에 질린 기색이었다. 헝클어진 머리카락 사이로 드러난 눈동자에서 불안정한 광기가 엿보였다. 과격하게 번뜩이는 청자색 불꽃을 품은 채 안광이 어지럽게 널뛰기를 하고 있었다. 어디든 가닿는 곳마다 요사한 불길을 옮겨 붙일 듯이.

"장손무극……. 너 이 요망한 놈……."

거미줄처럼 가느다란 음성이 정적 속을 떠돌았다. 소름 끼치는 원한이 서린, 한 글자 한 글자 이를 갈면서 짓씹듯이 내뱉는 소리였다. 만약 장손무극이 이 자리에 있었다면 진작 여자의 손에 갈기갈기 찢겨 잡아먹히고 말았으리라.

맹부요의 눈에 의혹이 스쳤다.

대체 누구길래 이런 몰골로 덕왕부 귀퉁이 폐허에 갇혀 있는 거지? 태자라면 무극국에서 가장 존귀한 인물이 아닌가. 그에게는 무슨 원한이 있길래? 게다가, 한 나라의 태자를 놓고 저런 헛소리를 지껄이는 위험인물인데, 감시인을 붙여 철저히 관리해도 모자랄 사람을 덕왕은 왜 이런 곳에 홀로 방치해 둔 걸까?

여자를 가까이서 보고 싶은 마음에 걸음을 내딛던 그때, 등 뒤에서 가벼운 기침 소리가 들렸다. 우뚝 멈춰 선 맹부요가 커다랗게 벌어진 미치광이의 눈 안을 들여다봤다.

여자의 동공 안에서 발견한 것은 백의를 정결하게 차려입은 호리호리한 모습, 종월이었다.

이상한 점이라면, 헛기침은 맹부요를 향한 것임에도 정작 종월이 보고 있는 것은 그녀의 뒷모습이 아니라는 점이었다. 광기 어린 동공에 비친 종월은 분명 미치광이 여자와 똑바로 눈을 맞추고 있었다.

여자의 어깨 뒤를 한 번 더 쓱 훑어본 맹부요는 피식 웃은 다음 뒷걸음질로 천천히 방을 빠져 나왔다. 나오는 길에 문까지 살그머니 닫아 주고서.

뒤로 돌아서 마주한 종월의 얼굴은 차분했다. 말투 역시 얼굴 못지않게 차분했으나 그 내용은 맹부요의 속을 뒤집어 놓기에 부족함이 없었다.

"아무리 사환이라고 해도 기본적인 예의는 알아야지. 예를 들어, 남의 집에 함부로 쳐들어가면 못쓴다든가."

재깍 도끼눈을 뜬 맹부요가 이를 갈았다. 이가 미치광이 여자보다 더 뾰족하게 갈렸겠다 싶을 즈음, 그녀가 살벌하게 말을 뱉었다.

"아무리 근거 없는 우월감에 취해 살아도 본인이 하는 짓거리가 얼마나 치졸한지 자각은 있어야지. 예를 들어, 몰래 여자 뒤나 밟는다든가."

종월이 무심한 눈길을 보냈다.

"그쪽이 여자였소? 아, 여자였던가. 미안하군, 자꾸 잊게 돼서 말이지."

그가 사과의 의미랍시고 허리까지 숙인 덕분에 맹부요는 코에서 불을 뿜을 지경이 되었다. 잠시 후, 가슴을 내밀고 허리를 조인 그녀가 아무런 말 없이 앞을 향해 걸음을 내디뎠다.

종월을 그냥 지나쳐 가는가 싶던 그때, 맹부요의 어깨가 돌연 무지막지한 힘으로 상대를 치받았다. 마침 어딘가에 정신이 팔려 있던 종월은 불시의 공격을 미처 피하지 못하고 볼썽사납게 휘청하고 말았다.

맹부요가 고개를 틀어 생긋 웃었다. 수려한 이목구비는 변장으로 감춘 채였지만, 두 눈만은 햇살 아래에서 찬란한 빛을 발하고 있었다.

"어이쿠, 뭐 그리 맥아리가 없어요? 남자 아니었나? 미안하게 됐네요, 그간 남자인 줄 잘못 알고 있었지 뭐예요!"

허리를 숙이는 둥 마는 둥 한 그녀는 깔깔 웃어 젖히며 금세 저만치 멀어져 갔고, 그 자리에는 생각이 많아 보이는 종월만이 홀로 남았다.

묵중한 겨울바람의 결 사이에 여인이 두고 간 향기가 떠돌고 있었다. 마음을 기울이지 않으면 모르고 지나칠 수도 있을 만큼 희미함에도, 자못 기분 좋은 향이었다.

잠시 후, 종월이 옅은 미소를 머금었다. 그녀가 심통 맞게 가슴을 내민 찰나, 그 곡선을 따라 부서지는 햇살이 눈앞을 아찔하게 만든 통에 순간적으로 넋이 빠지고 말았다. 타인에게 곁을 내주는 법이 없는 그가 맹부요의 기습에 맥없이 당한 연유였다.

겨울날에 핀 꽃처럼, 종월의 미소가 은은하게 빛났다.

"실은, 너무나도 여인이지……."

구름 낀 하늘에 어둠이 내리고 있었다. 거리 끄트머리에 있는 주루의 불그스름한 불빛을 받아 맹부요의 그림자가 바닥에 길게 늘어졌다.

맹부요는 종월이 주문한 약초를 한아름 끌어안고 저자에서 돌아오는 길이었다. 얼굴을 반쯤 가린 면사 뒤, 그녀의 눈은 멍하니 딴생각에 잠겨 있었다.

그녀는 어제 요신한테서 들은 이야기를 되씹는 중이었다. 장손무극에 관한 이야기였다.

미친 여자를 만났던 날 밤에 덕왕이 보낸 사람이 종월을 찾아왔다. 무슨 소리를 들었는지는 몰라도, 그 후 종월은 앞으로 절대 거기에 기웃거리지 말라며 그녀에게 누차 으름장을 놨다.

그녀는 도리어 호기심이 동해 나름 소식통인 요신에게 슬쩍 자문을 구했다. 요신 놈이 장손무극이라는 이름에 흥분해 더럽게도 긴 일장 연설을 시작할 줄은 꿈에도 모르고.

덕분에 맹부요는 궁금하지도 않은 태자 전하의 빛나는 공적을 저녁 내내 귀에 딱지가 앉도록 들어야 했다.

장손무극은 나이 일곱에 벌써 군사 배치도를 그려 낼 줄 알았다고 한다. 그 재능으로 10만에 불과했던 국경 부근 병력에 대한 군제 개혁을 단행해 병력을 70만까지 늘려 인접 3국을 견제했다.

어느 해에 남부 국경 지대에서 남융南戎과 북융北戎 부족이 초원 점유권을 두고 전쟁을 벌여 근방 민생이 도탄에 빠졌다. 장손무극은 그 작은 몸으로 천 리 길을 달려 분쟁 지역 한복판으로 향했다. 고작 호위병 열 명만을 거느린 채였다.

다들 소년이 난리 통에 생을 마감하리라 여겼건만, 사흘 후 미소 띤 얼굴로 군영 막사 밖에 등장한 그는 남융 족장과 북융

족장 사이에 서서 그들과 손을 맞잡고 있었다.

소도 때려잡게 생긴 두 족장은 병사들이 지켜보는 앞에서 서로 맞절을 했고, 그날부로 철천지원수에서 둘도 없는 의형제로 거듭났다.

그 곁에 뒷짐 지고 서서 미소를 머금은 소년의 나이는 고작 열 살. 본래대로라면 광활한 초원에서 가장 키가 작은 이여야 옳았다. 하지만 융족 10만 대군 중 감히 무릎을 꼿꼿이 펴고 소년을 내려다보는 병사는 단 한 명도 없었다.

그가 열셋이 되었을 때 임강왕臨江王이 반란을 일으켰다. 임강왕은 최우선 제거 대상인 태자를 연회에 초대했고, 장손무극은 갑옷도, 군사도 없이 연회장에 나타났다.

술잔이 몇 바퀴 돌고 나자 예법에 따라 임강왕이 태자에게 잔을 올렸으니, 잔에 담긴 것은 무색무취의 독주요, 왕의 뒤를 바짝 따르는 시종은 사실 이름난 자객 소영疏影이었다.

독주를 단숨에 입에 털어 넣은 장손무극이 잔을 쟁반에 내려놓은 직후! 회심의 미소를 짓고 있던 임강왕의 가슴을 태자의 팔이 관통했다. 장손무극은 그 손으로 뒤에 있던 소영의 심장까지 잡아 뜯었다.

경악에 찬 좌중의 눈동자 속에서, 태연하게 손을 거둬들인 장손무극은 입에 머금고 있던 독주를 모조리 임강왕의 얼굴을 향해 뿜어냈다. 얼굴이 독주에 흐물흐물하게 녹아내리기 시작한 시체를 가리키며 그가 웃는 낯으로 말했다.

'저승에서 황실의 어르신들을 뵐 면목이 없으실 듯하여 이

종손자가 수고를 덜어 드렸습니다.'

말을 마친 그는 피부를 한 겹 벗듯 살색 장갑을 벗어 바닥에 던지고 성큼성큼 자리를 떴다. 그 모든 일이 벌어지는 동안 장손무극의 몸에는 피 한 방울 묻지 않았다.

이때부터 황족 중 누구도 감히 그를 상대로 딴마음을 먹지 못했다.

열다섯이 된 장손무극은 사신 신분으로 부풍국을 방문했다. 어찌 된 일인지는 몰라도 그가 나라를 한 바퀴 돌고 온 직후, 부풍국 양대 부족 사이에 돌연 전쟁이 발발했다.

3년의 전쟁을 거쳐 양대 부족은 삼대 부족으로 분열되었고, 더는 인접국인 무극을 넘볼 여력이 없어졌다. 이 일로 각국은 장손무극의 입경을 아예 금지할 움직임까지 보였다. 그토록 무시무시한 인물이 자국에 관심을 둔다는 건 누구에게나 등골 서늘한 일이었으므로.

걸핏하면 온 세상이 기함할 일을 벌이곤 하던 그는 열다섯 이후로 급격히 얌전해졌다. 나라 간 힘겨루기에 끼는 일도, 영토 확장을 꾀하는 일도 없이 천살을 머리 위에 둔 이인자의 위치에 만족하는 듯한 모습이었다.

만약 예전과 같은 행보를 계속 이어 갔다면 각국의 암살 조직이 가진 목표물 명단에서 훨씬 더 높은 순위에 올라갔을 테니 개인의 안위 측면에서 본다면 다행한 일이었다.

태자가 국호인 '무극'을 이름으로 하사받은 것은 그 비범함이 국익에 막대한 기여를 했음을 인정받은 것으로, 오주대륙에서

이는 비할 데 없이 큰 영예였다.

요신의 장광설은 과장 섞인 감탄조로 끝을 맺었다.

천하에 장손무극을 당할 영웅 누가 있으리!

눈을 가늘게 뜨고 요신의 말투를 떠올리던 맹부요가 피식 웃음을 흘렸다. 그 웃음기가 미처 가시기도 전, 갑자기 눈앞이 깜깜해지면서 '퍽' 소리가 귀를 울렸다. 땅을 보며 걷다가 맞은편에서 오던 이의 가슴에 이마를 박은 것이다.

그런데 어째 이마에 남은 감촉이 애매했다. 그냥 단단하기만 한 게 아니라 뭔가 물컹한 것이, 어렴풋이 '찌익' 하는 울음소리도 난 듯했다. 울음소리를 듣고 짚이는 바가 있어 그녀가 고개를 들었을 때는 이미 늦은 뒤였다.

상대의 옷섶에서 하얀 털 뭉치가 삐져나와 납작하게 눌린 제 배를 문지르더니 다음 순간 다짜고짜 발톱을 세우고 달려들었다. 바람을 가르는 소리가 자못 흉흉했다.

그러나 아깝게도 공격 도중 웬 열매 하나가 등장해 발톱 사이에 턱 끼워졌다. 태세 전환이 대단히 빠른 어느 대인께서는 미련 없이 '생쥐발톱권'을 거두고 간식을 즐기러 들어가셨다.

살그머니 고개를 든 맹부요는 빛이 넘실대는 눈동자를 마주했다. 한겨울 북풍 속에서도 계절을 봄으로 되돌려 버리는 눈빛. 원소후가 아니면 또 누구겠는가.

"무슨 생각을 그리 골똘히 했소?"

살며시 들려 올라간 입꼬리, 부드러운 호를 그리는 눈매.

가면을 썼던들 어떠하리. 보는 이를 취하게 만드는 데는 저 눈만으로도 차고 넘치거늘.

"당신……."

맹부요가 눈동자를 굴리며 실실거렸다. 원소후가 얼굴을 붉히길 기대하며 일부러 말끝을 길게 끄는 참이었다.

그러나 상대편은 강적이었다. 그는 눈 하나 깜짝하지 않고 당연히 다음 말이 더 있지 않겠느냐는 표정으로 미소 짓고 있을 뿐이었다.

"윗분인 장손무극 말이에요."

기분이 팍 상한 맹부요가 따다닥 쏘아붙였다.

뒷말을 마저 들은 원소후가 의아하다는 듯 고개를 갸웃했다.

"태자 전하는 갑자기 왜?"

대꾸를 미뤄 둔 채 재빨리 좌우를 살핀 맹부요가 그의 손을 턱 붙잡고 덕왕부 서남쪽 담장 밑으로 향했다.

머릿속이 바쁜 그녀는 자신의 무의식적인 동작을 미처 깨닫지 못했다. 원소후는 그저 빙긋이 미소 지으며 그녀가 이끄는 대로 걸음을 옮겼다.

한편 그의 가슴께에서는 옷섶 밖으로 머리를 삐죽 내민 원보 대인이 맹부요의 손을 무섭게 노려보고 있었다. 눈빛으로 그 가증스러운 앞발을 썰어 버리기라도 하려는 듯이.

원소후를 끌고 담장 꼭대기로 올라간 맹부요가 상당히 꼴사나운 자세로 쭈그리고 앉아 돌멩이를 하나 주워 들었다. 돌멩이가 어둠에 잠긴 정원으로 날아들자 그 직후.

"장손무극, 적통의 씨도 아닌 주제에……."

여자의 날카로운 목소리가 터져 나왔다. 다만, 누군가 입을 틀어막았는지 이번에는 외침이 중간에 끊겼다.

곧이어 횃불이 하나둘 어둠을 밝히더니 저 멀리서 소란스러운 발소리가 들려왔다. 덕왕부 시위들이 출동한 것이다.

"엥?"

하고 소리를 낸 맹부요가 당황스럽다는 듯 말했다.

"어제까지만 해도 지키는 사람이 없었는데, 뭐지?"

그녀가 원소후를 돌아봤다. 뒷짐을 지고 서서 어둠 속의 황폐한 원락을 내려다보는 그의 눈에는 뭐라 형용하기 힘든 감정이 떠돌고 있었다.

저만치서 울리는 고함을 뒤로하고, 원소후가 맹부요를 챙겨 담장 위를 벗어났다. 그길로 왕부 근처 골목까지 후퇴한 두 사람이 땅에 발을 제대로 디디기도 전, 불현듯 화살이 공기를 가르는 소리가 들렸다.

달 아래서 꽃을 꺾다

지극히 빠르며, 지극히 사나운 파공음. 구중천에서 내리친 광풍의 칼날이 삽시간에 어둠을 꿰뚫고 쇄도하듯 기민한 소리였다.

쐐액!

맹부요와 원소후의 발치에 화살 몇 대가 파바박 꽂혔다. 자로 잰 양 가지런히 박힌 화살대 끄트머리에서 핏빛 깃이 한참을 파르르 떨었다.

화살이 꽂힌 지점은 맹부요의 신발 앞코 바로 직전이었다. 상대방이 마음만 먹었다면 발등에 구멍을 뚫는 것쯤은 일도 아니었으리라.

언제 등장한 건지, 덕왕부 담벼락 꼭대기에 활을 든 사람이 우뚝 서 있었다. 상대가 아래를 내려다보며 비뚜름히 웃었다.

어둠 속에서 빛나는 그의 눈에 담긴 것은 경멸이었다.

맹부요와 원소후가 고개를 들자 상대가 천천히 활을 당겼다. 활등이 끼릭끼릭 뒤틀리는 소리가 공기 중에 위협적인 살기를 불어넣었다.

한계까지 휜 시위에 화살 네 개가 나란히 걸려 아래쪽을 겨누고 있었다. 담장 위에 선 상대가 가소롭다는 듯 웃으며 말했다.

"이 밤중에 덕왕부를 기웃거리다니, 간이 배 밖으로 나온 연놈들이로구나! 조금 전에는 경고였지만 한 발자국이라도 더 접근한다면 그때 화살이 박히는 곳은 그 우둔한 머리통이 될 것이다!"

느릿하게 턱을 들어 담장 위 사내와 눈빛을 맞춘 맹부요가 동공을 좁혔다. 그녀가 딱 질색하는 게 바로 저런 협박이었다.

맹부요가 움직이자 그와 동시에 화살이 시위를 떠났다. 화살촉이 그녀의 미간을 노리고 달려드는 사이, 상대가 싸늘하게 말했다.

"덕왕부 금지 구역에 침입한 자는 죽음으로 다스린다!"

단순히 활을 다루는 재주만 뛰어난 자가 아니었다. 상당한 거리임에도 목소리가 이 정도로 또렷이 전달된다는 건 내력이 심후하다는 뜻이었다.

그러나 상대가 아무리 고수라 한들 맹부요는 사람 목숨 알기를 개미 목숨으로 아는 놈의 경고에 순순히 꼬리를 내릴 생각이 없었다. 맹부요가 훌쩍 뒤로 눕자마자 화살이 코끝을 스치고 지나갔다.

다음 순간, 그녀가 엉거주춤하게 누운 자세에서 허리를 홱 뒤틀어 땅에 박혀 있던 화살을 발로 차올렸다. 공중에서 팽그르르 돌아 방향을 바꾼 화살은 날카로운 바람 소리를 내며 담장 위 그림자를 향해 쏘아져 나갔다.

상대가 어둠 속에서 눈을 빛냈다. 방금 맹부요가 보여 준 발차기는 언뜻 쉬울 듯해도 실상 아무나 할 수 있는 게 아니었다. 뒤로 누운 자세를 유지한 채 무려 반 자 깊이로 박힌 화살을 부러뜨리지 않고 차올리다니. 엄청난 허릿심과 신기에 가까운 힘 조절이 필요한 일이었다.

승부욕이 치미는 걸 느끼며 코웃음을 친 상대가 팔을 휘두르자, 날아오던 화살이 둘로 쪼개지면서 다시 맹부요를 향해 돌아섰다. 그러자 벌떡 몸을 일으킨 맹부요가 입 밖으로 뭔가를 퉤퉤 뱉어 냈다.

그녀가 앞니 사이로 뱉어 낸 것은 진기였다. 두 동강 났던 화살이 '빠직' 소리와 함께 넷으로 쪼개져 담벼락 쪽으로 다시 방향을 틀었다.

맹부요가 이렇게까지 바락바락 덤빌 줄은 미처 몰랐는지 상대방이 껄껄 웃음을 터뜨렸고, 그 웃음소리가 울리는 동시에 여덟 조각으로 나뉜 화살이 또 한 번 맹부요를 덮쳤다.

화살 하나를 여덟 토막으로 잘라 놨으니 한 토막당 길이는 겨우 손바닥 폭 남짓. 더 쪼개기는 어려울 터였다.

팔짱을 끼고 선 상대가 의기양양하게 말했다.

"이제 어찌할 테……."

그는 말을 하다가 말고 눈이 휘둥그레졌다.

여덟 토막짜리 화살 따위는 제쳐 두고 바닥에 박혀 있던 온전한 화살 두 대를 뽑아 든 맹부요가 담장 쪽을 향해 훌쩍 몸을 날렸던 것이다. 허공에 뜬 채로 흡사 표창을 날리듯 던진 화살이 각각 상대의 양쪽 허리춤으로 날아갔고, 맹부요는 깔깔 웃어 젖혔다.

"머저리 같은 새끼, 장작 패기 대회도 아니고 내가 그걸 왜 쪼개고 앉아 있니?"

허를 찌르는 공격이었다.

무시무시한 속도로 뛰어올라 전력을 다해 던진 화살. 상대방이야 열여섯 분절만 기대하고 있었지, 설마하니 치사하게 변칙 공격을 날릴 줄 상상이나 했겠는가.

그가 멈칫하는 사이 화살촉이 어느덧 지척으로 다가왔다. 그래도 역시 고수는 고수, 상대방이 당황하지 않고 손날을 눕혀 크게 휘두르자 진기에 밀려난 화살이 바닥으로 곤두박질쳤다.

한숨 돌린 상대방이 고개를 틀어 밑에 있는 호위병을 보며 씩 웃었다.

"분수도 모르고 설치는 것들, 어디 감히 이 몸을……."

말이 끝나기도 전이었다.

등 뒤를 홀연 스친 바람 소리에 옆구리가 허전해지는가 싶더니…… 바지가 주르륵 내려가는 게 아닌가.

담장 위에 높이 뜬 달을 배경 삼아 소리 없이 흘러내린 바지가 발목께에 걸렸다. 때마침 맹부요는 털이 숭숭 난 다리를 구경하기에 더할 나위 없이 적절한 위치에 있었다.

"오호, 밭장다리였구먼."

휘릭 공중제비를 넘어 원소후의 곁으로 돌아간 맹부요가 고개를 젖히고 깔깔거렸다.

그녀의 손에는 가는 명주 끈이 들려 있었다. 조금 전 화살을 던질 때 촉에 끈을 묶어 뒀었고, 화살을 쳐 낸 상대방이 뒤를 돌아보며 잘난 척하는 사이에 끈을 채찍처럼 놀려 화살촉으로 허리띠를 끊어 낸 것이었다.

그리도 오만방자하던 상대가 허둥지둥 바지춤을 추스르는 꼴을 구경하며 낄낄거리던 맹부요가 '딱' 하고 경쾌하게 손가락을 튕겼다.

"조금 전에는 경고였지만 자꾸 까불면 그때는 허리띠가 아니라 네놈 소중이가 잘릴 거다!"

한편 원소후는 줄곧 어둠 속에 서서 미소로 상황을 관망하고만 있었다. 아직 웃음을 멈추지 못한 맹부요가 그를 잡아끌었다.

"가요."

두 사람이 막 돌아섰을 때였다. 담장 위의 사내가 분하다는 양 콧방귀를 뀌는 소리가 들렸다. 꽤나 살기등등한 소리구나 싶었는데, 곧 뭔가가 '우웅' 하더니 하늘이 갑자기 찬란하게 밝아졌다. 밤하늘에 수천수만 개의 화려한 별들이 한꺼번에 뜬 것만 같았다.

머나먼 창천 저 너머에서 솟아올라 무수한 시공간을 향해 내달리는 영원의 빛. 육안으로는 포착조차 하지 못할 속도로 암흑을 가르고 도래한 빛이 순식간에 천지를 뒤덮고 우주를 가득 채웠다!

그 빛이 고작 시야 끄트머리를 스친 것만으로도 맹부요는 가슴이 덜컥 내려앉았다. 동공으로 쏟아져 들어온 광휘의 찬연함이 전율로 화해 모든 움직임을 잊게 했다.

찰나의 전율을 틈타 별빛은 어느덧 코앞에 당도해 있었다.

한편, 원소후는 별빛의 출현과 동시에 곧바로 뒤를 향해 돌아섰다. 줄곧 존재감을 감추고 있었으나, 별빛의 형용 불가능한 속도보다도 한층 압도적인 그의 민첩함이 폭발한 순간이었다. 그의 몸이 둥글게 회전하자 옷자락이 휘돌고 흑발이 나부꼈다. 어둠 한복판에서 순백의 빛이 번쩍하더니 폭풍우처럼 몰려오던 '우웅' 소리가 돌연 뚝 그쳤다.

사방이 쥐 죽은 듯 고요해졌다.

담벼락 위에서 쏟아져 내린 월광이 좁은 골목을 비추는 가운데, 미처 빛이 닿지 않는 사각지대에서 길고 수려한 손이 뻗어 나왔다. 백옥처럼 흰 손가락이 이제 막 꽃가지에서 꺾어 낸 송이인 양 들고 있는 것은 기묘한 형태의 오각형 꽃이었다.

얼음으로 조각해 낸 듯 영롱한 꽃송이의 모서리마다 별빛이 무수하게 반짝이고 있었다. 보는 이의 넋을 앗아 가고도 남을 아름다움이었다.

하나, 그마저도 꽃을 들고 있는 손가락의 예술적인 미려함에는 감히 미치지 못하였으니.

빛이 들지 않는 사각지대가 인물의 모습을 감춰 오직 꽃을 든 손만이 달빛을 받고 있었다. 살인화殺人花를 취한 손가락은 길고도 희디희었으며, 흔들림 없이 우아한 그 자태에서는 천하 만물을 내려다보는 고고함이 묻어났다.

달 아래 소리 없이 꺾인 꽃.

온 세상이 적막에 잠긴 와중에 오각화五角花가 몰고 온 바람이 꽃을 쥔 이의 강력한 진기에 가로막힌 바로 그 지점에만, 두 개의 힘이 충돌하면서 만들어진 작은 회오리바람이 몰아쳤다.

바람이 맹부요의 면사를 날려 보내자 골목 안이 순간적으로 밝아졌다. 하늘 가득한 별의 광휘가 소녀의 빛나는 눈동자 안으로 물밀 듯 밀려들었다.

만휘군상을 포용할 만큼 깊음에도 맑은 샘처럼 투명한 눈이 온 세상을 밝히고도 남을 광채를 발하고 있었다. 그 위쪽으로 비할 데 없이 정교한 각을 그리며 뻗어 올라간 눈썹은 달과 구름을 부리며 구중천에서 춤추는 선인의 자태를 연상케 했다.

일순간, 어둡던 골목에 밝은 달 하나가 더 떠오른 것만 같았다.

담장 위에 선 사내의 눈길이 한 지점에 붙박였다. 길게 찢어진 눈매에 스친 것은 탐욕과 경탄. 지금껏 적수가 없었던 자신의 필살기가 원소후의 손에 단번에 제압당했다는 사실조차 잠시 잊은 기색이었다.

그 경이로움에 찬 눈길을 배경으로 꽃을 쥐고 있던 손이 불현듯 움직였다. 바람처럼 날렵한 손끝에서 한들한들 날아오른 오각화가 허공에 기묘한 곡선을 그리자 하늘을 절반이나 가릴 만큼 거대한 꽃송이가 피어나 담장 위에 선 사내를 덮쳤다.

사내는 대경실색했다. 본인이 쓰던 비장의 무기이니 그게 제대로 된 힘을 발휘하면 어떤 결과를 낳는지 모를 리가. 질겁한 사내는 체면 불고하고 그대로 뒤를 향해 드러누워 버렸다.

곧이어 담벼락 너머에서 묵직한 물체가 땅에 처박히는 소리가 들렸다. 얼마나 다급했으면, 착지에 신경 쓸 겨를조차 없었던 모양이었다.

원소후가 달빛 아래에서 손을 거둬들이는 찰나, 조금 전까지 오각화를 잡고 있던 손끝에 언뜻 검푸른 빛깔이 스치더니 의식적으로 늘어뜨린 소맷자락에 덮여 금세 그 모습을 감췄다.

품 안에서 빼꼼 머리를 내민 원보 대인이 찍찍거렸다. 원소후는 그저 미소 지으며 고개를 가로저었고, 원보 대인은 눈길을 돌려 맹부요를 매섭게 째려봤다.

맹부요 쪽에서야 어리둥절할 일이었다.

갑자기 왜 버럭이야, 벌써 갱년기니?

고개를 틀어 그녀를 돌아본 원소후가 미간을 가볍게 찌푸렸다. 항상 역용을 하고 다니던 그녀가 하필 오늘따라 면사 뒤에 아무런 변장을 하지 않았던 것이다.

맹부요가 머쓱하게 웃으며 얼굴을 매만졌다.

"어떤 작자의 흉계에 당해서 뾰루지가 나는 바람에. 역용까지 하면 더 나빠질 것 같아서요……."

어렴풋이 미소 지은 원소후는 그녀를 데리고 골목을 빠져나온 뒤에야 입을 열었다.

"상황이 조금 귀찮게 됐소. 앞으로는 어지간하면 남 앞에서 진짜 얼굴은 보이지 마시오. 특히 아까 그 사내의 눈에는 절대 띄지 않도록 하고."

"누구길래요?"

"건무장군建武將軍 곽평융郭平戎. 무극국 전체를 통틀어서도 손꼽히는 맹장이오. 현재 남만南蠻 정벌을 맡고 있소. 출신이 미천하여 본래는 덕왕 휘하 적풍대 대장 자리에 머무르다가 후일 기연을 얻어 천하 십대 강자 중 서열 아홉 번째인 성휘성수星輝聖手 방유묵方遺墨의 제자가 되었지. 성휘성수의 '천지지휘天地之輝'는 당해 낼 무림인이 거의 없는 전설적 암기요. 곽평융은 지난 진무대회에서 천지지휘의 위력에 기대 4위를 기록했고, 종 신분에서 일거에 장군으로 올라섰소. 그러니 무공으로 따지면 무극국 내에서만이 아니라 천하에서도 열 손가락 안에는 든다고 봐야겠지."

"그럼 그쪽은요?"

고개를 살짝 갸웃하게 넘긴 맹부요가 짓궂은 웃음을 흘렸다.

"그 천지지휘를 힘도 안 들이고 막아 낸 그쪽은 서열 몇 위인데요?"

밤을 틈타 만개해 다디단 향내를 흩뿌리는 꽃과도 같은 웃음이었다. 그녀의 눈빛은 묘하게도 순수한 소녀의 사랑스러움과 성숙한 여인의 여유로움을 동시에 품고 있었다.

그녀를 바라보는 사이 원소후의 깊게 가라앉은 눈동자에도 별빛을 닮은 온유함이 피어났으나, 그는 아무런 말없이 그저 미소 지으며 그녀의 손을 감아쥐었을 뿐이었다.

움찔한 맹부요가 서로 얽혀 있는 손을 내려다봤다. 어째서인지 뺨이 확 달아올랐다. 방금 무슨 질문을 했는지 따위는 이미 기억 저편으로 잊힌 뒤였다.

원소후의 봄밤 미풍 같은 목소리가 귓가를 간질였다.

"곽평융은 뒤끝이 있는 자이니 조심하시오. 게다가 예로부터 옥좌에 앉은 사내들이 널리 앓던 그 병이 하필 저자에게도 있다오. 무언가를 심히 밝히는……."

"사내가 무언가를 심히 밝히는 병……."

맹부요는 멍하니 문장을 한 번 되뇌고 나서야 무슨 뜻인지를 알아챘다.

그녀가 뭐라고 입을 열기도 전, 괘씸한 상대방이 아까보다 훨씬 은근한 투로 귓가에 속삭였다.

"밤이 깊었는데 우리 그만 잠자리에 드는 게 어떻소?"

희생양을 만들다

한밤중 골목길, 웃음기 섞인 나무라는 소리가 돌연 정적을 깨뜨렸다.

"이 저질!"

담장 모퉁이까지 성큼 들어선 달빛이 아리따운 소녀를 비췄다. 맞은편에 선 남자를 걷어차는 시늉을 한 소녀가 사뿐하게 돌아서더니 한 마리 나비처럼 골목을 날아 나갔다.

맹부요가 자리를 뜨고 원소후의 입가에서도 미소가 서서히 걷히던 무렵, 그의 등 뒤쪽에 홀연 검은 그림자가 등장했다. 흑색 옷을 입은 남자가 원소후를 향해 가볍게 허리를 숙이더니 아주 낮은 소리로 말했다.

"주군……. 부상은……."

원소후가 손을 들어 올렸다. 어느새 손가락 전체가 검푸른

색으로 물들어 있었다. 하지만 그는 여전히 차분한 기색일 따름이었다.

"괜찮다."

맹부요가 사라진 방향을 바라보던 그가 이내 불편한 심기를 드러냈다.

"곽평융의 작태가 날이 갈수록 한심해지는구나. 천지지휘는 신기神器에 가까운 물건이거늘, 여인을 상대로 앞뒤 가리지 않고 그런 물건을 날리면서 심지어 독까지 쓰다니. 그게 십대 강자 문하에서도 꽤나 지위가 있다는 자가 할 짓이더냐."

곧은 뒷모습과는 달리 그의 옷소매는 바람이 없는 가운데도 일렁이고 있었다.

본능적으로 한 걸음 뒤로 물러선 흑의인이 허리를 더 깊게 숙였다. 주군은 어지간해서는 화를 내는 일이 없는 분이셨다. 이 세상 그 무엇도 주군을 분노시키지 못하리라 믿었던 때가 있었을 정도로. 그런 주군께서 지금처럼 냉엄한 기운을 뿜어내실 정도라면 곽평융이 제대로 역린을 건드렸다는 뜻이었다.

잠시 고민하던 흑의인이 착잡한 웃음을 섞어 말했다.

"길바닥 무뢰배 출신이 하는 일이 어련하겠습니까마는, 그래도 전장에서는 훌륭한 장수이지 않습니까. 덕왕 전하와 마찬가지로 조정에 대한 충심도 굳고 말입니다."

대답 없이 엷게 웃기만 하던 원소후가 간격을 두고 입을 열었다.

"사람을 붙여 불상사가 없도록 지켜라."

"예."
"본인 힘으로 해결할 수 있는 상황에서는 나서지 말고."
"예."
"당분간 폐관에 들어갈 것이다. 방유묵의 천지지휘는 나로서도 얕볼 수 없는 물건이야. 그간 바깥일은 너희가 알아서 처리하여라."
"예."
말을 마친 원소후는 몸을 틀어 맹부요가 사라진 방향을 다시 한참 바라본 후에야 미소와 함께 자리를 떴다.
홀로 남아 복잡한 눈으로 전방을 응시하던 흑의인은 아주 오래전 주군께서 하셨던 말을 떠올렸다.
'세상의 험난함과 맞서 싸우며 자유롭게 성장해 사내와 같은 높이에서 함께 날 수 있는 여인을 보고 싶구나. 비바람을 뚫고 나는 쾌감도, 자신의 신념을 좇는 방법도 알지 못하고 그저 남의 힘 있는 날개에 겹겹이 둘러싸여 사는 금사조[2]가 아니라.'

요 며칠 덕왕부가 돌아가는 본새가 어째 수상했다. 콕 집어 말하자면 문제는 그날 밤 이후로 틈만 나면 왕부에 출몰하는 곽평융이었다.

2 카나리아.

덕왕한테 무슨 이야기를 어떻게 했는지는 몰라도 그는 저택 안내인까지 대동한 채 덕왕부를 휘젓고 다니면서 그 날카롭게 찢어진 눈으로 사람들을 하나하나 살피고 있었다.

종월은 맹부요에게 바깥출입을 삼가라 당부했고, 당연히 눈치가 빤한 맹부요는 이번만큼은 그의 의견을 적극 수렴했다. 또한 두문불출에서 한 발 더 나아가 목 아래쪽까지 변장에 힘쓰는 성의를 보였으니, 지금 그녀는 판판한 가슴에 누렇게 뜬 얼굴을 가진 사내였다. 전혀 눈에 띌 만한 외모가 아닌지라 어쩌다 곽평융과 마주칠 일이 있어도 상대는 눈길 한 번 안 주고 그녀를 그냥 지나쳐 가곤 했다.

이날 맹부요는 약재를 캐러 종월의 약초밭으로 향하는 내내 생각이 많았다. 왕부를 끈질기게 휘젓고 다니는 모양새를 보니 곽평융은 그날 밤 자신의 바지를 벗긴 범인이 이 안에 있다고 확신하는 듯했다. 아무래도 한시바삐 줄행랑을 놔야 할 상황이지 싶었다.

아아! 진작 튀었어야 했는데, 덕왕부에서 제공하는 무료 숙식의 질이 너무 훌륭했던 탓에 떠나질 못했다!

맹부요 본인은 절대 인정하지 않을 작정이었으나, 사실 떠나지 못한 데는 이유가 하나 더 있었다. 원소후가 며칠째 얼굴을 비치지 않는데 이대로 말도 없이 가 버리면 그가 다시는 자신을 못 찾아내는 게 아닐까 걱정이 됐던 것이다.

워낙 재주 좋은 사람이라 어지간해서는 그런 사태를 만들지 않을 걸 알지만……. 만약이라는 게 있으니까.

정신은 딴 데 다 팔아먹은 채로 모종삽을 꺼내 든 맹부요가 흙을 한 줌 뜨기도 전이었다. 갑자기 '쨍그랑' 하고 뭔가 깨지는 소리가 날아들더니 곧이어 약초밭 너머 화원 정자 쪽에서 여자가 소스라치게 놀라는 소리가 들렸다.

고개를 빼꼼 들자 꽃그늘 너머로 바깥채 시녀 교령巧靈의 모습이 보였다. 그녀는 바닥에 쪼그리고 앉아 깨진 그릇을 허겁지겁 치우는 중이었고, 옆에는 곽평융이 굳은 표정으로 앉아 있었다.

이때 맞은편 자리에 있던 덕왕이 인상을 찌푸리며 교령을 꾸짖었다.

"얼뜨기 같은 것, 썩 꺼져라!"

벌벌 떨던 교령이 후다닥 뒤로 물러나는 모습을 보며, 맹부요는 소리 없이 탄식을 흘렸다. 심기 불편한 곽평융에게 걸려 피를 본 사람이 요즘 한둘이 아니었다. 따지고 보면 교령에게 불똥이 튄 것도 결국은 자신 탓이었다.

한쪽으로 돌아서 조용히 눈물을 훔쳐 내는 교령의 얼굴을 본 순간, 맹부요는 움찔하고 말았다.

조막만 한 얼굴에 초롱초롱한 눈동자가 어여쁜 아가씨인 줄이야 알고 있었지만, 지금까지는 그냥 그런가 보다 했을 뿐이었다. 그런데 그 눈동자에 물기가 그렁그렁한 모습을 보니 새삼 묘한 기시감이 드는 것이었다.

맹부요가 기시감의 정체를 밝혀 내기에 앞서 곽평융이 먼저.

"음?"

하고 한 걸음 앞으로 나서더니 교령의 턱을 붙잡아 억지로 자기 쪽으로 돌렸다. 가늘게 찢어진 그의 눈이 뼈까지 발라낼 기세로 교령을 구석구석 샅샅이 훑었다.

교령의 나이 고작 열여섯. 젊은 사내에게서 이토록 노골적인 눈길을 받아 본 적이 어디 있겠는가.

하물며 곽평융은 건장한 체격에 남자다운 인상이었고, 거기에 길게 찢어져 위로 살짝 올라간 눈매가 은근히 도발적인 뭔가를 풍기는 것이, 따지고 보면 꽤 매력 있는 축이었다.

그사이 뺨을 달구다 못해 목덜미까지 발갛게 물들여 버린 수줍음이 교령의 미모에 한층 청초함을 더해 주고 있었다.

맹부요는 그의 눈빛을 보며 원소후에게서 들었던 말을 떠올렸다.

'병'이 있다 했던가.

상황이 좋지 않았다. 그제야 그녀는 교령의 눈동자가 누구를 연상시키는지 알 것 같았다.

바로 맹부요 자신이었다!

그렁그렁한 눈물이 부족한 반짝임을 눈에 채워 주자 얼핏 자신과 비슷한 분위기가 났던 것이다. 바로 저 눈이 곽평융의 주의를 끈 게 분명했다.

아니나 다를까, 곽평융은 교령의 눈을 들여다보고 있었다. 그날 밤 암기가 일으킨 돌풍이 소녀의 면사를 날려 보냈을 때, 어둠 탓에 얼굴을 분명히 볼 수는 없었으나 투명하게 빛나던 눈동자만은 그의 뇌리에 또렷하게 박혔다.

그 살기 어린 아름다움에서 느꼈던 충격이란. 소녀의 눈빛에 홀려 일순 머릿속이 멍해진 탓에 분노조차 잊을 뻔했었다.

중주에서 제 마음대로 하지 못할 일이 없는 곽평융은 그 순간부로 상대를 난도질할 생각을 버렸다. 그 대신에 간덩이가 부은 데다 약아빠지기까지 한 미녀를 무슨 수로 손아귀에 넣을지를 궁리하기 시작했다.

총기로 반짝이는 소녀의 눈동자가 오직 그만을 향해 미소를 보낸다면, 그 청아한 목소리로 그의 허리 아래에서 감미로운 교성을 흘린다면, 그 길고도 탄탄하게 빠진 다리가 그의 나신을 휘감는다면……. 얼마나 황홀할는지!

낮에는 권좌에 앉아 천하를 굽어보고 밤에는 미인의 허벅지에 취해 눕는 것이야말로 사내대장부의 이상이 아니겠는가.

문득 천지지휘로 역공을 펼쳐 자신을 담장에서 떨어뜨린 남자를 떠올린 곽평융은 한쪽 입꼬리를 비틀어 올렸다.

겁도 없이 그걸 덥석 잡아챘겠다?

살갗에 닿는 즉시 몸속 깊이 치명적인 타격을 입히는 남방부족의 맹독에 당했으니 아마 지금쯤이면 그 남자는 관에 들어앉아 있을 터였다. 혹여 명줄이 질겨 아직 살아 있다 한들 어차피 그 끝은 비참할 예정이었다.

눈에 띄기만 하면 그길로 도륙을 내서 어중이떠중이가 십대강자의 제자한테 함부로 까불면 어떻게 되는지 똑똑히 알려 줄 작정이었으니까!

번잡한 심사에 얼굴빛이 오락가락하는 사이, 턱을 붙든 손아귀에 저도 모르게 힘이 들어갔는지 교령이 '악' 소리를 뱉었다. 그 소리에 손을 푼 곽평융이 다시 한번 교령을 음흉하게 훑어보더니 곧 덕왕을 향해 고개를 틀었다.

"왕야께서는 막일하는 계집종 하나도 이리 미색이 빼어난 아이를 쓰십니다."

상석을 차지하고 있는 덕왕은 앉은 자세에서도 보통 사람과 정수리 높이가 같을 만큼 기골이 장대하고 풍격이 묵직한 사내였다. 이목구비 또한 번듯했으나 아쉽게도 이마를 길게 가로지르는 흉터가 잘난 얼굴을 다 망치고 있었다.

임강왕의 모반 때 목숨을 잃은 자객 소영의 부인이자 동료인 난매亂梅가 복수를 위해 태자를 암살하려던 당시, 죽을 각오로 덤벼드는 그녀의 검을 대신 받아 내면서 남은 상처라는 게 항간에 전해지는 이야기였다.

무극국 조정과 민간 모두에서 충용의 상징으로 칭송받는 사내가 이 순간, 본인 휘하 출신의 장수를 보며 미소 짓고 있었다.

"까탈스러운 네 눈에 차는 아이가 자주 있는 것도 아니니 마음에 들거든 데려가거라."

"정말 그래도 되겠습니까?"

곽평융이 눈을 빛내자 덕왕이 껄껄 웃으며 말했다.

"네게 고작 시녀 하나 못 내주겠느냐?"

"왕야께서는 고작 시녀라 하셔도 제 눈에는 보배입니다."

고개를 돌려 교령을 훑어보며, 곽평융이 의미심장하게 웃음 지었다.

"분명 인연이 있으니 이렇게 만난 것일진대 제대로 된 대우를 해 줘야지요. 형식을 갖춰 첩실로 들이겠습니다."

"이리 마음을 써 주다니, 복이 많은 계집이로구나. 그렇다면야 우리 쪽에서도 건무장군의 첫 번째 첩실을 푸대접할 수야 없지."

덕왕이 호탕하게 껄껄거렸다.

"여봐라, 교령을 데려가서 채비시켜라. 내일 남부럽지 않게 장군부 문지방을 넘도록 혼수를 마련하라 왕비에게 전하고!"

곽평융이 빙긋이 웃으며 감사를 표했다.

한편, 얼떨떨해하며 후원으로 끌려가는 교령을 지켜보던 맹부요는 자기 손바닥에 주먹을 먹였다.

"빌어먹을!"

'비련'의 사환

한밤중 덕왕부, 등불이 하나둘 꺼지고 야간 경비를 서는 시위들의 발소리 말고는 아무런 기척도 남지 않았을 무렵.

언제부터 내리기 시작했는지 모를 이슬비가 조록조록 청석 바닥을 적시고 있었다. 물기 어린 바닥재가 저 멀리서 아스라하게 비쳐 드는 등롱 불빛을 반사하는 가운데, 겨울비에 번진 병사들의 그림자가 유난히도 음산했다.

반듯이 늘어선 건물들과 잘 닦인 길 사이로 병사들의 것보다 훨씬 가녀리고 민첩한 사람 그림자가 홀연 스쳐 지났다. 반들반들한 돌바닥이 반사해 낸 것은 한 줄기 거무스름한 빛이 고작, 그림자는 순찰 중인 대오 틈바구니를 눈 깜짝할 사이에 가로질렀다.

가랑비에 달도 시든 밤, 잠행에 나선 이의 목적은 한 쌍의 원앙을 갈라놓는 것이었으니.

맹부요는 이미 곽평융에 대해 알아볼 만큼 알아보고 온 참이었다. 첫 번째 첩실은 개뿔, 놈을 거쳐 간 여자가 한둘이 아니라고 들었다. 다들 제 손으로 목숨을 끊어서 그렇지.

왕부 담장 안에만 갇혀 지내는 교령은 아무것도 몰랐지만, 밖에는 벌써 흉흉한 소문이 파다했다. 어지간한 양갓집 규수들은 아예 장군부 근처에도 얼씬을 안 한다던가.

곽평융이 교령에게 흥미를 느낀 건 오로지 그 눈이 닮았기 때문이었으니, 아무리 생각해도 교령의 앞날이 밝을 것 같지는 않았다. 그러니 어쩌겠나, 지금이라도 나서서 깽판을 놓는 수밖에.

검은 옷에 복면을 쓴 맹부요는 거침없는 질주를 이어 갔다. 왕부 지리를 환히 꿰뚫고 있는 데다가 경공까지 받쳐 주는 덕에 후원 진입에는 그리 오랜 시간이 걸리지 않았다.

하루아침에 인생 대역전을 이뤄 낸 교령은 내일을 준비하고자 벌써 후원 우향거藕香居로 거처를 옮긴 뒤였다. 새신부가 들뜬 마음에 잠을 못 이루는 탓이려나, 어느덧 삼경[3]을 넘긴 시각임에도 우향거에는 여전히 등불이 밝혀져 있었다.

반쯤 열린 창문을 통해 구름처럼 실내로 들어온 맹부요가 바닥에 사뿐히 발을 디뎠다. 이와 동시에 창가 화장대 앞에 앉아 있던 소녀가 흠칫 놀라 고개를 들었다. 등불 아래 드러난 미모

3 밤 11시에서 새벽 1시 사이. 자시와 같다.

는 그새 새댁 모양으로 단장한 교령의 것이었다.

교령이 놀라 소리를 지르려고 하자 재빨리 다가가 입을 틀어막은 맹부요가 속삭였다.

"쉿, 여기서 빼내 주려고 온 거야."

눈이 휘둥그레진 교령이 멀쩡히 잘 있는 사람을 난데없이 '빼내러' 왔다는 밤손님을 응시했다. 무언가 끔찍한 상상을 했는지 그녀의 사지가 속절없이 후들거리기 시작했다.

"어이, 어이, 뭘 그렇게 겁먹어?"

맹부요로서는 기가 차서 헛웃음이 나올 상황이었다.

"네 몸뚱이에는 관심 없거든? 미남자였으면 모를까."

그녀가 교령의 어깨를 툭 치며 말했다.

"됐고, 일단 따라 나와. 곽평융하고 혼인은 안 돼."

그때였다. 손을 홱 뿌리친 교령이 다짜고짜 눈을 부라렸다.

"왜 안 된다는 건데요?"

"아오, 이걸 뭐라고 설명하냐."

속이 터져서 진짜.

"그거 아주 몹쓸 놈이더라고."

"닭한테 시집가면 닭을 따르고, 개한테 시집가면 개를 따르는 거라고 했어요. 하물며 곽 장군께서는 조정 2품 고관이신데, 감히 내 부군을 그런 식으로 욕보이다니요?"

교령이 발끈해 눈썹을 치켜세웠다.

"네 부군?"

맹부요의 한쪽 눈썹이 까딱 올라갔다.

애는 무슨 역할 몰입이 이렇게 빨라?

기가 막힌다는 표정으로 교령을 쳐다보며 맹부요가 말을 이었다.

"설마 오늘 딱 한 번 보고서 죽는 한이 있어도 그 자식한테 시집가겠다는 결심이 섰다든가, 그딴 소리 할 건 아니지?"

"안 될 건 또 뭔데요?"

맹부요가 내민 손을 가차 없이 쳐 낸 교령이 눈썹을 다시 한 번 치켜세웠다.

"난 온갖 궂은일만 다 도맡아 하는 최하급 종년이에요. 다섯 살에 여기 팔려 온 이후로 매일 같이 잠도 제대로 못 자고 일하면서 품삯이라고 받는 건 한 달에 겨우 은자 세 돈[4]인데, 그마저도 거의 다 집으로 보내야 해요. 배곯으면서 일하는 건 다반사고, 속곳은 해진 걸 하도 기워 입어서 이젠 너덜너덜한 누더기나 다름없고! 주인이 부려 먹지, 시녀장이 구박하지, 나이 많은 시녀들이 등쳐 먹지, 바깥채 심부름꾼 놈들까지도 마주치면 눈치 주지!"

교령이 시퍼렇게 멍이 든 손목을 내보였다.

"이거 보이죠? 시녀장한테 꼬집힌 자국이라고요! 난 이제 이 시궁창에서 벗어날 거예요. 2품 장군의 첫 번째 여자면 전생에 나라를 구했어도 못 따낼 혼처인데 미치지 않고서야 시집을 왜 안 가요?"

---

4 무게 단위. '냥'의 10분의 1에 해당한다.

거참, 어떻게 설명을 해 줘야 하나.

맹부요는 순간적으로 할 말을 찾지 못했다.

하기야, 밑바닥 여종이 극적으로 팔자 고쳐 줄 동아줄을 만났으니 그걸 어찌 마다하리.

그렇다고 저 어린 것이 분홍빛 꿈에 들뜬 채로 속에 무슨 시커먼 꿍꿍이가 들었는지도 모를 곽평융의 손아귀에 떨어지는 걸 보고만 있어? 게다가 변태 새끼라는데? 무슨 일을 당할지 모르는데?

교령이 앞으로 당할 일의 원인 제공자가 자신이란 걸 뻔히 아는 맹부요는 도저히 손 놓고 있을 수가 없었다. 한참을 고민하던 그녀는 결국 최후의 수단을 동원하기로 했다.

"네가 몰라서 그렇지, 곽평융 그놈은……, 가학적 변태 성욕자야!"

"가학적 변태 성욕자?"

토끼 눈을 한 교령이 맹부요의 입에서 나온 현대 어휘의 뜻을 유추해 내는 데는 약간의 시간이 들었다. 그러나 잠시 후, 수줍은 양 고개를 떨군 그녀가 허리끈을 배배 꼬며 뺨을 붉혔다.

"어머니가 그러셨어요. 혼인 후에 사내가 침상에서 하는 일은…… 여자가 고분고분히 잠깐만 참으면…… 금방 끝난다고."

"……."

맹부요가 착잡한 얼굴로 하늘을 올려다봤다.

내가 이 시대 여자들의 결혼관과 가정관을 현대랑 똑같이 생각하는 우를 범하다니!

"아, 몰라!"

맹부요는 어금니를 꽉 깨물었다.

긴말 필요 없이 기절시켜서 짊어지고 나가면 그만인 것을! 원망이야 받겠지만, 그래도 양심의 가책을 안 남기려면 저 짠한 인생은 구제해 놓고 봐야지.

혈도를 찍으려고 막 손을 뻗던 그때, 맞은편에서 문득 고개를 든 교령이 말했다.

"종 선생 밑에서 일하는 맹 도령 맞죠?"

"엉?"

경악한 맹부요가 본인의 복장을 이리저리 살폈다.

위장이 그렇게 허접했나?

"어려서부터 사람 목소리 하나는 귀신같이 알아보거든요."

교령이 말을 이었다.

"아무리 낮게 깔아 봤자 내 귀는 못 속여요."

그녀의 입에서 한숨이 나왔다.

"맹 도령, 그 마음을 나라고 모르진 않지만…… 우린 이뤄질 수 없어요."

"……."

맹부요는 혈도를 짚으려던 자세 그대로 엉거주춤한 석상이 됐다.

이건 또 무슨 귀신 씻나락 까먹는 소리야…….

"자꾸 주방에 들어와서 말 걸고, 나만 보면 실없이 웃고……. 사실은 다 알고 있었어요……."

고개를 틀어 맹부요를 외면한 교령이 몹시 안타깝다는 양 읊조렸다.

"나도…… 마음이 없는 건 아니었어요. 한때는 도령과의 미래를 상상해 보기도 했지만……. 장군님께서 나타나신 이상, 이제는……. 맹 도령, 이쯤에서 단념해요!"

환장하겠네! 주방에 들락거린 건 너희 바쁜 틈에 주전부리나 슬쩍해 보려던 수작이었고, 너한테만이 아니라 아무한테나 다 웃었단 말이다!

묵직한 내상을 입은 탓에 더는 입 놀릴 기력도 안 남은 맹부요는 하늘을 향해 장탄식만 했다. 교령의 눈에 비친 그 모습은 다른 사내에게 시집가겠다는 연인을 붙잡으려야 붙잡지 못하는 '비련의 사환' 그 자체였다.

미간을 살짝 찌푸리던 교령이 별안간 카랑카랑해진 목소리로 못을 박았다.

"장군부로 시집가는 건 내 복이에요. 맹 도령, 내 행복을 가로막지 말아요. 자꾸 이러면 나, 당신을 미워할지도 몰라……!"

"우라질, 미워할 테면 하든가."

착잡하게 중얼거린 맹부요가 손바닥을 확 내뻗자 장풍이 날아가 교령의 대혈大穴을 덮쳤다.

그런데 다음 순간, 충격으로 커다랗게 벌어진 교령의 눈 안에 무언가 기대감 같은 것이 스치지는 게 아닌가.

맹부요는 일순 싸한 느낌에 휩싸였다.

그러고 보니 당장 내일 꽃가마를 타야 할 처녀가 왜 이 밤중까지 안 자고 있었지? 머리는 왜 벌써 혼례를 마친 유부녀처럼 틀어 올렸고? 방금 느닷없이 목청을 키웠던 것도 어째…….

탓!

바닥을 박차고 오른 맹부요가 까만 제비처럼 공중에서 360도를 돌아 창문 밖으로 날아 나갔다.

"어딜 감히!"

누군가의 일갈과 함께 내실의 진주 주렴이 차르륵 젖혀지면서 진주의 폭포가 반짝임을 흩뿌렸다.

가닥가닥 펼쳐져 출렁이던 주렴이 보이지 않는 손아귀에 틀어잡힌 듯 한 줄기로 모이더니, 구슬 채찍으로 화해 맹부요의 등을 노리고 쏘아져 나갔다. 구슬 채찍보다 한발 앞서 기척도 없이 맹부요의 뒤를 바짝 따라잡은 자는 바로 곽평융.

맹부요는 뒤쪽을 돌아보지 않은 채로 채찍을 뽑아 들었다. 그녀의 채찍이 푸른 잔영을 남기며 허공을 종횡으로 가르자, 한데 뭉쳐 달려들던 진주가 알알이 풀려 지면으로 쏟아져 내렸다.

곽평융이 온 바닥을 어지럽게 나뒹구는 진주알을 밟고 휘청한 찰나, 맹부요가 성난 목소리로 외쳤다.

"받아라!"

우뚝 걸음을 멈추고 돌아선 그녀가 곽평융을 향해 일 장을 날렸다.

곽평융은 속으로 쾌재를 불렀다. 가공할 장력을 자랑하는 자신에게 장법으로 도전장을 내밀다니. 그가 흔쾌히 손바닥을 뻗어 상대의 공격에 응했을 때였다.

돌연 맹부요의 손가락 사이에 새카만 철침이 등장했다. 곽평융은 놀라 허겁지겁 팔을 움츠렸다.

그런데 맹부요가 자기보다 더 신속하게 공격을 거둬들이는 것이 아닌가!

그녀가 내뻗은 일 장은 애초부터 허초였다. 철침도 눈속임용에 불과했던 것이다.

진짜는 팔이 아니라 다리였다. 현란한 공중 뒤돌기와 함께 아찔한 높이로 차 올린 발끝에서 무언가 시커먼 물체가 곽평융을 향해 튀어 나갔다.

맹부요가 깔깔대며 외쳤다.

"이거나 한 방 먹어라!"

한 마리 학의 비상. 공중에서 다리를 뒤통수에 닿을 만큼 훌쩍 찢어 올린 그녀의 유연한 자태가 딱 그러했다.

둥그스름한 물건에 '한 방'이라는 소리까지 덧붙어 날아오자, 곽평융을 비롯해 뒤늦게 달려온 시위들까지 무의식적으로 화탄[5] 비슷한 건 줄 알고 부리나케 뒤쪽으로 물러섰다.

시커먼 물체가 '퍽' 하고 바닥에 처박히면서 악취를 풍기는 진흙을 사방으로 흩뿌렸다. 진흙의 정체는 종월이 혈수오를 키우는 데 쓰는 특수한 거름에 냄새 독한 약재 몇 가지를 섞은 것이었다. 본래는 원보 대인을 놀려 주려고 슬쩍 챙겨 뒀던 건데

5 火彈. 둥근 형태의 가연성 외피 안에 독약이나 마름쇠를 넣어 만든 옛 화기를 가리킨다.

이렇게 요긴히 쓸 줄이야.

"먹음직스러운 냄새지? 사양하지 말고 많이들 처먹으셔!"

시원스러운 웃음소리만을 남긴 채, 맹부요는 별똥별처럼 처마 위를 가로질러 몸을 날렸다. 진흙을 피하느라 시간을 지체한 곽평융이 정신 차리고 추격에 나서려 했으나 그녀는 이미 사라져 버리고 없었다.

그 시각, 맹부요는 미처 주의를 기울이지 못하고 지나쳤으나 저 멀리 지붕 위에는 흡사 어둠과 한 몸인 듯 보이는 흑의인들이 기척을 숨기고 대기 중이었다. 흑의인들은 맹부요가 덕왕부를 벗어나는 걸 확인하고 서로 눈짓을 교환한 다음에야 소리 없이 자리를 떴다.

한편, 곽평융은 바람 속에 서서 바닥에 덕지덕지 깔린 진흙을 내려다보고 있었다. 발차기를 날리던 소년의 한 줌밖에 안 되는 허리와 쭉 빠진 다리를 떠올린 순간, 그의 눈동자가 위험하게 번뜩였다.

녹주산에서의 만남

중주 서남쪽에는 중국 고대사에 기록된 절세 미녀 녹주[6]와 같은 글자를 쓰는 산이 있었다. 여인의 풍성한 머리채 같은 운무하며, 짙은 눈썹 같은 녹음 하며, 말없이 서서 은근한 눈길을 보내고 있는 듯한 자태가 녹주라는 이름에 걸맞게 참으로 아기자기하고 아름다웠다.

멀리서 보면 정갈히 쪽진 미인의 머리를 똑 닮은 첩첩 바위와 물고기가 바지런히 노니는 계곡이 어우러진 산 정상 부근은 특히 기가 막힌 풍광을 자랑했다.

맹부요는 바로 그 정상 부근, 판판한 바닥에 다리를 꼬고 드

6 綠珠. 고대 중국의 미녀로 서진西晋 시대에 이름을 날리던 문인이자 대부호 석숭石崇의 애첩이었다.

러누워서 풀 줄기를 꼬나물고 있었다. 생각이 많아 속이 시끄러웠다.

어젯밤 덕왕부에서 줄행랑을 놓은 길로 곧장 이리로 와서 저녁을 보낸 참이었다. 교령이 '맹 사환'에 대해 곽평융에게 일러바쳤을 상황을 대비해서였다. 이 판국에 그녀가 덕왕부에 남아 있으면 종월이 곤란해지지 않겠는가.

이때 홀연 옆자리에 그림자가 드리우더니 누군가가 그녀보다도 한층 더 유유자적한 모양새로 곁에 누웠다. 늦을세라 뽀르르 기어 나와 주인과 똑같은 자세로 옆에 자리를 잡은 털 뭉치는 덤이었다.

나란히 줄을 맞춰 누운 셋.

맹부요는 고개를 돌리지 않은 채 건들건들 구름만 올려다보는 척했다. 하지만 눈동자 안에는 진작부터 웃음기가 반짝이고 있었다.

하여튼, 말도 안 되는 장소에서의 '우연한 만남'을 잘도 성사시키는 남자였다. 이쯤 되면 '어이쿠, 어떻게 여기서!' 따위의 대사는 서로 낯부끄러울 터.

행방을 알아보고 왔을 게 빤하지만, 어느 의뭉스러운 분께서 굳이 '뜻하지 않은 해후'를 연출하고 싶으시다면야, 협조 좀 해 드리는 게 뭐 그리 어려운 일이랴.

며칠 못 본 탓인지 이런 갑작스러운 등장이 새삼 반갑기도 했다. 비록 원보 대인은 안면 근육 전체를 동원해 반대 의견을 전달하고 있었으나 지나가는 쥐 새끼의 의사 따위는 그녀가 알

바가 아니었다.

옆자리에 늘어져 계신 분의 눈꺼풀 아래로 긴 속눈썹이 우아한 곡선을 그리고 있었다. 팔을 괴고 모로 누워 살며시 눈을 감은 그는 오늘따라 핏기 없이 나른해 보이는 것이, 부잣집 한량 도련님 분위기가 물씬 풍겼다.

그런데 그 손에 들려 있는 건 분위기와 어울리지 않게도 웬 작대기가 아닌가.

저걸로 또 무슨 기상천외한 재주를 부리려고.

맹부요가 피식 웃으며 고개를 틀어 지켜보는 사이, 그녀 쪽을 보고 누운 원소후가 등 뒤 살얼음이 낀 계곡을 향해 작대기를 홱 내찔렀다.

어지러운 물보라 사이로 은빛 비늘의 반짝임이 부서졌다. 보지도 않고 내지른 막대기에 꽂혀 나온 것은 팔딱거리는 물고기였다.

맹부요의 눈이 휘둥그레졌다. 그 후로도 원소후의 무성의한 작살은 날아가는 족족 목표물을 꿰뚫었고, 얼마 지나지 않아 땅바닥에는 펄떡대는 물고기가 한 무더기나 쌓였다.

계절이 계절인지라 수면에는 얼음이 얼어 있었다. 그 얼음 밑에서 움직이는 물고기를 단지 청력만으로 가늠해 낸 후, 기름칠한 양 미끄덩한 몸뚱이에 단 한 번의 실수도 없이 막대기를 박아 넣다니.

무공은 차치하고 예리한 청력과 조준의 정확도만으로 쳐도 천하에 따라잡을 이가 없을 터였다.

"녹주천 열목어는 날이 추워질수록 살이 오르지. 우리 둘 다 먹을 복은 있는 모양이오."

고강한 무공으로 낚시를 마치신 분께서 고개를 들었다.

무적의 행동력을 자랑하는 맹부요는 이미 생선 손질에 들어간 참이었다. 소맷단을 걷어붙이고 물가에 쪼그리고 앉아 고기의 배를 가르던 맹부요가 고개를 갸웃하더니 물었다.

"그날 소리 지르던 여자는 대체 누구예요? 태자한테 쌓인 게 많은 것 같던데, 그쪽은 태자 최측근이니까 뭔가 알지 않아요?"

원소후는 마른 잡풀을 깔고 앉아서도 그저 근사해 보일 따름이었다. 질문을 들은 그가 엷게 미소를 머금자 살짝 올라간 눈꼬리가 한층 매력적인 선을 그렸다.

"덕왕비였소."

"엥?"

경악한 맹부요가 고개를 들었다.

"덕왕비는 임강왕의 장녀요. 임강왕의 모반 당시 나머지 일족은 모조리 처형되었으나 장녀만은 이미 덕왕의 비 신분이었기에 목숨을 건졌소. 충격으로 정신을 놓기는 했지만."

간략한 설명에 무심한 어투였다.

"그럼 적통이 아니라느니, 태자 자리를 훔쳤다느니 하는 소리는요?"

"무극국 황족들 사이에 도는 이야기가 있소."

원소후가 고분고분 답을 내놨다.

"태자가 어린 시절 잠시 실종된 적이 있었는데, 누군가 그 일을 가지고 지금의 태자는 장손씨 핏줄이 아니라 바꿔치기 된 가짜라는 소문을 퍼뜨렸지."

"거참, 말 같은 소리를 해야지!"

맹부요가 콧방귀를 뀌었다.

"황제는 뭐 바보래요? 자기 아들도 못 알아보게?"

"글쎄, 사람이란 우둔한 동물이라 진짜와 가짜 사이에서 혼란을 겪을 때도 많으니."

원소후의 표정에는 시종일관 이렇다 할 변화가 없었다. 생선 손질이 끝난 걸 본 그는 소매 안에서 알록달록한 주머니가 잔뜩 달린 보자기 비슷한 물건을 꺼냈다.

호기심이 동한 맹부요가 얼굴을 바짝 가져다 댔다.

"뭐예요?"

그녀의 긴 속눈썹이 원소후의 손등에 닿을락 말락 팔랑거렸다. 빙긋이 웃은 원소후는 손끝으로 그녀의 속눈썹을 살짝 집었다.

"흐음, 참 가지런하군."

"으앗!"

소스라치게 놀라 옆으로 비켜난 맹부요가 눈을 매섭게 치떴다. 원소후는 방금 무슨 일이 있었냐는 듯 능청스러운 표정으로 알록달록한 주머니를 뒤적이기 시작했다.

빨간 주머니에서는 하얀 병이, 초록 주머니에서는 까만 병이 나왔다. 금세 색색의 병들이 바닥에 좌르륵 늘어섰다. 크기는 자그마했지만, 수정을 통으로 깎아서 만든 것들이라 병 자체만으로도 값이 꽤 나가 보였다.

관심 없는 척 뚱하게 있던 맹부요도 앙증맞은 수정 병 앞에서 무너지고 말았다. 조금 전 일 따위는 까맣게 잊은 그녀가 눈을 빛내면서 고개를 들이밀었다.

"이건 또 다 뭐래요?"

곧이어 원소후가 병에 들어 있던 내용물을 생선에 들이부었다. 본인은 아무렇지 않은 얼굴이었지만 곁에서 지켜보던 맹부요의 얼굴은 대번에 색이 달라졌다. 냄새로 알아낸 내용물의 정체 탓이었다.

소금, 매실, 술, 생강즙, 장, 식초, 거기에 후추까지 포함이라니.

맹부요는 사치의 극을 달리는 생선 구이 조리 현장을 눈앞에 두고 할 말을 잃었다.

현대에서는 쉽게 구할 수 있는 조미료일지 몰라도 지금 이 시대, 특히 오주대륙에서라면 이야기가 달랐다. 특히 제일 마지막에 등장한 두 가지는 무척이나 귀한 식재료였다.

보통 '초'라고 한 글자로 칭하는 식초는 고관대작의 주방에서나 볼 수 있는 물건이었고, 서역 고창국高昌國의 특산품인 후추는 오주대륙에서는 아예 나지도 않았다.

황궁 연회가 아니라면 절대로 한데 모일 일이 없는 저 일곱 가지 조미료를 고작 개천에서 대충 찔러 잡은 물고기를 구워 먹자고 남용하다니!

사치로다! 낭비로다! 아무리 물건 귀한 줄을 몰라도 유분수지!

그나저나 밖에 놀러 나오면서 저런 거 챙겨 다니는 사람이 세상에 어디 있어? 손바닥만 한 주제에 색깔별로 주머니가 일곱 개나 달린 저 보자기의 정체는 대체 뭐고?

맹부요가 눈에 커다란 물음표를 박은 채로 언뜻 도포를 닮은 것도 같은 천을 집어 들었다.

"원보가 입는 옷이오."

원소후가 친절하게도 의문을 풀어 줬다.

멍하니 고개를 돌린 맹부요는 저만치서 한껏 기대에 부푼 얼굴로 주인님이 입혀 줄 '양념 옷'을 기다리고 있는 원보 대인을 발견했다.

"저 녀석……, 그럼 평소에도 이런 걸 지고 다니는 거예요?"

"이따금."

"무겁다고 안 해요?"

"워낙 체격이 좋은 녀석이라 그 정도는 끄떡없소. 수정이라면 사족을 못 쓰기도 하고."

"왜 지금까지는 입은 걸 못 봤죠?"

"추운 계절에만 배 시리지 말라고 입히는 것이라."

맹부요는 더 이상 캐묻지 않았다. 그 주인에 그 애완동물이라고, 언젠가는 적응이 될 날도 오겠지.

콩알만 한 병이 담을 수 있는 조미료의 양에는 한계가 존재하는지라 양념된 생선은 한 마리가 고작이었다. 모닥불 위에 올려진 생선에서 금방 기름이 뚝뚝 떨어졌다.

'치지직' 기름 타는 소리와 고소한 냄새의 협공 속에서 맹부요는 불판에 고기를 구워 먹던 전생의 기억을 떠올렸다. 저도 모르게 코를 킁킁거리던 그녀는 갑자기 위장이 허전한 느낌에 배를 문질렀다.

그러나 맹부요는 양심 있는 인격체였다. 저 조미료가 대체 얼마짜리던가. 생선이 다 구워진 뒤, 그녀는 양념 묻은 놈 쪽을 보지 않으려 필사적으로 눈길을 다잡으며 얼른 다른 놈을 집어 들었다.

그런데 이때, 강렬한 냄새를 풍기는 생선 구이 하나가 불쑥 눈앞으로 치고 들어왔다. 그녀가 고개를 들자 맞은편에서 미소 짓고 있는 남자의 얼굴이 보였다.

수려한 각을 그리며 뻗은 눈썹, 그 아래 그윽한 눈, 오뚝한 콧대와 살며시 다문 입술. 실로 감격스러운 미모가 아닐 수 없었다.

본격적으로 타오르기 직전의 단풍이 붉은 바탕 위에 밝은 노랑을 남겨 두고 있듯, 그의 아름다움은 미美 자체로 끝나는 게 아니라 적당한 고귀함과 단정한 무게감을 함께 가지고 있었다. 그 덕분에 보는 이는 눈만이 아니라 혼까지 빼앗기는 것이었다.

맹부요는 애써 가슴을 진정시켰다.

심장아, 얌전히 좀 있어라. 민망하게 밖에까지 다 들리겠다!

그사이에도 원소후는 변함없이 평온한 눈빛으로 미소만 띠고 있었다.

괜히 헛기침을 한 번 한 맹부요는 짐짓 무심하게 생선을 넘겨받으며 자기 합리화에 힘써 보았다.

딱 보니까 평소에도 조미료 팍팍 쳐서 잘 먹고 사는 티가 나잖아. 난데없이 고대에 떨어져서 반 거지꼴로 유랑하는 나랑 어디 같겠어? 나야, 뭣 같게도 소금 말고는 구경해 본 게 없다만.

생각이 너무 많으면 행동의 적정선을 지키기가 힘든 법. 생선을 물어뜯느라 일그러진 맹부요의 얼굴은 무서우리만치 험악했다. 거기다가 앞니로 뼈를 닥닥 긁는 소리까지. 한쪽에 앉아서 우아하게 나무 열매를 먹던 원보 대인이 그 야만스러움을 견디다 못해 곰작곰작 자리를 옮겼을 정도였다.

마파람에 게 눈 감추듯 생선 한 마리를 끝장낸 후 뼈를 휙 내던진 맹부요가 불룩해진 배를 쓰다듬으며 중얼거렸다.

"맛난 거 먹여 주신 미남께 뭐로 보답을 한다……."

"그래서, 무엇으로 하겠소?"

귀도 밝은 '미남'께서 냉큼 던진 물음이었다.

첫 입맞춤? 누가?

눈을 껌뻑거리던 맹부요가 동강 난 생선 뼈를 도로 주워 툭 내밀었다.

"이거요."

"그도 좋지."

태연하게 미소 지으며 생선 뼈를 건네받은 원소후가 그걸 손바닥에 올려놓고 유심히 살피기 시작했다.

"음, 살점 하나 안 남기고 인정사정없이도 발라냈군. 살기가 등등한 것이, 실로 훌륭한 이빨 신공이 아닌가."

말을 마친 그가 손수건을 꺼내 뼈를 착착 감쌌다. 정말로 고이 소장이라도 할 기세였다.

맹부요의 얼굴이 시뻘겋게 익었다.

잇자국에 침까지 고스란히 남아 있는 것을!

평소 고상한 품행으로 볼 때 분명 질겁하겠거니 생각하고 장난삼아 건네 봤을 뿐인데, 설마하니 상대가 한술 더 떠서 저렇게 나올 줄이야. 시작은 자신만만했으나 결국 한 치 앞을 내다보지 못한 그녀였다.

후닥닥 생선 뼈를 낚아채서 뒤쪽으로 내던진 맹부요가 손을 털며 말했다.

"다음번에 더 예쁘게 발라 먹고 서명까지 해서 줄 테니까 소장은 그걸로 해요. 몇십 년쯤 지나서는 희소성 있답시고 돈 좀 될지 또 누가 알아요."

미소와 함께 손수건을 집어넣은 원소후가 생선 한 마리를 먹는 둥 마는 둥 붙들고 있다가 문득 물었다.

"부요, 요 며칠 잘 지냈소?"

"잘 지냈죠, 그럼."

맹부요가 커다란 눈망울을 굴려 그를 바라보고는 해맑게 웃었다.

"별다른 일은 없었고?"

원소후는 그녀를 마주 보는 대신 불에 올려 둔 생선을 한 번 뒤집었다.

"전혀요!"

빠르고 명쾌한 대답. 찔리는 기색 따위는 전무했다.

"그럼……, 이제부터라도 내가 도와줄 일은 없겠소?"

원소후가 잘 구워진 생선을 맹부요 앞에 가져다 놨다.

"됐어요."

맹부요가 눈을 깜빡이자 긴 속눈썹이 팔랑팔랑 움직였다. 거짓말의 '거' 자도 모른다는 표정이었다. 말을 뱉고 나서야 단어 선택이 부적절했다는 걸 깨달은 그녀가 잽싸게 덧붙였다.

"도움받을 일 같은 게 뭐 있겠어요? 지금까지도 너무 받기만 해서 미안할 지경인데."

원소후는 대답 없이 웃기만 했다.

창백하던 그의 얼굴이 불기운을 받아 언뜻 핏기를 되찾은 것처럼 보이는 가운데, 농밀한 속눈썹이 그의 눈동자에 그늘을 드리우고 있었다.

큰 가시를 대충 발라낸 생선이 그의 손에서 맹부요에게로 전해졌다. 맹부요는 생선을 건네받는 틈에 슬쩍 상대의 표정을 살폈으나 아무것도 읽어 내지 못했다.

마음이 영 착잡한 탓일까, 생선 살을 뜯고는 있어도 아까와는 달리 맛있다는 생각이 안 들었다. 아무래도 원소후가 기분이 상한 눈치였다. 그가 티는 안 냈지만 그냥 느낌이 왔다.

하아, 말투를 봐서는 뭔가 눈치챈 것 같긴 한데.

그렇다고 매사에 남한테 기대는 습관을 들이고 싶지는 않았다. 대륙을 가로질러 궁창까지 가는 동안 얼마나 많은 위험에 직면하겠는가. 앞날에 무엇이 기다리고 있는지는 몰라도 그 모두를 그녀 스스로 감당해 내야 한다는 사실만은 분명했다.

내내 다른 누군가가 방패막이 되어 주길 바랄 수는 없었다. 고난과 적의에 맞서는 법도, 문제가 닥쳤을 때 홀로 해결하는 법도, 긴 여정 동안 자신을 지켜 내면서 힘을 키우는 법도, 모두 그녀가 배워야 할 것들이었다.

이는 망할 도사 영감이 그녀를 강호에 내던져 놓은 이유와도 일맥상통하는 부분이었다. 드넓은 세상을 돌며 자신을 단련하고, 목숨을 내건 실전을 치르며 경험을 쌓는 것이야말로 파구소를 진정 높은 경지까지 끌어올리기 위해 꼭 필요한 과정이었다.

맹부요는 곽평융 건을 홀로서기의 시작점으로 삼을 생각이었다. 어젯밤 일과 더불어 사실은 교령 구출 작전을 아직 포기하지 않았다고 원소후에게 이실직고한다 치자.

범의 아가리에 제 발로 뛰어들겠다는 멍청한 계획에 그가 옳지, 잘한다고 맞장구를 쳐 줄 리가 없지 않은가.

맹부요가 곁눈질로 그를 훔쳐봤다. 슬쩍, 한 번 더 슬쩍…….

끄응, 사내대장부의 자존심에 상처를 입었다거나 뭐 그런 건 아니겠지?

지나치게 잦은 그녀의 힐끔거림은 결국 원보 대인의 불만을 사고야 말았다. 별안간 지면을 박차고 뛰어오른 원보 대인이 맹부요의 눈앞에서 '손 짚고 뒤돌며 180도 틀기에 이은 몸 펴 540도 앞 공중 돌기'를 시전했다.

입 우물거리랴, 눈 힐끔거리랴, 안 그래도 바빴던 맹부요는 난데없이 등장한 하얀 동그라미가 시야를 현란하게 어지럽히자 자기도 모르게 침을 꼴깍 삼켜 버렸다.

그 순간 뭔가가 목구멍을 따끔하게 찌르는 걸 느꼈다. 생선 가시가 걸린 것이다.

"윽!"

펄떡 뛰어오른 그녀가 생선 뼈를 무기 삼아 움켜쥐고 악랄한 원보 대인을 쫓기 시작했다.

내 창을 받아라! 이야압! 에잇!

바람처럼 달아나는 원보 대인의 뒤를 몇 걸음이나 쫓아갔을까, 누군가 그녀를 붙잡았다. 뒤를 돌아보자 비스듬히 몸을 틀어 그녀를 바라보고 있는 원소후의 미소가 산에 핀 안개처럼 사르르 밀려왔다.

"그리 뛰어다니다가 가시가 더 깊이 들어가면 어찌하려고?"

그가 팔에 가볍게 힘을 넣은 것만으로도 맹부요는 바닥에 털썩 주저앉고 말았다. 빙긋이 웃으며 상체를 기울여 다가온 원소후가 그녀의 턱을 살짝 들어 올리며 말했다.

"입 벌리시오."

내가 지금 무슨 꼴인가 싶은 자각이 퍼뜩 맹부요를 찾아든 건 얼떨결에 입을 벌리고 난 다음이었다.

설마 목구멍에 손가락을 집어넣겠다고? 이……, 이……, 이……, 이건…… 좀 이상야릇하지 않나?

한창 머릿속이 부산한데 일순 눈앞에 그림자가 드리우더니 향긋한 내음이 훅 밀려왔다. 더할 나위 없이 완벽한 얼굴이 어느새 지척이었다. 농밀한 속눈썹이 그녀의 뺨에 작은 음영을 그려 냈다.

상대의 눈동자 안에 언뜻 웃음기가 스쳤다. 아찔한 독주와도 같은 숨결이 주위를 흐르고 있었다. 꼼짝없이 얼어붙은 맹부요는 은은한 향기를 품은 그림자가 다가오는 걸 그저 멍하니 지켜보고만 있었다. 이대로 점점 더 가까이…….

꿀꺽.

입술과 입술 사이의 거리는 0.01리, 살갗과 살갗이 맞닿기 0.01초 전!

당혹감을 이기지 못한 맹부요가 우렁차게 침을 삼키자 목구멍에 걸려 있던 가시가 쑥 내려갔다.

한없이 가까워져 오던 얼굴이 그 즉시 물러났다. 그림자가 걷히면서 은은한 향기도 함께 사라졌으나 맹부요는 아직 제정신을 챙기기 전이었다.

모닥불 앞으로 돌아간 원소후가 불씨를 무심히 헤집으면서 피식 웃었다.

"왜 그러고 있소? 실망이 큰가?"

죽어도 그렇다고는 못 하지!

목을 바짝 세운 맹부요가 뻔뻔하게 큰소리를 쳤다.

"식겁했잖아요! 어디서 남의 첫 입술을 그렇게 은근슬쩍 뺏어 가려고!"

생선 한 마리를 느긋하게 불에 올린 원소후가 시뻘건 얼굴로 목에 핏대를 세우고 있는 맹부요를 향해 물었다.

"그럼 진작에 첫 입술을 그대에게 빼앗긴 나는 어째야겠소?"

"엥?"

맹부요가 눈을 휘둥그렇게 떴다.

아닐 텐데? 아니고말고! 당신 맛을 봤으면 내가 기억을 못 할 리가 없잖아! 거짓말이지? 사기 치는 거 맞지?

그런데 표정만 봐서는 어째 막 던지는 소리 같지가 않은 게……. 에이, 설마…….

원소후는 화제를 더 이어 가는 대신 아까보다 훨씬 세심한 손길로 생선 가시를 발라내기 시작했다. 마침내 큰 것 작은 것 할 것 없이 맹부요의 목에 걸릴 만한 가시가 모조리 제거된 것을 확신한 그가 말했다.

"아, 하시오."

아직 충격에서 헤어 나오지 못한 맹부요가 엉겁결에 입을 벌리자 고소하고 야들야들한 생선 살이 안으로 쑥 밀려 들어왔다. 곧이어 옅게 웃으며 자리에서 일어선 상대방이 옷자락 사락거리는 소리 사이로 읊조렸다.

"큰일에는 관여하지 못해도 생선 가시 발라 주는 것 정도는 괜찮지 싶소만?"

홀로 적진에 뛰어들다

건무장군부 처마 위에 납작 엎드린 맹부요는 심란하기 이를 데 없는 표정이었다.

이유인즉슨 두 가지가 있었다.

첫째는 아무래도 화가 단단히 난 것 같은 누구 때문이었다. 그날, 생선으로 입이 틀어막힌 그녀를 내버려 둔 채로 원소후는 뒤도 안 돌아보고 자리를 떴더랬다. 어디 그뿐인가, 원보 대인은 보란 듯이 그녀 쪽으로 오줌까지 갈기고 갔다.

둘째는 교령 때문이었다. 교령이 장군부로 시집간 지도 어느덧 사흘.

어차피 팔자 고치기 위해서라면 뭐라도 할 애였으니 그냥 그대로 살게 둘까 하는 생각도 물론 해 봤다. 곽평융이 교령한테만은 이례적으로 좋은 낭군일 가능성도 있는데 괜히 오지랖인가 싶기도 했다.

방비를 단단히 하고 있을 적의 소굴에 나 잡아 잡숩쇼 하고 뛰어들 만큼 멍청하지 못한 것도 있고.

그랬던 맹부요가 마음을 고쳐먹은 건 오늘 장군부 앞에서 장 보러 나가는 부인네들을 마주치고 나서였다. 그들의 대화 속에서 곽 장군이 새로 들인 첩실의 처참한 근황을 알게 된 맹부요는 담 모퉁이에 한참을 찌그러져 흙바닥을 지분거렸다.

마침내 한숨을 푹 내쉬며 채비를 한 그녀가 밤중 삼경이 되기 전인 지금, 장군부 내실 처마 끝에 자리를 잡은 것이었다.

밤바람이 처마 모서리를 훑고 지나갔다. 음력 섣달이 코앞인 한겨울, 날이 저물면서 하늘이 눈을 뿌릴 기운까지 돌았다. 박복한 맹부요는 이 날씨에 따끈한 진흙 화로도, 갓 담가 향이 끝내주는 술도 없이 지붕 꼭대기에서 추위를 정면으로 맞는 신세였다.[7]

눈발을 예고하는 묵직한 바람이 사방에서 몰아치는 가운데, 한참을 같은 자리에 엎드려 있던 맹부요의 속눈썹에는 하얗게 서리가 끼어 있었다.

그러나 정작 눈동자는 어둠 속에서 별처럼, 금강석처럼 반짝거리고 있었으니. 피로나 두려움과는 거리가 먼 그녀의 눈빛은 심지어 살짝 들떠 보이기까지 했다.

---

7 백거이白居易의 〈문유십구問劉十九〉와 소식蘇軾의 〈수조가두水調歌頭〉에서 따온 구절을 활용했다.

지붕 아래에서 희미한 음향이 올라오고 있었다. 적막한 겨울 밤에는 아무리 작은 소리도 숨겨지지 않는 법이다.

흐느낌에 가까운 여인의 신음과 흥분한 사내의 헐떡거림이 줄기차게 이어졌다. 창에 덧댄 연분홍빛 얇은 비단 너머로 비쳐 보이는 남녀의 뒤엉킨 윤곽은 어렴풋함에도 지극히 야릇한 분위기를 풍겼다.

타오르는 화롯불 덕에 봄날처럼 뜨뜻할 방 안 공기, 격렬하게 요동치고 있을 이부자리, 살갗이 맞붙으면서 뒤섞였을 서로의 땀, 번진 연지와 비릿한 체액……. 보지 않고도 상상이 되는 그 모든 것들이 소란하고도 끈질긴 박자로 화해 본래 평온하던 밤의 맥박을 흩뜨려 놓고 있었다.

방 안의 남녀는 밤이 새도록 뒹굴 기세였지만 어차피 옷도 단단히 챙겨 입고 왔겠다, 지붕 위의 맹부요는 언제까지고 기껍게 엿들어 줄 작정이었다.

며칠 전 종월이 몸에 꼭 맞는 가죽옷을 한 벌 줬는데 보기에는 얇아도 얼마나 편하고 따뜻한지 몰랐다. 옷깃에서 약초 냄새가 좀 나는 건 명색이 의성이신 분의 손을 거친 물건이 다 그러려니 하고 참기로 했고.

밤이 깊어지면서 큰 눈이 내렸다.

새카만 하늘에서 매화꽃 같은 눈송이가 펄펄 떨어지기 시작하자, 지붕 위에 엎드린 맹부요는 금방 눈옷을 한 겹 뒤집어쓴 꼴이 됐다. 멀찍이서 보면 눈으로 만든 조각상으로 착각할 모습이었다.

사경[8] 무렵, 아래쪽에서 문이 열리는 소리가 났다. 비단옷 위에 두꺼운 털외투를 두른 곽평융이 문밖으로 나오자 회랑에서 기다리던 시위들이 즉시 다가가 비옷을 건네고 우산을 씌웠다. 곽평융은 시위 무리에 둘러싸여 자리를 떴다.

맹부요가 눈 위에 구불구불 이어진 발자국이 멀어져 가는 걸 물끄러미 쳐다보고 있는 사이, 정적이 다시금 찾아들었다. 맹부요는 그제야 기와 몇 장을 걷어 내고 눈송이처럼 실내로 날아내렸다.

바닥에 내려서자마자 눈부터 털어 낸 그녀가 침상에 엎어져 눈물 바람인 교령을 보고 씩 웃었다.

"또 나야."

퍼뜩 고개를 든 교령의 그렁그렁한 눈이 자신에게 고정되자 맹부요가 어깨를 으쓱했다.

"지난번에는 네 낭군이 첫날밤을 보내러 미리 와 있는 줄 모르는 바람에 운 나쁘게 걸렸지만, 오늘은 나가는 거 확인했으니까 반가운 상봉이 또 연출되진 않겠지?"

몸을 일으켜 멍청히 맹부요를 쳐다보던 교령이 폭포수 같은 눈물을 마저 쏟기 시작했다.

맹부요는 말을 잇지 못하고 한숨만 내쉬었다. 교령이 몸을 일으키려던 찰나 몸 곳곳을 뒤덮은 상처와 멍 자국이 맹부요의 날카로운 눈에 고스란히 포착된 탓이었다. 이불 아래에 감춰진

8 새벽 1시에서 새벽 3시 사이. 축시와 같다.

나머지 참상을 능히 짐작할 만했다.

맹부요는 곧장 교령에게로 향하는 대신 화장대 앞으로 가서 황동 거울을 집어 들었다. 얼굴을 이리저리 비춰 본 후 거울을 다시 내려놓은 그녀가 싱긋 웃으며 말했다.

"눈 맞고 왔더니 얼굴이 다 젖었네."

뒤이어 탁자 위에 있던 손수건으로 얼굴에서 목까지 물기를 쓱쓱 닦아 내고 나서야 침상으로 다가간 맹부요가 이불을 젖혔다. 그러자 교령의 하반신이 눈에 들어왔다.

저도 모르게 '헉' 숨을 들이켜며 눈을 돌린 맹부요는 일단 바람막이를 가져다가 교령에게 둘러 준 후 그 앞에 쪼그리고 앉아 업히라는 시늉을 했다. 교령이 바람막이만 틀어쥔 채 이러지도 저러지도 못하고 있자 맹부요가 채근했다.

"이 판국에도 여기 붙어 있고 싶어?"

정면에 있는 화장대에서 황동 거울이 정확히 교령을 비추고 있었다. 맹부요가 아까 슬쩍 각도를 맞춰 놓은 덕이었다. 보아하니 불안해하는 표정이 연기인 것 같지는 않았다.

맹부요는 계속 거울을 주시했다. 그간 강호에서 구른 세월이 얼마인데, 그녀는 남에게 함부로 뒤를 내어 줄 만큼 어리석지 않았다. 설사 상대가 무공을 전혀 하지 못하는 사람이라 할지라도 원칙은 불변이었다.

위험을 빤히 알면서도 호랑이 굴로 기어들어 왔으면 매사 신중에 신중을 기해야 하는 게 당연지사. 남을 구해 준답시고 나섰다가 정작 본인이 불구덩이에 떨어지는 건 너무 모양 빠지는 일이었다. 원소후가 알면 얼마나 비웃겠는가.

그제야 머뭇머뭇 등에 업힌 교령이 코를 훌쩍거리며 말했다.

"맹 도령……. 내가 틀렸어요……."

"실수는 누구나 해. 아직 만회할 기회가 있으니까 괜찮아."

맹부요가 비단 끈으로 교령을 등에 꽉 붙들어 맸다. 닭똥 같은 눈물을 뚝뚝 떨궈 맹부요의 등을 적시던 교령이 목멘 소리를 냈다.

"그 작자는 사람도 아니에요……. 사람 새끼도 아니야……."

맹부요는 치받쳐 올라오는 애달픔을 말없이 삼켰다.

본래는 교령을 온전히 믿을 수가 없어서 언제라도 발을 뺄 태세를 갖추고 있었다. 하지만 그 끔찍한 상처를 본 순간 그녀가 이미 돌이키지 못할 만큼 망가졌다는 사실을 절감했다.

고육지책을 의심하기에는 교령이 치른 대가가 너무 컸다.

한숨을 뱉은 맹부요가 팔을 뒤로 틀어 교령의 등을 토닥였다.

"며칠 지내는 동안 길은 좀 익혔어?"

고개를 가로저은 교령이 눈물을 글썽이며 말했다.

"줄곧 방 안에만 갇혀 있었어요."

"음."

맹부요가 왔던 길을 되밟아 가려던 그때, 교령이 덧붙였다.

"시중들어 주던 아주머니 말로는 장군부 자체가 경비병을 별로 안 쓴대요. 곽 장군 본인이 워낙 고수여서요. 남쪽 절당[9]만

9 節堂. 각종 중대사를 상의하는 데 사용하는 공간을 가리킨다.

그나마 경비가 삼엄한 편인가 봐요. 제일 오가는 사람이 적은 건 하인들이 지내는 서원西園 쪽이랬어요. 밖으로 통하는 쪽문도 있다고 들었고요."

"너 있는 데서 그런 소리를 했다고? 왜?"

맹부요가 뒤를 돌아보자 교령이 훌쩍이기 시작했다.

"잘은 몰라도 날 되게 짠하다는 눈으로 쳐다봤었어요……. 맹 도령이 와 주기만…… 매일같이 얼마나 기다렸는지……."

이번에도 '음.' 하고 한마디만 흘리나 싶던 맹부요가 이내 말을 이었다.

"오늘 길에서 듣자 하니 곽 장군이 언젠가 그런 소리를 했다던데, 누구든 자기를 꺾으면 힘닿는 한 원하는 건 뭐든 들어주겠다고."

맹부요는 교령이 대꾸할 틈도 주지 않고 그녀의 혈도를 찍어 몸을 마비시켰다. 그러고는 출입문을 걷어차 날려 버리고 의자 하나를 끌어다가 그 위에 올라서서 소리쳤다.

"곽평융, 나와라! 붙어 보자!"

짝! 짝! 짝!

어둠을 뚫고 날아든 박수 소리에 이어 회랑 모퉁이에서 모습을 드러낸 곽평융이 비뚜름하게 웃었다.

"훌륭해! 소리만으로 내가 멀리 가지 않은 걸 알아채다니 대단하군. 일대일 대결을 청한 배짱도 장하고 말이야!"

맹부요가 깔깔 웃어 젖혔다.

"그간 목이 빠지게 기다렸을 텐데 쉽게 보내 줄 턱이 있나.

문을 나서는 즉시 기습할 생각이었겠지. 세상에 네놈 바지를 벗겨 본 사람이 몇이나 되겠냐. 신경 써서 대접하고 싶은 그 마음, 나도 이해는 한다."

곽평융의 얼굴색이 급변했다.

제 잘난 맛에 사는 데다가 옹졸하기까지 한 그의 성격에 그날 밤, 병사들 앞에서 아랫도리가 훌렁 벗겨진 일은 일생일대의 치욕이었다. 그런데 맹부요가 그 치욕을 들으란 듯이 입에 올려 화를 더 돋우는 것이다.

"역시, 너일 줄 알았다!"

굳은 표정으로 숨을 깊게 들이마신 곽평융이 옷자락을 펄럭 떨치며 전방을 향해 혜성처럼 쏘아져 나갔다.

맹부요가 밟고 있던 의자를 걷어찼다. 무시무시한 기세로 회전하면서 날아간 의자가 곽평융의 장법에 박살 났다. 그사이에 맹부요는 창밖으로 몸을 날렸다.

그러나 창밖은 이미 몰려든 시위들로 포위당한 상태였다. 맨 앞줄에 있는 병사들이 일사불란하게 무릎을 접고 앉았다. 창끝과 화살촉이 일제히 두 사람을 겨눈 찰나였다.

"으앗!"

깜짝 놀라 걸음이 꼬인 맹부요가 당황해 소리쳤다.

"뭐가 이렇게 버글버글해?"

그녀가 휘청하는 순간 품 안에서 보따리 하나가 털썩 떨어졌다. 매듭이 풀리면서 쏟아져 나온 것은 황금과 진주였다.

제 보물단지가 병사들의 발치까지 굴러가는 걸 보고 아까보다 더 기겁한 맹부요가 허우적허우적 손을 뻗었다.

"내 전 재산! 건들지 마!"

눈 쌓인 바닥 위에 싯누런 황금과 광택 도는 진주가 반짝거림을 흩뿌리자 활을 든 시위들의 눈도 덩달아 반짝였다. 한 달 일해서 받는 돈이라고 해 봐야 고작 은자 닷 냥인 병사들에게 소년의 품에서 굴러 나온 보물은 어마어마한 유혹이었다.

병사들은 소년을 장군부의 새 첩실을 빼돌려서 야반도주하려는 놈 정도로 짐작할 뿐이었다.

저 금은보화도 분명 어느 저택에서 훔쳐 나온 것일 터. 멀뚱히 보고만 있으면 바보지!

이때 곽평융이 쫓아 나왔다. 온통 맹부요에게만 신경이 쏠린 탓에 바닥을 미처 살피지 못한 그가 성난 소리로 호통을 쳤다.

"뭘 우물쭈물하고 있어? 쏴라, 다리를 쏴!"

명령이 떨어졌는데도 시위들은 지면만 흘끔거리면서 서로 눈치를 보고 있을 따름이었다.

결국, 황금의 유혹을 이기지 못한 병사 하나가 활을 들어 올리는 척하면서 손가락을 슬금슬금 뻗어 금덩어리를 그러잡았다. 일단 한 명이 움직이고 나자 나머지도 질세라 제 몫 챙기기에 나섰다.

그제야 병사들의 손에 들린 물건을 본 곽평융이 사색이 되어 외쳤다.

"내려놔!"

폭!

눈송이가 내려앉는 소리보다 아주 조금이나 더 클까. 미세한 음향이 밤을 울리자 지켜보던 이들의 표정이 급격히 굳었다.

제일 먼저 금덩이를 주워 든 병사의 손에서 난 소리였다. 흥분한 그의 손아귀에 힘이 들어가자 '황금'이 그대로 으스러져 버린 것이다.

좌앗!

으스러진 금덩이 안에서 검은 액체가 쏘아져 나왔다. 흐릿하게 번진 설경을 가로지르며 액체가 그려 낸 것은 죽음의 곡선이었다.

"으아악!"

금덩이를 쥐고 있던 병사를 비롯해 주변인들에게까지 튄 액체가 '치익' 소리를 내며 옷을 태우고 살갗에 검은 그을음을 남겼다.

병사들이 비명을 내지르며 고꾸라졌다. 새카맣게 변한 피부가 지면에 닿자마자 힘없이 문드러지면서 눈 위에 기다란 핏자국을 새겼다. 이와 동시에, 금은보화를 주웠던 다른 시위들도 절규와 함께 바닥을 나뒹굴기 시작했다.

분노로 새파랗게 질린 곽평융의 눈에 피식 웃으며 저만치 훌쩍 거리를 벌리는 맹부요의 모습이 들어왔다. 옥구슬 같은 맹부요의 목소리가 눈 내리는 밤의 차디찬 적막을 두드려 맑은 울림을 만들어 냈다.

"황금에는 값을 매길 수 있어도 독에는 못 매기는 법! 그 좋은 걸 덤으로 받았으니 얼마나 남는 장사야. 사람 욕심이야 다 똑같다만, 등신 같기는! 곽 장군이 월급을 너무 짜게 주셨는가 보네.

오죽하면 독이 든 황금도 서로 못 가져서 난리겠어? 하하하!"

맹부요는 당장 달아나지 않고 정원의 나무 밑에서 알짱대고 있었다. 팔짱을 끼고 삐딱하게 서서 다리를 건들건들 떠는 그 모습은 분명 도발이었다.

곽평융이 낮게 깔린 기합을 토했다. 흩날리는 눈발 가운데 쇳빛 옷자락이 단단한 철판으로 화해 전방을 쓸어 버릴 기세로 날아 나갔다. 맹부요는 그가 진격해 오는 것을 확인하고 잽싸게 자리를 피했다.

나무 앞에 당도한 곽평융은 위쪽 가지에 언제 등장했는지 모를 그림이 걸려 있는 걸 발견했다. 그림의 주인공은 음흉하게 생긴 사내. 활을 들고 담장 위에 버티고 선 그는 화려한 비단 상의 차림이었으나, 바지는 발목까지 흘러내려 털이 북슬북슬한 정강이가 고스란히 드러나 있었다.

뒤통수를 한 대 얻어맞은 기분이었다. 거꾸로 솟은 피가 가슴을 콱 틀어막는 통에 눈앞이 다 아찔했다. 곽평융이 분노의 포효를 터뜨렸다.

그 기세에 밤조차 부르르 떨었건만, 맹부요의 입가에 걸린 미소에서는 일말의 흔들림을 찾아볼 수 없었다. 주먹을 날리려거든 상판에 날리고 욕을 하려거든 반드시 상처를 후벼 파라. 그녀의 인생 지론이었다.

모욕적인 그림을 노려보던 곽평융이 제 성질에 못 이겨 주먹을 내뻗었다. 무시무시한 기세로 바람을 가르며 날아간 주먹이 그림에 꽂힌 찰나.

쾅!

폭발음이 하늘을 뒤흔들었다.

나무줄기에서 번쩍 불꽃이 튀더니 검은 연기가 치솟았다. 순식간에 곽평융의 팔뚝을 집어삼킨 연기가 용틀임을 하는 사이로 발기발기 찢긴 종잇조각과 살점이 어지러이 날았다. 시커먼 연기는 곧 나무 주변을 완전히 뒤덮었다.

고통에 찬 곽평융의 비명이 밤의 적막을 깨뜨리자 저 멀리서 들개가 목청 높여 짖었다.

그림 뒤편에는 사실 화탄이 숨겨져 있었다. 약이 바짝 오른 곽평융이 주먹을 꽂자 화탄이 폭발하면서 그의 손을 덮친 것이다.

이로써 맹부요의 악랄한 작전이 단계별로 완벽한 성공을 거둔 셈이었다.

1단계, 독이 든 황금으로 시위들에게 상처를 입혀 곽평융의 눈길을 돌린다.

2단계, 그사이 나무에 굴욕적인 그림을 걸고 화탄을 숨겨 둔다.

3단계, 곽평융이 격분해 그림에 주먹질을 한다.

4단계, 화탄이 폭발한다.

깔깔거리며 가운뎃손가락을 세운 맹부요는 폭발 현장을 뒤로하고 서쪽으로 방향을 잡았다. 그녀가 교령을 둘러업은 채로 향한 곳은 하인들의 거처라는 서원이었다.

얼굴로 달려드는 눈발의 차가운 감촉이 기분 좋았다. 맹부요는 등에 한 사람을 더 업고도 발걸음에 속도를 붙였다. 겹겹이 늘어선 건물들 사이를 바람처럼 지나는 그녀의 등 뒤로 처참한 비명과 짙은 연기, 피와 살점이 난무하는 현장이 점점 멀어지고 있었다.

앞쪽에 드문드문 집채들이 보였다. 주위를 둘러보던 맹부요는 어느 원락 뒤편의 담벼락에서 쪽문으로 보이는 형상을 발견하고 지체 없이 그쪽으로 내달렸다.

경비병은커녕 사방 어디에도 쥐 새끼 한 마리 눈에 띄지 않았다. 길게 이어진 계단 위쪽에 벌어진 아가리처럼 시커멓게 서 있는 건물이 보일 뿐. 건물 저 끄트머리에서 어렴풋이 현판이 빛나고 있었으나 거리 탓에 글자를 알아볼 수 없었다.

눈을 가늘게 뜬 맹부요가 발걸음을 늦추고 중얼거렸다.

"뭐지? 하인들 거처로 보이지는 않는데……."

그녀가 말을 맺기도 전, 돌연 귀 뒤쪽이 얼얼해지나 싶더니 피의 흐름이 우뚝 멈추는 듯한 느낌이 들었다.

의식이 모호해지고 있었다. 하늘 가득 흩날리는 눈발이 빙글빙글 돌면서 너럭바위만큼 커다래져 그녀를 짓눌러 왔다.

아득한 소리가 들렸다. 소가죽을 세 장 정도 대 놓고 그 너머에서 누군가 말을 하는 것 같달까. 어렴풋이 듣기로는 교령의 울음소리 같았다. 당혹, 가책, 체념, 비통함이 뒤섞인 울부짖음이었다.

"미안해요, 미안해요……. 당신을 붙잡는 것만 도와주면 장군님이 잘해 주겠다고 했어요……. 내 평생이 걸린 일이니까…… 부디 이해해 줘요!"

더 멀찍이서 누군가의 음성이 날아들었다. 음흉한 목소리에서 의기양양한 살기가 배어났다. 곽평융이었다.

"감히 장군부 절당에 숨어들다니, 태자 전하께 보고드려 일가를 멸하라 해야겠구나!"

잠시 간격을 두고 다소 의외라는 듯한 말투가 이어졌다.

"상양궁에 계시던 태자 전하께서 이쪽으로? 무슨 긴급 사안이 있기에? 설마 남방에 또 소란이라도?"

짧은 침묵이 흐른 뒤, 맹부요는 흐릿해져 가는 의식의 끄트머리에서 곽평융의 음험한 웃음에 이어 허리띠와 검이 하나하나 끌려져 나가는 소리를 들었다. 멀어졌다가 가까워졌다가, 소리가 물결처럼 일렁였다.

"마침 잘됐구나! 우선 실컷 가지고 놀다가 군사 구역 침입죄로 태자 전하께 처분을 맡기면 되겠어."

그대의 마음, 나의 마음

시야가 몽롱하게 일렁였다. 눈에 보이는 모든 것이 물결에 잠긴 듯 겹겹이 잔상을 남기며 한들거렸다.

일그러진 풍경 속에서 옷섶을 풀어 헤친 사내가 피 칠갑한 손을 부여잡고 다가왔다. 흉측한 웃음을 입가에 걸고서.

도깨비나 요괴가 지을 법한, 음침하고 사악해 보이는 웃음이었다. 뒤틀린 얼굴, 쭉 찢어진 눈, 시커멓게 벌어진 입 안에서는 이빨이 전부 송곳니처럼 예리하게 번뜩이고 있었다.

등 뒤에서 여자가 훌쩍이는 소리가 들렸다. 짜증이 치민 맹부요가 바르작바르작 팔을 뻗어 목덜미에서 바늘을 뽑아냈다. 그 바늘로 뒤편을 푹 찌르자 훌쩍임이 재깍 멎었다.

맞은편에 서 있던 사내의 얼굴에 당혹감이 스쳤다.

"움직일 수 있는 건가?"

성큼성큼 걸어온 사내가 교령부터 등에서 풀어내 한쪽에 내던진 뒤 맹부요를 번쩍 안아 들었다. 그의 발길질에 벽체가 '쿠르릉' 하는 소리를 내며 밀려났다.

사내, 곽평융은 맹부요를 안고 벽 뒤에 숨겨져 있는 방으로 들어섰다. 맹부요는 혼미한 상태였지만, 기적적으로 정신을 완전히 잃지는 않았다.

코끝에 어렴풋하게 약재 향이 느껴졌다. 톡 쏘는 향이 날카로운 검이 되어 밀려 들어오자, 혼란한 머릿속에서 불티처럼 사방으로 흩어져 날아다니던 의식이 회오리에 휩쓸린 양 한곳으로 모여들었다. 모래 알갱이가 하나하나 쌓여 탑을 이루듯, 차츰차츰 결집한 의식이 이내 온전한 정신을 만들어 냈다.

돌연 옷감이 찢겨 나가는 소리가 들리더니 가슴 쪽이 선뜩해졌다. 물씬 밀려드는 피비린내와 함께 불에 달궈진 듯한 손이 피부에 닿았다. 맹부요는 진저리를 쳤고, 상대는 전율했다.

곽평융은 맹부요가 맑은 정신을 되찾아 가고 있다는 걸 전혀 눈치채지 못했다. 그의 핏발 선 눈은 오로지 봉긋한 가슴에만 고정되어 있었다.

위장이 깨끗이 지워진 맹부요의 얼굴은 눈길 한 번으로 곽평융을 뒤흔들어 놨던 그날 밤 그대로였다. 그녀의 긴 속눈썹이 파르르 떨렸다. 그리고 그 아래 석류꽃 같은 입술은…….

낮게 으르렁거린 곽평융이 팔을 휘둘러 촛불을 끄고는 거친 숨을 몰아쉬며 자세를 낮췄다.

조명이 꺼진 실내는 아까보다 훨씬 비좁아 보였다. 곧이어 누군가 바깥에 등불을 밝혔는지 보기 드문 연보라색 불빛이 벽 틈으로 희미하게 흘러들었다.

맹부요가 흠칫 몸을 떨었다.

사방이 꽉 막힌 공간, 가느다란 틈으로 흘러드는 보랏빛 광선……. 낯설지만 익숙한 광경이었다. 아주 오래전에 경험해 본 적이 있는 듯한…….

"아아악!"

머릿속이 묵중한 검날에 쪼개지는 것 같았다. 극심한 통증이 의식을 관통했다.

일렁이던 시야가 덜컥, 경기를 일으켰다. 천지가 요동치는 가운데 기억 밑바닥에 가라앉아 있던, 다시는 들추고 싶지 않았던 지난날의 한 귀퉁이가 툭 떨어져 나오면서 몇몇 장면이 빙그르르 돌아 눈앞에 펼쳐졌다.

옴짝달싹할 수 없게 비좁은 공간, 저만치에 드높이 걸려 있는 보라색 등롱, 나이 든 사내의 비릿한 웃음, 자신을 향해 뻗어 오던 핏줄 돋은 손…….

눈앞에 재생된 과거의 악몽이 깨운 것은 깊숙이 봉인되어 있던 기억이었다. 의식의 마지막 한 조각이 드디어 제자리를 찾은 순간, 오랫동안 숨죽이고 있던 분노의 불꽃이 화르르 되살아났다.

단전에서 솟구친 진기가 범람한 강물처럼 날뛰며 가슴을 뚫고 나오려 했다!

맹부요가 벌떡 일어나며 피를 뿜었다. 꽃비처럼 흩날린 핏방울이 곽평융의 몸 위로 쏟아져 내렸다.

곽평융이 질겁해서 몸을 일으켰다. 그는 얼른 바지를 붙들고 황급히 뒤로 물러났다. 경악에 찬 눈빛이 맹부요를 향했다.

'쇄혼침鎖魂針'에 당하고도 멀쩡히 움직이다니, 믿을 수 없는 일이었다.

뱉어 낸 선혈의 작열하는 붉은빛 속에서 맹부요의 분노가 이글이글 불타올랐다. 곧이어 어지러이 풀어 헤쳐진 자신의 앞섶을 발견한 그녀가 고개를 틀어 곽평융을 노려봤다.

싸늘하게 타오르는 눈이었다. 화염에 휩싸인 한 떨기 피안화처럼, 이 순간 맹부요는 이승의 것이 아님이 분명한 살기와 죽음의 기운을 발하고 있었다. 그녀의 눈빛을 쇠사슬로 바꿀 수만 있다면 당장이라도 곽평융의 영혼을 옭아매 지옥의 불길 속으로 던질 기세였다. 삽시간에 불타 한 줌의 재로 화하도록.

그녀의 눈빛을 마주한 곽평융은 등골을 따라 식은땀이 흐르는 걸 느꼈다. 무의식적으로 검을 빼 든 그가 세 걸음 뒤로 물러섰다.

이 소녀의 무공이 자신을 위협할 가능성은 희박하건만, 왜 뒷걸음질을 쳤는지는 그도 알지 못했다. 그저 눈이 마주치는 순간 덜컥 겁이 났던 것뿐이었다.

너무나 예리해서 그 자체만으로도 사람을 죽일 수 있을 것 같은 눈빛. 저런 눈빛을 보기는 난생처음이었다.

가만, 아니지. 본 적이 있었다.

아주 오래전에 아직 소년이었던 태자 전하가 '그 소식'을 듣고 나서 딱 저런 눈을 했었다. 곁에 있던 그의 다리를 풀리게 만들었던 눈…….

긴 세월이 지나 또 다른 인물의 눈빛에서 한없이 암흑에 가까운 그 살기를 다시 보게 될 줄이야!

검을 비껴든 곽평융이 그 유명한 '성휘검법星輝劍法'의 기수식을 취했다. 그 순간, 흑발을 길게 풀어 헤친 맹부요가 성난 호랑이처럼 달려들었다.

그녀의 진기에 휩쓸린 탁자와 의자가 엎어졌고 휘장이 격렬하게 요동쳤다. 사기 접시에 밑이 눌어붙은 채로 서 있던 초가 댕강 꺾여 나갔고, 어둠 속에 드리워져 있던 발이 촤라락 젖혀졌다.

다음 순간, 검은 구름처럼 날아 적의 코앞에 당도한 맹부요가 비단을 씌운 걸상을 들어 상대의 머리를 내리쳤다. 곽평융이 동공을 바늘 끝만큼이나 날카롭게 좁혔다.

그새 공력이 폭증하다니?

하늘을 가르고 땅을 쪼갤 수 있을 법한 일격이었다.

하나, 명색이 십대 강자의 제자인 자신이 싸워 보기도 전에 기가 꺾여서야 되겠는가. 고작 계집의 일격에 겁을 집어먹을 수야 없는 일.

곽평융이 장검을 휘둘러 성난 파도를 일으켰다. 키 높이까지 솟구쳐 오른 파도가 투명한 장벽이 되어 그의 앞을 막아서더니, 곧이어 '촤앗' 하고 갈라져 나온 물줄기가 한 가닥의 섬광으로 화해 무방비 상태인 맹부요의 가슴을 노리고 날아갔다.

찬연한 별빛을 끌고 쏘아져 나간 섬광은 하늘을 관통하는 혜성처럼 빠르게 내달렸고, 순식간에 주위가 온통 별빛에 점령당했다.

그 별빛에 휩싸이는 동시에 맹부요가 소리쳤다.

"파破!"

그녀가 세차게 떨친 팔뚝 주위로 푸르른 빛이 용솟음쳤다. 금세 벽옥 조각상처럼 변모한 그녀의 팔뚝 표면에서 푸른빛이 점점 밝기를 더한 끝에 봉과 같은 형태로 단단하게 뭉쳤다.

파구소 5성, '광명光明'!

강한 정신적 충격이 그간 끌어내지 못했던 힘을 단번에 폭발시킨 것이다. 세상 그 무엇으로도 당해 낼 수 없을 만큼 견고해진 맹부요의 팔이 강철 같은 강기 막을 찢고 곽평융의 목울대 바로 앞까지 쇄도했다.

낮은 기합과 함께 검을 눕혀 공격을 막아 낸 곽평융이 날렵하게 검세를 바꾸더니 누에고치에서 비단실을 뽑아내듯 허공에 빽빽한 검영劍影을 뿌려 맹부요를 포위했다.

격렬한 근접전이 시작됐다.

어두컴컴한 실내에는 더 이상 검풍도, 고함도, 책걸상이 넘어지고 물건이 깨지는 소리도 없었다. 낮은 기합 소리마저도 들리지 않았다. 두 개의 그림자가 치열하게 엎치락뒤치락하는 가운데 극쾌의 신법이 만들어 내는 파공음, 그리고 공기 중에 흩뿌려진 땀 냄새와 피비린내만이 존재할 뿐이었다.

그것은 침묵의 혈투였다.

가녀린 그림자는 번번이 밀려나면서도 금세 다시 몸을 날려 상대에게 달려들었다. 급작스럽게 깨어난 과거의 악몽이 맹부요를 칭칭 옭아맨 결과, 지금 그녀의 머릿속에는 오로지 한 가지 생각밖에 없었다.

죽여 버릴 테다! 끔찍한 기억의 숨통을 끊어 놓으리라!

삼십 초식……. 일백 초식……. 삼백 초식!

곽평융의 이마가 땀으로 번들거렸다. 실성한 계집이 틀림없었다. 이렇게 물불 안 가리고 덤벼드는 상대는 처음이었다.

지금껏 뒤엉켜 싸우면서 맹부요가 그에게 남긴 상처는 총 일곱 개인 반면, 맹부요의 몸에는 무려 열두 개의 검흔이 새겨져 있었다.

어려서부터 키워진 맷집에다가 나이도 맹부요보다 훨씬 위인 그에게 이 정도 부상은 큰 걸림돌이 되지 않았다. 하지만 맹부요 쪽은 사정이 달랐다. 그의 예리한 검은 단지 스치는 것만으로도 맹부요의 사지에서 울컥울컥 피를 뽑아냈다.

바로 그 점이 곽평융을 당혹하게 했다. 인간이 고통을 감당할 수 있는 한계점을 너무 잘 아는 그는 아까부터 가장 통증이 심할 만한 관절 부위만을 집중적으로 공략했다. 보통 사람이라면 진즉 전투력을 잃었을진대, 왜소해 보이는 이 소녀는 여전히 무시무시한 순발력과 인내력을 발휘해 내고 있었다.

더 섬찟한 건 점점 움직임에 힘이 붙는 상대방과 달리 자신은 급격하게 허물어져 가고 있다는 사실이었다. 심리적으로 압도당한 탓이라기보다는 실력 자체가 시시각각 퇴보하는 중이었다.

곽평융은 그제야 상대가 굴욕적인 그림을 동원해 분노를 유발했던 이유를 깨달았다. 상대의 목적은 고작 손 정도에 상처를 입히는 게 아니라 그의 진기를 흩뜨려 놓는 것이었다.

그의 무공은 양강의 극치를 달렸다. 음과 양, 둘 중 어느 한 쪽에 지나치게 치우친 무공은 본래 수련자를 주화입마에 빠뜨리기 쉬운 법.

연이어 닥친 일에 격분했던 데다가 음욕까지 일었던 통에 어느샌가 진기의 흐름이 엇나갔고, 그런 몸으로 속공을 이어 가다 보니 그의 상태가 자꾸만 악화되었다.

무서운 계집이 아닌가. 그날 밤 화살을 받아치는 모습만으로 그의 내공이 어떤 계열인지 간파한 것도 모자라 성격과 행동 양식까지 모조리 계산에 넣어 작전을 짰다니.

기세가 꺾인 곽평융의 눈이 경악으로 물드는 걸 보며, 맹부요는 냉소했다.

이까짓 상처가 뭐라고?

혹독하게 쏟아지는 매질 속에 수련을 받기 시작했던 나이 다섯 살. 닿기만 해도 살이 헐어 버리는 진흙탕에서 밤낮없이 뒹굴며 온갖 맹수와 사투를 벌였고, 극도로 정제된 진기를 얻고자 몇 달을 땅속 구덩이에 틀어박혀 지렁이로 연명한 적도 있는 그녀에게 이 정도 고통은 애들 장난에 지나지 않았다.

대무상심법을 한 단계 높이 끌어올리고자 한다면 고수와 생사를 넘나드는 대결을 하는 것보다 좋은 것은 없었다.

일류 고수라고 특별할 게 있나? 아무리 강한 상대인들 무공의 결을 파악해 허점만 정확히 파고든다면 얼마든지 때려눕힐 수 있는 게 진리거늘.

나의 피와 너의 검, 이 둘이 오늘 내게 새로운 경지를 열어 주리라!

오백 초식!

온몸에 피를 뒤집어쓴 맹부요가 돌연 앞으로 튀어 나가는 동시에 팔뚝을 들어 곽평융의 검을 막아 냈다. 팔에 깊숙이 박힌 검이 팔꿈치를 뚫고 나오면서 '뿌드득' 뼈가 갈리는 소리가 울렸다.

눈 하나 깜짝하지 않고 제 뼈와 살을 방패로 사용하는 그녀의 모습에 곽평융은 순간 흠칫하고 말았다.

맹부요는 그 틈을 놓치지 않았다. 검에 꽂힌 그대로 한 걸음을 성큼 옆으로 내디디면서 팔을 비틀자 뼈를 관통한 검신이 180도까지 휘어지더니, 다음 순간 '챙강' 하고 부러져 나갔다.

부러진 검날이 선혈을 흩뿌리며 날았다. 맹부요는 지면을 박차고 솟구쳐 오르면서 고개를 젖혀 봉황의 울음 같은 포효를 토해 냈다. 맑고도 우렁찬 포효가 하늘 끝까지 가 닿는 동시에 푸르른 빛이 번쩍였다!

다음 순간, 맹부요가 허공에서 칼날 토막을 걷어차 곽평융의 아랫도리를 향해 쏘아 보냈다. 곽평융의 눈이 커다랗게 벌어졌다. 핏빛 검광이 번개처럼 시야 안으로 날아들고서야 맹부요의 의도를 알아챈 그가 괴성을 지르며 펄쩍 위로 뛰어올랐다.

그러나 이미 늦어 버린 상황. 곽평융은 공중에서 젖 먹던 힘까지 끌어모아 몸을 뒤틀었으나 칼날은 결국 그의 하반신을 스치고 지나갔다. '촥' 소리와 함께 실낱처럼 가느다란 핏줄기가 튀었다.

"끄아악!"

땅바닥으로 곤두박질친 그가 죽기 직전의 물고기처럼 펄떡펄떡 경련했다. 사시나무 떨듯 떨리는 손을 바짓가랑이에 가져다 대자 질척한 피가 묻어났다.

맹부요는 곽평융에게 한 번 더 칼을 꽂아 줄 생각이었다. 하지만 걸음을 내디디자마자 눈앞이 어질해지면서 몸이 균형을 잃었다. 피를 너무 많이 흘린 뒤였다. 일격에 상대의 숨통을 끊는 건 이제 무리였다.

비틀비틀 걸어간 맹부요가 손에 쥔 반 토막짜리 검을 목표물의 몸뚱이에 천천히 겨눴다. 반항하거든 한 판 더 붙으면 그만이었다.

그런데 이때, 저 멀리서 누군가 음절을 길게 늘여 외치는 소리가 들렸다.

"태자 전하 납시오!"

상당한 거리 밖에서 들려왔던 목소리였건만, 발소리가 접근한 건 예상보다 훨씬 일렀다. 아주 미세한 기척만 남을 만큼 기민한 걸음. 언뜻 들어도 고수의 것이 분명한 발소리가 순식간에 근처까지 도래했다.

맹부요가 휘청거리며 고개를 틀었다. 온몸이 피와 땀으로 범벅이었다. 그녀는 진작 탈진 상태에 접어들어 정신이 반쯤은 나가고 없었다. 바늘에 묻어 있던 약물 역시 그녀의 의식을 흐려 놓는 데 한몫을 했다. 당초의 계산을 완전히 벗어난 일이었다.

조금 전 어렴풋이 '납시오!' 이 세 글자 외침밖에 듣지 못했지만, 시시각각 거리를 좁혀 오는 발소리는 그녀가 감당하기에는 역부족인 고수가 접근 중임을 알려 주고 있었다. 하물며 그 뒤쪽으로는 더 많은 인원이 몰려오고 있는 분위기였다.

분하다는 듯 발을 구른 맹부요가 깊게 심호흡을 한 번 하고는 훌쩍 몸을 날렸다. 밀실 문을 발로 차서 연 그녀는 바깥방 창을 통해 밖으로 사라졌고, 그와 동시에 누군가에 의해 문이 열리면서 한 줄기 햇빛이 비쳐 들었다.

날이 밝은 것이다.

햇빛과 함께 실내로 들어온 건 비단옷을 입은 시위들이었다. 2열 종대를 이뤄 등장한 그들은 평범한 왕부 호위병과는 분위기도, 눈빛도 완전히 달랐다. 그저 서 있기만 해도 숨 막히는 위압감을 풍겼다. 척 보기에도 한 명 한 명이 모두 대단한 고수였다.

전원이 황금 테를 두른 청색 옥패를 차고 있었는데, 옥패 한가운데에는 전서체로 '상양' 두 글자가 뚜렷했다. 이들이 바로 무극 태자를 모시는 상양궁 전담 시위대로, 천하에 그 이름을 떨치고 있는 상양비기上陽飛騎였다.

어지간한 일에는 모습을 드러내는 법이 없는 상양비기가 이렇게 단체로 움직이는 건 대단히 이례적인 경우였다. 그들은 도착하자마자 장군부 호위병들부터 한쪽에 격리해 놓고 절당을 뒤져 이제 막 밀실을 찾아낸 참이었다. 문간에 나란히 줄을 맞춰 선 그들이 절도 있게 허리를 숙였다.

밤새 내릴 것 같던 눈이 사경 즈음에 그친 뒤였다. 절당에서 내다보이는 정원에는 새하얀 눈이 양탄자처럼 깔려 있었다. 눈꽃으로 아리땁게 단장한 나뭇가지 사이로 홍매화의 핏빛이 선명했다.

삼엄한 호위를 받으며 훤칠한 그림자가 눈밭을 가로질러 왔다. 보기에는 빠른 걸음이 아니건만 그는 삽시간에 절당 바로 앞에 당도했다.

연보라색 바탕에 은사 테두리와 용 문양이 장식된 옷자락이 가볍게 휘날렸다. 눈송이보다도 더 흰 여우 털 외투 아래로 광택 도는 벽옥 허리띠의 또렷한 푸른빛이 드러나자, 가없이 펼쳐진 설경에 홀연 봄기운이 드는 듯했다.

얼굴 절반을 가린 가면 밖으로 보이는 피부는 티 한 점 없이 깨끗했고 머릿결에는 흑단 같은 윤기가 흘렀다. 은빛 찬란한 여우 모피와 깊은 바다를 닮은 눈동자가 절묘하게 어우러져 서로를 돋보이게 했다. 그의 눈 안에서 반짝이는 물결에는 보는 이의 넋을 앗아 가는 힘이 있었다.

그토록 긍지 높고 근엄하던 상양궁 시위들마저도 남자 앞에서만큼은 평소의 고자세가 아니었다. 지극한 존경심이 그들의 허리를 지면에 가깝도록 깊게 내리눌렀다.

당대 최고의 호걸, 용들의 수장, 나라 전체의 경애를 한 몸에 받는 주인공, 열다섯에 이미 정무에 참여하기 시작해 부강한 나라를 일궈 낸 능력자, 7국 지배층 중 누구도 감히 그 존엄에 도전하지 못하는 무극국의 태자, 장손무극의 등장이었다.

과연 독보적인 비범함이었다. 태자의 존귀한 품격은 눈가루가 섞여 몰아치는 바람 속에서도 빛이 났다. 설원을 밟고 지나오는 내내 그의 발걸음은 눈송이 하나 이지러뜨리지 않았다.

밤새 내린 눈으로 진입로 계단이 미끄러울 것을 염려한 시위대장이 마중에 나섰으나 장손무극은 잠시의 머뭇거림조차 두지 않고 옷소매를 날리며 절당 안으로 들어갔다.

그 자리에 멈칫 굳은 대장이 의아하다는 양 고개를 틀어 태자의 뒷모습을 바라봤다. 오늘따라 태자 전하가 어딘지 좀 이상했다. 걸음걸이나 표정은 분명 평소대로이긴 했으나, 긴 세월 주군을 모시며 그 곁에서 나이 든 시위대장은 태자가 조바심을 내고 있다는 느낌을 받았다.

조금 전 속내를 드러내 보이는 법이 없던 심연과도 같은 눈동자에 스친 것은 초조함, 그리고…… 노여움이었다.

시위대장이 고민에 빠진 사이 장손무극은 활짝 열린 밀실 입구에 당도했다. 문 앞에서 걸음을 멈추자 여우 털 외투 밑으로 단단히 틀어쥐고 있던 그의 손아귀가 스르르 풀렸다. 실내를 한 바퀴 둘러본 그는 질식할 것처럼 숨을 들이켰다.

시위들이 고개를 한층 깊게 떨궜다. 뒤집혀 나뒹구는 기물들과 온 바닥을 물들인 핏자국이 만들어 낸 아수라장. 몸서리쳐지는 광경이었다.

피가 흥건하게 고인 웅덩이에 뭔가 자그마한 토막이 잠겨 있는 게 보였다. 눈치 빠르게 토막의 정체를 파악한 이들이 깜짝 놀라 퍼뜩 고개를 세웠다.

제일 안쪽 구석에서는 곽평융이 초점 없는 눈으로 바짓가랑이를 부여잡고 있었다. 아예 거동을 못할 정도의 부상은 아니었으나 주요 부위가 훼손된 충격이 너무 큰 탓에 그대로 굳어버린 것이었다.

핏물에 잠긴 토막을 발견하고 동공을 가늘게 좁힌 장손무극이 느릿하게 앞쪽으로 한 걸음을 내디뎠다. 전혀 힘이 들어가지 않은 걸음이었건만, 그가 움직이자마자 탁자와 의자, 휘장, 양초를 비롯한 실내의 모든 기물이 한꺼번에 고운 가루로 바스러져 우수수 쏟아져 내렸다.

시위들이 경악한 눈으로 서로를 마주 봤다. 사실 방 안의 기물들은 아슬아슬하게 형태만 유지하고 있었을 뿐, 완전히 파괴된 지 한참이었다. 그 상태에서 충격이 가해지자 곧바로 재가 되어 허물어진 것이다.

방 안에 굴러다니는 물건이 모조리 한 번씩 무기로 동원되었다가 진기에 의해 분쇄된 정도라니, 얼마나 격렬한 혈투가 벌어졌는지 능히 짐작할 만했다.

바닥에 고인 피를 지긋이 응시하던 장손무극이 이내 눈을 옮겨 곽평융을 훑어봤다. 혈흔이 전부 곽평융의 것이라기에는 그의 몸에 남은 상처가 너무 적다는 판단이 서자, 그 즉시 장손무극의 눈 안에 격랑이 몰아쳤다.

파도를 순식간에 가라앉힌 후, 그가 가볍게 손을 들어 보이자 시위들이 조용히 물러갔다.

곧 밀실 문이 닫혔다. 어슷하게 덜 닫힌 문틈으로 설경의 반사광이 하얗게 비쳐 드는 가운데, 태자는 폭풍이 몰아치기 직전의 하늘 같은 눈을 하고 있었다.

가까스로 정신을 차린 곽평융이 바닥에 머리를 조아리며 오열했다.

"전하……. 전하……."

납작 엎드린 그의 몸 아래 지면은 온통 피범벅이었다. 코를 찌르는 피비린내는 그의 것이기도, 맹부요의 것이기도 했다.

곽평융은 무섭도록 영악하고 악착같던 소녀를 떠올렸다. 그녀의 선혈로 흥건하게 젖은 칼날이 몸에 들어와 박히는 순간, 그의 일생은 끝장나 버렸다.

음산한 피바다 한복판에서 그의 몸이 부르르 경련했다. 찬란하게 빛나던 인생이 이 순간부로 막을 내렸다는 자각이 찾아들어서였다.

하늘을 수놓는 꽃불은 한때요, 아름다운 꿈은 쉬이 깨듯이, 그의 인생 또한 생각지도 못했던 일찰나에 원치 않는 끝을 고하고야 말았다.

"전하……. 갚아 주고 싶습니다……."

피 웅덩이 위로 화려한 연보라색 옷자락이 어른어른 비쳤다. 옷자락이 눈앞까지 다가와서 멈추자 곽평융이 고개를 들어 경외해 마지않는 태자 전하를 간절히 올려다봤다. 그곳에는 언제나 그렇듯 봄바람처럼 온화한 눈이 있어야 옳았다. 심연처럼 깊으나 항상 웃음기가 감도는.

그러나 지금 이 순간, 태자 전하의 눈빛은 낯설기 짝이 없었다. 그것은 구중천을 나는 용이 감히 자신의 성역을 침범한 속인을 차갑게 내려다보는 눈빛이었다. 요원하고도 위압적인 눈빛에서 살의 섞인 냉기가 느껴졌다.

곽평융의 한 맺힌 다짐은 목구멍에 걸린 채 산산이 조각났다. 전신이 주체할 수 없이 떨리기 시작했다.

장손무극이 천천히 자세를 낮춰 낭자한 선혈 속에 무릎을 접고 앉았다. 뜨거운 피가 남긴 흔적을 응시하는 동안 그의 눈 안에서는 불길이 타오르고 있었으나, 입술 밖으로 흘러나온 목소리는 차분했다.

"평융, 잘못을 저질렀구나."

당황한 곽평융이 퍼뜩 고개를 더 쳐들었다. 왜 갑자기 저런 말을 하시는 건지, 어째서 태의는 안 불러 주시는 건지, 무엇 하나 납득이 가지를 않았다.

"지나치게 자만심이 컸던 것이 바로 네 잘못이다. 밑바닥 인생으로 태어나 고달피 살다가 하루아침에 출세하고 나니 제 성질을 주체할 수가 없었던 게지. 그간 조금이라도 거슬리는 상대가 있을라치면 어떠한 패악을 부렸더냐. 네게 침 한 번 뱉은 이를 찾아 하룻밤에 300리를 달려가 온 집안을 멸문시켰던 일이 있었지. 처지가 곤궁할 때 업신여겼다는 이유로 부하를 시켜 형수에게 해를 가하고, 언젠가 술에 취해 골목에서 어깨를 부딪친 자는 그 자리에서 베어 버렸다던가. 그자의 일행만이 아니라 싸움을 말리던 행인까지 죽이지 않았더냐."

평생 아무도 모르리라 자신했던 비밀이 태자 전하의 입에서 흘러나오는 것을 들으며, 곽평융은 온몸을 부르르 떨었다. 태자 전하의 속내를 도무지 가늠할 수가 없었다.

왜 하필 이 시점에 지난 일을 들추신단 말인가. 당시에는 한마디 언급 없이 눈감아 줘 놓고서.

"내가 기용한 것은 장수지, 성자가 아니다."

곽평융의 생각을 읽기라도 한 듯 장손무극이 무표정하게 그를 굽어봤다.

"장수는 살기만 서슬 퍼렇다면 그뿐, 윤리며 학식이야 장수에게서 찾을 것이 아니지. 전장에서 용맹하게 적을 격퇴하고 골치 아픈 남방 열여덟 개 부족을 빈틈없이 단속하여 공을 세운다면야 평소 행실이 돼먹지 못한들 그게 나와 무슨 상관이며, 조정이 그에 관심을 가질 이유는 또 무엇에 있겠느냐?"

뒷짐을 지고 선 그의 옷자락이 바람이 없는 가운데서도 너울거리며 독특한 향을 발했다.

"그러나 평융, 너는 오늘 내 자비의 한계를 넘어서는 짓을 저지르고야 말았다."

점점 의구심이 짙어져 가는 곽평융의 눈빛을 마주하고 있던 그가 한 점 웃음기 없이 입꼬리를 당겨 올리더니, 상대의 귓가에 나지막이 몇 마디를 속삭였다.

곽평융의 안색이 즉시 급변했다. 불덩어리를 삼킨 사람처럼 안면 근육 전체를 찢어지게 당긴 그가 입을 뻐끔거렸다. 급작스럽게 숨이 턱 막혀 헐떡거리는 것 같기도, 무언가 말을 뱉으려 안간힘을 쓰는 것 같기도 한 모습이었다.

그러나 그는 무진 애를 쓰고도 온전한 음절 하나를 입 밖으로 꺼내 놓지 못했다. 장손무극을 응시하며 부들부들 떠는 사이, 그의 표정이 맨 처음의 충격에서 후회를 거쳐 의문, 절망 등으로 바뀌어 갔다.

끝내 울부짖음을 토한 곽평융은 무릎걸음으로 기어가 장손무극의 옷자락에 죽기 살기로 매달렸다.

"전하! 용서해 주십시오!"

너무 가파르게 굽이친 인생 곡선이 심성마저 뒤틀어 놓고야 말았던가.

장손무극은 소매 안에 손을 넣은 채로 한때나마 아꼈던 장수를 무감하게 내려다보고 있었다.

"한 가지 더. 탁리가 춘심각에 동기童妓를 두었더구나. 네가 뒤를 봐준 것이겠지?"

장손무극이 엷게 웃었다.

"놀 줄을 아는구나. 그것도 아주 방자하게! 정녕 그 아이들이 중주 촌구석 빈민의 여식인 줄로 알았더냐? 탁리에게 강제로 붙들려 온 그들은 남쪽 국경 지대의 열여덟 개 부족 출신이니라. 남방을 잠잠하게 만들라고 앉혀 놓은 장군이 그 거친 자들을 도리어 자극해? 평융, 실망스럽기 짝이 없구나!"

피로 벌겋게 물든 곽평융의 손마디에서 힘이 빠져나갔다. 그는 도무지 이해할 수 없다는 양 장손무극을 쳐다봤다.

정무로 바쁜 태자가 어찌 춘심각에 비밀스럽게 숨겨 둔 어린 기생까지 알고 있는 것인가. 그리고 탁리는 대체 왜 거짓말을 했을까.

그는 절망적인 표정으로 장손무극을 응시했지만, 상대의 눈 안에서 답을 찾아내지는 못했다.

"아니……."

실성한 사람처럼 펄떡 바닥을 박차고 뛰어오른 곽평융이 고래고래 소리를 지르며 밀실 밖으로 뛰쳐나갔다.

"이대로 죽을 수는 없어, 그렇게는 안 돼! 나는 진무대회 4위에 빛나는 건무장군이다! 십대 강자 중 아홉 번째인 성휘성수의 제자란 말이다! 나는……."

별안간 그의 외침이 목구멍 중간에 콱 걸렸다.

밖에는 여전히 가루눈이 날리고 있었다. 헐겁게 닫힌 창문 틈으로 자잘한 눈송이가 흘러들어 방 안의 인물을 향해 사뿐히 다가가는가 싶더니, 열기를 발하는 몸에서 한 자쯤 떨어진 지점에 이르자 흡사 무형의 벽에 부닥친 듯 바닥으로 추락했다.

환한 햇빛이 실내에 있는 두 사람을 비췄다. 한 사람은 선 자세, 다른 한 사람은 꿇어앉은 채였다. 눈송이 몇 개가 서 있는 이의 손가락 위에 내려앉았다. 옥을 깎아 놓은 듯 수려한 손가락은 꿇어앉은 상대의 이마를 살며시 누르고 있었다.

성난 호랑이처럼 날뛰던 무공 고수를 제압하는 데는 그토록 가벼운 한 동작이면 충분했다. 곽평융은 더 이상 꼼짝도 하지 못했다.

곽평융의 머릿속이 어지럽게 빙빙 돌고 있었다. 뇌리에서 가로, 세로, 사선으로 겹쳐 그어진 선이 서로 엉켜 밧줄 올가미가 되었고, 그 올가미가 점점 팽팽하게 조여들면서 그의 기억과 의식을 비틀어 짜 헝클어진 삼실 뭉텅이로 만들어 놨다.

몸이 천천히 기울어지는 도중에 마지막 맑은 의식 한 조각이 머릿속에서 번뜩 명멸했다.

스승님은 십대 강자 중에 서열 아홉 번째지만, 장손무극은……. 내가 건드려서는 안 될 상대를 잘못 건드리고야 말았던가…….

생각이 마무리되기도 전에 그는 이미 땅바닥에 쓰러져 있었다.

장손무극이 여유롭게 거두어들인 손을 다시 여우 털 외투 안에 감췄다. 고개를 비스듬히 든 그가 창밖의 햇살을 내다봤다.

그 순간의 눈빛을 무어라 형용해야 할까. 마음을 온통 기울여 아끼던 꽃이 행여 비바람에 꺾일까 지켜 주고자 손을 내밀었으나, 꽃이 세운 가시에 찔리고 만 이의 표정이 바로 그러할는지도.

한참을 침묵하던 그가 몹시 더러운 것을 걷어차듯 곽평융을 툭 찼다.

"죽이지는 않겠다만……. 너는 이제부터 명령에만 복종하는 기계로 살아야 할 것이다. 내 수하에게 이 방법을 쓰고 싶지는 않았으나……, 그래도 첫 차례인 것을 영광으로 알지어다."

그가 소매를 떨치며 돌아서 밖으로 나오자 시위들이 바쁜 걸음으로 달려와 곁에 붙었다. 저만치 멀리에서는 장군부 호위병들이 감히 숨 한 번 크게 내쉬지 못하고 바닥에 꿇어앉아 있었다.

그들을 거들떠보지도 않고 수레에 오른 장손무극이 휘장을 치기 직전 무심하게 분부했다.

"명을 전하라."

"예."

"남방 열여덟 개 부족에 불충한 조짐이 있어 응징하고자 하노라. 덕친왕을 새로이 융왕戎王에 봉하고 융戎, 진鎭, 이離, 세 개 주를 영지로 하사하여 항구히 남방 국경 지대를 지키도록 할 것이며, 건무장군은 금일부로 융왕 휘하 오랑캐 토벌 선봉장으로 임명한다."

"……."

"음?"

장손무극의 눈길이 충격적인 명령에 머뭇거리고 있던 시위대장에게로 향했다. 순간 식은땀을 쭉 뺀 시위대장이 재깍 '착' 하고 예를 올리며 외쳤다.

"명 받잡겠습니다!"

수레가 덜컹거리며 멀어져 가는 모습을 지켜보는 시위대장의 눈에 의혹의 그림자가 드리웠다.

잠시 후, 그가 고개를 들어 아직 눈기운이 남아 있는 하늘을 올려다봤다. 그곳에는 겹겹 구름층이 성난 파랑처럼 휘돌고 있었다.

눈발에 청량하게 씻긴 공기 중으로 나지막한 한숨이 섞여 들었다.

"사달이 나려는가……."

쿵!

맹부요의 몸이 나무에 부닥치자 나무줄기에 핏물과 식은땀이 흥건하게 묻어났다. 뒤쪽에서 싸늘한 바람이 불어왔다. 등에는 한기가 드는데 가슴에서는 불길이 이는 것만 같았다.

힘겹게 몸을 움직이며 가쁜 숨을 뱉어 낸 그녀가 가까스로 가부좌를 틀고는 가슴을 지그시 눌렀다. 진기를 조절해 보려 아무리 노력해도 소용이 없었다.

몸속에서 뱀처럼 기다란 불길이 떼로 뒤엉켜 꿈틀거리는 듯했다. 불이 붙은 온몸의 경맥이 화염의 뱀으로 화하는 기분이었다.

대체 바늘에 뭘 묻혀 뒀길래 이러는 걸까?

무언가가 욕정을 불러일으키고 있었다. 하지만 야릇한 기분에 사로잡히기 시작하면 즉시 엄청난 통증이 찾아들었다.

진작 추태를 보이고도 남았을 상황에서 그나마 버틸 수 있는 이유는 정신이 번쩍 들게 톡 쏘는 옷깃의 약재 향, 그리고 닥닥 긁어모은 파구소의 힘 덕분이었다.

악전고투로 기력이 바닥난 데다가 중상까지 입은 몸으로 약 기운을 버텨 내기가 어디 쉬운 일이겠는가.

몽롱한 상태에서 픽 웃은 맹부요는 멍하니 생각했다.

곽평융을 너무 얕잡아 봤노라고.

아무리 인간성이 바닥이어도 명색이 십대 강자의 제자인데 그 실력이 어디 갈까. 만반의 대비를 갖추고 매 순간 신중에 신중을 기했음에도 하마터면 큰일을 치를 뻔했다.

조심, 또 조심하고 모든 신경이 오로지 곽평융에게만 쏠렸던 통에 교령을 미처 경계하지 못했다. '피해자'에 대한 학습된 동정심이 눈을 가린 결과였다.

아니, 돌이켜 보면 완전히 무방비했던 건 아니다. 움직이지 못하도록 혈도를 짚어 두지 않았던가. 연마혈軟麻穴을 제압당한 교령이 잇새에 독침을 문 채로 자신이 절당에 당도하기만을 기다리고 있을 줄은 상상도 못 했지만.

따지고 보면 전화위복이기는 했다. 곽평융과 죽기 살기로 싸우던 중에 파구소가 한 단계 높은 경지에 접어든 것 같으니까.

한 가지 당황스러운 건, 옷깃에 배어 있던 벽독향闢毒香이 딱히 제구실을 못했다는 사실이었다. 모든 독을 무력화시키는 것은 물론 춘약까지 무용지물로 만들어 버린다던 의성 종월의 벽독향이 막상 그 괴상한 독침 앞에서는 맥을 못 출 줄이야.

"썩을!"

맹부요가 낮게 구시렁거렸다.

"돌팔이! 약장수! 사기꾼 의원 놈!"

홀연 저만치에 검은 그림자가 스쳤다. 누군가 접근하고 있었다. 바둥바둥 일어선 맹부요가 비수를 손아귀에 감아쥐었다.

검은 옷을 입은 자가 그녀의 앞에 와서 섰다. 평범한 인상에 살짝 파리해 보이는 낯빛, 원소후의 곁에 시시때때로 출몰하던 흑의인이었다.

더 이상 거리를 좁히지 못하고 머뭇거리던 흑의인의 눈 안에 후회가 스쳤다. 주군께서 폐관에 들어가신 동안 맹부요를 보호하라는 명을 받았으나 예상 밖의 사건이 터지는 바람에 잠깐 한눈을 팔았고, 그사이에 작금의 사태가 벌어진 것이었다.

지금 그가 맹부요를 눈앞에 두고서도 감히 다가서지 못하는 건 발갛게 달아오른 그녀의 뺨에서 심상치 않은 기색을 읽어 냈기 때문이었다.

잠시 그 자리에서 고민하고 있는데, 뒤쪽에서 바람이 스치는 소리가 들렸다. 홱 뒤를 돌아본 흑의인은 등 뒤에서 평온한 표정으로 자신을 바라보고 서 있는 흰옷 차림의 사내를 발견했다.

겨우 한숨을 돌린 흑의인이 허리를 숙였다.

"와 주셔서 정말 다행입니다."

"내가 맡겠소."

간략한 말로 흑의인을 퇴장시킨 종월이 맹부요를 향해 다가갔다. 멍하니 고개를 든 맹부요가 흐리멍덩한 시야 속에서 아는 얼굴을 찾아내고는 히죽 웃더니 팔을 뻗어 상대를 툭 밀쳤다.

"저리…… 떨어져요……."

말없이 그녀의 앞에 무릎을 접고 앉은 종월이 맥을 짚으려

하자 맹부요가 손을 피하며 중얼거렸다.

"돌팔이 씨, 나 무슨…… 질 나쁜…… 약에 당한 것 같거든요……?"

종월이 피식 웃었다.

"그런 약에는 미인이나 당하는 법이거늘, 그쪽이 무슨 자격으로?"

맹부요가 힘없이 실소했다. 독설남과 실랑이를 벌일 만한 기운이 없었다. 그녀가 나른하게 입을 열었다.

"고칠 수 있어요? 안 될 것 같으면…… 썩 꺼지기나 해요……. 음양의 조화를 이루면 약 없이도 낫는다느니 그딴 소리 지껄일 생각 말고……. 방법이 그것밖에 없다는 소리 하기만 해요……. 평생 개잡놈으로 볼 테니까!"

항상 온화한 얼굴이지만 정작 소리 내 웃는 일은 거의 없는 종월이 문득 웃음을 터뜨렸다. 그의 웃음은 구름 너머로 은은히 비쳐 나오는 햇살만큼이나 따사로웠다.

종월이 담담히 한마디를 뱉었다.

"나야 평생 경멸당해도 상관없소만……."

그가 팔을 내밀어 맹부요를 안아 들었다. 전기라도 통한 것처럼 온몸을 파르르 떤 맹부요가 품 안에서 벗어나려 바둥거리자 종월이 차분하게 말했다.

"무슨 정신으로 왔는지는 몰라도 이미 덕왕부 뒷문이오. 설마 문지방 넘을 때까지 버틸 의지력도 없다고는 안 하겠지?"

맹부요가 꿍얼거렸다.

"혈도 한번 짚어 주면 될 걸 나더러 굳이 참으라고……."

종월이 고개를 숙여 붉은 노을이 한 겹 내려앉은 얼굴과 아찔하도록 촉촉한 눈빛을 응시했다. 삼월의 버들잎, 사월의 복사꽃, 오월의 푸른 물빛, 유월의 연못 한가득 핀 연꽃. 철마다 가장 아름다운 모든 것들의 합이 바로 거기에 있었다.

종월이 그답지 않게 손을 미세하게 떨자 맹부요가 눈을 반짝 떴다. 붉은 기가 도는 눈 밑과 달리 그녀의 눈동자는 밑바닥에 하얗게 깔린 모래까지 들여다보이는 시냇물처럼 맑디맑았다.

눈을 떨군 종월은 아무런 말 없이 그녀를 거처로 데리고 들어간 후 점혈에 이어 환약을 먹이고, 막힌 기혈의 흐름을 뚫고, 상처를 붕대로 싸맸다.

모든 일을 손수 마친 그는 창가에 뒷짐을 지고 서서 오래도록 생각에 잠겨 있었다.

맹부요가 깨어나서 제일 먼저 한 일은 자신의 옷매무새를 확인하는 것이었다. 피치 못할 상황에서 무언가 부적절한 짓을 저지르지는 않았는지 알아야 했으므로.

곧이어 그녀는 온몸을 불사르는 것 같던 화염의 뱀이 얌전히 제 동굴로 돌아가 자리를 잡았음을 깨달았다. 대신 단전 깊숙이에서 자꾸만 후끈한 느낌이 올라왔다.

시험 삼아 공력을 운행해 본 그녀가 뭔가 눈치를 채고서는 제대로 가부좌를 틀고 앉았다.

"그쪽 실력으로도 완전히는 해독 못한 거예요?"

종월이 그녀를 돌아보며 미간을 좁혔다.

"만년 느시[10]의 피로 만든 '쇄정'에 당했소. 쇄정이 체내에 들어가면 정욕이 주체할 수 없이 들끓지만, 이성과 교합할 때마다 몸이 크게 상해 석 달 안에 반드시 죽게 되지."

"남은 수명을 당겨다 써 가면서 욕정을 불태워야 한다?"

맹부요가 중얼거렸다.

"이딴 건 도대체 어느 돼먹지 못한 놈이 만든 거예요?"

"곽평융의 스승, 성휘성수 방유묵."

일순 종월의 얼굴에 묘한 표정이 스쳤다.

"젊은 시절 사랑했던 여인이 그가 천하를 주유하는 사이 다른 사내와 정을 통했고, 집에 돌아와 사실을 알게 된 방유묵이 쇄정을 만들어 두 남녀에게 썼다고 하오. 결국 둘은 혈맥이 바싹 말라붙을 때까지 밤낮으로 정사에만 몰두하다가 죽었다지."

'힉' 하고 숨을 들이켰던 맹부요가 이내 탄식과 함께 고개를 절레절레 저었다.

"곽평융이 왜 고 모양인가 했더니만, 이제 보니 그 스승에 그 제자였군요."

종월이 조용히 대꾸했다.

"곽평융은 근 몇 해 동안 주색에 빠져 몸을 망친지라 고작해야 스승의 3할도 겨우 따라갈까 말까 한 실력이오. 게다가…… 방 선생은 제자 역성드는 것이 몸에 밴 인물이고."

---

10 느시는 새의 일종이다. 고대 중국인들은 느시 중에는 수컷이 없다고 오해했고, 암컷이 새끼를 치기 위해서는 종을 가리지 않고 다른 조류와 짝짓기를 해야 하므로 아주 음탕한 새라고 여겼다.

전혀 겁먹는 기색이 없는 맹부요를 보며, 종월이 한숨을 내쉬었다.

"칠엽초를 바탕으로 만든 벽독향은 백독불침이 맞소. 벽독향이 스민 옷을 입었으니 본래는 무탈했어야 옳지. 하나, 조금 전에 알아낸바 그쪽 몸속에는 쇄정과 상호 보완적인 성질의 독이 오래전부터 잠복해 있었더군. 평소에는 아무런 낌새도, 증상도 없다가 특정 성분과 만나면 비로소 생명을 위협하는 독 말이오. 지난 열일곱 해 동안은 운이 좋았다고 봐야겠지. 이번에도 벽독향이 아니었다면 체내의 독이 쇄정과 만나 발작을 일으키면서 당장에 목숨을 잃고 말았을 터……."

"왜 이렇게 말이 긴가 했더니, 결국은 돌팔이 소리가 듣기 싫어서였네. 지금 이 꼴이 난 건 내 약이 어설퍼서가 아니라 네가 고질병이 있었던 탓이다, 그걸 역설하고 싶은 거잖아요. 그나저나 어째 말투가 손쓸 방도가 없다는 식으로 들립니다만?"

맹부요가 눈을 치켜떴다.

"에이, 설마? 의성이라면서요!"

"내가 못하면 다른 의원 그 누구도 못한다고 봐야 하오."

종월은 차분한 말투였지만, 그 안에는 은근한 자부심이 배어 있었다.

"증세를 경감시킬 방법이야 있소만."

"뭔데요?"

"첫째는 약재를 써서 체내의 쇄정을 완전한 춘약으로 바꾸어 놓는 것이오. 그쪽이 사내와 침상에 오를 용의만 있다면……."

말이 끝나기도 전에 침상 아래에 있던 신발을 꿰어 신은 맹부요가 밖으로 걸음을 옮겼다. 쓴웃음을 지은 종월이 그녀가 문간까지 갔을 즈음 다시 말을 이었다.

"방법이 하나 더 있소. 쇄정은 춘약과 독약이 한데 합쳐진 것이니 완벽한 춘약이 될 수 있으면 완벽한 독약 또한 될 수 있는 것. 약성을 독성으로 전환하는 일도 가능하오. 단, 그 독이 몸속에 존재하는 한은 절대 음심이 동해서는 아니 되오. 자칫하면 몸의 일곱 구멍에서 피를 쏟으며 죽게 될 테니. 자, 선택은 그쪽이 직접 하시오."

침상 옆으로 돌아온 맹부요가 털썩 책상다리를 하고 앉았다.

"내 선택이야 안 물어봐도 당연한 거 아니에요?"

창가에 서 햇살에 에워싸인 종월이 그녀를 바라봤다. 남들보다 엷은 색의 눈동자와 입술이 빛을 받아 한층 투명해 보였다.

어쩐지 갈등하는 기색으로 머뭇거리던 그가 잠시 간격을 두고 물었다.

"후회는…… 없겠소?"

맹부요가 손을 회회 내저었다.

"거참, 사람 말 많네!"

"일생 누구에게도 연심이 동하지 않을 자신이 진정 있다는 말이오?"

종월이 그녀를 응시했다.

"한창 꽃다운 나이에 자연스러운 감정의 도래를 거부할 이유가 무엇이 있어서?"

"어차피 나는 이 세계에 마음을 두면 안 될 사람이니까."

입술을 앙다문 그녀의 얼굴에 허탈함이 스쳤다.

"방어막 하나 얻은 셈 치면 그만이에요. 덕분에 저절로 자중하게 될 테니 잘됐네, 뭐!"

고개를 든 그녀가 싱긋 웃었다. 어렴풋한 서운함과 서글픔, 잔인한 현실에 대한 불만과 체념이 뒤섞인 웃음이었다.

미소의 끝자락에 이르러 그녀의 입술 사이로 작지만 단호한 목소리가 흘러나왔다.

"난 마음 정했어요."

무극국 정녕 15년 겨울, 남방 국경 지대에서 반란이 일어났다. 이에 태자 장손무극이 덕친왕 장손가長孫迦를 융왕에 봉하고 20만 대군을 주어 진압을 명하니, 융왕군의 선봉으로는 건무장군 곽평융이 임명되었다.

오래전부터 지병을 앓던 덕왕은 의성 종월에게 거금을 건네며 동행을 부탁했다. 남방 국경 지대에 진귀한 약초가 많이 난다는 이야기를 전해 들은 종월은 덕왕의 제의를 흔쾌히 받아들였다. 종 선생의 '사환'으로서 맹부요와 요신 역시 자연히 군 행렬에 포함됐다.

성을 떠나는 길에 춘심각 앞을 지나게 된 맹부요는 한때 유흥객들이 장사진을 이루던 향락의 불야성이 그새 관부에 의해 폐쇄되었음을 발견했다.

지난날의 방탕한 분위기는 이미 흔적조차 찾을 수 없었다. 무엇을 떠올렸는지, 썰렁한 기루의 입구에 선 그녀의 입가에 옅은 미소가 맺혔다가 금세 스르르 흩어졌다.

한참을 그렇게 서 있던 그녀가 돌아섰을 때였다. 등 뒤 담벼락 모퉁이에서 미세한 숨소리가 포착됐다. 대뜸 팔을 뻗어 끌어내 보니 상대는 쪼그마한 어린애였다.

예닐곱 살밖에 안 되어 보이는 꼬맹이가 화장을 얼마나 진하게 했는지. 게다가 칠해 놓은 게 덕지덕지 번져서 봐 줄 수가 없는 몰골이었다. 모퉁이에서 붙잡혀 나온 꼬마는 겁에 질려 눈이 왕방울만 해졌지만, 울 것 같은 기색은 없었다.

이상하게 눈에 익다 싶은 느낌에 아이를 요리조리 뜯어보던 맹부요는 한참 만에야 이 얼굴을 어디서 봤는지 상기해 냈다. 원소후와 함께 기루를 둘러보러 왔을 때 만났던 동기가 아닌가.

저도 모르게 미간을 찌푸린 그녀가 물었다.

"춘심각이 폐쇄된 이유가 남방 부족 여자애들을 납치해다가 기녀로 써서 아니었나? 동기들은 전부 조정에서 거두었다고 들었는데, 넌 왜 혼자 여기 남아 있어?"

갈색이 도는 커다란 눈망울로 맹부요를 노려보던 아이가 잠시 뒤 입을 열었다.

"소도小刀는 집에 갈 거야."

짧은 대답. 금속성이 나는 소녀의 독특한 목소리는 어딘지 지독하게 날이 서 있었다.

맹부요의 눈썹이 까딱 올라갔다. 어린애가 험한 꼴을 너무 봐서 정신이 살짝 회까닥한 건 아닐까 걱정되던 무렵, 소도라는 꼬마 아가씨가 맹부요의 옷자락을 결사적으로 틀어쥐고는 같은 말을 반복했다.

"소도는 집에 갈 거야."

맹부요는 몇 번이고 발걸음을 돌리려 했지만, 꼬마의 바싹 마른 손을 도저히 매정하게 뿌리칠 수가 없었다. 이 어린것 따돌리자고 무공을 쓰기도 그렇고, 결국 그녀는 혹을 하나 질질 끌고 행렬로 복귀했다.

그녀가 어린애를 매달고 돌아오는 걸 본 요신이 이건 또 무슨 해괴한 상황이냐는 양 눈썹을 꿈틀하자, 맹부요가 아직 물어보지도 않은 말에 툭 대꾸를 던졌다.

"소도가 집에 가시겠단다."

이로써 행렬에는 소도라는 이름의 사환이 하나 더 늘었으니, 상당히 과묵한 신입 사환의 눈길이 고정된 방향은 언제나 남쪽이었다.

행렬이 성문에 당도했을 무렵, 창란 행궁 쪽을 돌아본 맹부요의 입가에 희미한 미소가 피어났다.

속을 알 수 없는 어느 미남과 자기애 더하기 주인 사랑으로 똘똘 뭉친 생쥐 녀석도 지금쯤 저곳에서 겨울치고는 드물게 따스한 이 햇살을 즐기고 있으려나?

생쥐 녀석, 주인 손바닥에서 고 앙증맞은 분홍 똥배를 볼록 내놓고 잠들지는 않았을까?

첫눈이 녹아 처마 아래로 굴러내리는 물방울이 지금 이 순간에도 호수의 영롱한 수면을 두드리고 있겠지?

그녀는 원소후에게 작별 인사를 하지 않았다.

행렬을 따라나선 첫 번째 이유는 덕왕이 넘겨받은 남방 국경 및 인근 지역 행정 사무에 국경 인접국에게 통행부를 발급하는 업무가 포함되어 있었기 때문이었다. 옆에서 얼쩡거리다 보면 뭔가 얻는 게 있지 않겠는가.

두 번째 이유는 하루아침에 딴사람이 됐다고 소문이 무성한 곽평융에게서 틈을 봐 해독제를 받아 내기 위해서였다.

그리고 마지막 세 번째는, 원소후를 떠나고자 함이었다. 그와 너무 가까워졌기에, 이만 떠나야 했다.

그녀는 본래가 이 낯선 대륙에서 번잡한 애정사에 얽혀서는 안 될 사람이었다. 그것은 생살을 찢듯 자신에게서 과거를 잡아 뜯어 내버리는 짓이었다.

처음 이곳에 떨어졌을 때의 타들어 가던 심정이 훗날 현실 수용으로 바뀌기까지, 얼마나 격렬한 번뇌와 갈등이 그녀를 휩쓸고 지나갔던가.

격랑이 몰아치던 내면이 후일에 이르러 잔잔하게 가라앉을 수 있던 배경에는 자포자기가 아니라 와신상담이 있었다. 언젠가 기회가 올 때까지 참기로 했다. 그녀는 시간과의 지루한 싸움을 흔연히 받아들이기로 했다.

앞을 향해 나아가는 발걸음을 멈추지만 않는다면 기어코 끝에 닿을 날이 분명 오리라.

하지만 인생에는 변수란 게 끼어들기 마련이다. 거부할 수 없는 운명과 함께 도래하는 변수. 그러한 변수의 출현이 어떤 결과로 이어지는지, 확인할 뻔한 경험이 이미 한 번 있었다.

17년간 다잡아 온 의지와 갈망이 단번에 물거품으로 화해 사라질 뻔하지 않았던가.

원소후가 자신의 집념을 통째로 뒤엎고 불살라 버릴 변수로 자리매김하기 전에, 그녀는 이제 막 발갛게 올라오기 시작한 화염을 제 손으로 짓이겨 꺼 버리고자 했다. 먼 훗날, 결정적인 순간을 맞이했을 때 그를 향한 부채감과 미련에 발목을 붙잡히지 않도록.

그녀는 자취를 남기지 않는 바람이고 싶었다. 어차피 제 것이 아닌 세계에 자신에게든 타인에게든 영향이 갈 만한 흔적은 아무것도 새기고 싶지 않았다.

곽평융과의 일전이 전화위복이 되어 파구소가 5성 경지에 근접한 것과 괴이한 독에 당한 것도, 어쩌면 하늘의 뜻이리라. 더욱 강해져서 앞을 향해 돌진하라는, 내밀히 돋아나던 연정의 실을 운명이 쥐여 준 지혜의 검으로 일찌감치 잘라 버리라는.

성문 앞에서 한참을 주저하던 그녀는 무심한 척 뒤를 돌아보는 종월의 눈길을 받고서야 결연히 말을 달려 행렬의 꼬리에 따라붙었다.

흑발이 바람결을 타고 휘날리는 가운데, 가녀린 뒷모습 너머로 거대한 석양이 새빨갛게 타오르고 있었다. 노을로 흠뻑 물든 하늘은 겹겹이 화려한 색채를 뽐냈고, 말을 달리는 여인의 뒷모습은 진홍빛과 금빛의 향연 사이로 섞여 들어 서서히 희미해져 갔다.

맹부요는 미처 알지 못했으나 조금 전 그녀가 바라보던 방향, 창란 행궁에서 가장 높은 건물인 절춘루折春樓 꼭대기에는 어느 존귀한 사내가 오래도록 바람을 안고 서 있었다.

누각이 높으니 바람의 기세 또한 높아 긴 옷자락이 세차게 너울댔다. 허공에 먹물처럼 펼쳐져 춤추는 머리카락에 가려 눈빛은 드러나지 않았으나 그의 입술 가장자리에는 많은 의미를 담은 미소가 걸려 있었다.

성문 쪽을 지긋이 바라보던 그가 고개를 틀어 어깨에 앉은 동물을 향해 말했다.

"이리 인사 한마디 없이 가 버리는구나. 세상에서 가장 잔인한 것이 여인의 마음이라더니……."

기회는 이때다 하고 두 앞발을 활짝 펼친 동물이 냉큼 제 마음을 고백했다.

자기는 절대 주인님한테 저런 식으로 굴지 않을 거고…….

그러나 녀석이 고백에 마침표를 찍는 것보다 옅은 웃음기 섞인 주인의 읊조림이 먼저였다.

"문제 될 것이야 없지. 그대가 오지 않거든 내가 가면 그만이니."

하지 않으면 안 될 일

동풍이 전투를 알리는 북소리를 실어 왔다. 남융 열여덟 개 부족의 호걸들이 사냥감 몰이에 나선다는 신호였다.

대체 무엇이 범의 코털을 건드린 것인지, 뱀의 몸통에 사람 머리를 한 격일신格日神을 숭배하는 남융과 북융 두 부족이 합심해 갑작스러운 반란을 일으킨 것은 무극국 통치하에 엎드려 지낸 지 12년 만의 일이었다.

깊은 골짜기와 산중 요새에서 홍수처럼 쏟아져 나온 융군은 과연 용맹한 전사들답게 인근 평성平城과 황현黃縣을 삽시간에 점령했고, 이어서는 중주까지 쳐들어가 장손무극을 창안문昌安門 앞에 무릎 꿇리겠노라 호언장담했다.

융왕은 곽평융이 이끄는 선봉대를 형성荊城에 주둔시키고 본인은 형성에서 30리 떨어진 수수濉水에 본영을 꾸렸다. 양쪽에서 서로 협응하여 평성과 황현을 포위하겠다는 의도였다.

한편, 맹부요와 종월은 진군 행렬을 떠나 평성 근처 요성姚城으로 향했다. 요성 교외와 융족 거주 구역 사이에 우거져 있는 숲이 바로 오주 제일가는 약초와 희귀 동물의 보고라는 정보를 입수했기 때문이었다.

의원인 종월에게야 당연히 놓칠 수 없는 기회였고, 맹부요는 그녀 나름대로 종월이 인심 한번 크게 써서 해독약을 만들어 주진 않을까 기대에 부풀었다.

융족의 거주지에 가장 가깝게 붙어 있는 성인 만큼 요성에는 융족과 한족이 섞여 살고 있었다. 조정에서는 양쪽 사이에 혹여 있을지 모르는 갈등을 피하고자 성안에 정正과 부副, 두 명의 행정관을 뒀다.

이 조정 호부戶部 문선청리사[11] 관원 명부에 기재된 요성 행정관의 정식 호칭은 현령이었으나 현지에서는 융족 관습에 따라 성주라고 불렸다.

성주는 호적, 세금, 노역, 치수, 농업 생산 등 전방위적인 성내 사무를 도맡아 돌보았다. 그리하여 행정, 민정, 재정을 한 손에 틀어쥔 셈인 이 직위에는 반드시 융족만 오를 수 있었다. 반면에 그 아래에서 창고 관리와 형벌, 공문서 관련 사무를 돕는 부성주은 중주에서 파견되어 온 한족이 맡았다.

여기까지만 보면 모든 권력이 융족 성주 한 사람에게 집중된

11 文選淸吏司. 관리의 임용과 품계 조정을 관장하던 기관이다.

것 같지만, 그것은 오산이다.

조정에서는 성주, 부성주과는 완전히 별개로 요성에서 20리 거리에 있는 백정촌白亭村에 따로 도호장군都護將軍을 두고 병력 3천을 주둔케 했다. 천성이 거칠어 통제가 쉽지 않은 융족을 상대로 무극국 조정에서도 나름 당근과 채찍을 고루 동원해 가며 애를 썼다 하겠다.

종 신의神醫를 성까지 모시는 임무를 맡은 현지 안내인의 설명은 목적지에 도착하기 한참 전부터 맹부요의 머릿속에 요성의 모습을 생생하게 그려 놨다.

융족과 한족이 사이좋게 어울려 살아가는, 아름답고도 평화로운 땅. 눈 닿는 곳마다 색색의 화려한 꽃송이가 탐스럽게 피어 있을 성.

그러나 성문을 통과하는 순간, 그녀는 숨이 멎을 만큼 놀라고 말았다.

폐허가 되다시피 한 골목, 불에 타서 시커멓게 그을음이 남은 집들, 누군가의 발에 짓밟혀 진창에 처박힌 꽃들, 한겨울에도 가슴팍 절반을 내놓고 다니는 융족 사내들과 그들의 알록달록한 바지 뒤춤에 매달려 번뜩이는 곡도.

곡도를 덜렁거리면서 휘적휘적 걷는 내내 살기가 바짝 오른 눈으로 연신 사방을 훑어보는 융족들은, 하찮은 돌멩이 하나라도 걸리적거리면 당장 칼을 뽑아 들 기세였다.

그들과 정반대로 한족 사람들은 잔뜩 주눅이 들어 눈도 제대로 들지 못하는 모습이었다. 길을 걸을 때도 행여나 시비에 휘말릴까, 최대한 융족을 피해 다니려고 노력하는 기색이 완연했다.

잔혹한 살의와 악의적인 도발, 폭발 직전의 화약고 같은 아슬아슬한 긴장감이 공기 중에 짙게 떠돌고 있었다. 이곳에서는 누구라도 본능적으로 위험의 냄새를 맡을 터였다.

척 보기에도 이질적인 느낌의 맹부요 일행은 성에 발을 들인 그 순간 온통 적의 어린 눈빛에 둘러싸였다. 외지에서 온 한족을 받겠다는 객잔이나 주루는 한 곳도 없었다.

덕왕이 준 증표를 가지고 관아에 가서 숙소를 내어 달라고 해도 되지만, 맹부요와 종월은 관아에 머물자면 거추장스러운 일이 많을 것이라는 이유로 민가에 부탁해 방을 빌리기로 했다.

하지만 흔쾌히 잘 곳을 제공하겠다는 집은 좀처럼 나타나지 않았다. 몇 번이고 허탕만 치던 일행이 가까스로 마음씨 좋은 노인장을 만난 건 늦은 저녁 무렵이었다.

노인장의 집에서 받은 저녁상은 소박하지만 정갈했다. 영 말주변이 없는 아들과 만삭이 다 된 며느리도 식탁에 함께 둘러앉았다.

조그맣게 불을 밝힌 등잔 아래에서 노인장은 인자하게 웃는 얼굴로 연신 반찬을 집어 일행의 그릇에 올려 줬다.

"촌구석인지라 때깔 나는 음식은 없지마는 그래도 많이들 드시구려!"

여기저기 금 간 틈으로 때가 새카맣게 낀 탁자를 앞에 둔 맹부요는 밥그릇을 붙들고서 멍하니 넋을 놓고 있었다.

17년. 누군가와 함께 식탁에 둘러앉아 집 밥 느낌이 물씬 풍기는 저녁을 먹어 본 지 어언 17년이었다.

아늑한 방 안을 은은하게 밝히는 등불도, 반찬을 집어 주는 손길도, 너무나 오랜만이었다. 얼마나 간단한 상차림이든지 간에 일단 집같이 생긴 공간 안에서 누군가 끼니를 같이해 주는 것 자체가 그간 없던 일이었다.

망할 도사 영감은 오로지 수련만 강요했다. 수련이 끝나면 또 수련이었다. 영감 밑에서 보낸 10년간 끼니는 항상 수련과 동시에 후루룩 대충 때우고 넘어가야 했다. 전생이 남긴 따스한 집의 기억은 어느덧 바람 한 번 지나면 흩어져 버릴 하늘가 실구름만큼이나 희미해진 뒤였다.

일순간 음식을 집어 주는 노인의 손이 핏줄이 다 드러나도록 비쩍 마른 병자의 손으로 보였다. 엄마의 손이었다.

그러나 환각은 순식간에 걷혔다. 그녀는 여전히 낯선 세계의 작은 도시, 모르는 집 등잔불 아래에서 남의 식구들이 오순도순 모여 앉은 광경을 응시하고 있었다.

밥그릇 위에 그득히 쌓인 반찬을 내려다보던 맹부요는 순간 코끝이 시큰해지는 걸 느꼈다. 급하게 고개를 숙이고 밥을 퍼먹기 시작했으나 결국에는 채소볶음 위에 눈물 한 방울을 떨구고야 말았다.

지체 없이 채소 줄기를 집어 든 그녀가 제 눈물의 맛을 삼키려던 때였다. 어디선가 홀연히 날아든 젓가락 한 쌍이 문제의 반찬을 휙 채 갔다.

백설 같은 흰옷을 입은 종 공자였다. 본인이 챙겨 온 젓가락으로 반찬 몇 점을 집어 역시 본인이 챙겨 온 밥그릇에 올려놓고 저만치 창가에 서서 먹는 시늉만 하고 있던 그가 어느 틈엔가 식탁 앞으로 이동해 온 것이다.

맹부요의 젓가락이 닿았던 것도 개의치 않는 양 태연하게 푸성귀를 낚아채 간 그가 말했다.

"벌레가 있기에."

나 참, 어이가 없어서.

맹부요가 몹시 떨떠름한 표정으로 지켜보는 가운데 종월이 어색한 동작으로 반찬을 집어 그녀의 그릇에 올려 줬다.

"그 뒤룩뒤룩한 살을 빼려면 이런 게 좋소."

종월이 건넨 산나물을 내려다보며 얼굴 근육을 씰룩거리던 맹부요가 '풉' 하고 웃음을 터뜨렸다.

"말본새 좀 고치면 안 돼요? 기껏 챙겨 주면서 말을 그렇게 하면 무슨 소용이냐고요."

채 가시지 않은 물기가 맹부요의 눈 안에서 그렁그렁 휘돌았다. 본래도 흑진주 같은 눈동자가 방 안 등불과 창밖 서리를 반사해 한층 더 영롱하게 반짝이고 있었다.

젓가락을 든 채로 멈칫하던 종월이 얼른 눈을 돌려 창 너머 달빛을 바라봤다. 그의 눈빛이 희미하게 흔들렸다.

가을바람에 한바탕 모질게 시달리고 난 대나무의 모습이 저러하려나.

종월의 꼿꼿한 옆모습이 이 순간만큼은 어딘지 쓸쓸해 보였다. 젊은 나이에 벌써 의성이라는 칭호를 얻은, 많은 것이 비밀에 싸인 남자를 보며 맹부요는 잠시나마 넋을 잃었다.

오주 어느 나라를 가나 최상급 귀빈으로 대우받는 신분이면서도 가슴속 깊은 곳에는 외로움이 자리하고 있던 걸까?

같은 외로움을 공유하기에 지금 이 심정을 아는 건지도.

입술을 앙다문 맹부요가 부추를 한 젓가락 집어 그의 밥공기에 올려놨다. 내처 젓가락 끝에 힘을 빡 줘서 부추를 쌀밥 속으로 꾹꾹 밀어 넣은 그녀가 악의적으로 웃었다.

"이게 정력에 그렇게 좋대요."

"……."

낯짝 두꺼운 놈 앞에서는 백약이 무효라 했다.

독설남 종월도 파렴치한 맹부요를 상대로는 패배를 인정할 수밖에 없었는지 아무것도 못 들은 척 식사에 몰두하기 시작했다. 깨끗함과는 상당히 거리가 있는 밥공기의 상태에도 별 불만이 없는 모양새였다.

이 순간 맹부요는 자기 배 채우는 데 바빠서 눈치채지 못했지만, 고개 숙인 종월의 입가에는 엷은 미소가 맺혀 있었다.

며칠간 방을 얻어 쓰면서 맹부요는 노인장의 식구들과 허물없는 사이가 됐다. 낮에는 종월과 함께 소도를 데리고 나가 약초를 캐고 저녁이면 아늑한 집으로 돌아와 식탁에 앉는 일상도 퍽 마음에 들었다. 주변에서는 전쟁이 한창임에도 그녀는 소소한 평온을 즐기고 있었다.

하지만 타고난 팔자가 사나운 맹부요에게 평온한 나날들이 그리 오래 허락될 리가 없었다.

맹부요가 밖에 나갔던 길에 골목에서 소란스러운 소리를 들었다. 고개를 쭉 빼고 보니 이 집 저 집 문간에 색색의 천이 매달려 있는 게 눈에 들어왔다. 집주인들은 한창 짐을 꾸리랴 문에 자물쇠를 걸랴 부산한 것이, 어디 급하게 도망이라도 가려는 사람들처럼 보였다.

맹부요가 눈을 땡그랗게 떴다.

"뭐가 저리 알록달록해? 식민지 깃발 꽂아 놓은 거 뺨치네."

곧이어 그녀가 문간에 내걸린 천을 가리키며 물었다.

"저건 뭐래요? 만국기라도 되나?"

"총각, 우스갯소리를 할 일이 아니야."

행인 하나가 남장한 맹부요에게 소곤소곤 말했다.

"저건 융족이 뭔가 앙갚음할 게 있다는 표식이거든. 원수진 상대하고 담판을 짓기 전에 저렇게 천을 걸어서 '괜히 휘말려서 다치기 싫으면 여기 얼쩡대지 마시오.' 하고 경고하는 거라고."

"엄청 기고만장한데요?"

맹부요가 눈을 가늘게 좁혔다.

"융족이랑 한족이랑 사이좋게 잘 지내는 거 아니었어요? 그런데 무슨 천이 저렇게 많이 걸렸대요?"

"겉보기만 별문제 없으면 뭐 합니까. 내막을 들여다봐야죠."

요신이 끼어들었다.

"융족은 천성이 호전적이고 긍지 높은 민족입니다. 어디 묶이는 것도 싫어하고 남의 발밑에 얌전히 있을 성질머리도 못 돼요. 자기보다 강한 상대를 만나면 일단 고개를 숙이기는 하지만, 그게 오래갈 리가요. 기회만 났다 하면 들고 일어나죠. 무극국 역사에서 융족이 반란을 일으킨 게 무려 열세 번입니다. 그 중 일곱 번은 거의 멸족 직전까지 갔었지만, 고삐 풀린 망아지 같은 천성은 아무래도 고쳐지질 않는 모양이에요. 그래서 상연국에 넘긴 남강 부족과 마찬가지로 융족도 '멈추지 않는 전차'라고 불리는 거고요."

요신이 손을 들어 색색의 천을 가리켰다.

"근래 두 민족 사이에 별 마찰이 없었던 것 같아도, 사실 융족이라는 족속은 제 긍지에 대한 집착이 워낙 병적이라 아주 사소한 시비로도 칼부림이 나는 자들이거든요. 한족은 또 한족대로 큰 민족으로서의 우월감이 있으니 말이나 행동이 한 번씩 경솔하게 나갈 때가 있지 않겠습니까. 그동안은 융족이 이를 갈면서도 조정이 무서워 참고 있었을 텐데 마침 열여덟 개 부족이 연합해서 반란을 일으키니까 드디어 묵은 원한을 씻을 때가 왔구나 싶었겠죠."

맹부요가 고개를 절레절레 저으며 구시렁거렸다.

"긍지는 개뿔, 그냥 센 놈 앞에서는 설설 기고 만만한 놈 앞에서는 기고만장한 거잖아."

이때만 해도 그녀는 사태를 심각하게 생각하지 않았다.

그런데 산에 올랐다가 저녁이 되어 귀가하던 길, 노인장의 집까지 아직 거리가 좀 남았을 때 앞서가던 종월이 문득 걸음을 멈췄다.

그 순간 저 멀리 노인장의 집에서부터 찢어지는 울부짖음이 날아들었다. 곧바로 서랍을 뒤집어엎는 소리, 사람 몸이 가구에 부닥치며 내는 둔탁한 충돌음, 광기 어린 웃음소리, 거친 욕설, 여인의 날카로운 비명, 어린아이가 놀라 터뜨린 울음소리가 이어졌다.

그 난장판에서 나는 소리에 귀를 기울이고 있던 이웃들의 표정에 동정심과 분노가 교차했다. 그러나 그것도 잠시뿐, 이웃들은 이내 자기 집 대문을 꼭꼭 닫아걸었다.

골목을 틀어막고 껄껄거리던 융인 무리 중 하나가 술 파는 집의 가판에서 술병을 집어 들어 꿀꺽꿀꺽 절반을 제 목구멍에 들어붓더니 아직 내용물이 남은 병을 지붕에 던져 깨뜨리며 웃어 젖혔다.

"불 질러! 불!"

그 목소리를 신호탄으로 나머지 융족들도 소매를 걷어붙이고 몰려들었다. 허공에 주먹을 휘둘러 가며 발을 구르는 융족 무리 사이로 쩌렁쩌렁한 구호가 울려 퍼졌다.

"불 질러! 불 질러!"

길 한복판에 서 있던 맹부요의 눈매가 날카로워졌다. 노인장의 집 문 앞에 언제 등장했는지를 모를 알록달록한 천이 걸려 있는 게 시야에 들어왔다.

법 없이도 살 저 집 식구들이 융족한테 원한 살 만한 짓을 해?
맹부요가 물동이를 들고 슬쩍 나온 이웃을 붙잡고 물었다.

"어떻게 된 거예요?"

"저 집 멍청한 아들놈이 3년 전에 저자에서 길 가다 부딪힌 융족한테 '머저리' 소리를 했던 모양이오. 그래서 지금 저 꼴이 난 게지."

쑥덕쑥덕 말을 마친 이웃이 급히 자리를 피한 후, 맹부요가 기가 찬다는 듯 한마디를 뱉었다.

"겨우 그거 갖고 남의 집을 불사른다고?"

"몸들이 꽤나 근질근질한 모양이군."

종월이 그녀의 곁으로 와서 섰다.

"아직 부상에서 회복되기 전이니 끼어들지 마시오. 집이 불타거든 우리가 은자를 보태 따로 살 곳을 구해 주면 그만. 안 그래도 더 설치지 못해 안달이 난 융족에게 괜한 명분을 쥐여 줄 필요는 없지 않겠소."

심호흡을 하는 맹부요의 주먹에 힘이 들어갔다. 당장이라도 뛰어들고 싶은 충동을 억누르느라 안간힘을 다하는 중이었다.

역대 수많은 왕조를 괴롭혀 온 민족 간의 갈등이 얼마나 뿌리 깊은 문제인지, 전생에 역사를 전공했던 그녀가 모를 리 없었다. 지금 같은 전시 상황에서 무조건 개인의 의기만을 앞세울 수는 없었다.

성질대로 나서면 노인장 가족이야 구할 수 있겠지만, 그게 요성 융족 전체를 자극해 사태를 키우는 결과로 이어진다면 더 많은 사람이 목숨을 잃게 될 터였다. 맹부요는 소도의 손을 꼭 잡고 돌아서서 멀찍이 물러났다.

그런데 입을 앙다문 아이가 어째 자꾸만 뒤를 돌아보는 게 아닌가. 아이의 눈에서 끓어오르는 흥분을 발견한 맹부요가 미간을 찌푸렸다.

"소도?"

고개를 돌린 소도가 기묘하게 빛나는 눈으로 한 자 한 자 똑똑히 말했다.

"죽여 버려."

흠칫 걸음을 멈춘 맹부요가 혹시 잘못 들은 게 아닌가 싶은 마음에 되물었다.

"누굴 죽여?"

소도의 손가락이 노인장의 집을 가리켰다.

"싹 다 죽여 버려."

명확하기 이를 데 없는 발음에서 예닐곱 살짜리의 것이라고는 절대 믿어지지 않는 살기가 묻어났다. 새카만 관짝에 쇠못을 한 치 한 치 박아 넣는 소리만큼이나 잔혹하고도 단호한 말투였다.

'쓰읍' 숨을 들이켠 요신이 말했다.

"무슨 어린애가……."

이때 소도에게 흘깃 눈길을 준 종월이 잠시 생각에 잠기더니 곧 입을 열었다.

"그리 생각하느냐?"

그가 입가에 싸늘한 미소를 머금은 채로 어깨를 토닥여 주려는 양 소도를 향해 느리게 팔을 뻗었다. 아무것도 모르는 아이는 정결하게 빛나는 사내가 온유한 표정으로 뻗는 팔을 그저 쳐다보고만 있었다.

그러나 그 길고도 깨끗한 손가락은 중간에 잽싸게 끼어든 누군가의 손에 가로막혀 아이에게 닿지 못했다.

눈썹을 가파르게 치켜세운 맹부요가 그를 똑바로 주시했다.

"말 한마디 잘못했다고 죽일 것까지는 없잖아요."

"말은 마음에서 나오는 법."

종월은 물러설 기미가 없었다.

"너무 위험한 아이요."

입 밖으로 낸 문장은 간략했으나 그의 눈 안에는 분명 더 많은 이야기가 있었다.

맹부요는 가슴 한구석이 지끈 조여드는 걸 느꼈다. 그녀가 종월의 눈빛에서 읽어 낸 말은 '그대 곁에 두기에는 위험하오.'였기에.

항상 까칠한 소리만 하더니 이렇게까지 마음 써 줄 때도 있을 줄이야. 잠시나마 감동은 했지만, 맹부요는 손에서 힘을 푸는 대신 고집스럽게 상대를 노려봤다.

새하얀 옷소매에 점점 더 무게가 실리자 맹부요의 이마에서 자잘한 땀방울이 배어났다. 하지만 공중에서 종월을 가로막고 있는 손은 여전히 꿈쩍도 하지 않았다.

그녀가 또박또박 말했다.

"아무리 그래도 지금은 힘없는 어린아이에 불과해요. 난 그렇게는 못 해요."

"내가 하도록 내버려 두기만 하면 되오."

종월이 온도가 불분명한 표정으로 그녀를 응시했다.

"강인함과 영민함, 대담한 결단력까지 갖춘 건 사실이지만 마음이 너무 여린 게 바로 그쪽의 문제요. 지난번에도 교령에 대한 책임감만 아니었다면 뻔히 함정인 줄 알면서도 장군부에 잠입할 일은 없었겠지. 약육강식의 오주에서 대체 어찌 목숨을 부지하려고 그리 무른 것이오?"

말없이 듣고 있던 맹부요가 잠시 후 입을 열었다.

"세상에는 하지 말아야 할 일과 반드시 해야만 할 일이 있어요. 반드시 해야만 할 일을 위한 죽음이라면 난 달게 받아들일 거예요."

길게 뻗은 거리 저편에서 불어온 바람이 꼿꼿하게 선 소녀의 머릿결을 훑고 지나면서 그 맑고도 또렷한 음성을 더욱더 멀리까지 실어 날랐다.

더운 피와 끈질긴 집념, 흔들림 없는 신념으로 똘똘 뭉친 말은 날카로운 송곳이 되어 세속의 차게 얼어붙은 울타리에 균열을 냈다. 그 틈으로 쏟아져 들어온 것은 찬란한 광명이었다.

종월의 하얀 소맷자락이 일순 움찔했다. 광채가 어른거리는 눈으로 물끄러미 맹부요를 바라보던 그가 피식 웃으며 손을 거둬들였다.

"언젠가 후회할 날이 오지 않기를 바랄 뿐이오."

그 말에 맹부요도 팔을 내렸다. 흐트러진 머리카락을 귀 뒤로 정리해 넘긴 그녀가 옆에서 두 사람의 대치를 조용히 지켜보고 있던 소도에게 눈길을 주고는 싱긋 미소 지었다.

"사람의 본성은 선하다고 믿어요. 그러니까 운명의 장난으로 인해 잠깐 어긋난 길을 간다고 해도 결국은 양지로 돌아올 거라고, 난 확신해요. 기회도 줘 보지 않고 무조건 살육만을 해결책으로 삼는다면 결국 괴물이 되는 건 우리일 거예요."

그녀가 호기롭게 팔을 뻗어 종월을 툭 쳤다.

"걱정 말아요. 나, 사람 차마 못 죽이고 막 그런 부류 아니에요. 진짜 죽어 마땅한 것들은 하나도 살려 두지 않을 거니까!"

"하나도 살려 두지 말아라!"

그녀의 말에 호응이라도 하듯, 뒤쪽에서 터져 나온 목소리였다. 사내들의 굵직한 노성 사이로 여인의 참담한 비명이 섞여 들렸다.

"아이는 안 돼!"

돌연 굉음이 울리더니 등 뒤에서 문짝 일부가 날아가 엄청난 흙먼지를 일으키며 길 한복판에 꽂혔다. 하마터면 문짝에 맞을 뻔한 소도를 멀찍이 끌어다 놓은 맹부요가 뒤로 돌아섰다.

제일 먼저 눈에 들어온 건 절반 남은 문짝이 기우뚱하게 문틀에 매달려 덜렁거리는 모습이었다. 그 뒤로 이빨 빠진 동물의 목구멍처럼 시커멓게 침잠한 문 안쪽에서 옷에 핏자국을 묻힌 노인장의 며느리가 바닥에 붙어 바르작바르작 힘겹게 몸을 움직이며 나타났다.

문지방을 넘으려는 그녀의 시도는 힘이 빠진 사지 탓에 번번이 바닥에 엎어지는 것으로 끝이 났고, 팔짱을 낀 융족들이 그녀의 뒤를 어슬렁어슬렁 따르며 비웃음 섞인 표정으로 그 모양새를 구경하고 있었다.

기골이 장대한 융족 하나가 입을 굳게 다물고는 곡도를 뒤집어서 잡았다. 칼에서 떨어진 핏물이 바닥에 뱀처럼 구불구불한 혈흔을 그려 냈다.

땅바닥에서 버르적거리는 여인의 뒤를 쫓으며 그가 한 걸음에 한 번씩 칼끝을 슬쩍슬쩍 놀렸고, 그때마다 여인의 옷이 '찌익' 하고 찢겨 나갔다. 찢긴 옷 조각이 나비 날개처럼 흩날렸다.

여인이 안간힘을 다해 앞으로 나아갈수록 옷감이 뜯겨 살갗이 드러난 부위가 점차 늘어났다. 바닥에 어지럽게 나뒹구는 천 조각이며 핏자국이 눈처럼 뽀얀 피부와 만나 이루는 대비에는 맥동하는 원초성이 있었고, 이는 곧 붉게 달아오른 관솔불로 화해 짐승이나 다름없는 사내들의 눈 안에 불길을 옮겨 붙였다.

노인장의 며느리는 만삭의 몸이었다. 그녀는 행여나 아이가 잘못될까, 불룩한 배를 보호하느라 필사적이었다. 차마 배를 바닥에 대지도 못하고 바로 누운 자세로 힘겹게 등을 끌며 움직이고 있을 정도였다.

융족 사내는 여전히 느긋하게 그녀의 뒤를 쫓고 있었다. 그의 걸음마다 칼끝이 까딱였고, 칼끝이 까딱일 때마다 천 조각이 꽃이 되어 떨어졌다.

얼마 안 가 그녀의 옷이 모조리 찢겨 나갔다. 훤하게 발가벗겨진 복부에는 임신 막달에 이르러 돋은 핏줄이 파르스름했다.

융족 사내가 별안간 웃음을 터뜨렸다.

"호본도胡本道, 우연히 네놈하고 부딪혔던 머저리가 이년과 네놈 새끼를 어떻게 쑤셔 놓는지 똑똑히 지켜봐라!"

같잖다는 듯한 사내의 냉소를 배경으로 번뜩, 빛을 뿌린 칼날이 여인의 복부를 향했다.

주위 이웃들은 도저히 못 보겠다는 표정으로 고개를 틀며 한숨지었고, 사내의 일행에게 꼼짝 못 하고 붙들려 있던 노인장과 아들은 폐부를 찢는 절규를 토했다.

"환아環兒!"

구름을 뚫고 하늘 끝까지 가 닿을 목소리였다. 비분에 찬 메아리가 주변의 적막을 뒤흔들어 놨다.

살기를 발하며 내리꽂히는 칼날에 자비라고는 한 점도 깃들어 있지 않았다. 안 그래도 내부의 무게를 이기지 못하고 한계까지 팽창해 있던 뱃가죽이 칼날에 찢겨 나가면, 어미와 자식이 동시에 희생되는 끔찍한 결말이 도래할 터였다.

챙!

숨 막히게 경직된 분위기가 본디 극히 작았던 울림을 비할 데 없이 또렷한 소리로 바꿔 버렸다. 곧이어 누군가 또랑또랑한 음성으로 말했다.

"사내대장부라는 놈이 사람들 다 보는 데서 임신부나 능욕하질 않나, 너희 융족이 말하는 고귀한 긍지란 바로 이런 거냐?"

이대로 죽는구나 혼비백산했던 여인은 칼날이 몰고 오던 바람이 갑자기 뚝 그치는 걸 느꼈다. 얼굴이 간질간질해서 눈을 떠 보니 검풍에 잘려 나간 머리카락 몇 가닥이 뺨을 스쳐 바닥으로 떨어져 내리고 있었다. 눈을 들자 배에 닿기 직전인 칼날을 허공에서 단단히 붙잡고 있는 하얀 손가락이 보였다.

정적에 잠긴 거리에서 모두가 단 한 지점을 응시하고 있었다. 쇳덩이로 만들어진 장도가 그저 무심히 뻗은 손가락에 잡혀 옴짝달싹 못 하고 있는 그 모습을.

아무리 힘을 실어 봐도 칼이 꿈쩍도 하지 않자 경악한 융족 사내가 눈길을 상대의 손끝에서 시작해 팔을 타고 위쪽으로 옮겼다. 그곳에서는 검푸른 옷을 입은 소년이 싸늘한 눈으로 그를 노려보고 있었다.

물론 소년의 정체는 맹부요였다.

세상에 해서는 안 될 일과 반드시 해야 할 일의 구분이 있듯이, 참아야 할 때와 참지 말아야 할 때 역시 명확히 갈리는 법. 인간으로서 지켜야 할 선이란 게 있지 않은가.

새 생명이 약동하는 배가 사람들이 다 보는 길바닥에서 저 흉악한 융족 사내의 칼에 난도질당하는 꼴을 그냥 보아 넘긴다면, 그녀는 더 이상 맹부요가 아닐 것이다!

경악한 와중에도 여전히 살기로 번뜩이는 사내의 눈을 마주한 맹부요가 숨을 한 번 크게 들이마시더니 쩌렁쩌렁하게 소리쳤다.

"꺼져, 새끼야!"

'챙강' 소리와 함께 부러진 융족 사내의 칼끝이 맹부요의 손에서 날아갔다.

"끄악!"

비명이 울렸다. 곡도를 들고 슬금슬금 그녀에게 접근하던 또 다른 자의 목소리였다. 바닥에 나자빠진 놈의 손등에는 부러진 칼끝이 깊숙이 꽂혀 번뜩이고 있었다.

"격일신께서 보고 계시건만! 죽고 싶어서 환장한 놈이로구나!"

칼을 빼앗긴 융족 사내가 성난 포효와 동시에 주먹을 내질렀다. 권풍이 심상치 않은 것으로 보아 무공을 익힌 자였다.

그러나 애석하게도 상대는 맹부요였다. 무사 한 수레가 온들 무슨 소용이리.

픽 웃은 그녀가 뒷짐을 진 채로 한 걸음을 내디뎠다.

단 한 걸음. 그 걸음이 쿡 밟은 것은 동강 나 나뒹굴던 칼자루였다. 바닥에서 튕겨 오른 칼자루가 빙그르르 돌면서 날아 융족 사내의 사발만 한 주먹을 향해 돌진했다.

사내는 허겁지겁 주먹을 거둬들였으나 급작스러운 동작이 되레 주변에 강한 기류를 일으켰다. 기류에 휩쓸린 칼이 방향을 홱 틀어 회전하면서 사내의 콧잔등을 내리쳤다.

주르륵 코피가 쏟아졌다. 이마까지 시퍼렇게 부어올라 졸지에 다채로운 얼굴빛을 자랑하게 된 사내는 쿵쿵거리며 뒷걸음질을 쳤다.

손 한 번 쓰지 않고 상대를 제압하는 맹부요의 모습을 한쪽에서 조용히 지켜보고 있던 종월이 감탄의 눈빛을 내비쳤다.

범상치 않은 절기를 익힌 데다가 타고난 오성悟性까지.

아직은 절정 고수의 반열에 들지 못한다 해도 언젠가는 반드시 오주대륙 무학의 정점에 오르고야 말 여인이었다.

융족 사내가 나가떨어진 후, 맹부요가 노인장의 며느리를 부축하는 김에 맥을 짚어 배 속 아이가 무사하다는 걸 확인하고는 다행이라는 듯 고개를 끄덕였다.

“여기서는 더 못 지낼 거예요. 무극국에는 성마다 집이 없거나 사정이 여의치 않은 백성들을 돌봐 주는 호민당護民堂이 있으니까 현위縣尉 대인을 찾아가 보는 게 좋겠어요.”

충격이 채 가시지 않은 상태인 노인장의 며느리가 온통 눈물자국인 얼굴로 오열했다.

“정말 감사합니다…….”

허겁지겁 달려온 노인장과 아들이 울며불며 여인을 일으켜 세우고는 맹부요를 향해 연신 읍을 했다. 용케 운이 따르려니 별생각 없이 베푼 호의가 결정적인 순간에 식구의 목숨을 구해 줄 줄이야.

손을 내두르던 맹부요가 이내 종월을 향해 돌아섰다.

“먼저 움직여요. 난 이분들부터 호민당에 데려다주고요.”

종월은 묘한 표정으로 미동 없이 서 있을 뿐, 아무런 말이 없었다. 그를 흘깃 한 번 더 쳐다본 맹부요가 막 자리를 뜨려던 때였다. 등 뒤에서 바람을 가르는 소리가 들렸다.

그녀는 돌아보지도 않고 기습적으로 뒷발길질을 날렸다. 쭉 뻗은 다리가 석양 아래에서 황홀한 선을 드러냈다. 인간 유연성의 한계를 초월하는 각도로 들린 다리는 곧이어 '퍽' 하고 습격자의 가슴팍을 강타했다.

"끄악!"

언뜻 보기에는 사뿐한 발차기였다. 하지만 일직선으로 쭉 날아가 호되게 바닥에 처박힌 상대는 찢어지는 비명을 지르면서 몇 번 몸을 꿈틀거리더니 얼마 안 가 움직임을 완전히 멈췄다.

잠시 후, 그의 등 아래에서 새빨갛게 배어난 액체가 지면을 구불구불 흘러 웅덩이를 이뤘다. 짙은 피비린내가 순식간에 구경꾼들을 덮쳤다.

"죽었어!"

누군가의 외침이 자리를 벗어나고 있던 맹부요의 걸음을 잡아 세웠다. 황급히 뒤로 돌자 덩치 큰 융족 사내가 피 웅덩이 속에 누워 있는 모습이 보였다.

재빨리 다가가 사내의 몸뚱이를 뒤집어 본 그녀는 등에 박힌 칼날 토막을 발견했다. 아까 이 사내의 곡도에서 부러뜨려 다른 놈의 손등에 꽂아 줬던 물건이었다.

놈이 칼날을 빼서 바닥에 내던지는 것까지는 봤었는데, 하필 발차기에 날아간 거한이 칼 위로 떨어지는 바람에 그 자리에서 비명횡사한 모양이었다.

잠깐!

칼날을 살펴보던 맹부요의 가슴이 덜컥 내려앉았다. 그녀가 기억하기로 손등을 꿰뚫렸던 놈은 분명 토막을 뽑아서 아무렇게나 집어 던졌건만, 거한은 세로로 바짝 서 있던 날에 꽂혔다.

누군가 의도적으로 칼 토막에 손을 댔단 말인가?

퍼뜩 고개를 든 그녀의 시야에 다급히 사람들 사이로 파고드는 형체가 보였다. 몸을 날려 쫓아가려던 맹부요는 무리 지어 몰려든 사내들에게 가로막히고 말았다. 거한을 따라왔던 다른 융족들이 긴 칼을 미친 듯이 휘두르며 그녀를 향해 달려든 것이다.

"살인자다! 저놈이 한목첩罕木帖을 죽였어!"

"잡아라! 저놈 잡아라!"

꼿꼿하게 쳐들린 칼들이 햇빛을 받아 은색 물결처럼 번뜩이며 길 한복판으로 쏟아져 들어왔다. 광적으로 들끓는 물결이 인파 중앙의 왜소한 소년을 덮쳐 익사시키기 직전이었다. 융족들의 성난 외침은 겹겹 가옥과 거리를 넘어 한참 멀리까지 퍼져 나갔다.

주변에 사는 한족들이 질겁해 대문을 닫아걸며 서로서로 당부했다.

"밖에 나갈 생각일랑 하지도 마라, 일 나게 생겼어!"

맹부요 가까이 서 있던 행인들은 허겁지겁 물러나면서 선 긋기에 바빴다.

"모르는 사람이에요! 생판 모른다니까요!"

어떤 사람들은 뒷걸음질 치는 와중에도 소매를 걷어붙이고 융족들의 비위에 맞을 만한 소리를 외쳐 댔다.

"격일신의 존엄을 훼손하고 융족 형제를 죽이다니. 형제분들, 우리도 괘씸해서 못 참겠습니다! 당장 가서 성주 어른께 알려야…….”

거리가 순식간에 아수라장이 된 가운데, 융족 거한의 시신을 휙 팽개친 맹부요가 입꼬리를 비틀어 올렸다.

“꼬라지들 봐라, 가지가지 하네.”

그러자 그녀의 뒤에 서 있던 종월이 낮은 목소리로 말했다.

“지금 남의 꼬락서니에 혀나 찰 때가 아니오. 사태가 격화되지 않도록 마무리부터 제대로 하는 게 먼저지.”

무감한 말투였으나 듣고 있던 맹부요의 눈에서 빛이 번쩍 일었다.

사태를 격화시키지 않으려면, 즉 융족 사내가 살해당했다는 소식이 흘러 나가 요성 융족 전체가 폭동을 일으키고, 그로 인해 더 많은 사람이 죽는 걸 막으려면, 이 자리에 있는 융족들을 몰살시켜 입을 막는 수밖에 없었다!

안 그래도 전운이 감돌던 상황이었다. 요성 인구 중 절대다수를 차지하는 융족이 정말로 폭동이라도 일으킨다면 그 결과는 재앙일 터였다.

여기까지 생각이 미치자 맹부요의 눈빛이 180도 바뀌었다. 흰자위에 그물 같은 핏줄을 세운 그녀가 홀연 고개를 들었다.

칼을 꼬나들고 함성을 내지르며 짓쳐들어오던 융족들도 소녀의 눈빛이 별안간 무시무시하게 바뀐 걸 감지했다. 조금 전까지는 그저 날이 예리하게 선 검이었다면, 지금 그 검은 사람 피를 이미 맛 본, 진짜 살인 병기로 변모한 뒤였다.

그 눈빛에서 융족들이 본 것은 결심, 그리고…… 죽음이었다!

맨 앞에서 달려가던 사내는 어쩐지 가슴이 철렁했다.

"헉!"

저도 모르게 숨을 들이켜며 뒷걸음질을 쳤다. 선두가 갑작스레 후진하자 앞뒤 안 가리고 돌진하던 뒷줄이 저들끼리 뒤엉켜 충돌하면서 여기저기서 욕지거리가 터져 나왔다.

소란이 채 가라앉기도 전에 맹부요가 움직였다. 옷자락이 펄럭 휘날리는 동시에 그녀의 몸이 포탄처럼 쏘아져 나갔다.

무시무시한 속도가 공중에 포의 궤적 같은 흑색 잔상을 그려냈다. 거무스름한 그림자가 주변인들의 눈 속에 박힌 찰나, 맹부요는 이미 융족 무리 한가운데 서서 칼을 뽑는 중이었다.

스릉!

어스름한 저녁 햇살 아래, 칼날이 반사해 낸 순백의 무지개가 삽시간에 융족들의 머리 위를 덮쳤다.

그것은 태양보다도 찬란한 도광의 세례였다!

찌르고, 뚫고, 꽂고, 가르고!

도약에 이은 팔꿈치 가격, 발로 차 짓밟기!

신체와 신체가 접촉하는 시간은 불똥이 한 번 튀는 찰나만큼 짧았다. 몸이 맞닿기 무섭게 도로 떨어지고 나면 꽃이 무더기로 피듯 선혈이 허공을 뒤덮었다.

이쪽에서 피의 꽃이 막 피어났다 싶으면 곧장 저쪽에서 타격음이 울리면서 화려한 혈화가 또 한 무더기 망울을 터뜨렸다.

맹부요는 검푸른 회오리바람이 되어 융족 무리 사이를 누볐다. 칼과 근육의 요새를 거침없이 뚫고 지나는 회오리의 궤적 뒤로는 어김없이 피바람이 따라붙었다.

칼을 꺼내고 다시 칼집에 집어넣기까지 모든 동작이 신속하게 이루어졌다. 적의 목숨을 거두는 것쯤은 그녀에게 지푸라기 썰기만큼이나 간단한 일이었다.

어쭙잖은 동정은 후환을 남길 뿐. 반드시 피를 봐야 하는 상황을 맞이한 이상 맹부요는 자신에게 망설일 시간을 허용하지 않았다.

무성無聲의 학살.

그녀는 칼을 휘두를 때마다 상대의 혈도를 찍어 비명이 골목 밖으로 새어 나가는 걸 막았다. 칼날이 살을 찢고 들어갔다가 뽑혀 나오는, 탁하고도 소름 끼치는 소리만이 울리는 가운데 시체가 하나하나 조용히 쌓여 갔다.

사람이 비명 한 번 지르지 못하고 죽어 나가는 모습은 지켜보는 이들에게 비할 데 없는 공포로 다가왔다. '볏짚'처럼 썰려 나간 융족이 열세 명을 기록하기에 이르자 주변에 있던 모두가 움직임을 멈췄다.

칼을 빼 들었던 놈들은 무기를 바닥에 끌며 뒷걸음질 쳤고, 옆으로 도망치던 행인들은 그 자리에 못 박혔으며, 소매를 걷어붙이고 융족 편을 들던 자들은 다리를 후들후들 떨면서 바짓가랑이를 적셨다. 꼭꼭 걸어 닫은 문틈으로 밖을 훔쳐보던 이들은 가느다란 틈에서 눈을 떼고 허물어지듯 문짝에 몸을 기대고서야 등골이 식은땀으로 축축하다는 걸 깨달았다.

그녀는 한자리에서 이렇게 많은 사람을 죽여 보기도, 이토록 망설임 없이 남의 생명을 앗아 보기도 처음이었다.

본디 이 세계에 속한 존재가 아닌 그녀에게 한족과 융족의 구분이란 희미한 개념에 불과했다. 하지만 지금 같은 난세에 어설픈 자비는 사치라는 사실만은 확실히 알았다.

때로는 피를 피로써 막는 것이 대세를 돌려세울 유일한 방법일 수도 있는 법.

화약고나 다름없는 이곳에 누군가 다분히 의도적으로 불씨를 심은 상황이었다. 고작 몇 사람의 피가 생지옥으로 화할 요성의 앞날을 바꿔만 준다면, 맹부요는 얼마든지 망설이지 않을 수 있었다.

마지막으로 남은 세 놈이 줄행랑을 놓을 기미가 보였다. 땅을 박차고 오른 맹부요는 먹장구름이 휘몰아치듯 셋의 머리 위를 날아 그 앞쪽에 착지했다. 그러고는 선두에 있던 사내의 칼을 빼앗아서 그대로 놈을 향해 내던졌다.

같은 방향으로 달음박질을 치던 셋은 맹부요가 던진 칼에 한 꼬치로 꿰였다. 뒤로 돌아 내빼려던 맨 뒤의 놈은 등에 칼에 꽂히는 순간의 힘을 이기지 못하고 앞쪽으로 튕겨 나가 비틀비틀 몇 걸음을 옮기다가 길가 도랑 옆에 철퍼덕 엎어졌다. 선혈이 도랑 절반을 금세 붉은빛으로 물들였다.

피로 물든 게 어디 도랑뿐이랴. 골목 전체에 피가 물줄기를 이뤄 흐르고 있었다. 핏줄기가 청석 바닥 위에서 서로 얽히고설킨 모습은 거대한 뱀들이 꿈틀거리는 광경을 방불케 했다.

길가에 있던 모든 이들이 진흙 인형처럼 굳어 버린 가운데,

피바다를 밟고 선 맹부요가 하늘을 보며 한숨을 뱉었다. 손을 옷에 쓱쓱 문질러 닦은 그녀가 조심스러운 동작으로 칼을 갈무리해 넣었다.

그녀가 평소에 쓰는 무기는 세 가지였다. 팔꿈치나 소매에 숨겨 두는 비수는 기습과 호신용, 허리춤의 채찍은 탈출 또는 적을 죽이지 않고 제압하는 용도였다. 등 뒤에 메고 다니는 칼은 대량 살상용으로, 지금껏 딱 두 번밖에 사용해 보지 않은 무기였다.

칼의 이름은 '시천弑天'.

망할 도사 영감은 이걸 주면서 꽤나 심각한 표정을 지었다. 엄청난 비밀을 품고 있는 칼이라 했던가.

지금까지도 그 비밀이 무엇인지는 알아내지 못했지만, 목표물을 노리는 일류 살수의 눈동자처럼 검은 칼날을 보면 칼 자체는 극상품인 게 확실했다.

맹부요의 눈이 하늘을 살폈다. 어느덧 해가 거의 지고 물고기 비늘 같은 구름만 겹겹이었다.

그녀의 등 뒤쪽, 골목 입구에서 행인들의 눈을 막고 있던 종월의 수하와 요신이 그제야 안도의 한숨을 내쉬며 한바탕 살육전 와중에 흘렸던 식은땀을 훔쳐 냈다. 맹부요를 보는 그들의 눈빛은 싸움 전과는 확연히 달라져 있었다. 노인장 일가는 말문이 막힌 채로 바닥에 주저앉은 지 오래였다.

오직 한 사람, 직접적으로 나서지는 않았어도 줄곧 맹부요의 후방을 지키며 알게 모르게 힘을 보탰던 종월만은 평소와 다름

없이 평온한 모습이었다. 심지어 그는 가벼운 미소를 지어 보이기까지 했다.

"내가 나설 때인 것 같군."

그가 품 안에서 병을 꺼내 시체 위에 뭔가를 끼얹자 상처 부위가 넓어지면서 '치익' 하고 타들어 가는 소리가 났다. 살이 문드러지고 뼈가 녹아내리기를 잠시, 한 줌 뼛가루로 화한 시신은 때마침 불어온 바람에 실려 공기 중으로 흩어져 버렸다.

한 인간이 세상에 존재했었다는 흔적이 눈 깜짝할 사이에 지워진 것이다.

이때 노인장이 허둥지둥 달려와 종월과 맹부요를 한쪽으로 잡아끌었다.

"어서 피하시오, 피해요! 밖에 무리 지어 돌아다니는 융족들이 얼마나 많은데, 이러다가 마주칩니다!"

맹부요가 노인장의 며느리를 일으켜 주며 말했다.

"동료가 사라진 걸 알면 분명 융족들이 어르신 가족을 찾아올 거예요. 따라오세요, 저희랑 같이 가요."

맹부요가 먼저 총총히 자리를 뜨고 난 후, 본래 시신들이 완전히 녹아 없어질 때까지 지켜보려던 종월이 홀연 미간을 찌푸렸다. 낯빛이 창백해진 그가 가슴께를 지그시 누르자 곁에 있던 수하가 얼른 그를 부축해 골목을 빠져나갔다.

잔혹한 살인극의 당사자들이 모두 떠나고 나서야 잠에서 깨듯 퍼뜩 충격에서 벗어난 사람들이 핏기 없는 얼굴로 서로를 마주 봤다. 그들이 서로의 눈 안에서 읽어 낸 것은 깊은 공포였다.

서로 눈이 마주치자마자 얼른 눈을 돌린 사람들은 몸에 튄 핏자국을 닦아 내고 아무런 말 없이 각자 걸음을 옮겼다. 그리고 집에 돌아가서는 빗장을 단단히 걸어 잠그고 무거운 돌덩이를 대문 밑에 괴어 놓았다.

처음에 그들이 비겁하게 제 살길 찾기에 나섰던 것은 본능이요, 진정한 생명의 위협을 느끼고 난 지금 맹부요가 저지른 일을 덮기로 한 것은 직감이었다.

사람들은 오늘 오후에 있었던 일을 가슴 깊숙이 묻어 두기로 했다. 위기가 완전히 종식될 때까지.

하지만, 과연 위기는 종식될 것인가?

석양이 진 자리에 어스름한 달이 떠올랐을 무렵이었다. 오늘 밤 달은 연무를 한 겹 뒤집어쓴 것처럼 몽롱했다. 큰길과 골목, 나무와 건물 할 것 없이 모든 풍경이 일렁이는 회색 안개에 잠겨 있었다.

골목 안쪽 도랑, 어느덧 핏기가 씻겨 내려간 수면에서 잔물결이 반짝였다. 그 옆으로는 기묘하게 생긴 암갈색 잡초가 우거져 있었다.

이때였다.

맹부요의 칼에 찔려 도랑에 엎어져 있던 '시체'가 움직였다.

조여드는 위기

창백한 달빛이 도랑을 비추고 있었다.

도랑 안 잡초에 묻혀 있던 시체가 한참 만에 손가락을 꿈틀 움직이더니 무성한 잡초 줄기를 붙잡고 힘겹게 상체를 일으켜 세웠다.

그대로 가쁜 숨을 몰아쉬기를 잠시, 사내가 진흙탕에서 천천히 일어섰다. 피와 진흙이 사내의 옷자락을 타고 투둑투둑 떨어져 내렸다.

그의 등에는 흉측한 구멍이 나 있었다. 백골이 보일 정도로 참혹하게 헤집어진 상처. 짙은 어둠을 배경으로 드러난 상처는 소름 끼치는 모습이었다. 맹부요의 칼이 세 사람을 한꺼번에 꿰뚫으면서 남긴 흔적이었다.

사실 칼날이 꽂히던 그 충격에 떠밀려 도랑으로 뛰어든 탓에 원래 사내가 등에 입은 부상은 그리 심각하지 않았다. 지금의 흉측한 모양새는 종월의 화골산化骨散이 상처를 키운 결과였다.

그렇다면 아예 뼛가루로 화한 나머지 십여 구의 시체와 달리 사내의 상처가 녹아내리다가 만 이유가 무엇일까. 만약 종월이 이 자리에 있었다면 도랑 가장자리에 자란 기묘한 모양의 잡초에서 답을 찾아냈을 터였다.

구초鉤草는 화골산의 주요 성분과 상극을 이루는 식물로, 보통은 가파른 절벽 위에서나 찾아볼 수 있었다. 그런 풀이 얄궂게도 길가 도랑에 출현한 것이다.

으깨져 물에 빠졌던 구초 줄기가 물보라를 타고 튀어 올라 엎어지는 사내의 몸통 상처에 들어간 게 바로 화골산의 부식 작용이 도중에 멈춘 이유였다.

큰마음 먹고 사용한 화골산이 하필 구초를 맞닥뜨릴 줄이야 누가 알았겠는가.

그토록 희귀한 식물이 변방 요성의 뒷골목 도랑에서 자라고 있다가 융족 사내의 목숨을 구해 이날의 참극을 기어코 밖으로 새어 나가게 만들다니, 이쯤 되면 하늘의 뜻이었다 할밖에.

사실 하늘이 촘촘하게 짜인 비밀의 그물망 한 귀퉁이를 찢어 전란의 봉화를 피워 올린 것은 이제 곧 눈부신 활약을 펼칠 한 여인에게 무대를 마련해 주기 위함이었음이라.

어렵사리 허리를 세운 융족 사내가 희미한 달빛 아래에서 숨을 헐떡거렸다. 고인 물에 이는 파문 사이로 울분에 찬 사내의 얼굴이 일렁이고 있었다. 사내는 구부정한 자세로 비틀거리면서도 벽과 나무줄기에 의지해 한 걸음 한 걸음 골목을 벗어났다.

이로써 달빛 비치는 골목의 청석 바닥에는 피와 진흙으로 치덕치덕한 발자국 두 줄만이 기다랗게 남았다.

달빛이 성안에 내려앉은 이때, 맹부요는 노인장의 며느리를 데리고 현승[12] 소蘇 대인의 관서 문을 두드리는 중이었다. 앞서 들렀던 호민당에서 성주나 현승의 친필 명령서가 있어야만 입소를 허락한다는 답을 들었기 때문이었다.

어차피 성주도 한번 만나 볼 계획이었던지라, 맹부요는 그길로 곧장 노인장 일가를 이끌고 관아로 온 참이었다.

그런데 예상 밖에 관아 문이 굳게 닫혀 있었다. 한참을 끈질기게 문을 두들기고 나서야 관아에서 심부름을 하는 아역[13] 하나가 꾸물꾸물 밖으로 나왔다.

"밤중에 시끄럽게 뭐 하는 거냐? 대인께서 깨시기라도 하면 경을 칠 줄 알아라!"

맹부요는 일단 참았다. 주인 믿고 까부는 개까지 일일이 상대할 만한 의욕은 없었기에 말투를 최대한 누그러뜨렸다.

"안에 말 좀 전해 주세요. 융족들이 여기 이 부인의 댁을 찾

12 縣丞. 부성주과 동일하다.

13 衙役. 지방 관아의 심부름꾼을 이른다.

아와 행패를 부리다가 집까지 불살라 버렸는데, 호민당에 들어가려면 친필 명령서가 필요하다고 해서…….”

말을 끝까지 듣지도 않고 얼굴색부터 확 바꾼 아역이 손을 회회 내저었다.

“융족하고 한족 간 사적인 다툼은 우리 소관이 아니니까 그만 가 봐, 가 보라고!”

움찔 어깨를 굳혔던 맹부요가 이내 부글부글 끓는 목소리로 말했다.

“소관이 아니라는 건 그쪽 뜻인가? 아니면 성주 지시인가?”

“무슨 헛소리를 하는 게야?”

아역이 어처구니없다는 얼굴로 피식했다.

“성주 대인께서는 성 동쪽 장원에서 지내시고 관아에는 현승 대인만 계시니 당연히 그분 뜻이지.”

“그럼 현승한테 내 말 전해.”

“네놈이 뭔데?”

아역이 눈을 흡떴다.

“뭔데 이래라저래라 명령질이냐고! 소 대인께서는 그만 일에 신경 쓰실 분 아니니까 헛소리 그만하고 썩 꺼져!”

상대를 빤히 쳐다보던 맹부요가 돌연 웃음 지었다. 그와 동시에 노인장 일가가 흡사 이미 관짝에 들어앉은 송장을 보는 듯한 눈으로 아역을 쳐다봤다.

저놈이 겁도 없이 저승사자의 코털을 건드리다니!

이때 별안간 발길을 돌려 관아 앞 등문고를 향해 다가간 맹부요가 북채를 들어 등문고를 힘껏 때렸다.

터엉!

기겁할 만한 굉음이었다.

우레와도 같은 소리가 어둠을 가르고 구름을 흩어 버리는 동시에 '펑' 하고 북에 구멍이 뚫렸다. 등문고를 관통해 날아간 북채가 관아 대문을 정통으로 때리면서 또 한 번 엄청난 굉음이 울렸다.

그 굉음 속에서도 맹부요의 목소리는 또렷했다.

"'등문고를 세 번 치면 옷자락이 피로 젖는다'[14]라고 했던가. 북이 후져서 한 번 만에 터졌으니 두 번째는 아쉬운 대로 대문을 쳐야겠고, 그다음은 어떤 새끼 머리통을 까 볼까 하는데 말이야. 그때 가면 이 옷자락이 누구 피로 젖을지는 나도 장담을 못 하겠네?"

그 자리에 멍청히 굳은 아역의 눈길이 한때는 무지막지하게 튼실했으나 이제는 넝마가 되어 버린 북으로, 이어서 청동을 씌운 대문 표면에 푹 파인 북채 자국으로 향했다. 마지막으로 부들부들 떨리는 손을 들어 제 뒤통수를 더듬은 그가 허겁지겁 대꾸했다.

"들어가서 말씀 올립지요, 지금 바로……."

"그럴 것 없다!"

---

14 당나라 시인 허혼許渾의 〈송처사무군귀장홍산거送處士武君歸章洪山居〉에 나오는 구절이다.

냉랭한 호통과 함께 대문이 벌컥 열리더니 얼굴이 뾰족한 노년 사내와 그 뒤를 따르는 아역 무리가 등장했다. 문 앞에 나와 있던 사내가 종종걸음으로 다가가 예를 올렸다.

"대인!"

표정을 딱딱하게 굳힌 현승 소 대인이 소맷자락을 펄럭 떨치며 소리쳤다.

"어느 방자한 놈이! 감히 등문고를 훼손하고 관아의 위엄을 욕보이다니, 네놈 눈에는 무극국 조정이 그리 하찮더냐!"

맹부요가 상대를 흘깃 쳐다봤다.

현승으로서 마땅히 백성을 돌보아야 할 의무가 있는 데다가, 본인도 한족이면서 같은 민족 백성이 융족의 핍박 아래 진구렁을 헤매는데도 손톱만 한 관심조차 없다는 소 대인이 바로 저자 되시렷다?

그녀가 도끼눈을 떴다. 이가 절로 바득바득 갈렸다. 그리고 한참 후, 돌연 송곳니를 감쪽같이 숨긴 그녀가 생글생글 웃으며 앞으로 나서 우아하게 읍을 올렸다.

"소 대인을 뵙습니다. 결례를 범하고 말았군요."

"이제야 결례인 줄 알았더냐? 그깟 말 한마디로 이 몸의 심기를 어지럽힌 죄를 사하여 달라? 어림도 없지!"

소 현승이 급격히 공손해진 애송이 놈을 노려봤다. 자신의 거룩한 위엄이 상대의 기를 사정없이 꺾어 놨음을 확신한 그는 한결 위세가 등등하게 소맷자락을 떨쳤다.

"여봐라! 당장 이 간악한 놈을 포박하라! 분수를 모르고 설치면 어떻게 되는지 깨닫도록 사흘간 칼을 씌워 두어라!"

"예!"

우렁차게 대답한 아역들이 맹부요를 에워쌌다. 맹부요는 눈을 가늘게 뜬 채로 그들이 자신의 몸에 오랏줄을 두르도록 내버려 뒀다.

옆에서 그 모습을 지켜보고 있는 종월 역시 느긋한 표정이었다. 본래 끼어들 생각이 전혀 없던 그가 눈꼬리를 꿈틀한 것은 아역 한 놈의 우악스러운 손이 맹부요의 어깨에 닿은 순간이었다.

관아 안으로 떠밀려 들어가는 맹부요와 그녀의 가녀린 어깨를 거칠게 틀어쥔 아역의 손을 보며 다시 한번 눈썹을 까딱한 종월이 홀연 입을 열었다.

"잠깐."

그러자 맹부요가 원망의 눈길을 보냈다.

참을성 없이 그러지 좀 맙시다, 한창 재미있는데!

그런 그녀를 깨끗이 무시한 종월이 온화한 목소리로 말했다.

"대인, 저 친구에게 칼을 씌우는 건 곤란합니다."

"뭐라?"

소 현승의 미간에 주름이 잡혔다.

"무슨 주제나 된다고 관아 앞에서 감히 이 몸에게 훈수를 두는 것이냐?"

목을 빳빳이 세운 채 종월에게는 제대로 눈길도 주지 않은 그가 귀찮다는 듯이 팔을 홱 내저었다.

"끌고……."

급작스럽게 소 현승의 말이 뚝 끊긴 것은 종월이 내민 손바닥에 조용히 누워 있는 영패 탓이었다.

검은색 바탕에 찬란한 금빛으로 돋을새김된 글자는 다름 아닌 '덕德'이었다. 황족 신분을 증명하는 이 영패의 등장은 덕왕 본인이 친히 이 자리에 임한 것과 같은 의미였다.

"종씨 성에 이름은 외자로 '월'을 씁니다."

종월의 말투는 막역한 벗을 대하는 양 다정다감했다.

"비록 부족한 몸이나 덕왕 전하께 과분한 은혜를 입어 왕부와 영지를 자유로이 출입할 수 있는 특권을 얻었지요. 이곳이 소 대인의 7품 현 관아가 아니라 덕왕 전하의 호위당虎威堂이라 쳐도 제가 나서서 말 몇 마디 하는 데는 문제가 없으리라 사료됩니다만."

소 현승은 돌덩이가 되고 말았다.

종월이라면 오주대륙에서는 거의 신으로 떠받들어지는 전설의 인물이 아닌가!

출신에 관해서는 알려진 바가 전혀 없으나, 어린 나이에 의선 곡일질의 제자로 들어가 청출어람의 두각을 나타냈고, 스무 살 때부터는 오주 각지를 돌아다니며 수많은 목숨을 살린 인물이다.

힘을 숭상하는 오주의 황족들은 누구나 예외 없이 무공을 익혔으니, 싸움이나 수련 중의 부상이란 신분 고하를 가리지 않고 찾아드는 재난인지라 예로부터 대륙의 의원은 특별한 지위를 누렸다.

특히 종월 같은 최정상급 의원을 가까이 두기 위한 각국 군주들의 노력은 눈물겨웠다.

황제들은 오래전부터 그에게 어전에서 허리를 굽히지 않아도 된다는 특권을 허했으며, 제후들은 그를 만나려면 오만 사람을 거쳐 사정사정을 해야만 했고, 각국에는 이미 그에게 목숨을 빚진 귀족들이 부지기수였다.

사실상 종월의 말 한마디면 세상에 안 될 일이 없었으니, 이름만 의원이지 실질적인 지위와 영향력은 어지간한 제후를 훌쩍 뛰어넘는다고 봐야 했다.

장손무극을 정치 영역의 신이라 칭한다면, 생명 영역의 신은 바로 종월이었다. 전자는 영토와 세력, 사람의 목숨을 거두어들이고, 후자는 상처와 질병을 고쳐 사람의 목숨을 살린다는 결정적인 차이가 있었지만.

신분으로 따지면 종월의 옷자락 한번 스쳐 볼 주제도 못 되는 소 현승은 눈앞에서 백설 같은 흰옷 차림으로 정결한 후광을 뿜어내는 남자를 멍청히 쳐다보며 감히 입을 떼지 못하고 있었다.

이때 종월이 빙긋이 미소 짓는가 싶더니 손가락으로 맹부요를 가리키며 정중히 말했다.

"이제 제 벗을 풀어 주시겠습니까?"

"아앗, 물론입니다, 물론입죠!"

소 현승이 부랴부랴 아역들에게 신호를 보냈다.

그러나 무뢰한 맹부요는 포승줄을 풀어 주려는 아역을 피해 훌쩍 뛰어 물러났다.

"풀긴 뭘 풉니까? 어이, 난 칼까지 써야겠으니까 저리 꺼져! 아, 됐어! 풀지 말라고!"

그녀는 요리조리 기민하게 폴짝거리고 다니면서 아역의 손길을 극구 거부했다.

"칼이나 씌우라고요! 얼른 칼! 이대로 풀어 주면 요성 백성들한테 '분수도 모르고 설치면 어떻게 되는지'는 무슨 수로 알려 줍니까?"

고래고래 소리를 질러 대는 한편 아역들을 피해 껑충거리며 대문 안으로 들어간 그녀는 폴짝폴짝 청석 통로를 지나 기어코 내당內堂에 입성했다.

"칼은? 벽관[15]은? 빠릿빠릿하게 대령해! 시간 아까우니까!"

엉덩이에 뿔 난 송아지처럼 날뛰는 상대에게 두 손 두 발 다 든 아역들이 눈빛으로 현승 소응화蘇應化를 향해 지원 요청을 보냈다.

잠시 굳어 있던 소 대인은 결국 신경질적으로 바닥을 한 번 걷어차고는 안으로 들어갔다. 손수 맹부요의 오랏줄을 풀어 주기 위함이었다.

"젊은이, 내가 무례했소. 너무 언짢게 생각하지는 말고……."

그러나 맹부요는 손을 휙 피하며 정색을 했다.

"소인은 분수를 아는 선량한 백성인데 어찌 대인의 교화를 따르지 않겠습니까요? 대인께서 칼을 차라시면 차고 벽관에 들

---

15 세워 놓은 관 모양의 고문 도구로 죄수를 옴짝달싹하지 못하게 가둬 둔다.

어가라시면 들어가야지요. 토씨 하나 안 빼 놓고 시키신 대로 다 하겠습니다요."

"자……, 자네……. 으이그!"

분에 받쳐 새파랗게 질린 소 현승이 몹시 내키지 않는 투로 입을 연 건 한참 후였다.

"이 늙은이가 잘못했소……. 내 사죄하리다……."

기다렸던 말이 드디어 나오자 맹부요가 빙글빙글 웃으며 그를 쳐다봤다.

"정말로 사죄하시렵니까?"

"큰 결례를 범하고 말았구려……."

소 현승은 식은땀을 훔쳤다. 그는 버틸 때와 굽힐 때를 유들유들하게 분별할 줄 아는 처세의 달인이었다. 그렇지 않았다면 애초에 두 민족이 뒤섞여 살아가는 이 민감 지역에 융족 성주의 보좌관으로 파견되어 오지도 못했으리라.

요성에 도착해서야 알게 된 사실이지만, 성주 아사나阿史那는 무척이나 거칠고 자기주장이 센 인물이었다. 소 대인은 최대한 납작 엎드려 지내면서 '조화로운' 융한 관계 만들기에 힘써 보기로 마음먹었다. 이를테면 양쪽 사이에 싸움이 났을 경우에는 무조건 융족 편을 들고, 한족이 불만을 드러내면 꾹꾹 밟아 주는 식으로. 폭군 아사나 밑에서 본인의 안위를 도모하자면 다른 방도가 없었다.

그건 그렇고, 일단 지금은 30리 밖에 덕왕군이 진을 치고 있는 상황이었다. 종월은 바로 그 덕왕이 예우하는 귀빈이었다.

감히 소 대인이 종월의 친구를 괄시할 수 있겠는가. 때려죽인대도 그렇게는 못 하지.

"좋습니다."

맹부요가 소 현승보다도 더 작위적인 미소를 지었다.

"이렇게까지 하시는데 이놈이라고 어찌 한사코 사과를 안 받겠습니까? 오랏줄은 됐으니까 기왕 성의를 보이시는 거 저기 있는 일가에게 지낼 곳부터 마련해 주시죠. 그래야 기분이 좀 나아질 것 같거든요. 뭐, 기분 좋아지면 칼 안 쓰고 넘어가 줄 수도 있는 거고."

씩씩거리며 그녀를 쏘아보던 소 현승이 결국은 친필 명령서를 써서 수하에게 건네며 노인장 일가를 호민당까지 데려다주도록 했다.

잠시 후, 노인장 일가가 자리를 뜨는 걸 지켜본 맹부요가 나른하게 기지개를 켜자 전신을 칭칭 휘감고 있던 오랏줄이 투두둑 끊어져 토막토막 바닥으로 떨어졌다.

저걸 힘도 안 들이고 끊어 내다니.

핏기가 하얗게 가신 얼굴로 밧줄 토막을 내려다보던 소 현승의 눈에 공포가 스쳤다. 곧이어 잽싸게 한쪽으로 물러나 길을 튼 그가 급조된 미소를 입가에 걸었다.

"자, 후당後堂으로 드십시다!"

하지만 맹부요는 움직일 기미가 없었다.

"예의 차리실 필요 없습니다. 그렇게 한가한 상황도 아니고."

그녀의 표정이 점차 침중하게 가라앉았다.

"대인, 곧 큰 난리가 날 겁니다. 백성들이 불구덩이에 떨어지게 생겼는데 이대로 손 놓고 계실 작정입니까?"

순간 흠칫한 소 현승이 상대를 위아래로 훑어봤다. 조정에서 보낸 암행감찰관일 수도 있었다. 그가 살살 눈치를 봐 가며 말을 골랐다.

"그게…… 지금은 융족의 세가 워낙 크기도 하고, 타고나길 외골수에 무척 사나운 자들인지라 함부로 건드려서 좋을 게 없소이다. 차근차근 계획을 세워야 할 것이오, 차근차근……."

차근차근 좋아한다!

부아가 치민 맹부요가 성큼 앞으로 나섰다.

"조만간 모가지에 칼이 들어와도 지금처럼 '차근차근'이나 찾고 앉아 있으시게요? 그래서야 어디 목숨 부지하겠습니까?"

"어찌 그리 겁을 주시오?"

소 현승이 일그러진 웃음을 지었다.

"요성 한족과 융족은 한 식구요. 수십 년째 화목하게 잘 지내고 있거늘 서로 칼을 들이댄다니……."

에라이!

맹부요는 속으로 침을 퉤 뱉었지만, 겉으로는 애써 담담한 표정을 유지하며 한 자 한 자 천천히 말을 뱉어 냈다.

"눈 가리고 아웅이야 본인이 하고 싶다면 말리지는 않겠는데, 나중에 요성 한족들이 정말로 변고를 당하면 그때는 책무를 다하지 못한 대인에게도 조정의 불호령이 떨어지지 않겠습니까?"

순간 소 현승의 입가에서 웃음기가 싹 가셨다.

"그게 그쪽과 무슨 상관이오?"

맹부요가 그를 응시하며 고개를 가로저었다.

"상관이야 없죠."

소 현승이 피식 비웃으려던 그때, 맹부요의 말이 이어졌다.

"기본적인 양심 문제라고나 할까. 무고한 백성들이 창칼에 짓밟힐 앞날이 뻔히 눈앞에 보이는데, 인간으로서 그냥 구경만 하고 있을 수가 없어 그러지."

맹부요가 냉소와 함께 눈을 흘겨 떴다.

"현승씩이나 되시는 분이 이날 이때껏 눈 감고 귀 막고 잘도 마음 편히 지내신 걸 보니 아주 그냥 감탄이 절로 나옵니다요."

"그럼 뭘 어쩌란 말이오?"

막다른 골목에 몰려 붉으락푸르락하던 소 현승이 급기야 벌컥 성을 냈다.

"닭 한 마리 잡을 힘도 없는 일개 문관이 사병을 우르르 거느리고 다니는 성주한테 싸움이라도 걸라고? 이 많은 백성을 나 혼자서 대체 무슨 수로 지켜 내란 거요?"

"적에 맞설 방책 셋을 꼽자면 그중 으뜸은 지혜가 될지니."

눈을 부릅뜬 맹부요가 목청을 높였다.

"사실 대인께는 방법이 많습니다."

"뭣이?"

"한족 백성들을 지키려면 병력이 필요합니다. 우선은 도호장군이 이끄는 방위군을 성안으로 불러들여 융족을 압박하는 방법이 있을 것입니다. 물론 이는 셋 중 가장 저급한 책략이 되겠지만."

"터무니없는! 우리 현에는 백정촌에 주둔 중인 병력을 움직일 권한이 없을뿐더러 설사 불러들인다 해도 군대가 입성하는 그 순간 융족들이 들고일어날 거요. 공연히 싸움만 붙이는 격이라고!"

'그래도 네놈이 순 바보 천치는 아니로구나.' 하는 눈으로 현승을 흘겨본 맹부요가 심드렁하게 다음 말을 이었다.

"덕왕 전하께서 징집령을 내렸다는 핑계로 한족 장정들을 모아 군사 훈련을 받게 하는 방법도 있습니다. 어차피 요성을 떠나 덕왕에게 보내질 병력이라고 하면 융족들도 훼방을 놓지는 않을 겁니다. 그러다가 유사시에는 민병대로 활용할 수 있을 테니, 이는 중간급 책략이라 하겠습니다."

이번에는 아무런 대꾸가 들려오지 않았다. 소 현승은 묵묵히 수염을 쓸어내리며 눈을 빛내고 있었다.

"이제야 좀 마음이 동하십니까?"

빙긋이 웃으며 상대에게 다가간 맹부요가 작게 속삭였다.

"군졸 한 명 없이도 융족을 제압할 최고의 방책이 아직 남았는데……."

"호오?"

맹부요가 귓가에 몇 마디를 속닥거리자 소 현승의 눈썹꼬리가 요란하게 꿈틀거렸다. 정처 없이 흔들리는 동공을 다잡지 못하던 그가 잠시 후 외쳤다.

"제정신인 겐가!"

맹부요는 그저 싸늘하게 미소 지었을 뿐, 아무 말도 하지 않았다.

"장원 경비가 얼마나 삼엄한데, 게다가 아사나 본인도 엄청난 고수이거늘 그런 자를 감금한다는 게 어디 쉽겠소?"

"그건 제가 해결할 문제입니다."

맹부요가 무심히 대꾸했다.

"대인께서는 직접 나서실 필요 없으니 연극에 필요한 인력이나 몇 내어 주시지요."

소 대인은 몹시 복잡한 눈을 한 채로 그 자리에 굳어 있었다. 머릿속에서 이해득실을 따져 보는 중인 듯했다.

한참 뒤, 발로 바닥을 쿵 구른 그가 억눌린 목소리로 말했다.

"좋소! 사람을 내어 주리다!"

"백성을 아끼는 마음에 위험도 마다치 않으시니 그 풍모가 존경스럽기 그지없습니다."

반짝 눈을 빛낸 맹부요가 상대를 거하게 치켜세웠다.

"에휴……."

한숨을 푹 내쉰 소 현승이 근심 섞인 목소리로 말했다.

"젊은이야 내가 지금껏 해 온 일들에 불만이 많겠지만, 나라고 어디 백성들을 위해 미약한 힘이나마 보태고픈 마음이 없었겠소? 그간은 아사나의 압제에 짓눌려 꼼짝을 못 했던 것뿐이라오."

고개를 튼 그가 손짓으로 아역 몇 명을 불렀다.

"이 청년을 따라 성주 장원에 다녀오너라."

"때가 무르익기를 기다리며 준비하고 계셨던 것이 무슨 흠이라고요. 오늘날 대인이 아니셨다면 또 누가 백성들을 위해 이리도 중대한 결심을 했겠습니까?"

맹부요가 자못 찬란하게 웃어 보였다.

"의로우신 대인께 진심으로 감사드립니다!"

맹부요가 가볍게 예를 올리자 무의식적으로 허리를 마주 숙였던 소 현승은 그녀가 곁을 지나쳐 걸음을 옮기는 순간 갑작스레 등이 선뜩해지는 느낌을 받았다. 등허리에 별안간 뚫린 구멍으로 차디찬 눈이 한 움큼 스며든 듯한 감각이었다.

어렵사리 고개를 돌린 소 현승은 수려한 용모의 소년이 느긋하기 그지없는 동작으로 그의 등에서 새카만 비수를 뽑아내는 광경을 목도했다. 소년은 흥건하게 젖은 비수에 바람을 '후' 불어 핏물을 떨어냈다.

저 피……, 내 것인가…….

생각을 채 마무리 짓기도 전에 쓰라린 통증이 덮쳐 왔다. 등을 중심으로 화약이 터지듯 폭발한 통증이 그의 의식을 완전히 집어삼키기까지는 그리 오랜 시간이 걸리지 않았다.

가쁜 숨을 한 번 뱉은 그는 이내 썩은 나무토막처럼 바닥으로 쓰러졌다. 범인은 물론 조금 전 느긋하게 피를 떨어내던 맹부요였다.

눈도 못 감고 피 웅덩이 속에 누운 소 현승을 내려다보며 비수를 갈무리해 넣은 맹부요가 고개를 절레절레 가로저었다.

"누굴 바보로 보고. 내가 그쪽처럼 지능 지수 빵점 같아?"

지금껏 한 번도 한족 편을 들어 준이 적이 없던 자가 그토록 간 큰 계획에 선뜻 동참할 뜻을 내비친다? 극비로 해야 마땅할 사안을 논의하면서 관아 심부름꾼을 옆에 세워 둔다?

수하들한테 손짓하면서 눈은 왜 그렇게 깜빡거려? 안면에 쥐 났니?

앞뒤 다르고, 양심 없고, 제 뿌리까지 팔아먹고 나쁜 놈 앞잡이 노릇이나 하는 인간쓰레기. 바로 맹부요가 가장 혐오하는 부류였다. 하물며 관아를 비롯한 성 전체 사무에 빠삭한 능구렁이를 곱게 살려 뒀다가는 어디서 어떻게 정보가 샐지 모르는 일이었다.

딱 봐도 그는 아사나와 이익 공동체 관계였다. 어차피 그냥 둬도 조정에서 철퇴를 때릴 터인데, 조정보다 살짝 더 진취적인 맹부요가 한발 앞서 제거한 것뿐이었다.

종월이 물음을 담은 눈빛을 보냈다. 지금 바로 성주를 처리할 거냐는 뜻이었다.

맹부요가 작게 고개를 끄덕였다. 이상하게 자꾸만 불안한 기분이 들었다.

융족 무리를 몰살시켜 입막음이야 확실히 했지만, 어째서인지 바닥에 꼿꼿하게 일어서 있던 칼날과 인파 사이로 급하게 사라지던 그림자가 반복적으로 뇌리를 스쳤다.

특히 그 그림자.

유령처럼 눈앞을 떠도는 그림자가 계속해서 불안감을 자극했기에 그녀는 선공으로 주도권을 쥐어야겠다는 생각을 하게 된 것이었다.

소 현승이 진심으로 돕겠다고 나서 줬다면야 좋았겠지만, 싫다니 어쩌겠는가. 영영 푹 쉬게 해 드리는 수밖에.

현승이 순식간에 송장 신세가 되는 걸 고스란히 지켜본 아역들은 완전히 넋이 빠져 있었다. 그들을 향해 여유롭게 걸어간 맹부요가 한족 아역들의 입에 환약 하나씩을 던져 넣고, 융족 아역들의 목덜미를 손가락으로 한 번씩 찍어 줬다.

"장생대보환長生大補丸이라는 약이다."

작업을 마친 그녀가 팔짱을 끼고 실실거렸다.

"별건 아니고, 해독제를 안 먹으면 약 이름대로 길이길이 살게 될 거야. 영혼은 불멸이라잖아? 그리고 뒷덜미 찍은 건 말이지."

분하다는 표정으로 눈을 부라리고 있는 융족 아역들에게로 맹부요의 비스듬한 눈빛이 향했다.

"그건 더 별거 아니야. 힘줄을 끊어 놓은 것도, 뼈를 부러뜨려 놓은 것도 아니거든. 융족들은 자기가 죽는 것보다 신이 모독당하는 걸 더 무서워한다며? 그래서 혈도를 좀 봉해 봤지. 열두 시진 안에 나만 아는 방법으로 혈도를 뚫어 주지 않으면, 미안한 이야기지만 머리가 회까닥해서 사리 판단이 아예 안 될 거야. 성주한테 칼질을 한다든지, 성루에 불을 싸지른다든지, 심지어는 위대한 격일신께 오줌을 갈기는 짓까지도, 아마 못 할 게 없을걸."

시커멓게 죽은 아역들의 낯빛에는 눈길도 주지 않은 채, 맹부요가 정답게 웃으며 팔을 흔들었다.

"자, 그럼 다 같이 성주 저택으로 한번 가 보실까요."

무겁게 가라앉은 하늘에 별들이 명멸하는 가운데, 성 동쪽 괴상한 모양새를 한 장원 위로 기다란 잿빛 구름이 드리워져 있었다.

여기서 괴상하다는 표현을 쓴 것은, 내륙의 성들과 똑같이 하얀 벽에 검은 기와, 겹겹 원락으로 구성된 요성 안에서 이 장원만은 유독 완벽하게 융족 마을 모양을 하고 있기 때문이었다. 딱 담장과 대문까지만 한족풍이었고, 안쪽 건물은 전부 원시적인 삼나무 굴피 집이었다.

남방에서만 나는 철선목鐵線木을 쓴 기둥에는 장식이랄 것이 전무했고, 그나마 처마 모서리에서만 쇠뿔 모양 등롱이 달랑거리면서 멀리까지 노르스름한 빛을 뿌리고 있었다.

성안 다른 건축물과 극도의 불협화음을 이루는 이 모습만 봐도 장원의 주인이 얼마나 쇠심줄 고집이며, 얼마나 자신의 민족적 정체성에 자부심을 품고 있는지를 환히 알 수 있을 터였다.

한밤중, 장원은 고요했다. 어느 이파리의 끄트머리에선가 일었을 가느다란 실바람의 씨앗조차 아직 이곳까지 당도하지 못한 듯했다.

"성주 어른!"

적막을 깨뜨린 것은 울음기 섞인 외침이었다. 외침이 끝을 맺기도 전에 누군가 청동 문고리를 붙잡고 다급하게 대문을 두드리기 시작했다.

"웬 놈이 소란이냐?"

조용하던 장원 안에서 거의 바로 경계심 깃든 호통이 터져 나왔다. 그와 동시에 겹겹이 늘어선 굴피 집 지붕 위에서도 무언가 음산하게 번뜩이는 것들이 일제히 한밤중의 불청객을 겨눴다.

"곽이郭二입니다! 관아 심부름꾼 대장이요!"

방문객이 죽자 사자 대문을 두드렸다.

"성주 어른, 큰일 났습니다! 난리가 났다고요!"

"대인께서는 밤에 외부인을 만나지 않으시거늘! 얼빠진 놈이 어디 한밤중에 시끄럽게!"

안에서 들려오는 목소리의 주인공은 한사코 문을 열어 주려 하지 않았다.

"썩 꺼져라! 소응화한테나 가 봐!"

"소 대인이 암살당했습니다!"

충격적인 변고를 알리는 외침이었다. 문 안의 묵직한 목소리조차 당혹감을 이기지 못한 양 잠시 멈칫했다.

장원 안에서 어지럽게 발소리가 울리더니 잠시 후 누군가의 목소리가 다시금 담장 밖으로 날아 나왔다. 이번에는 강건한 저음이 아니라 매섭게 카랑카랑한 음성이었다.

"어떻게 된 일이냐?"

"소인도 이게 대체 무슨 일인지……. 자객을 만났는데……

소 대인의 시신 위에 서신까지 남겨 두고 가지 않았겠습니까!"

문틈으로 새어 나오는 빛이 자신의 얼굴을 비추도록 대문에서 한 걸음 떨어져 선 곽이가 서신을 머리 위로 들어 올렸다.

문 안쪽에서 누군가 등불을 들고 곽이를 비롯해 그 곁의 낯익은 융족 아역들을 비추어 보더니 곧 불빛을 거두었다. 그리고 잠시 후, 나지막하게 '음.' 하는 소리가 들렸다.

보통 대문과는 차원을 달리하는 두께의 문이 드디어 서서히 양쪽으로 벌어졌다.

제일 먼저 둥실둥실 밖으로 나온 것은 쇠뿔 모양의 등불 두 개였다. 이어서 수하들에게 둘러싸인 중년 사내가 의젓한 걸음으로 등장했다.

다채로운 색이 섞인 모직 외투를 걸친 사내, 아사나는 융족 풍습에 따라 한겨울에도 가슴팍 절반을 훤히 드러낸 모습이었다. 대부분 덩치가 좋은 여타 융족 장정들과는 달리 의외로 중간 정도의 키에, 살짝 갈색빛이 도는 눈동자는 움직일 때마다 서슬 퍼런 살기를 발했다.

고개를 든 그가 저만치 외발 수레 위에 멍석을 덮고 누운 소현승의 시신을 발견하고는 움찔했다.

"시신을 예까지 싣고 온 것이냐?"

"대인!"

곽의가 몸을 낮췄다.

"소 대인은 바로 이곳 부근에서 암살당했습니다. 성안 한족들의 낌새가 수상하다는 보고를 받고 성주 대인께 알리러 가던 길에 난 일이라, 어쩔 수 없이 이렇게……."

아사나가 미간을 찌푸렸다.

"이 근처에서?"

퍼뜩 뭔가 떠올린 듯한 그가 말을 이었다.

"상처를 살펴보면 흉수에 관해 뭔가 알 수 있을는지도."

이때 곽이가 허리를 굽힌 채로 서신을 바쳤다. 아사나가 대번에 인상을 쓰자 곁에 있던 호위병이 재빨리 곽이를 나무랐다.

"그 더러운 손으로 어딜 감히!"

곽이를 밀쳐 낸 호위병이 물건을 낚아채 다시 건네고서야 무심하게 서신을 받아 든 아사나가 봉투를 뜯으면서 외발 수레 쪽으로 다가갔다.

달빛 아래 소 현승의 창백한 얼굴이 고스란히 드러나 있었다. 죽은 물고기의 것을 연상케 하는 눈을 허옇게 까뒤집은 모습에서 기괴한 음산함이 풍겼다.

물론 아사나는 시체를 겁내지 않았다. 그는 차분히 서신 봉투를 뜯는 중이었다. 봉투 입구가 딱 달라붙어 잘 열리지 않자 소 현승에게 눈길을 고정하고 있던 그가 무의식중에 접합 부위를 핥아 침으로 적신 뒤에 찍 뜯어 냈다.

봉투가 뜯겼을 때 그는 어느덧 시신 바로 옆에 당도해 있었다. 아사나는 시신에 덮인 멍석을 들추는 동시에 눈으로는 방금 꺼낸 얇은 종이를 훑었다.

얇고 유연한 종이에 기백 넘치는 필체로 커다랗게 적힌 글자는 '잠깐 납치 좀 합시다.'였다.

글을 읽는 즉시 뭔가 이상하다는 걸 깨달은 아사나는 바로 뒤쪽으로 물러났다. 하지만 안타깝게도 이미 늦은 뒤였다.

피범벅일지언정 여전히 아름다운 형태를 자랑하는 두 손이 돌연 소 현승의 가슴을 뚫고 나와 눈 깜짝할 사이에 아사나의 목울대를 노리고 달려들었다!

별빛을 따라잡는 번개와도 같은 속도였다. 아사나는 빠르게 혈도를 점하려는 손가락을 어떻게든 피해 보려 했지만, 도망치던 중 갑자기 숨이 턱 막히면서 다리가 후들후들 풀려 버렸다. 잠시 비틀거리는 사이에 금방 목 앞으로 치고 들어온 손은 그의 숨통을 인정사정없이 틀어쥐었다.

손가락이 덮쳐 오는 찰나, 아사나는 속으로 '이렇게 죽는구나!'를 외쳤다.

말이 그냥 '손'이지 상대방의 손아귀 힘은 실로 대단해서, 사실상 사람의 손이 아니라 꿈쩍 않는 바윗돌에 가깝게 느껴졌다. 그래서 일단 붙잡히는 순간 '이제 영원히 못 빠져나가겠구나!' 하는 생각이 절로 드는 것이었다.

손의 주인이 손가락을 튕겨 사이사이에 낀 살점을 털어 내더니, 별안간 소 현승의 시체가 천천히 일어나 앉았다.

싸늘한 달빛 아래 핏기 없는 주검, 시체의 가슴팍에 뻥 뚫린 구멍에서 튀어나온 두 개의 손, 그리고 그 손이 아사나의 목울대를 틀어잡고 있는 모습. 어떻게 봐도 괴기스럽기 짝이 없는 광경이었다.

벌써 다리가 풀린 구경꾼도 있었다. '퍽' 소리와 함께 쇠뿔 모양의 등롱이 바닥에 떨어졌다. 등갓에 불이 옮겨붙어 활활 타는데도 누구 하나 지적하는 이가 없었다.

숨 막히는 공포 속에서 홀연 은방울 구르는 듯한 웃음소리가 울렸다.

“역시 장손무극의 방식이 쓸 만하긴 하네. 살색 장갑까지 있었으면 더 좋았을걸.”

소 현승의 시체가 옆쪽으로 스르르 허물어진 후 드러난 것은 외발 수레 위에 앉은 흑청색 그림자였다. 여전히 아사나의 목을 틀어쥔 채로, 흑청색 그림자의 소년이 방긋방긋 웃었다.

“우리 성주님, 고마워서 어쩌나! 부탁도 이리 시원스럽게 잘 들어주시고.”

아사나는 낯선 소년의 얼굴을 노려보며 뱉은 숨을 들이켰다.

“대체…… 뭐 하는 놈이냐?”

대답 대신 고개를 틀어 자기 몸에 밴 시취를 킁킁 맡아 보던 소년이 저 멀리 어둠을 홱 쏘아보며 말했다.

“어이, 게으른 양반. 힘든 일은 내가 다 했는데 아직도 안 나오기예요?”

나지막한 웃음소리에 이어 새하얀 사람 형체가 모습을 드러냈다. 옅은 입술 색과 온화한 미소. 종월이었다.

소년의 정체는 물론 맹부요였다. 그녀가 아사나를 대문 쪽으로 툭툭 밀었다.

“자, 자, 성주 대인. 오밤중에 뭐 하러 밖에 서서 찬 바람을 맞으시나.”

아사나를 밀며 대문턱을 넘어 건들건들 건물 안까지 입성한 후, 맹부요는 출입문을 쾅 닫고 그의 앞으로 종이 한 장을 끌어다 놨다.

"부르는 대로 받아쓰셔."

맹부요가 채 몇 마디 읊기도 전에 얼굴빛이 확 변한 아사나가 성을 냈다.

"못 한다!"

그가 말을 마친 직후, 바깥이 갑자기 소란스러워졌다. 멀찍이서 우레와도 같은 아우성이 들려왔다. 멀리서 듣기에도 능히 성을 무너뜨리고 산을 쪼개 버릴 법한 기세였다. 물밀 듯이 밀려드는 고함 사이에는 칼날이 쩡쩡 부딪치는 소리 또한 섞여 있었다.

맹부요가 굳은 얼굴로 소리에 귀를 기울이는 사이, 옆에 있던 종월이 말했다.

"상당한 인원이 이쪽으로 몰려오고 있소. 어쩌면…… 말이 샜는지도 모르겠군."

바로 그 순간이었다. 세찬 장대비, 아니면 급박한 채찍질이 대문을 때리는 듯한 소리가 들렸다. 타격음이 몇 번 울리지 않아 대문이 뚫렸다.

울긋불긋한 옷차림새의 장정들이 함성을 지르며 안으로 쏟아져 들어왔다. 그 와중에 우두머리들의 손에 줄줄이 들린 사람 머리통에서는 핏물이 줄줄 흘러 바닥에 기다란 선을 그리고 있었다.

"성주님, 한족 놈 일가가 외지인과 내통해 우리 격일신의 자손을 죽였기에 이것들의 목을 베어 왔습니다! 군사를 풀어 흉수를 잡아들여 주십시오!"

우악스러운 한 융족 사내의 손아귀에서 머리통이 덜렁거렸다. 얼굴 가죽에는 성한 곳이 없지만, 희끗희끗한 귀밑머리와 이목구비는 분명 맹부요 일행을 돌봐 줬던 노인장의 것이었다.

이미 문루[16]에 올라 아래를 내려다보던 맹부요가 노인장의 얼굴을 재깍 알아보고는 표정을 돌처럼 굳혔다.

바로 곁에 있던 종월은 그녀가 까드득 어금니를 악무는 소리를 들었다. 온몸을 부들부들 떠는 그녀를 보며 혹여라도 진기 운행이 어긋날까 우려한 종월이 손바닥을 지그시 그녀의 등에 가져다 댔다.

맹부요는 종월의 손길을 전혀 인지하지 못했다. 그보다는 온몸에 열이 뻗치는데 손발만 차갑게 식는 느낌이 또렷했다. 마치 펄펄 끓는 물에 덴 것처럼 가슴이 못 견디게 쓰라렸다. 쓰라림이 순식간에 전신으로 퍼져 나갔다. 심장이 찢기는 기분이었다.

노인장 일가를 호민당으로 보낸 것도, 융족 무리를 깨끗이 처리하지 못해 보복의 화살이 노인장 일가를 향하게 만든 것도, 사건이 밖으로 새어 나갈 리 없으리라 속 편하게 생각하고 노인장 일가를 곁에서 떼어 놓은 것도, 전부 그녀가 한 짓이었다.

바로 자신이, 부지불식간에 한 가족을 죽음으로 몰아넣은 것

16 성문처럼 규모가 큰 출입문 위쪽에 다락 형태로 자리한 공간을 이른다.

이다!

일가가 몰살당했다. 시체는 셋이지만 희생된 목숨은 넷. 뜻하지 않은 일이었다고는 하나 사태의 원인을 제공한 것은 분명 자신이었다.

극도의 분노가 시야를 까맣게 좀먹었다. 악력이 통제를 벗어난 탓에 아사나의 목울대를 틀어쥔 손가락이 부르르 경련하고 있었다.

숨통이 죄어드는 걸 느낀 아사나는 격렬하게 몸부림쳤으나 무의미한 짓이었다. 아사나의 얼굴이 보랏빛으로 질려 갔다. 숨이 끊어지기 직전이었다.

상황을 눈치챈 종월이 재빨리 맹부요의 혈도를 짚었다. 퍼뜩 정신이 든 맹부요가 손아귀에서 힘을 풀자 아사나가 목을 곧추세우고 필사적으로 숨을 들이켰다.

그를 노려보는 맹부요의 눈에는 그새 핏발이 시뻘겋게 서 있었다. 흉포하기로 이름난 아사나마저도 그 싸늘한 눈빛 앞에서는 몸서리를 칠 수밖에 없었다.

이때 맹부요가 천천히, 한 자 한 자 말을 눌러 내뱉었다.

"이제 다 모였나? 좋아, 주인 양반. 얼른 손님들을 집 안으로 모셔야지?"

무극국 정녕 15년 섣달, 융족과 한족이 한데 섞여 거주하는 남방 국경 지대 요성에 축성 이래 처음으로 동란이 발생했다. 코끝 시린 겨울밤의 일이었다.

시작은 융족의 흔한 분풀이였으나 한 여인의 개입이 이를 입막음을 위한 살인극으로 뒤바꾸어 놨고, 그 과정에서 도망친 융족 생존자가 동족들을 규합해 성주 장원으로 몰려가서 흉수를 추포할 것을 청하기에 이르렀지만, 그는 여인이 한발 먼저 그 자리에 와 있었음을 알지 못했다.

현승을 처리하고 성주를 인질로 잡고 있던 맹부요는 성주 아사나를 협박해 의론할 사안이 있다는 구실을 붙여 융족 우두머리 무리를 장원 안으로 불러들이게 했다.

융족 우두머리들이 성주에 대한 존경의 표시로 무기를 밖에 풀어 놓고 장원에 든 뒤, 그중 몇몇은 성주로부터 독대를 제안받고서 한껏 들뜬 마음을 안고 내실에 입장했다.

이후에 무슨 일이 있었는지 아는 이는 아무도 없었다.

그날부로 완전히 소식이 끊긴 융족 우두머리들이 세상에 남긴 마지막 흔적은 수일이 흘러 장원에서 일하는 어느 하인의 입을 통해 밖으로 전해졌으니. 내실 문턱 아래쪽에 남은 진홍색 얼룩이 아무리 닦아도 도통 지워지질 않는데, 꼭 피에 절여진 자국인 것 같다는 말이었다.

문턱에 진 얼룩은 지면에서부터 시작해 사람 발등 높이까지 이어져 있었다. 방 안 가득 핏물이 발등 높이로 차올라 오랜 시간에 걸쳐 문턱에 배어든 게 아니고서는 단단한 목재에 그토록 선명한 혈흔이 남을 수가 없었다.

대체 얼마나 많은 피가 흘러야 그게 가능하며, 그 많은 피의 주인은 또 누구란 말인가?

사라진 융족 우두머리들의 행방은 요성 역사에 영원한 수수께끼로 남겨졌다. 그날 밤 등장했던 가녀린 그림자, 살기 섞인 바람이 되어 휘몰아치던 신법, 피가 흥건한 채로 어둠 속에서 번뜩이던 칼날, 그리고 붉게 넘실거리던 핏물과 함께 시간의 흐름에 영영 묻혀 버린 것이다.

어쨌든 본인 스스로야 무슨 일을 당하는지 알고 죽었을 그 몇몇을 제하고, 나머지 무리는 대청으로 안내되어 성주를 기다렸다. 성주와의 '독대'에 불려 간 동료를 부러워하며 자기들끼리 시끌벅적하게 떠들기를 잠시, 그들은 탁자 위에 놓여 있던 차를 몇 모금 넘기기 무섭게 우르르 바닥에 나자빠졌다.

정신이 들었을 즈음 그들은 이미 존귀한 성주 대인과 함께 장원의 지하 감옥 한쪽 칸에 갇혀 있었다. 융족 우두머리들은 공적을 향한 적개심을 불사르며 적의 어떠한 핍박에도 결단코 굴하지 않겠노라 다짐에 다짐을 했더랬다.

한데, 상황이 어째 예상과는 다르게 흘러갔다. 적은 코빼기도 내비치지 않고 음식과 물만 부지런히 들여 줬다. 안 그래도 이상하리만치 배가 고프고 목이 마르던 그들은 상대방이 자신들을 죽일 생각은 없구나, 확신하고 마음 편히 배를 채웠다.

그로부터 얼마 지나지 않아 아랫배가 찌르르한 느낌에 긴급히 변기통을 찾던 그들은 다행히 감옥에서 변기통을 발견했다. 그러나 애석하게도 그곳엔 격일신의 얼굴이 조각되어 있었다.

차라리 맞아 죽으면 죽었지 신상에다 대고 변을 싸지를 수는 없는 일. 하물며 악랄하기 그지없게도, 변기통은 정확히 격일신의 입에다가 똥을 투척하도록 설계되어 있었다. 누가 됐든지간에 감히 거기다가 궁둥이를 대거든 그 순간부로 세상 다 살았다고 봐야 할 터.

그렇다면 남들 다 보는데 땅바닥에다가 해결을? 다들 사회적 체면이 있는 인물들인지라 그 또한 곤란했다.

자고로 허기는 참아도 똥은 못 참는다 했던가. 아사나를 비롯한 융족 우두머리들은 고작 하루 만에 초주검이 되고 말았다.

이때 그들 앞에 종이 한 장이 날아들었고, 밖에서 누군가 큰 소리로 외쳤다.

"시키는 대로 받아 적는 자, 배변의 자유를 얻을 것이다!"

죽음도, 고문도 두렵지 않으나 신을 모독하는 행위만은 목에 칼이 들어와도 할 수 없던 융족 우두머리들은 결국 얌전히 친필 서약서를 작성하고야 말았다. 융족이 보유한 무기류 전체를 관아에 넘기고, 향후 필요시에는 따로 사용 허가를 청한다는 내용이었다. 또한 이들은 신상 앞에서 다시는 폭동을 꾀하지 않겠다는 피의 맹세까지 했다.

다만, 성주 아사나만은 마지막까지 고집을 굽히지 않았다. 그는 사흘 밤낮을 내리 벽 모퉁이에 웅크려 앉아 꿈쩍 한 번을 안 했다. 자칫 자리를 옮겼다가 바짓가랑이 가득 들어찬 구린내가 새어 나갈까 두려워서였다. 이쯤 되면 실로 존경스러운 의지력이라 하겠다.

이렇듯 그가 감옥 바닥을 구멍 낼 기세로 궁둥이를 비비며 버티는 동안 나머지 융족들은 속속 배변의 자유를 찾아 떠나갔다.

본디 성 전체를 휩쓸고 지나면서 한족 거주민들을 몰살시킬 뻔했던 재난은 이처럼 망나니짓에 가까운 봉합책의 덕을 보아 소리 소문 없이 끝을 맺었다.

한편, 혜성처럼 등장해 그 망나니짓을 주도한 여인은 얼마 안 있어 떡하니 성주 직인이 찍힌 방을 저자에 내붙였다. 성주는 몸져누워 공무를 볼 수 없고 현승은 병으로 급사하였으니, 지금부터는 자신이 성주 대리인으로서 성안 군정과 민정을 전적으로 맡아 돌본다는 내용이었다.

무극국 남쪽 변경의 자그마한 성에서 일어난, 게다가 딱히 파급력이랄 것도 없었던 동란은 본래 시간의 강에 뜬 한 점 물거품이 되어 역사서에 아무런 흔적을 남기지 못했어야 옳았다.

그러나 서슬 퍼런 예기를 주머니에 숨긴들 번뜩이는 그 광채가 감춰지랴. 7국의 지배층은 언뜻 사소해 보이는 동란 가운데서 심상치 않은 냄새를 맡았다.

"모략을 짜는 솜씨 하며, 적을 도륙하는 기세 하며."

일렁이는 연보랏빛 등불을 앞에 두고, 선기국 군주 봉선鳳旋이 나른한 자세로 침상 가장자리에 늘어진 수술을 매만지다가 입꼬리를 끌어 올렸다.

"대세를 살펴 움직이면서 발 빠른 기선 제압까지, 비범한 인물이로군."

본국 기병대가 전해 온 첩보를 상세히 읽고 난 헌원국 섭정

왕은 감탄을 흘렸다.

부풍국에서 가장 높은 누각 위에 기대선 신공성녀 비연은 하늘거리는 금빛 비단 장막과 떠도는 구름 너머로 몽롱하니 남쪽을 바라보고 있었다. 한참 후, 그녀가 손을 들어 올리자 아무것도 없던 손가락 끝에 새카만 광석이 홀연 올라앉았다.

검은 눈동자를 연상케 하는 광석과 묵묵히 눈길을 맞추던 비연이 나지막하게 읊조렸다.

"신의 뜻이 곧 그녀가 나아갈 방향이 될지니."

천살국 열왕은 갈아사막 한복판에 말을 세우고 광활하게 이어진 모래 언덕 너머 아득한 무극국 방향에 눈길을 던졌다. 흥분감이 피워 올린 세찬 불꽃이 보통 사람에 비해 유달리 새카만 눈동자 안에서 광채를 발하였으니, 지금 그의 눈은 꺼질 줄 모르고 타오르는 사막의 태양을 닮아 있었다.

"여자, 너인가?"

하늘을 보며 호탕하게 웃어 젖힌 열왕이 채찍으로 말 엉덩이를 때리자 말이 거칠게 투레질을 했다. 앞발을 가파르게 들어 올렸던 준마는 이내 긴 울음소리와 함께 바람을 가르고 내달렸다. 모래 바닥에 깊게 찍힌 말굽 자국은 남쪽으로, 남쪽으로 향해 있었다.

요성 성문, 연보라색 장포 차림의 기품 있는 사내가 성 입구에 붙은 방을 보며 빙긋이 미소 지었다.

"딱 한 걸음 늦었을 뿐이거늘 그사이 내 성을 통째로 가로채다니……."

눈썹을 까딱한 그가 성주부城主府 방향을 바라봤다.

햇살을 닮아 찬란한 웃음과 봄날 버드나무 가지처럼 낭창거리는 자태를 가졌으나, 움직일라치면 벽력 같은 기세로 주변을 휩쓸어 버리는 여인. 그 여인은 지금쯤 무엇을 하고 있으려나.

혹여, 자신이 인사도 없이 버리고 떠난 어느 사내를 떠올리고 있진 않을지?

이 시각 성주부. 신임 성주 맹부요는 자신이 무정하게 버린 원소후를 떠올리고 있지도, 변방 자그마한 성의 동향이 7국 지배층의 주의를 끌었으리라는 예상을 하고 있지도 않았다.

멍하니 성주부 지하 감옥에 쭈그리고 앉은 그녀는 바닥에 널브러진 시체를 도저히 믿을 수 없다는 표정으로 내려다보고 있었다.

요성 수만 융족이 우러러 받드는, 그들의 실질적 최고 지도자이자, 그 위엄과 명망이 절대적인 만큼 일신의 변고가 곧 요성 융족 전체의 폭동으로 이어질 수밖에 없는 전임 성주, 아사나가 죽었다.

무극의 마음

"진작 뒈지든가 아니면 좀 미루든가, 왜 하필 지금이냐고!"

겉보기에 상처 하나 없는 아사나의 시체 앞에서 울상을 하고 앉은 맹부요가 손톱을 씹으며 투덜거렸다.

성주 대리인. 번드레한 직책으로 보일지 몰라도 실상 그녀는 지금 외줄 타기 중이었다.

일단 성주직으로 말할 것 같으면, 발바닥에 땀 나게 뛰어다니던 끝에 사태가 어느 정도 수습되었을 즈음 종월이 덕왕에게 서신을 보내 상황을 설명했고, 덕왕의 묵인하에 얼떨결에 주운 것이었다.

그 직후 위험 요소로 판단되는 융족 아역들을 관아에서 걸러내고 한족 인력을 충원했다. 수적 열세인 한족들을 보호하기 위해 자경단을 조직했고, 집단으로 뭉쳐 살던 융족들을 분산시켜 한족 거주지 사이사이에 끼워 넣었다.

또한, 누구보다 적극적으로 남의 집 대문에 천 조각을 널고 다니던 몇몇 무뢰한의 목을 베는 것도 잊지 않았다.

그로써 요성은 어느 정도 안정을 되찾았다. 물론 보이지 않는 곳에서는 여전히 암류가 소용돌이치고 있었지만.

그 많은 일을 혼자서 해내기야 당연히 무리였다. 성안 사정에 빠삭한 현지인들의 신뢰를 얻는 데서부터 한족들이 스스로 돌볼 능력을 갖추게 한다는 구상을 현실화하는 데 이르기까지, 종월이 어디선가 불러온 인력들의 도움이 컸다.

정무에 깜깜한 성주 맹부요가 공문서를 앞에 두고 쩔쩔맬 때면, 종월은 입으로는 까칠하게 핀잔을 줄지언정 대신 나서서 칡넝쿨처럼 얽히고설킨 사무를 모조리 처리해 주곤 했다.

능숙한 요리사가 힘들이지 않고 소 한 마리를 뚝딱 해체하듯, 종월의 능수능란한 일 처리 앞에서는 산처럼 쌓여 있던 공문서 더미도 얼마 못 버티고 자취를 감추는 것이었다.

경탄을 금치 못하던 맹부요는 곧 종월의 출신에 의문을 품기에 이르렀다.

무슨 의원이 저렇게 정무에 능숙하단 말인가?

언젠가 한 번은 대놓고 물어본 적이 있었다. 하지만 질문을 못 들은 척 넘긴 종월은 다음 날 약초나 캐야겠다며 산으로 출근해 버렸다. 맹부요는 나 몰라라 내팽개쳐 둔 채.

그날을 기점으로 맹부요는 다시는 허튼 질문을 하지 않았다. 이러니저러니 해도 둘이서 손발을 맞춰 거둔 성과가 퍽 훌륭했으니까.

그러나 아사나의 죽음이 그 모든 노력을 물거품으로 만들 판이었다. 융족들의 존경을 한 몸에 받던 성주가 죽었다는 사실이 밖으로 새어 나간다면, 어렵사리 묻은 폭동의 불씨가 다시금 성난 화염이 되어 활활 타오를 것이 분명했다.

요성 내에 반란군 세작이 숨어든 게 확실했다. 의도적으로 민족 갈등을 부추겨 성안의 융족들을 반란군 쪽으로 돌려세우려는 것이다. 피 한 방울 안 흘리고 요성을 함락하겠다는 계산이었다.

그렇다고 낙하산 성주인 맹부요가 관아 인력 전체를 숙청할 수도 없는 일이었다. 고개를 절레절레 젓고 일어선 맹부요가 곁에서 차분히 시신을 살피고 있던 종월을 향해 말했다.

“화골산으로 없애 버려요.”

종월의 미간에 주름이 잡혔다.

“시신만 없애면 그들이 실종된 전임 성주의 행방을 캐묻지 않을 것 같소? 경신절敬神節이 코앞이오. 때가 되면 각지에서 융족들의 축제 판이 벌어질 텐데 그 자리에 아사나가 모습을 보이지 않는 이유를 어찌 해명하려고?”

맹부요가 앓는 소리를 내며 고뇌하던 때였다. 누군가 등문고를 치는 소리가 들렸다.

그런데 어째 소리가 묘했다. 억울한 일을 당한 백성이 울분에 차서 치는 것이라기에는 너무도 일정한 박자였다. 게다가 지하 감옥까지 밀려들 만큼 묵직한 울림 사이에는 상당히 이질적인 잡음마저 섞여 있었다.

몰랑한 무언가로 북 표면을 통통 때리는 듯한, 아주 작은 소리.

맹부요가 의아해하며 중얼거렸다.

“엥, 웬 북 치는 사람이? 이 몸, 맹청천[17]의 치하는 당연히 태평성대 아닌가? 억울한 일이란 게 있을 수가 없을 텐데?”

그녀를 흘깃 쳐다본 종월이 못 당하겠다는 듯 실소를 흘렸다. 이런 상황에서도 농담이 나오는 걸 보면 하여튼 대단한 강심장이었다.

골치 아픈 일은 뒷전으로 미뤄 둔 채, 맹부요는 성주 생애 첫 정식 등청을 앞두고 한껏 부푼 마음으로 지하 감옥을 나섰다.

아역들도 위풍당당하게 세워 뒀겠다, 특별히 만든 도포도 걸쳤겠다, 옷자락을 날리며 의젓하게 자리로 향하던 그녀가 여태 울리는 북소리를 듣고는 고개를 팩 돌리며 호통을 쳤다.

“뭘 아직도 두들기고 앉았어? 성주님 등청하셨느니라!”

그제야 북을 치는 자의 얼굴이 눈에 들어왔다.

“어억!”

맹부요는 짧은 비명 소리와 함께 책상 뒤로 엎어지고 말았다.

창살 너머에서는 연보라색 장포 차림의 남자가 느긋하게 등문고를 두드리고 있었다.

억울한 일을 하소연하라고 놓아둔 북을 악기로 만들어 버리

---

17 송나라의 전설적인 명판관 포청천의 이름을 자기 성과 합친 것이다.

는 저 우아한 자태와 존귀한 기품. 과년한 처녀들이며 젊은 아낙들이 주위에 동그랗게 모여 황홀한 눈으로 쳐다보고 있는 것은 소맷자락이 흘러내리며 드러난 남자의 미끈한 손목이었다.

거기에 한술 더 떠, 아래쪽에서는 등문고 지지대에 앉은 순백의 털 뭉치가 제 정수리로 통통통 북을 치고 있었다. 주인이 세 번 치면 본인이 한 번. 말 그대로 칼 같은 박자였으니 그 태도가 참으로 근면 성실 하다 하지 않을 수가 없었다.

양심 없는 주인에 똑같이 양심 없는 애완동물. 익히 아는 그 둘이 아니면 또 누구겠는가!

맹부요의 입이 원보 대인도 욱여넣을 수 있을 만한 크기로 쩍 벌어졌다. 경당목[18]을 내리쳐야 할지, 아니면 당장 내빼야 할지, 그녀는 자리에서 뻣뻣이 굳은 채로 결정을 내리지 못하고 있었다.

그때였다. 남자가 우아하게 북채를 내려놓고는 옷매무새를 쓱쓱 정리했다. 지켜보던 처녀와 아낙들을 향해 하나하나 고개를 까딱하며 미소를 보낸 그는 여인들이 녹아내리는 소리를 뒤로하고 천천히 관아 안으로 걸음을 옮겼다.

남자의 어깨 위에서는 오동통한 털 뭉치 하나가 위엄 넘치는 눈빛으로 젠체하고 있었다. 그 눈빛을 자세히 살펴봤다면 발견했겠지만, 털 뭉치는 신임 성주의 관복 꼬락서니를 상당히 멸

---

18 관아에서 재판을 진행할 때 탁자에 내리쳐서 좌중의 주의를 환기하던 나무 막대기를 가리킨다.

시하는 기색이었다.

머리 위에 먹구름을 이고 있던 맹부요가 잠시 후 '흐읍' 숨을 들이마시면서 고개를 꼿꼿하게 세웠다. 자신감을 얻으려는 동작이었다.

그래! 심리할 안건이 들어온 것뿐이잖아. 고발인의 신분이 쪼끔 특수하고, 관아를 찾아온 진의가 살짝 미심쩍기는 하다만, 그냥 고발장 내러 온 보통 사람이라고 생각하면 되지 뭐!

그런데…… 뭐가 이렇게 켕기냐.

맹부요의 눈동자가 갈 곳을 잃고 표류했다. 대들보로, 책상으로, 바닥으로. 그 와중에도 정면만은 결사코 보지 않았다.

손으로는 괜히 주변 물건들을 만지작대고 있었다. 문서며, 관복 자락이며, 머리카락까지. 한사코 경당목만은 쏙 빼놓고서.

얼굴에 '내가 저지른 파렴치한 짓이 너무 찔린다.' 하고 써 놓은 맹부요를 보며, 담색 장포의 남자는 입꼬리를 슬며시 당겨 올렸다. 원보 대인은 희번득 눈을 치떴다.

문 앞은 벌써 구경꾼들로 북새통이었다. 과연 신임 성주가 안건을 어떻게 심리할지 모두 궁금해했다. 저 절세 미남한테는 또 무슨 억울한 사연이 있는 건지 사람들이 호기심에 눈을 빛내고 있었다.

모인 이들의 눈길이 젊고 잘생긴 신임 성주와 풍채 수려한 고발인 사이를 옮겨 다녔다.

한데, 아무리 봐도 둘 사이에 흐르는 분위기가 묘했다. 특히 신임 성주 쪽은 궁둥이 밑에 화롯불이라도 깔고 앉았는지 연신 몸을 배배 꼬는 게, 하는 짓이 영 괴이쩍었다.

침묵이 길어지자 여기저기서 수군대는 소리가 들렸다.

벼랑 끝에 몰린 맹부요는 손으로나마 어설프게 얼굴을 가리고 경당목을 치는 둥 마는 둥 내리친 뒤, 최대한 쉰 목소리를 냈다.

"고발인은 신분과 고발 내용을 대시오!"

상대가 또 무슨 수작을 부릴지 불안한 마음에 그녀가 힐끔힐끔 눈치를 보는 사이, 눈길을 맞추며 씩 웃은 원소후가 느긋하게 입을 열었다.

"대인……."

맹부요가 부르르 몸을 떨었다.

이때 원소후가 급기야 바닥에 꿇어앉을 모양새로 장포 자락을 휙 들쳤다.

의자에서 펄떡 뛰어오른 그녀가 '그만!'을 외치려던 찰나, 애초에 약 올리려고 작정했던 것인지 원소후가 살짝 구부렸던 무릎을 금방 도로 펴더니 자기 머리를 툭 치며 빙글빙글 웃었다.

"아아, 이런. 깜빡 잊을 뻔했군요. 공명첩[19]을 받은지라 관아에서 무릎을 꿇을 필요가 없는데 말입니다."

맹부요가 상대를 노려보며 어금니를 악물었다. 켕기던 게 싹 가시는 순간이었다.

찔리기는 개뿔, 한 번을 지고 넘어가는 법이 없는 인간인데!

---

19 과거 시험에서 얻은 칭호 또는 관직명을 가리킨다.

어차피 준 대로 돌려받을 거 미안해할 필요가 뭐 있어서!

곧장 허리를 똑바로 세운 맹부요가 '쾅' 하고 경당목을 내리쳤다.

"소장을 올리시오!"

빙긋이 웃은 원소후가 품 안에서 잘 접힌 비단 수건을 꺼내 임시 막료 노릇을 하고 있던 요신에게 건넸다.

수건을 한 겹 슬쩍 들추어 본 요신이 웃음을 참느라 입가를 일그러뜨린 채 종종걸음으로 맹부요에게 다가왔다. 맹부요가 의혹에 찬 표정으로 비단을 받아 들었다.

진짜로 소장을 준비해 왔다고?

천을 펼친 순간, 그 안에서 나온 것은 작은 가시 하나까지 완벽하게 보존된 생선 뼈였다.

생선 뼈에 고정된 그녀의 눈빛이 침중하게 가라앉았다.

아니, 이건 내가 녹주산에서 살뜰히 발라 먹고 남긴 물고기의 유해 아니신가. 맙소사, 분명 내버린 것으로 기억하는데 어느 틈에 챙겼대? 살다 살다 이런 소장은 또 처음 보는구먼…….

머릿속이 채 정리되기도 전에 상대방의 여유만만한 목소리가 들려왔다.

"소생 원소후, 태연국 출신 맹 씨를 고발하고자 이 자리에 나왔습니다. 실컷 농락할 때는 언제고 소생의 순정을 짓밟아 헌신짝처럼 팽개치고 간 맹 씨의 박정함을 낱낱이 고하고자 하니……."

"……."

맹부요는 하마터면 피를 토할 뻔했다.

이게 대체 무슨?

여보세요, 원소후 씨. 여기 관아거든요? 무극국 관할 요성의 핵심 행정 기관이라고요. 지금 여기서 그딴 소리가 나와? 내가…… 그쪽을 실컷 농락하고 헌신짝처럼 팽개쳐? 순정을 짓밟아? 박정해?

맹부요는 손이 다 부들부들 떨렸다.

이놈의 생선 뼈를 당장이라도 상대한테 집어 던지고 싶으나, 이곳은 관아였다. 그런 개망신을 자초하기에는 몹시 적절치 못한 장소인 것이다.

'실컷 농락했다'는 표현을 곱씹으며 얼굴을 홧홧하게 붉힌 맹부요가 도끼눈을 뜨고 그를 노려보기 시작했다. 그러나 원소후는 어깨에 앉은 하얀 쥐 새끼와 마찬가지로 본인은 전혀 민망할 게 없다는 표정이었다.

딱히 다른 해결책을 찾지 못한 맹부요가 짐짓 목소리를 쫙 깔고 쏘아붙였다.

"소장 형식이 규정에 맞지 않는 것 같소!"

"그러한지요?"

원소후가 싱긋 웃으며 비단 수건을 가리켰다.

"하면, 제 뒤에 모인 이들에게도 한번 보여 주시지요. 소생이 알기로는 규정에 부합하니 말입니다. 하물며 증거물로 정표까지 함께 제출하지 않았습니까?"

시대와 민족을 막론하고 남의 사생활이 궁금한 건 인류 공통의 본능일지니.

'정표'라는 단어가 나오자 백성들이 우르르 앞쪽으로 몰려들었다. 다들 소장 속에 꼭꼭 숨겨져 있던 게 대체 얼마나 귀한 물건인지 구경하고 싶어 난리였다.

그 가운데에서 오로지 맹 성주 대인만은 생선 뼈를 내려다보며 눈물 없이 울고 있었다.

오냐……. 정표라고 치자, 쳐.

'정표'를 후딱 수건으로 싸서 손아귀에 넣고 와그작 작살을 낸 맹부요가 숙연하게 말했다.

"그도 일리가 있는 말이군. 이 몸이 이미 눈으로 정표를 확인한바, 일단 소장은 받아 두는 것으로 하리다. 다만, 태연국 사람을 무극국에 와서 고발해 봐야 무슨 수로 처벌하겠소. 태연국 관아에나 가 보도록 하시오!"

본인이 생각하기에도 참으로 영리한 대처였다.

이쯤 되면 원소후도 당해 낼 재간이 없겠거니 넘겨짚은 맹부요가 퇴청을 위해 슬슬 의자에서 궁둥이를 떼려던 때였다. 상대가 또다시 피식 웃는 게 아닌가.

이제는 저 웃음만 봐도 자동으로 오스스 소름이 돋았다.

그녀가 엉덩이를 반쯤 떼다 말고 흠칫 굳자, 아니나 다를까 맞은편에서 원소후의 입이 열렸다.

"대인, 맹 씨가 출신국은 태연일지언정 워낙에 방랑벽이 있는지라 근래 무극국으로 넘어와 바로 이곳 요성에 숨어들었다는 이야기를 들었습니다. 재물 편취와 사기 간음에 도가 튼 여인이니 소생 외에도 피해자가 더 생길지 모르는 일입니다. 부디 백성을 긍휼히 여기시어 맹씨 여인을 하루속히 잡아들여 주십시오."

"재……, 재물을 편취하고……, 사기……, 간음을……."

맹 대인은 급기야 말을 더듬기 시작했다.

"무슨 재물을…… 편취하고, 뭔 간음을…… 했길래……."

"소생이 기르는 애완동물의 엉덩이에서 털 한 가닥을 뽑아갔습니다. 그저 그런 털이라고 생각하시면 곤란합니다. 이 동물의 털은 매일 하인의 정성 어린 손길로 관리되는 보물로, 한 가닥의 값어치가 천금에 버금가지요."

'털 한 가닥이 천금 값어치인 세기의 애완동물'이 원소후의 어깨 위에서 재빨리 볼기를 맹 대인 쪽으로 돌려 '천하제일의 털이 처참하게 뜯겨 나간 흔적'을 내보였다. 물론, 그게 표시가 날 리야 없었지만.

"간음에 관하여서는……."

엷게 미소를 머금은 원소후가 기다란 속눈썹을 아래로 내리깔았다. 눈동자 안에서 물결과도 같은 광채가 일렁이고 있었다.

"차마 입에 올리기가 낯부끄러운지라, 굳이 말하지 않더라도 대인께서 다 아시리라 믿습니다."

"……."

뻔뻔함의 한계란 대체 어디쯤 붙어 있는 것인가. 이인조 잡기단 뺨치는 주인과 동물이 쌍으로 혈압을 올리고 있었다.

머리를 쥐어뜯던 맹부요가 갑자기 벌떡 일어나서 경당목으로 책상을 후려갈겼다.

"천하제일의 쥐 털 및 개인의 은밀한 사생활과 관련된 안건의 특수성을 고려하여 비공개 심리로 전환한다! 여봐라! 문 닫고 개 풀어!"

'쿠르릉' 하고 닫힌 대문이 호기심에 찬 눈길들을 차단했다.

하지만 그 이후에 어딘지 묘한 저 고발인과 신임 성주가 아무래도 붙어먹던 사이인 것 같다는 둥 지껄이며 문틈을 후벼파서 안을 들여다보려는 강한 의지력의 소유자가 있었다. 맹부요가 문틈으로 냅다 찬물을 끼얹으라는 명령을 내리고 나서야 그 불굴의 염탐꾼을 쫓아 버릴 수 있었다.

아까부터 킥킥거리고 있던 요신과 눈을 반짝이며 구경 중이던 소도까지 내친김에 쥐어 패 쫓아낸 후, 의자에 털썩 허물어진 맹 대인이 절규했다.

"알았다고요……. 원 공자, 원 대인, 원씨 어르신, 내가 잘못했으니까! 사람 좀 그만 갖고 놉시다, 네?"

느긋하게 곁으로 다가온 원소후가 자세를 낮춰 그녀를 살피더니 빙그레 미소 지었다.

"성주 대인, 혈색이 퍽 좋으신 것을 보아 하니 그간 마음 편히 안락한 생활을 즐기셨나 봅니다."

"마음 안 편했고 안락하지도 않았어요."

맹부요가 의기소침하게 대꾸했다.

"반성할게요, 미안해요."

원소후의 눈이 이채를 띠었다. 맹부요답지 않게 반응이 너무

협조적인 게 아닌가 생각하던 그가 천천히 입가에 웃음기를 머금었다.

피도 눈물도 없는 것 같지만 실상 속은 정직해 빠진 여자였다. 양심의 가책에 못 이겨 무조건 자기가 숙이고 들어오는 지금의 모습만 봐도 그랬다. 여태껏 맹부요가 다른 사람 앞에서 이렇게 순순히 꼬리 내리는 모습을 본 적이 없기에 당연히 한 마디도 안 지고 덤비리라 짐작했건만.

원소후가 흡족한 기분으로 맹부요의 어깨를 토닥였다.

"성주 대인, 멀리서 온 벗에게 방 한 칸 내어 주지 않을 생각은 아니시겠지요?"

"아."

맹부요가 다 죽어 가는 개 꼴로 몸을 일으켰다.

"남는 원락이 없는데, 종월하고 같이 지내도 되겠어요?"

"종 선생이라면 덕왕군이 주둔 중인 수수에 갔소."

원소후가 무심히 답했다.

"덕왕의 숙환이 도져 호출을 받았거든."

맹부요가 고개를 틀어 그를 응시했다.

"종월하고는 어떻게 아는 사이인데요?"

"상부상조하는 벗이오. 어느 날인가 이해관계가 상충되는 날이 오면 적으로 돌아서겠지."

명료한 답이었다.

"되게 한가한가 봐요?"

맹부요가 예리하게 눈을 빛내며 질문을 이어 갔다.

"태자의 막료라면서 이렇게 설렁설렁 돌아다녀도 돼요?"

"남쪽 변방 전장을 살피라는 태자 전하의 명을 받고 왔소. 어디까지나 공무상의 방문이오."

원소후가 빙긋이 웃으며 눈을 맞췄다.

"더 궁금한 건?"

"대체 속이 얼마나 시커먼 건지, 그 안에 뭐가 얼마나 똬리를 틀고 있는지 무지하게 궁금합니다만……."

원소후는 그 꿍얼거림을 못 들은 척, 조용히 맹부요의 뒤를 따라 후당으로 걸음을 옮겼다.

겨울에도 습하고 따뜻한 남방 지역답게 정원에는 탐스러운 엽자화[20]가 송이송이 한가득 피어 치열하게 약동하는 아름다움을 뽐내고 있었다.

멀찍이서 보자면, 연보라색 느슨한 장포 차림의 사내와 검푸른 관복을 말끔하게 차려입은 소년이 우아한 자태로 나란히 걷는 모습 자체도 꽃이 흐드러진 정원 못지않게 아리따운 한 폭의 정경이었다.

꽃밭 곁을 지나던 맹부요가 손가락을 뻗어 비단같이 매끄러운 꽃잎을 어루만졌다.

마음에 이토록 평온한 고요가 깃든 것이 얼마 만이던가.

요성에 와서 겪었던 그 모든 일들, 피비린내 나는 살인극부터 시작해 적을 권좌에서 끌어내려 무릎을 꿇리고 그 자리를 빼

---

20 분꽃과의 식물. 부겐빌레아로도 불린다.

앗기까지. 자욱한 연기와 붉은 피를 뚫고 여기까지 달려오는 동안 한시도 긴장을 늦추지 못했었다.

맹부요는 이 순간 불현듯 몰려드는 피로감을 느꼈다. 혈맥에서부터 상기된 노곤함이 금세 전신으로 번져 나갔다.

그녀가 고개를 살짝 돌려 곁에서 걷고 있는 이를 바라봤다.

이 사람 때문일까?

함께 있을 때면 항상 그랬다. 이유 없이 긴장이 풀어지고 영혼 깊숙이에서부터 시작해 자기 본연으로 돌아가는, 고요하고도 평안한 감각에 젖는 것이었다.

그녀의 내면을 움직이고, 그녀에게 무시할 수 없는 영향력을 행사하고 있는 이 남자가 정말로 고작 몇 달 전에야 겨우 알게 된 사람이 맞는 걸까?

웃음기를 머금은 소녀의 눈이 싱그러운 아름다움을 발했다. 맹부요 자신은 미처 인지하지 못한 그 눈빛이 원소후에게서 미소를 끌어냈다.

허리 굽혀 엽자화 한 송이를 꺾은 그가 맹부요의 머리에서 관모를 벗기고 대신 그 자리에 꽃송이를 꽂아 주려 했다. 뺨이 발그레해진 맹부요가 무의식적으로 몸을 살짝 빼던 찰나였다.

희끄무레한 그림자가 시야를 번뜩 가로질렀다. 어느 연적께서 그녀가 쑥스러워하는 틈을 노려 이를 세우고 득달같이 달려들었음은 물론이다.

빨간 꽃송이……, 저걸 주인님이 꽂아 주면……, 청춘……, 두근두근…….

콧잔등을 잔뜩 찡그려 앞니를 드러낸 원보 대인이 흥분으로 바짝 곤두선 털을 휘날리며 꽃을 향해 날아가고 있는 그때였다. 꽃을 든 손이 휙 한쪽으로 비켜나더니 갑자기 원보 대인의 눈앞이 캄캄해졌다. 뭔가 거대한 물체가 머리 위로 푹 덮어씌워진 것이다.

애완동물이 갇힌 모자 입구를 여며 옆에 있는 나뭇가지에 무심히 걸어 놓은 원소후가 다시금 빙긋이 미소 지으며 꽃을 가만가만 맹부요의 머리에 꽂아 줬다.

새카만 머리카락 위에 불꽃처럼 올라앉은 꽃송이. 여기에 찬란한 광채를 타고난 소녀의 눈동자가 더해지니 보는 이의 넋을 앗아 가기에 충분한 아름다움이 완성되었다.

미풍이 그윽한 향기를 싣고 불어왔다. 원소후는 꽃 속에 파묻혀 뒷짐을 진 채로 눈앞에 있는 소녀를 지긋이 응시하고 있었다. 깊게 가라앉은 눈동자 속에서 오래된 과거가 소용돌이치기를 잠시, 그가 입을 열었다.

"그래도 꽃은 여인의 복식에 꽂았을 때가 더 보기 좋군."

느릿느릿한 말투가 자못 의미심장했다.

이를 들은 맹부요가 수줍어하던 것도 잊고 움찔 굳었다. 말이 뭔가 앞뒤가 안 맞는 느낌이었다.

하지만 원소후는 캐물을 기회도 주지 않고 이미 발길을 돌려 저만치 앞서가는 중이었다.

문득 뒤쪽에서 원보 대인이 관모를 박박 긁으며 절박하게 구조를 요청하는 소리가 들려왔다. 시큰둥한 표정으로 나뭇가지에서 모자를 빼낸 맹부요가 그걸 손에다 걸고 사정없이 뱅뱅 돌려 댔다. 원보 대인이 핑 튕겨 나가 무정한 주인의 품에 답삭 안길 때까지.

"덕왕군을 살필 거면 수수로 갔어야지, 여기는 뭐 하러 왔대요?"

보폭이 큰 것 같지도 않건만, 뭐가 저리 빠른지.

맹부요는 원소후를 따라잡느라 무진 애를 써야 했다.

"요성이라고 최전방에 안 들어갈 것 같소?"

원소후가 돌아보지도 않고 답했다.

"융족과 한족이 공존하는 성이자 융족의 거주 영역과 내륙 사이의 접점. 이곳이야말로 진정한 군사적 요충지라고 할 수 있을 터……."

홀연 말을 멈춘 그가 옆쪽에 있던 나무 뒤로 팔을 뻗더니 자그마한 사람 하나를 끌어냈다.

"흐음? 이곳 경치가 유난히도 마음에 들었던 모양이지?"

한창 대화를 엿듣던 중에 붙잡혀 나온 아이는 꽤나 놀란 모양새였다. 하지만 작은 야수의 것처럼 부리부리한 눈과 고집스럽게 다물린 입만은 놀란 중에도 여전했다.

그는 다름 아닌 소도였다. 원소후의 눈을 똑바로 올려다보면서도 소도는 전혀 겁먹은 기색이 아니었다.

맹부요는 내심 감탄을 금치 못했다. 어린애가 저 위력적인 눈빛 앞에서도 아무렇지 않을 수 있다니.

아이를 내려다보던 원소후가 순간적으로 깊은 상념에 잠긴 듯한 눈빛을 했다.

그는 눈을 감은 채 기억의 갈피를 뒤적이기 시작했다. 그리고 잠시 후, 드디어 눈꺼풀을 들어 올린 그가 입가에 옅은 웃음을 띠었다.

옆에서 지켜보던 맹부요가 입술을 삐죽였다.

칫, 하여튼 의미심장한 척은 혼자 다 해요.

의외로 원소후는 소도의 존재에 대해 이렇다 할 불만을 표명하지 않았다. 곧이어 아무 말 없이 아이를 놓아준 그가 집주인이라도 되는 양 말했다.

"화원에 붙은 이 방이 적당하겠소. 깔끔하게 청소부터 좀 시킬까 하는데."

맹부요가 얼떨결에 대답했다.

"어어, 네."

원소후는 몹시도 자연스럽게 하인을 불러 방 청소를 명했다. 그러더니 한술 더 떠 말했다.

"성주께서는 뒤채에서 지내신다 하였느냐? 아니, 오늘부로 거처를 옮기실 것이다, 이 옆방으로. 그래, 짐 옮겨 드려라."

맹부요는 속절없이 온 집안 하인들이 원소후의 지시에 따라 일사불란하게 움직여 이사를 뚝딱 마치는 광경을 지켜볼 수밖에 없었다. 안색이 잿빛으로 가라앉은 맹부요가 당혹스럽다는 듯 물었다.

"남의 방은 왜요?"

"그대를 내 시야 안에 두고 싶어서."

원소후가 그녀의 손을 잡고 걸음을 옮겼다.

"잠시라도 눈을 뗐다가는 또 사라질지도 모르니."

서운함이 묻어나는 상대의 말투에 멋쩍게 눈동자를 굴리던 맹부요가 이내 구시렁거렸다.

"인사 없이 떠난 거라고 해 봤자 딱 한 번이잖아요. 어차피 거기나 여기나 같은 무극국 하늘 아래구먼, 속 좁게 진짜!"

원소후는 대답 없이 웃기만 했다.

이때, 퍼뜩하니 감옥 안에 있는 시체를 떠올린 맹부요가 미간을 찌푸리고는 원소후에게 조언을 구했다. 그녀를 따라 지하 감옥에 내려간 원소후는 아사나의 시체 앞에서 묵묵히 잠깐을 앉아 있더니, 곧 피식 웃으며 입을 열었다.

"간단히 해결될 문제요. 세상에는 인피면구라는 편리한 물건이 있으니."

말문이 턱 막힌 맹부요가 그를 쳐다봤다.

이 사람, 무극국 관원이거든요? 지금 본인 수하의 낯가죽을 포 떠서 인피면구를 만들자는 말이세요? 사람이 어떻게 나보다도 더 양심이 없냐.

맹부요의 속내를 읽은 원소후가 웃음기 섞인 눈빛을 보냈다.

"그렇게 양심이 있으면 아사나 대인을 온전히 보내 드리도록 하시오. 경신절에 무슨 사달이 날지는 신경 쓰지 맙시다. 뭐, 하늘이 무너져도 그대가 떠받쳐 주겠지."

맹부요가 울상이 되어 원소후를 째려보았다. 독심술로 따지나 문제 해결 능력으로 따지나 뭐 하나 빠지지 않고 얄미운 상대였다.

맹부요는 결국 요신에게 아사나와 체격이 비슷한 인물을 찾아오도록 시켰다. 감옥 문을 잠그고 안에 틀어박혔던 원소후가 그녀에게 상자 하나를 건넨 것은 반 시진이 지난 후였다.

"바람이 잘 드는 데서 며칠 말리기만 하면 될 것이오."

상자 뚜껑을 슬쩍 열어 본 맹부요가 잠시 뜸 들이다 물었다.

"도대체가 할 줄 모르는 게 뭐예요? 그런 게 있긴 해요?"

"있지."

원소후가 즉답했다.

"호오?"

맹부요가 그를 곁눈질했다.

엄청 험난한 무언가가 나오겠구나.

"이를테면."

지긋이 눈을 맞추던 원소후는 맹부요가 슬슬 불안감에 휩싸였을 즈음에야 느릿느릿 운을 뗐다.

"내게 마음 써 준 이를 인사도 없이 내버리고 도망가는 짓이라든지."

맹부요의 가슴속에 절규가 울려 퍼졌다.

젠장, 내가 다시는 이 인간한테 책잡힐 짓 하나 봐라!

남쪽 변방의 선달 겨울밤.

뼛속까지 스며들도록 습한 냉기가 창호지에 한 겹 서리를 덧씌웠다가 화롯불의 열기를 견디지 못하고 금세 줄행랑을 쳤다.

맹부요는 침상에 앉아 이불 귀퉁이를 잘근잘근 씹고 있었다. 도저히 연공에 집중할 형편이 아니었다. 도리가 있겠는가, 옆방에서 어느 분이 목욕 중이시라는데.

목욕이라…….

참방참방 물소리가 들려오는 가운데, 벽 틈으로 불빛이 새어 나오고 있었다.

그러하다. 벽에 틈이 있는 것이다.

이는 방 구조가 독특한 탓이었다. 한족식과 융족식이 반반 섞인 아사나 성주의 집은 완벽한 목조 가옥답게 방과 방을 나누는 벽도 원목을 짜 맞춰 만들어 놨다.

그 덕분에 군데군데 꽤 큰 틈새가 존재했고, 벽에 길게 난 틈새를 따라 잽싸게 이동하면서 저쪽을 들여다본다면 옆방 남자의 속살을 낱낱이 눈에 담을 수 있을 게 분명했다.

마침 맹부요의 침상은 상당히 넓은 틈새 하나를 마주하고 놓여 있었다. 자세를 단정히 하고 앉은 그녀가 자꾸만 맞은편 특정 지점으로 향하려는 눈길을 다잡고 또 다잡았다.

보면 다래끼 난다……. 나는 점잖다…….

점잖은 분께서는 가부좌를 틀고 본격적인 연공에 돌입했다. 귓가에서 찰박거리는 물소리를 들으며.

단전에 기가 모이기도 전에 아래로 내리깔았던 눈을 힐긋 들어 올린 그녀가 벽 틈새에서 희끄무레한 뭔가가 아른거리고 있는 걸 발견했다.

이상하다. 아까는 없었는데, 뭐지?

호기심 많은 맹부요는 이로써 당당하게 옆방을 훔쳐볼 명분을 획득했다. 저게 뭔지는 알아야 할 거 아닌가!

맨발로 침상에서 뛰어내려 살금살금 벽 앞으로 다가간 그녀가 눈을 틈새에 바싹 갖다 붙인 찰나였다. 하얀 털 한 가닥이 삐져나와 눈꺼풀을 쿡 찔렀다.

털?

"……."

아연실색한 맹부요가 틈새를 살폈다. 그곳에는 하얀 배두렁이를 입은 털 뭉치가 네 다리를 필사적으로 쫙 찢어 균열을 틀어막고 있었다. 녀석이 바로 희끄무레한 그림자의 정체였던 것이다.

치밀하기 짝이 없는 원보 대인이 누군가의 접근을 감지하고 고개를 돌렸다. 새카맣고 동그란 눈동자가 염탐꾼의 눈과 딱 맞닥뜨리는 순간이었다.

서로를 노려보는 사이, 원보 대인은 눈빛을 통해 자신이 얼마나 상대를 경멸하는지를 가감 없이 전달했다.

빤하지, 네가 안 엿보고 배기겠냐!

자신의 온 살집을 내던져 주인의 나신이 노출될 수도 있는 유일한 허점을 원천 봉쇄한 원보 대인의 비장함. 그것은 어지간한 전쟁 영웅도 울고 갈 정의로움이요, 실로 올곧은 희생정신이었다.

봐도 나 혼자만 볼 테다!

맹부요는 할 말을 잃은 채 녀석을 응시하고 있었다. 불굴을 넘어서 광기로 치닫고 있는 저 독점욕이란. 급기야는 가슴 깊이 경외감이 밀려들 지경이었다.

그녀는 그 감정을 실질적인 행동으로 승화시켜 자신의 마음속 우상과 소통할 기회를 가져 보기로 했다.

이를 드러내며 씩 웃은 맹부요가 그대로 팔을 뻗어 벽을 뚫고 원보 대인을 잡아챘다. 원보 대인은 찍찍거리며 결사적으로 발버둥을 쳤다.

일신의 안위만이 아니라 주인의 속살을 지켜 내기 위해서이기도 했으니, 바둥거리는 손발이 어찌나 바빴겠는가!

맹부요가 그 꼬락서니에다 대고 히죽거렸다.

"네 주인이 아니라 너한테 볼일 있는 거니까 안심하셔. 나랑 까놓고 대화 좀 해 보자."

원보를 붙잡아 막 돌아서려는데 구멍 너머에서 누군가의 웃음기 묻은 목소리가 들려왔다.

"볼일 없다면서, 조금 전 원보를 끌어낼 때 눈은 왜 그렇게 안으로 디밀었는지?"

멋쩍게 코를 쓱 훔친 맹부요가 큰 소리로 대꾸했다.

"빈대 한 마리가 그리로 기어가길래 잡아 주려던 거예요."

"오호라?"

천연덕스럽게 웃던 상대방이 갑자기.

"아아."

하고 신음을 뱉더니 과히 유혹적인 음성으로 말했다.

“정말로 빈대가 있군. 이리 근질근질할 수가! 부요, 넘어와서 등 좀 긁어 주겠소?”

“…….”

잠시 후, 구멍을 통해 괴이한 냄새를 풍기는 물체가 번개처럼 날아들어 목욕통에 풍덩 빠졌다. 그 뒤를 곧장 따라붙은 것은 누군가의 살기등등한 외침이었다.

“살충환이요! 하나 사면 하나는 덤, 품질 보장, 한 방이면 벌레 걱정 끝! 일상, 모임, 여행, 목욕의 필수품 되시겠습니다만!”

“아나. 원보 대인, 거기는 뭐 하러 틀어막고 있냐고. 이거 봐라, 이거. 뒤룩뒤룩해서 몸무게도 많이 나가는 게, 솔직히 거기 그러고 있기 힘들었지?”

원보 대인은 새침하게 뒤로 돌아앉아 궁둥이를 보여 주며 협조할 의사가 없음을 밝혔으나, 그 즉시 맹부요의 손아귀에 붙잡혀 바로 앉혀지고 말았다.

“보아하니 뭔가 오해가 있는 것 같은데 원래 오해란 대화로 풀어야 하는 거거든. 자, 더 이상 감추려 하지 말고 주인을 향한 네 그 배덕과 패륜의 감정, 애끓는 일방통행과 종을 초월한 사랑을 그냥 내 앞에서 시원하게 다 쏟아놔 봐!”

맹부요의 노골적인 언사에 큰 수치심을 느낀 원보 대인이 고통스러운 얼굴로 앞발에 얼굴을 묻었다.

아아……. 주인님은 왜 하필 저런 진상을…….

"너 계속 입 다물고 있을 거면 내가 먼저 한다?"

풀어놓을 속내가 한 짐은 되는 맹부요가 내친김에 침상 밑에서 술병을 꺼내 탁자에 쾅 올려놨다.

"속이 시끄러워서 밖으로 뱉어 내고 싶어도 딱히 대화 상대가 없더라 이거야. 그래도 우리 둘은 꽤 친한 편이잖아? 네가 어디 가서 소문낼 일은 없겠지. 자! 쭉 들이켜, 쭉……."

원보 대인은 하마터면 분노로 이성을 잃고 자신의 천하 으뜸가는 털을 쥐어뜯을 뻔했다.

우리는 누구 마음대로 우리야? 나는 백 년에 한 마리 태어나는 몸이지만, 저는 겨우 열 달 채우고 나온 주제에 비교가 가당키나 해?

"여기가 콱 틀어막힌 것 같다고……."

제 가슴팍을 쿵쿵 때리던 맹부요가 이내 꿀꺽꿀꺽 목구멍에 술을 들이부었다.

"이러지도 못하겠고, 저러지도 못하겠고……."

또다시 쿵쿵, 꿀꺽꿀꺽.

"나 진짜 어떡하면 좋니……."

쿵쿵…….

개가 되어 가는 중이신 맹부요를 쳐다보며, 원보 대인이 아래턱을 툭 떨어뜨렸다.

이게 대체 무슨 일이람? 맹부요, 저 바퀴벌레가 원래는 진짜 바퀴벌레보다도 훨씬 생명력이 질기지 않았었나? 오늘따라 왜 저러지? 주인님 목욕하는 거 못 봤다고 저렇게 좌절하는 거야?

맹부요의 꼬락서니를 두고만 보기에는 너무 선량했던 원보 대인이 진지하게 고민에 빠져들었다.

잠깐 한번 들여다보게 해 줘? 끄응……. 한 번 정도는…… 괜찮으려나? 어차피 목욕은 끝났겠지?

맞은편에서 흰 생쥐가 무슨 엉뚱한 궁리를 하는지 알 턱이 없는 맹부요는 그저 자기 마음 때문에 괴로워하고 있을 뿐이었다.

요성에 발을 들인 이후로 그녀는 줄곧 팽팽한 긴장 상태였다. 노인장 일가의 죽음으로 인한 분노와 자책감이 성을 지켜내야만 한다는 책임감으로 발전했고, 그 이후로는 바쁘게 지내느라 이런저런 생각을 할 틈이 없었다.

그런데 원소후가 나타나 버렸다. 간신히 잔잔하게 다독여 놨던 수면에 거대한 바위가 떨어진 것이다.

처음에는 난감했고 이어서는 은근히 기뻤고 안심이 됐다. 그러나 기쁨이 지나간 뒤에는, 세찬 번뇌의 물결이 그녀를 집어삼켰다.

눈앞이 핑 돌게 어지러웠다. 손발은 불덩이 같고 입은 바짝바짝 말랐다. 기쁨과 근심이 뒤섞인, 너무나도 모순적인 감정의 격랑이 내면에서 들끓고 있었다. 그냥 다 놓아 버리라는 외침과 그에 반대되는 이성의 타이름이 번갈아 가며 끝도 없는 도돌이표를 그렸다.

"헛, 설마 독이 발작한 건 아니겠지?"

맹부요가 자기 뺨을 찰싹 때리며 중얼거렸다.

얼결에 눈을 돌리자 원보 대인의 호기심 가득한 눈이 보였다. 까맣고 반드르르한 눈망울이 물기를 머금은 양 영롱하게 반짝거리는 모양새가 꼭 질 좋은 마노 구슬 같았다.

"흠. 사람 말을 알아듣는 건 아는데, 그렇다고 글자까지 뗀 건 아니렷다?"

의뭉스럽게 웃은 맹부요가 손을 뻗어 털을 쓰다듬으려 들자 원보 대인이 싫은 티를 팍팍 내며 물러섰다. 그러든지 말든지, 흐리멍덩한 채로 탁자에 엎어진 그녀는 찻잔에 남은 물을 찍어다가 글씨를 쓰기 시작했다.

곰지락곰지락 내빼려던 원보 대인이 탁자 위 글씨를 보고는 다리를 움찔하더니, 짧은 고민 끝에 맹부요의 맞은편에 털썩 주저앉아 배두렁이에서 꺼낸 열매를 슬렁슬렁 갉기 시작했다. 본격적으로 하소연을 들어 줄 자세로 앉은 원보 대인을 보며, 맹부요가 실소를 흘렸다.

저럴 때는 꼭 사람 같다만, 그래도 쥐 새끼는 어디까지나 쥐 새끼. 똑똑해 봤자다. 저러고 있는 것도 아마 제 방보다 이곳의 바람이 시원해서일 터.

하지만 아무렴 어떠랴. 맹부요는 맞은편에 앉은 대화 상대가 사람이든 쥐 새끼든 가릴 처지가 아니었다.

서늘한 달빛 아래 꽃내음이 그윽한 밤. 소슬바람이 먼 길 달려 찾아드니, 아득한 타향을 떠도는 이가 시름을 풀어놓기에 이보다 적당한 순간이 있을까.

"생쥐 앞이니까 마음 편히 털어놓을 수 있는 거지."

맹부요가 원보 대인을 보며 배시시 웃었다.

"내가 뭐라고 끄적인들 설마하니 찍찍으로 번역해서 주인한테 찍찍 고해바치진 않을 거잖아?"

원보 대인은 그녀를 거들떠보지도 않고 아삭아삭 열매 갉기에만 몰두 중이었다.

"네 주인 있지, 에효……."

맹부요가 옆방에서 새어 나오는 불빛을 응시하며 울상을 했다. 눈앞에 보물을 두고도 감히 움켜쥘 수 없는 사람의 표정이었다.

곧이어 그녀가 탁자 위에 느릿느릿 글자를 썼다.

'아무래도 좋아하게 된 것 같아. 나 어떡하니?'

까드득, 원보 대인의 이빨질이 점점 흉포해지고 있었다. 열매가 단번에 씨앗을 드러냈다.

"뭘 또 그렇게 성질을 내."

맹부요가 히죽 웃어 보였다.

"종을 초월한 사랑이란 절대 끝이 좋을 수가 없는 거거든. 원보, 좋은 마음으로 충고하는데 그 애끓는 마음은 이제 그만 접어라! 나한테 안 뺏긴다 쳐도 네 차지가 될 일은 없어. 주인 앞을 오가는 여자들한테 다 철벽 치기도 피곤하지 않냐?"

말을 마친 즉시 원보 대인의 앞발에서 쏘아져 나간 씨앗이 깔깔거리느라 쩍 벌어져 있던 맹부요의 목구멍에 처박혔다. 보복이 이렇게 빨리 닥칠 줄 미처 예상치 못했던 맹부요는 잠시나마 질식사할 위기에 처했고, 캑캑 씨앗을 토해 내자마자 노성을 터뜨렸다.

"이 발정 난 쥐 새끼가!"

한바탕 원보 대인에게 퍼부어 댄 후, 맥이 탁 풀리면서 또다시 다 죽어 가는 꼬락서니로 돌아간 맹부요가 탁자에 턱을 올리고서 글자를 끄적였다.

'하아, 어차피 내 거는 못 돼……. 욕심내지 말자, 안 돼!'

원보 대인이 한심하다는 눈길을 보냈다. 눈초리에 '겁쟁이'라고 적혀 있었다.

"네가 뭘 알아?"

손을 회회 내젓던 맹부요가 다시 글씨를 썼다.

'지금 이게 내숭 떨면서 괜히 빼는 것 같냐? 상처 주기 싫어서라고. 어차피 난 떠날 사람인데, 뭐 하러 책임도 못 질 연애질을 해서 남의 인생을 망쳐?'

하늘가에 걸린 달을 멍하니 올려다보던 그녀가 갑자기 '쾅' 하고 탁자를 내리치더니 술병을 잡아채 목구멍에 들이부었다.

얽히고설킨 심사, 가슴 가득한 시름. 지금껏 무엇 하나 거칠 것도, 얽매일 것도 없던 맹부요에게는 어울리지 않는 말이었다.

그녀는 영 마음에 차지 않는 제 속을 독한 술로 씻어 내고자 했다. 고개를 젖히고 벌컥벌컥 술병을 비우는 사이, 말간 술이 턱 선을 타고 흘러내려 옷깃을 적셨다.

제대로 취기가 오르기까지 맹부요에게는 바닥을 드러낸 술병 세 개가 필요했다.

"원보……. 원보……."

딸꾹, 해롱해롱한 눈동자가 쥐 새끼를 찾아 헤맸다.

"내 얘기 좀 들어 보라니까. 어라, 어디 갔지? 어라라……."

등잔 불빛이 가물거리는 옆방, 몸차림을 마치고 등불 아래에서 서책을 읽고 있던 원소후의 귀에 작은 부스럭 소리가 들렸다. 곧 벽에 난 구멍에 뭔가가 끼어 꼬물꼬물하는가 싶더니 원보 대인이 넘어오는 게 보였다.

쪼르르 달려오는 녀석에게서 희미한 술 냄새를 맡은 원소후가 서책을 내려놓고 피식 웃었다.

"또 몰래 술 단지에 손을 댔느냐?"

"찍찍!"

"네가 아니라고?"

원소후가 눈썹을 치켜세웠다.

"부요?"

뒷발로 일어선 원보 대인이 짤막한 꼬리를 쫄랑쫄랑 흔들었다.

"할 말이 있는 것이냐?"

원소후가 눈을 맞추며 손을 내밀자 녀석이 얌전히 손바닥 위에 올라앉았다.

"무슨 이야기이기에?"

원보 대인이 머리를 긁적였다. 맹부요가 끄적거리던 형상을 고대로 주인에게 전달하는 게 어디 쉬운 일이랴. 아는 글자이긴 한데 그걸 원보어로 번역할 방법이 없었다.

원보 대인은 답답한 마음에 손바닥 위를 뱅뱅 돌며 뛰어다니기만 했다. 그 모습을 보고 뭔가를 떠올린 원소후가 이내 미소와 함께 말했다.

"한동안 둘이서 글자 외우기 놀이를 했었지."

그가 손바닥을 마주쳐 소리를 내자 창밖에 훌쩍 흑의인이 나타났다. 원소후가 흑의인을 향해 말했다.

"원보 놀이 도구."

흑의인은 소매 안에서 상자 하나를 꺼내 건넨 후 곧장 어둠 속으로 사라졌다.

원보 대인이 반색을 하며 상자 위로 기어올라 뚜껑을 열었다. 종잇조각 무더기 같은 상자 안 내용물은, 자세히 살펴보자면 정성스럽게 표면에 글자까지 새겨 넣은 복령병[21]이었다. 한때 원보에게 글을 가르치려 했던 원소후가 먹보 녀석의 흥미를 유발하고자 간식을 활용해서 만든 놀이 도구로, 글자 하나를 외우면 보상으로 복령병을 하나 먹어 치울 수 있는 식이었다.

상자 속으로 뛰어 들어가 한참을 뒤적거리고도 원하는 글자를 못 찾았는지 원보가 안절부절못하자 원소후가 빙긋이 미소

---

21 茯苓餅. 종잇장처럼 얇고 하얀 전병을 두 장 붙여서 만드는 간식. 한약재 '운복령'을 닮아 복령병이라는 이름이 붙었다.

지으며 말했다.

"애 그만 써라. '맹' 자는 자주 쓰는 글자가 아닌지라 원래부터 가르칠 생각이 없었으니."

원보 대인이 그렁그렁한 눈으로 돌아보자 원소후가 픽 웃음을 흘렸다.

"'맹부요' 세 글자는 찾을 것 없다. 이리 급하게 달려온 것을 보면 분명 부요와 관련된 일일 터, 어딘가 분위기가 평소 같지 않더니 혹여 네게 무슨 말이라도 하더냐?"

"찍찍!"

뒤로 돌아서 또 한바탕 상자 안을 뒤집어엎은 원보 대인이 잠시 후 '떠' 자를, 이어서는 '나'를 입에 물고 왔다.

원소후의 눈빛에서 웃음기가 가셨다. 그는 원보가 찾아온 두 글자를 그저 묵묵히 내려다보고 있었다.

원보 대인은 마저 수색 작업을 이어 갔다. 이번에는 진작 전달할 수 있었음에도 영 내키지가 않아서 미룬 글자 차례였다.

얼마 지나지 않아 원보 대인이 끄집어낸 것은 '좋', 그리고 '아'였다. 원소후는 반짝 눈을 빛냈고, 마지막으로 '너' 자를 앞발로 그러안고서 한참을 노려보던 원보 대인은 역시 주인한테 보여 주기는 약이 오른다고 판단, 글자를 와그작와그작 씹어 먹어 버렸다.

눈앞에 놓인 두 글자를 응시하다가 의자에 등을 기댄 원소후가 뾰로통해 있는 원보 대인을 불러 보드라운 털을 가만가만 쓰다듬어 줬다. 의자 등받이에 기댄 원소후는 물기가 가시지 않은 머리카락을 어깨 아래로 길게 늘어뜨린, 시적인 운치마저 느껴지는 모습이었다. 담황색 등불 아래 그의 눈빛은 차분했으나 눈동자 안에서는 별빛과도 같은 광채가 명멸하고 있었다.

한참이 흘러 자리에서 일어난 그가 뒷짐을 지고 창가로 향했다. 그가 창밖 저 멀리 어딘가를 바라보는 사이, 바람결에 휘날린 머리카락이 허공에 나부꼈다.

등불에 비친 그의 그림자가 벽면에 아로새겨졌다. 세상사 어떠한 모략에도, 가파른 부침에도, 예측 불허의 풍운에도 절대로 흔들리지 않을 것처럼 굳건하게 뻗은 그림자였다.

판벽 너머까지 새어 나간 등불은 술을 연거푸 몇 병이나 해치우고 잔뜩 취해 늘어진 여인에게도 희미한 빛을 던졌다. 팔을 아무렇게나 휘둘러 술병을 와장창 넘어뜨린 여인이 의자에서 굴러떨어져 방바닥에 나자빠졌다. 촛불이 꺼진 방 안으로 달빛이 서늘하게 밀려들고 있었다.

'끼익' 하고 판자문 열리는 소리가 고요를 깨뜨렸다. 훤칠한 그림자가 조용하게 다가와 곤드레만드레 인사불성이 된 맹부요 앞에 멈춰 서더니, 이내 그녀를 안아 일으키고자 팔을 뻗었다.

맹부요는 성가시다는 듯 홱 돌아누우면서 다짜고짜 상대편을 붙들어 자기 쪽으로 끌어당겼다. 이미 무게 중심이 아래로 쏠려 있던 검은 그림자가 엉겁결에 휘자, 그 틈에 잽싸게 상대를 옭아맨 맹부요가 팔에 힘을 꽉 주고 웅얼거렸다.

"이불 완전 따뜻해……. 진짜 좋다!"

검은 그림자는 일순 멈칫했을 뿐 그녀의 망측스러운 손을 뿌리치지는 않았다.

벽에 난 구멍으로 흘러 들어온 불빛이 천신의 현신이라고밖에 믿을 수 없는 그의 이목구비를 비췄다. 절대적인 우월성으로 한 시대를 발밑에 둔 사내는 이 순간 부드럽기 그지없는 눈빛을 하고 있었다.

그는 맹부요가 이끄는 대로 싸늘한 마룻바닥에 몸을 눕혔다. 그러고는 팔로 머리를 괸 채 희미하게 흘러드는 불빛에 의지해 맹부요의 평온히 잠든 얼굴을 구석구석 눈에 담으면서, 그녀의 호흡과 자신의 호흡이 서로 얽혀 드는 소리에 귀를 기울였다.

고즈넉한 한때였다. 방 앞 화원의 꽃송이에 살그머니 이슬 한 방울이 맺혔다.

한참 후, 그가 조심스럽게 손을 뻗어 맹부요의 흐트러진 머리카락을 쓸어 넘겨 줬다. 기품 있는 저음이 주위의 고요 속으로 나지막하게 번져 나갔다.

"부요……. 다 잘될 것이오."

진심을 전하는 밤

선달 열사흘, 융족 명절 '경신절'.

융족 풍습상 경신절은 신에게 제를 올리는 날로, 새벽같이 일어나 목욕재계를 한 후 파파[22]를 만들어 신께 바치면서 하루를 시작한다. 제사가 끝나면 다 같이 밖에 모여 활쏘기나 씨름을 겨루고, 젊은 남녀들은 저녁 무렵 커다란 모닥불 주위를 에워싸고 저마다 춤과 노래를 뽐내며 짝을 찾는다.

맹부요는 자리에 웅크리고 앉아 뭉텅이로 쌓인 초대장을 보며 골치를 썩고 있었다. 잠시 후 그녀가 낮게 씨부렁거렸다.

"지랄병들이 도졌나, 이걸 우르르 보내면 어쩌라는 거야? 무릎이 빠개지게 뛴들 이 많은 데를 다 갈 수가 있겠냐고."

---

22 耙耙. 쪄 낸 쌀을 떡처럼 찧어 만드는 중국 소수 민족 음식이다.

"한 군데라도 빠뜨렸다가는……."

느긋하게 한쪽에 앉아 원보에게 간식을 먹이는 중이신 원 공자께서 고개도 돌리지 않고 말했다.

"'위대한 격일신의 가호 아래 융족의 고귀한 존엄을 능멸한 행위'에 대해 제대로 된 해명을 내놓아야 할 테지. 내가 알기로 융족이 그런 해명을 요구할 때 흔히 동원하는 수단은 칼이나 피라던데."

맹부요가 눈을 치떴다.

"어째 즐기는 것처럼 들립니다?"

원소후가 눈을 돌려 그녀를 바라보며 미소 지었다.

"그리 들렸소?"

자리에서 일어나 다가온 그가 기다란 손가락으로 맹부요의 뺨을 어루만졌다.

"탁월한 위기관리 능력과 위대한 영명함을 갖추신 우리 성주 어르신을 철석같이 믿고 있는 것뿐이오."

맹부요가 삐딱하게 고개를 틀었다.

오늘따라 하는 짓이 좀 수상한데. 목욕하는 거 훔쳐보려 했다고 심사가 뒤틀렸나? 아니면 제대로 안 훔쳐봐 줘서 뒤틀린 건가?

평소 인품을 근거로 하자면 후자에 무게가 실린다. 으흐흐, 음흉하게 웃던 맹부요가 초대장을 한쪽으로 홱 밀어 놓으며 말했다.

"덕왕 전하가 능력 미달을 이유로 아사나를 해임한 게 불만이라 어떻게든 나한테 시비를 걸고 싶은 모양이에요. 이게 안 먹히면 그들이 다른 방법을 또 찾을 테니 오늘 꽤 다사다난하겠어요. 그래도 뭐, 군대가 몰려오면 장수로 막고 물이 몰려오면 흙으로 막으라잖아요. 융족이 몰려오거든 싹 다 때려눕히면 그만 아니겠습니까."

길게 기지개를 켠 후 자리에서 일어선 그녀가 눈을 형형히 빛내며 외쳤다.

"내 발끝도 못 따라오는 놈들이 감히 이 몸을 물 먹이시겠다? 엄마 젖이나 더 먹고 오시지!"

맹부요가 취임한 이후로 당최 입맛대로 되는 일이 없는 요성 융족의 일곱 우두머리들은 오늘에야말로 새 성주를 단단히 손봐 주기로 작심한 참이었다.

일곱 집이 한꺼번에 초대장을 보내 '존귀한 성주께서 부디 낮은 곳으로 임하시어 이 기쁜 날을 백성들과 함께 축하해 주십사' 청하되 시간은 하나같이 오시[23]로 맞췄다.

집집마다 상다리 부러지게 잔칫상을 차려 놓고 대문은 활짝, 옷은 번듯이 입고 대기했다. 할 수 있는 한 최대로 떠들썩하게 분위기를 조성하는 게 중요했다. 자신들이 성주 어르신 맞이에 얼

23 오전 11시에서 오후 1시 사이.

마나 정성을 들입다 쏟아부었는지를 온 세상이 알도록. 그래야 애송이 성주가 한 집이라도 방문을 빠뜨렸을 때 물고 늘어질 건더기가 생기지 않겠는가.

경신절 연회는 신께서 내리시는 은혜, 그걸 거절하는 건 신성에 대한 모독이었다.

오후에 활쏘기와 비무가 예정되어 있기에 무기는 미리 관아에 요청해 반출해 둔 상태였다. 이제 성안 동족들의 분노가 이글이글 타오르도록 한바탕 부채질만 하면, 그 애송이를 죽이지는 못하더라도 아사나 성주를 복권시켜 요성을 다시금 융족 천하로 만드는 건 어렵지 않을 터.

한껏 희망에 부풀어 낚싯대를 드리운 채로, 일곱 우두머리들은 이때 성주가 안 나타났을 때 '존엄을 짓밟힌' 자의 비분을 어찌 표현하는 게 가장 효과 만점일지 고심에 고심을 거듭했다. 심지어는 거울 앞에서 한참이나 표정 연습까지 했다. 그사이에도 일곱 집안의 하인들은 발 빠르게 뛰어다니며 서로 정보를 공유하고 있었다.

진시[24]……, 성주는 아직 문을 나서지 않았음.

사시, 관아 대문은 여전히 굳게 닫혀 있음.

사시 3각[25]……, 여태 꿈쩍을 안 함!

일곱 우두머리들은 이제 슬슬 좌불안석이었다.

---

24 오전 7시에서 9시 사이.

25 오전 10시 45분.

한 집도 안 갔다고? 그놈이 돌았나? 오냐, 잘됐다! 한번 두고 보자꾸나!

오시가 거의 다 됐을 즈음, 수많은 이들의 추측과 초조, 불안과 기대 속에서 관아 문이 기습적으로 열렸다. 안에서 나온 것은 어느 때보다도 기합이 바짝 들어간 젊은 아역들이었다. 아역들은 대문을 나서자마자 각자 맡은 방향으로 지체 없이 말을 내달렸다.

그로부터 반 각이 지난 후, 일곱 우두머리들은 정확히 동시에 금박이 입힌 초대장을 받아 들었다. 초대장의 내용은 흠잡을 데 없이 정중했다.

'어리고 부족한 데다 부임한 지도 얼마 안 된 자신이 어찌 어르신들께서 차려 주시는 성대한 상을 넙죽 받을 수가 있겠느냐, 대접을 해도 이쪽에서 하는 것이 도리라 여겨 성 동편 천금루千金樓에 조촐하게나마 연회석을 마련하였으니 이 좋은 날을 맞이하여 어르신들을 공손히 그 자리로 모시고 싶다.'

이와 함께 격일신에 대한 앙모의 마음을 서신에 표현하는 것 역시 잊지 않았다. 또한 신께서 행하신 위대한 기적을 낱낱이 꿰고 계신 어르신들께서 부디 천금루에 왕림해 주시어, 비록 교인의 신분은 아니나 존귀한 격일신께 더욱 가까이 다가가고자 하는 자신의 목마름을 풀어 주십사 하는 간청도 담겨 있었다.

우두머리들의 손에 초대장을 전달하기 전 아역들은 미리 대문 앞에서 쩌렁쩌렁하게 그 내용을 낭독했다. 근방 거리 곳곳까지 똑똑하게 전달된 목소리를 들은 백성들은 입을 모아 신임 성주의 겸허함과 예의 바름을 칭찬했다.

격일신을 우러러 받드는 성주의 태도는 융족들에게서도 흡족한 미소를 끌어냈으니, 이로써 일곱 우두머리들은 아무런 수작도 부릴 수 없게 되고 말았다.

성주가 격일신까지 등판시켜 가며 이토록 극진한 성의를 보였는데 화답하지 않았다가는 되레 7인의 우두머리들이 몰염치한 놈 소리를 들을 판국이었다.

오시, 관아 대문이 다시금 열리자 깔끔한 평상복 차림의 소년이 미소 띤 얼굴로 모습을 드러냈다. 티끌 한 점 없이 새하얀 장포와 은은한 연보랏빛 허리띠가 소년의 시원하게 뻗은 눈썹, 광채가 도는 눈빛, 온몸에 흐르는 수려함을 만나 기가 막히는 조화를 이뤄 내고 있었다.

곁에서는 연보라색 장포의 사내가 넓은 소맷자락을 날리며 멋들어진 자태를 자랑 중이었다. 경탄을 자아내리만치 찬란한 그의 미모 앞에서 얼굴 절반을 가린 가면 따위는 이렇다 할 존재감을 발휘하지 못했다.

이들은 맹부요와 원소후, 바로 그 둘이었다.

맹부요가 주변인들의 눈 따위는 전혀 아랑곳하지 않고 툴툴거렸다.

"아니, 남 술 마시러 가는 데는 왜 따라붙어요? 술이 그렇게 고프면 관아에 널렸구먼."

"그대가 술을 마신다는데 동행하지 않을 수가 있나."

원소후가 유유히 답했다.

"그렇게 걱정돼요?"

맹부요가 콧잔등을 찡그렸다.

"걱정 말아요. 다 안 취할 방법이 있으니까."

"취하는 건 괜찮소."

원소후가 미소 지었다.

"오히려 안 취할 게 걱정이지."

"엥?"

맹부요가 아연실색해 그를 돌아봤다.

이게 지금 양심이란 게 제대로 박힌 인간이야?

그러자 원소후가 허리를 살짝 굽혀 얼굴을 그녀의 귓가로 가져왔다. 열기를 품은 날숨이 귓바퀴를 간질였다. 순간적으로 까르륵 웃어 젖힐 뻔한 맹부요는 가까스로 길 한복판이라는 걸 상기해 내고는 웃음을 눌러 삼켰다.

"취하기만 했다 하면 내게 수작이지 않소. 처음에는 입술을 훔쳤고, 두 번째는 아예 동침을 했지. 세 번째에는 과연 무슨 짓을 할지 상당히 기대 중인데……."

"꺼져요!"

무시무시한 폐활량을 바탕으로 한 맹부요의 일갈이 거리를 뒤흔들자 안 그래도 두 사람 쪽을 넘겨다보고 있던 행인들이 깜짝 질겁을 했다.

백의 차림의 소년이 바람처럼 말에 오르고, 연보라색 장포를 입은 사내도 빙긋이 웃으며 그 뒤를 따라나선 후, 서로서로 눈치를 보던 백성들이 순간 뒤통수를 탁 치는 깨달음에 눈을 커다랗게 떴다.

남색이었던 게로구나!

“자, 자! 사양하시지 말고 편히들 즐기십시오!”

만면에 유들유들한 웃음을 건 맹부요가 술잔을 들고 탁자 사이를 누비고 다니면서 술 받으랴, 잔 비우랴, 바쁜 와중에도 한 번씩 남의 술상에 비집고 들어가 목청껏 객담을 지껄여 대고 있었다.

“미와각媚娃閣 기녀 향아香兒 말입니다. 크으, 좋더라고요! 온몸이 그냥 나긋나긋 녹는 것이, 뼈가 아예 없는 줄 알았다니까요? 묵철默綴 대인 입맛에도 맞으시던가요? 별로예요? 아이고, 아까워서 어쩌나! 원래 기루에서 빼내면 대인께 바칠 생각이었는데……. 에궁, 실은 마음에 든다고요? 아니 그럼 진작 이야기를 하시지……. 빼내고 났더니 막상 어디 보낼 데가 마땅치 않길래 고향으로 돌려보냈지 뭡니까…….”

“탑목이塔木耳 대인, 얼굴에 그 흉터는 뭐랍니까? 아아, 키우는 고양이가 워낙 표독스러워서……. 에휴, 고양이라는 게 그렇습죠. 후원에 고양이가 많아지기 시작하면 저들끼리 질투가 심해서 속 썩을 일이 보통 많은 게 아니라니까요. 첩실 열일곱이 다 고양이를 키우니 얼마나 욕을 많이 보시겠습니까, 참 쉽지 않겠어요…….”

“필력畢力 대인, 어머님께서는 잘 계시고요? 아버님도 건강하시지요? 아버님 모친께서도 정정하십니까? 아버님 모친의 첫 번째 부군께서는? 그럼 두 번째 부군께서는? 세 번째 부군께서도 별일 없이 지내시는지…….”

“사뢰司雷 대인…….”

“목당木當 대인…….”

술이 한 바퀴 도는 사이 맹부요가 생글생글한 얼굴로 온갖 낭설을 줄줄이 읊었고, 일곱 우두머리들은 핏기 가신 얼굴로 축축하게 젖어 드는 등허리를 느끼고 있었다.

저놈이, 집집마다 꼭꼭 감춰 둔 치부를 어디서 저리 자세히도 주워듣고 왔단 말인가!

맹부요가 씩 웃는 순간, 촛불의 빛을 받은 눈동자가 약빠르게 빛났다. 기민하고 꾀 많은 여우를 연상시키는 모습이었다.

그녀가 융족 우두머리들의 사생활을 환히 꿰고 있는 건 다 종월 덕이었다. 의원이라고는 하는데 어느 모로 보나 전혀 의원 같지 않은 종 선생께서는 수하만 많이 거느리고 계신 게 아니라 시시때때로 보고받는 각국의 첩보 또한 많으셨다. 종월은 그런 첩보들을 딱히 맹부요에게 숨기려 하지 않았고, 어떤 때는 친절하게 읊어 주기까지 했다.

맹부요가 기회를 틈타 요성 유력 인사들에 관해 좀 알아봐달라고 하자, 그 독설남이 웬일인지 인심 좋게도 자기 첩보 라인의 일부를 그녀에게 떼어 줬다. 이에 맹부요는 저잣거리를 주요 활동 무대로 하는 정보 수집 전문가 요신에게 첩보 라인의 관리를 맡겼다.

처음에 요신은 어리둥절해하는 반응이었다. 남이야 질투의 화신 열일곱을 마누라로 뒀든 말든, 남의 할머니가 남성 편력이 화려하든 말든, 그딴 일이 뭐가 궁금하냐는 것이었다.

그러나 맹부요는 알고 있었다. 융족 우두머리들에게 목숨보다 귀한 것이 있다면, 그건 바로 체면이라는 사실을.

감히 이 몸을 건드려? 오냐, 그럼 나는 그 집구석 밑바닥을 들춰 주마! 하다못해 속곳은 무슨 천으로 만들어 입고 다니는지까지 샅샅이 알아내 줄 테다!

우두머리들은 땀에 흠뻑 젖은 채 마지못해 장단을 맞추면서도 뒤로는 열심히 머리를 굴리고 있었다. 성주랍시고 아주 몹쓸 놈이 온 것이다. 염치하고는 담을 쌓은…….

이 성주는 그들의 의도를 눈치채고 앙갚음을 하는 게 분명했다. 나이는 상상을 초월하게 어리지만, 격일신 변기통까지 만들었던 놈이다. 하다 하다 이제는 필력의 조모한테 정부가 셋이나 된다는 사실까지 알고 있는데, 저렇게 막 나가는 작자가 못 할 짓이 뭐가 있겠는가? 융족 우두머리들은 이어질 공격에 대비해 신경을 바짝 곤두세웠다.

한편, 원소후만은 이 상황에서도 느긋하게 잔을 비우는 중이었다. 술잔 안, 맑은 수면에 그의 미소 띤 얼굴이 일렁이고 있었다.

녀석, 세속에서 구르며 건달 기질이 잔뜩 뱄구나. 저런 건 누구한테서 배웠는지…….

술이 세 바퀴 돌자 맹부요가 잔을 치워 놓고 목청을 가다듬었다. 융족 우두머리들의 가슴이 덜컥 내려앉는 순간이었다.

올 것이 왔구나!

무의식적으로 잔을 내려놓은 그들이 허리를 뻣뻣하게 세우고 앉았다.

"사뢰 대인!"

웃음기가 싹 지워진 맹부요의 얼굴에 노기와 경멸이 자리를 잡았다. 농담이나 실실 흘리던 조금 전의 유들유들함은 흔적도 없이 사라진 뒤였다. 타고난 존엄이 그 압도적인 본모습을 드러내자 융족 우두머리들은 대번에 찍소리도 못 하고 찌그러졌다.

상석에 당당하게 앉은 그녀가 방금 호명된 자를 비스듬히 응시했다. '사뢰 대인'은 불그스름한 얼굴에 눈빛이 대단히 사나운 사내로, 연회장에 든 이후로 줄곧 침묵을 지키고 있었다.

이름이 불리자 손바닥으로 묵직하게 탁자를 짚은 그가 고개를 들며.

"음?"

하고 소리를 냈다.

맹부요의 눈이 요성 융족 우두머리 사이의 진짜 실세를 노려봤다. 이번 초대장 사건 역시 명망 높은 사뢰 대인의 진두지휘 아래 벌어진 일이리라.

"꽤나 바쁘신 것 같던데."

그녀의 입가에 극히 희미한 웃음이 걸렸다.

"어젯밤에는 푹 주무셨습니까?"

좌중이 어리둥절한 얼굴로 서로를 마주 봤다. 갑자기 저건 또 무슨 뚱딴지같은 질문인지.

그러나 사뢰만은 즉시 표정을 굳혔다. 눈동자 안에서 빛무리가 기민하게 회오리치기를 잠시, 그가 조심스럽게 답했다.

"잘 잤습니다."

"흠."

맹부요가 고개를 끄덕였다.

"아사나 대인께 들으니 불면증이 있으시다 하던데, 근래에는 좋아졌는가 봅니다."

흠칫 어깨를 굳히던 사뢰가 이내 안도의 한숨 비슷한 것을 내쉬고는 말했다.

"심려 감사합니다!"

"전임 성주께서 대인 생각을 많이 하십니다."

맹부요의 말투는 무미건조했다.

"오늘은 몸이 가뿐하니 축제 자리에도 나가 봐야겠다면서, 그 전에 사뢰 대인을 성주부에서 잠깐 만났으면 하시던데요."

그녀가 싱긋 웃으며 출입문 쪽으로 팔을 뻗었다.

"어서 다녀오시지요. 이따가 함께 축제장에도 가야 하니 기다리고 있겠습니다."

사뢰의 얼굴색이 또다시 급격하게 변했다. 어둡게 가라앉은 낯빛으로, 그가 말을 한 자 한 자 꾹꾹 눌러 내뱉었다.

"아사나 대인께서도 조금 뒤에 축제 자리에 나오신다면야 거기서 뵙도록 하겠습니다."

"그건 조금 곤란하지 않겠습니까?"

"곤란할 건 또 뭡니까?"

사뢰가 오만하게 냉소했다. 말투에서 신임 성주를 얼마나 우습게 보고 있는지가 고스란히 드러났다.

"조금 뒤면 자연히 보게 될 얼굴, 굳이 지금 걸음을 할 이유가 있습니까?"

"그러시든지요."

대수롭지 않게 손을 내저어 대화를 마무리한 맹부요가 취기가 흐르는 동작으로 술잔을 집어 들더니, 휘청휘청 필력 대인 앞까지 가서 잔을 들어 올리며 히죽 웃었다.

"자……. 여러분, 격일신의 영광과 존엄을 위해 건배합시다!"

여전히 냉소를 머금고 있는 사뢰를 비롯한 융족 우두머리들이 다 같이 잔을 높이 들었다.

그런데 다음 순간, 맹부요가 반쯤 들어 올리다가 만 팔을 확 꺾자 '슈욱' 하는 소리와 함께 금빛 잔영으로 화한 술잔이 쏜살같이 허공을 가르고 날아갔다.

막 자기 술잔을 입가에 가져다 댄 사뢰는 시야에 뭔가가 스치는 걸 감지하자마자 자신을 향해 번개처럼 달려드는 물체를 발견했다. 그가 급격하게 거리를 좁혀 오는 물체를 피하려 했으나 때는 이미 늦은 뒤. '쩡' 하고 옥석이 두 동강 나는 것 같은 소리가 귓가를 울리더니 눈앞이 순식간에 선명한 핏빛으로 물들었다.

핏빛이 빠르게 시야를 잠식하는 사이, 뼈를 후벼 파는 듯한 통증이 머릿속을 비집고 들어왔다. 강력한 충격으로 인해 별빛처럼 산란하게 풀린 의식이 터지고 갈라지기를 반복했다.

그 파열하는 격통 속에서, 사뢰는 절망적으로 절규했다.

"끄아악!"

고통에 찬 비명이 조용하던 주루를 뒤흔들었다.

아무 예고도 없이 벼락처럼 몰아닥친 일격. 나머지 융족 우두머리들은 제자리에 붙박여 옴짝달싹도 하지 못했으나 그 와중에도 원소후는 홀로 태연히 술을 따라 마시는 중이었고, 맹부요는 웃고 있었다.

그러나 그것은 피상적인 웃음이었을 뿐, 그녀의 눈 안에 웃음기 같은 것은 한 점도 존재하지 않았으며, 아름다운 곡선을 그린 입술 사이로 흘러나오는 말은 매 음절이 칼날만큼이나 날카로웠다.

"사뢰 대인, 밤잠을 못 이루는 것은 불면증이 아니라 반란군 세작과 상의할 일이 많은 탓일 테지요?"

순간 한바탕 소란이 장내를 휩쓸었다. 소스라치게 놀란 융족 우두머리들이 서로를 쳐다봤다.

사뢰가 반란군과 내통을?

맹부요는 사실 진작부터 연회 참석자들을 하나하나 관찰하며 조소하고 있었다. 초반까지만 해도 융군 세작과 내통한 자가 일곱 명 중에 과연 누구인지 알 길이 없었기에 일부러 술을 권하면서 떠본 것이었다. 사생활을 까발려 대고, 오만 헛소리를 지껄이고, 그러다가 은근히 아사나의 이름을 대며 가벼운 농담까지.

그 결과 남들은 다들 제 치부가 드러난 데에 신경을 곤두세우는데 유일하게 사뢰만은 분노를 표출했다.

그렇다면 사뢰는 왜 분노했을까? 단순히 아사나를 존경하는 마음에서? 아니면 그 농담을 죽은 자에 대한 모독으로 받아들여서?

아사나의 죽음은 일급 기밀이었다. 맹부요의 최측근 몇몇을 제외하면 사실을 아는 이는 아사나를 암살한 융군 세작뿐일 터.

그녀는 사뢰를 따로 호명해 아사나가 만나고 싶어 한다는 거짓말을 던졌다. 아사나가 죽었다는 걸 정말 알고 있다면 매복을 의심해 분명 성주부 방문을 거부하리라 생각하면서.

아니나 다를까, 사뢰의 반응은 맹부요가 예상한 그대로였다. 확인을 마친 맹부요는 더 주저하지 않고 술 한 잔으로 저승길 가는 상대를 배웅해 줬다.

일말의 망설임조차 없이 사람 하나를 골로 보내는 맹부요를 보며 미소 짓고 있던 원소후가 문득 지난날의 기억을 떠올렸는지 묘한 눈빛을 내보였다. 그가 눈에 띄지 않게 손가락을 튕겨 신호를 보내자 잠복하고 있던 비밀 호위 '암위'가 세작을 잡기 위해 즉시 사뢰의 저택으로 향했다.

사뢰가 흘린 선혈이 마룻바닥 위로 슬금슬금 번져 나가고 있었다. 가까스로 충격에서 벗어난 융족 우두머리 중 하나가 분통을 터뜨리려는 찰나, 맹부요가 다시금 미소 지으며 술잔을 들었다.

"여러분."

그녀는 바닥에 널브러진 시체에 눈길 한 번 주지 않았다.

"좋은 소식이 있습니다. 며칠 전에 조정에 상소를 하나 올렸지요. 여기 계신 지도자분들이 그간 융족 백성들 단속에 부지런히 애를 써 주신 덕분에 우리 요성이 큰 덕을 봤다고 말입니다. 이에 조정에서 특명이 내려왔습니다. 요성 융족들이 납부하는 세금과 곡식 중 일부를 포상으로 지도자분들에게 하사하겠노라고요. 그러니 오늘부로 조정 율령에 따라 정해진 세금을 채우고 나면 나머지는 자체적으로…… 아, 사뢰 대인 몫은 여러분께서 상의하여 나누도록 하십시오. 만족할 만한 답안을 도출해 주시리라 믿습니다."

또 한 차례 소란이 일었다. 이번에는 분노의 격랑이 아닌 기쁨의 물결이었다.

요성은 보잘것없는 변방 도시였다. 이곳 융족들은 한족들과 함께 땅을 일구며 살아갔다. 집단 수렵 생활을 하는 산야의 동족들과는 사는 방식 자체가 판이한 탓에 딱히 손에 쥘 전리품이랄 게 없었으니, 우두머리들이라고 살림살이가 남들보다 특별히 낫지는 않았다.

그런데 조정이 포상 명목으로 동족들에게서 상납금을 거둬들일 권리를 허한 것이다. 게다가 최고 권세가였던 사뢰의 몫까지 나눠 먹을 수 있다니!

시커멓고 우락부락한 얼굴들이 대번에 환해졌다. 융족 우두머리들의 안색이 흥분과 기대로 한껏 상기되었다.

호된 채찍질에 이어 당근을 들이민 성주 맹부요는 같잖다는 눈빛으로 그들을 조용히 응시하고 있었다.

이익이 있어야 싸움도 나는 법. 고금을 통틀어 패권을 좇아 천하를 내달리던 모든 이들의 최종 목적은 결국 이익이 아니었던가?

성안에 모여 사는 융족들에게는 딱 떨어지는 부족 구분이 없었고, 우두머리들의 세력 또한 서로 복잡하게 뒤얽혀 있었다. 거기에 일부러 사뢰의 몫을 공중에 붕 띄워 놓았으니…….

어디 한번 피 터지게 싸워 봐라! 네놈들끼리 물고 뜯다가 알아서 무너져 줘야 이 몸이 발 뻗고 편히 잘 것이 아니냐.

맹부요는 축제 때에만 쓰는 광장 관람대 꼭대기에 떡하니, 모양새도 의젓하게 앉아 발아래 인파를 굽어보는 중이었다. 콧대가 절로 높아지는 기분이랄까.

그녀는 또 알딸딸하게 취한 상태였다. 원래가 애주가인 데다가 홀짝술로는 절대 만족하지 못하는 걸 어쩌겠는가. 일단 눈앞에 술잔이 있으면 끝장을 봐야 하는 게 그녀의 성미였다.

그래도 오늘은 고주망태까지는 아니었으므로 본인의 신분과 사명 정도는 기억하고 있었다. 잠시 후 활쏘기와 말타기 경기가 끝나면 가장 훌륭한 솜씨를 보여 준 청년과 가장 아리따운 처녀에게 축하를 전해야 했다.

'아사나' 성주는 진작 요신의 부축을 받으며 등장해 얼굴도장을 찍은 뒤였다. 맹부요는 '갑작스레 중병이 난 데다 면직까지 당해' 상태가 몹시도 좋지 못한 그를 더할 나위 없이 공손한 태도로 맞이해 백성들 앞에서 전임과 현임 성주 간의 훈훈한 우애를 연출해 냈다.

열연을 펼치는 내내 그녀는 속으로 원소후의 능력에 감탄을 금치 못했다.

세상에, 무슨 인피면구가 진짜보다 더 진짜 같은지. 정작 제작자 본인은 그다지 진정성이 없는 게 아쉽다만.

한편, 아직 흥분에서 헤어나지 못한 융족 여섯 우두머리는 앞으로 어떻게 해서 한 푼이라도 더 챙겨 볼까 궁리하느라 워낙 바쁜 통에 형편이 좋지 못한 '전임 성주'에게는 큰 관심을 두지 않았고, 덕분에 아사나 건은 별 풍파랄 것도 없이 얼렁뚱땅 마무리되었다.

맹부요는 기분 최고였다. 운이 따르려니 어디서 원소후처럼 쓸모 많은 물건도 공짜로 굴러 들어와 주는구나 싶었다.

이쯤 되면 일상, 여행, 그리고 권력 찬탈의 필수품이라 할 만하지 않은가.

한데 눈으로는 음흉하게 원소후를 응시하면서도 그녀의 궁둥이는 어찌 된 셈인지 슬금슬금 그에게서 멀어지고 있었다.

의자에 나른하게 기대 그 모습을 흥미롭다는 듯 지켜보던 원소후가 입을 열었다.

"성주 대인."

맹부요가 활짝 웃으며 화답했다.

"원 대인."

"요즘 들어 알게 모르게 저를 피하시는 느낌이 드는 건 어째서일는지요."

느슨한 말투로 잘도 정곡을 찌른 그가 맹부요의 안색은 신경 쓰지 않고 말을 이었다.

"다른 사람이 생겼습니까?"

"어음……."

할 말을 찾지 못하고 더듬거리던 맹부요가 한참 머리를 굴리던 끝에 마음을 굳게 먹고 대꾸했다.

"정답이십니다. 건실한 사내를 만난 참이라 시집이나 가 볼까 하고요."

"흠?"

속내가 가늠되지 않는 표정을 한 원소후가 그녀의 곁으로 바짝 다가붙었다. 깃털 같은 그의 속눈썹이 맹부요의 매끄러운 뺨을 스치기 직전이었다.

"누구요? 전북야, 종월, 운흔 중에?"

맹부요가 눈을 부릅뜨고 상대를 째려봤다.

무섭게 뭐야. 진짜로 세상에 모르는 일이 없다고? 앞에 둘이야 그렇다 쳐, 남의 나라 세도가 양자까지 어떻게 환히 꿰고 있는 건데?

하지만 지금 핵심은 운흔을 어떻게 아느냐가 아니라 질문의 내용이었다.

"그러게요……."

맹부요가 짐짓 설렌다는 듯한 미소를 지으며 원소후와 눈을 맞췄다.

"셋 다 너무 훌륭해서 고민이잖아요. 아휴, 원 대인께서 조언이라도 살짝?"

"훌륭하다마다."

원소후는 눈 한 번 깜짝 안 하고 그 눈빛을 받아 냈다.

"용맹한 열왕은 한 시대를 풍미할 영웅이고, 의원인 종 선생은 그대처럼 고질병이 많은 여인에게 딱 맞는 상대지. 운씨 집안 그 녀석은 다소 복잡하나 그대를 아껴 주기만 한다면야 뭐, 결론적으로 모두 괜찮은 선택이오."

맹부요는 상대의 눈을 빤히 응시했지만, 평소와 마찬가지로 깊게 가라앉은 눈동자 안에서는 아무런 감정이 읽히지를 않았다. 입술을 달싹이던 그녀는 문득 목구멍 안쪽이 씁쓸하다는 느낌을 받았다. 어느덧 혀까지 타고 올라온 그 맛은 술이 남긴 뒷맛보다도 훨씬 쓰디썼다.

하지만 맹부요는 일부러 더 밝게 웃었다. 원소후 쪽으로 몸을 기울인 그녀가 다정하게 그의 팔에 손을 걸쳤다.

"내 생각을 이렇게까지 해 주는지는 몰랐는데요?"

"어차피 그대 마음이 내게 있지 않다면 울며불며 매달린들 무슨 소용이 있겠소?"

'울며불며 매달릴' 조짐 따위는 전혀 없이 차를 한 모금 넘긴 그가 차분히 말을 이었다.

"중주에서부터 무극국 절반을 가로질러 이곳 요성까지 오고서도 고작 그런 무도막심한 소리밖에 듣지 못한다면야, 단념 말고 내가 무얼 할 수 있겠느냐는 말이오."

맹부요는 말문이 틀어막힌 채로 죽은 물고기 눈알처럼 퀭한 눈을 뜨고 있었다.

설마…… 화내는 거야?

굳어 있는 그녀와 마찬가지로 원소후도 아무런 말이 없었다. 둘 사이에 숨 막히는 침묵이 흘렀다.

원소후가 손가락으로 의자 팔걸이를 가볍게 두드렸다. 가만히 들어 보자면 그것은 일정한 박자를 가진 곡조였다. 그가 턱을 살짝 들어 하늘가를 올려다봤다. 연한 노을빛이 덧씌워진 구름이 떠돌고 있었다.

원소후는 아주 오래전에 자신이 연주했던 곡을 떠올렸다. 일생에 오직 한 번 탔던 음률. 과연 그 곡조를 다시 들려 줄 기회가 있을지, 그는 확신할 수 없었다.

입가에 맺힌 미소가 무색하게도 그의 눈빛은 시시각각 차게 식어 가고 있었다. 옥석과도 같은 질감을 지닌 눈빛이었다. 단단하면서도 서늘한.

그 눈빛에 제 발이 저린 맹부요가 머쓱하니 고개를 돌리던 때였다. 홀연 시끌벅적한 환호성이 들려왔다. 눈길을 아래로 던지자 광장을 질풍처럼 내달리는 말 위, 활을 들고 서 있는 검은 그림자가 눈에 들어왔다.

그 인물은 자세를 연신 바꿔 가며 민첩한 궁술을 선보이고 있었다. 바로 쏘기, 옆으로 쏘기, 거꾸로 쏘기, 말 배에 걸쳐져서 쏘기, 말 머리 위에 올라 쏘기…….

모양새만 화려한 게 아니라 숙련도 또한 대단했다. 아무리 괴상망측한 각도에서 시위를 당겨도 화살은 날아가는 족족 과녁 정중앙을 꿰뚫어 지켜보는 이들의 환호를 끌어냈다.

화살 열 발을 모두 쏜 인물이 꼿꼿한 자세로 말을 세우고는 고개를 틀었다. 시원시원한 이목구비, 큰 키와 떡 벌어진 어깨, 용맹한 기개가 넘치는 소년이었다.

이때 갑자기 소년이 손에 있는 활을 높이 들어 올리더니 맹부요를 향해 흔들어 보였다. 경의를 표하는 동작이라 생각한 맹부요가 의젓하게 미소 지으며 팔을 마주 흔들어 줬다.

상대방이 또 활을 들었다. 맹부요도 다시 한번 팔을 흔들었다. 이번에는 살짝 아리송하다 싶었다.

흐음, 좀 과하게 공손한 거 아니냐? 게다가 사람들 눈초리는 왜 저렇게 묘해?

눈썹을 치켜세운 소년이 코웃음을 치는가 싶더니 활을 드높이 들어 거듭 힘 있게 흔들었다. 벌써 세 번째였다.

맹부요는 팔을 절반쯤 들어 올리고서야 이상한 낌새를 챘다.

이거 어째 경의가 아닌 것 같은데…….

곁에 있던 원소후가 느긋하게 일러 줬다.

"도전장을 낸다는 의미요."

원소후를 한 번 노려봐 준 맹부요가 몹시 기분이 상한 채로 자리에서 일어나며 소리쳤다.

"이제 아주 개나 소나 다 덤비는구먼!"

성큼성큼 관람대를 내려간 뒤, 맹부요가 오만한 소년에게는 눈길도 주지 않고 곧장 광장 중앙으로 향했다.

백성들이 흥분해 술렁대기 시작했다. 철성鐵成은 요성 제일의 명사수로, 천하에 적수가 없다는 말을 들을 정도로 요성 융족들로부터 존중과 인정을 두루 받는 소년이었다.

융족들이 맹부요를 향해 아니꼬운 눈빛을 보냈다.

비쩍 마른 기생오라비 놈, 성주 자리도 조정 왕야한테 빌붙어 얻어 낸 주제에 겁대가리 없이 융족 신궁의 도전을 받아들이다니!

조금 있으면 애송이 성주가 명사수 앞에서 활을 떨구고 패배를 인정해 개망신을 당하는 순간이 오리라는 기대감에 융족들이 기를 쓰고 앞쪽으로 몰려들었다. 가장 빨리, 가장 가까이서 맹부요에게 치욕을 주겠다는 일념이었다.

신임 성주를 향해 노골적인 흥미와 경멸의 눈빛을 동시에 보이던 철성이 큰 소리로 외쳤다.

"존경하는 성주 대인, 이 철성은 경신절 축제에서 한 번도 누구한테 져 본 적이 없습니다만, 혹시 오늘 성주께서 승리하신다면 제 목숨과 영혼을 통째로 바치겠습니다!"

놀고 있네, 네놈 목숨인지 영혼인지 누가 탐이나 난대?

불편한 심기를 안면 전체에 드러낸 맹부요가 상대를 싹 무시하고 곧장 인파 한복판으로 걸어 들어갔다.

상체를 앞쪽으로 기울인 채 그 모습을 내려다보던 원소후가 수신호를 보냈다. 평범한 차림새로 꾸민 사내들이 유사시를 대비해 즉시 구경꾼들 사이로 끼어들었다.

저벅저벅 소년의 코앞까지 걸어간 그녀가 두말없이 활부터 빼앗아 들었다. 화살 통에는 아직 마지막 한 발이 남아 있었다. 맹부요는 그 자리에 서서 마지막 화살을 시위에 걸고 신중하게 과녁을 겨눴다.

누군가 대놓고 비웃는 소리가 들렸다. 철성은 제자리에서 쏘기보다 백배는 어려운 마상 궁술을 선보였건만, 나약한 한족 성주는 자세에서부터 이미 패배한 것이다.

그러나 주위의 비웃음은 맹부요의 관심사 밖이었다. 그보다는 가슴이 너무 답답했다. 까닭 없이 짜증이 치밀었다. 명치를 콱 틀어막고 있는 번뇌가 어느덧 뾰족한 화살 모양으로 화한 듯했다.

그녀가 싸늘히 웃으며 느릿하게 활을 당겼다. 조소를 포함한 온갖 왁자지껄한 잡음 속에서 과녁의 중심을 조준했다. 시야 안에서 강철 화살촉이 쭉 뻗은 직선을 그려 냈다. 자그마한 과녁 중앙부가 눈동자 안에서 점점 확대되고 있었다. 예리한 눈빛의 초점이 직선 끄트머리에 맺힌 찰나, 그녀의 의식은 되레 미미하게 흩어져 버렸다.

인생 또한 하늘로 쏘아 올려진 화살과 같았다. 야박한 세상의 인심과 근거 없는 비난은 꿰뚫을 수 있을지 모르나, 앞길에 가로놓인 운명의 바윗덩이 앞에서는 무력하기만 한.

하늘은 어째서 이리도 야속하게 인간을 농락하는가.

그렇다면, 쏘는 거다!

망설임을, 방황을, 나를 무력감에 빠뜨리는 삶의 순간들 전부를, 지금 가슴을 틀어막고 있는 바윗덩이를!

그녀의 마음속에 절대로 흔들려서는 안 되는 중심축이 있듯이, 절대로 약해져서는 안 되는 사람도 있었다.

그건 바로, 맹부요 자신이었다!

쐑!

화살이 발사됐다.

맹렬한 기세였다. 발사와 동시에 날카로운 파공음이 울리면서 가까이 있던 사람들의 머리카락이 기류에 휩쓸렸다. 고작 가느다란 화살대 하나가 놀랍도록 세찬 광풍을 일으킨 것이다.

광속에 가까운 빠르기.

화살은 눈으로는 감히 쫓을 수도 없을 속도로 과녁을 향해 쇄도했다. 손바닥만 한 과녁 중심에는 이미 화살 열 개가 꽂혀 있는 상황. 더 비집고 들어갈 틈이라고 해 봐야 정중앙에 남은 손톱 반쪽 크기 공간이 전부였다. 갓난아이 손가락이나 겨우 들어갈 수 있을까.

맹부요의 화살이 순식간에 그 지점을 파고들었다.

탓!

지극히 가벼운 충돌음과 함께 좁디좁은 틈에 화살촉이 꽂히자 지켜보던 이들의 입이 떡 벌어졌다. 그런데 경탄이 터지기 직전, 화살대가 다시 튕겨 나오는 게 아닌가.

실패했나?

신기에 가까운 궁술을 보는구나 여겼던 철성이 대번에 실망과 경멸이 섞인 표정으로 돌아섰다.

인파 사이에서 실망감의 표현인지 안도의 한숨인지 모를 '하아.' 소리가 나오던 때였다. 과녁 중앙을 맞고 나와 그대로 추락하는 줄 알았던 화살이 추락은커녕 번개처럼 후진했고, 곧이어 '콰직' 소리가 울렸다.

맹부요의 화살이 먼저 과녁에 꽂혀 있던 화살 중 하나를 쪼개 떨어뜨리는 소리였다.

콰직, 콰직, 콰직…….

흡사 하나의 생명체처럼, 맹부요의 화살은 과녁에 돋은 화살대의 숲을 들락날락하면서 철성의 화살을 하나하나 바닥으로 떨어뜨렸다.

눈 깜짝할 사이에 화살 열 개가 모조리 뽑혀 나가자 마지막으로 한 번 더 튕겨 나왔던 맹부요의 화살이 곧장 과녁 한가운데를 뚫고 들어갔다!

파구소 3성, '회선回旋'!

광장 전체가 쥐 죽은 듯 고요해졌다. 맹부요는 경악으로 입이 틀어막힌 인파 사이에 활을 내던지고 뒤돌아서 성큼 걸음을 내디뎠다.

이때 뒤에서 철성이 외쳤다.

"대단하잖아!"

맹부요는 돌아보지 않았다.

"마음에 든다!"

일순 흠칫했던 맹부요가 이내 자신을 다독였다. 딱 봐도 단순무식한 녀석 같은데, 그저 활 솜씨에 대한 칭찬 이상도 이하도 아니리라.

"나한테 시집와라!"

주변의 웅성거림 속에서 홱 고개를 튼 맹부요가 허리에 손을 짚고 쏘아붙였다.

"염병, 눈깔 안 달렸냐? 이 몸은 남자라고! 사내란 말이다!"

"사람들 얘기로는…… 남색이라더만!"

엥, 남색? 그딴 소문은 대체 어느 동네에서 튀어나온 거야? 그리고 소설에서 보니까 보통 호걸들은 대결에서 지면 영원한 충성을 맹세하거나 그러던데, 이 자식은 왜 이래?

"내가 남색이어도 너랑은 아니야!"

맹부요가 소리쳤다.

"졌으면 주제에 맞게 부하로나 기어들어 오든가!"

"부하는 싫다!"

철성은 더 목청껏 소리를 질렀다.

"처음 봤을 때부터도 마음에 들었지만 날 꺾었으니 더 가치가 있다! 원하는 것을 얻지 못하는 사나이는 진짜 사나이가 아니다!"

"내가 물건이냐!"

호통.

"물건이든 아니든 갖겠다!"

호통으로 응수.

"그딴 소리는 이기고서나 하든가!"

이어지는 호통.

"이길 거다! 그 전에 대답부터 해!"

"퉤!"

"어디서 침을 뱉어!"

"……."

몹시도 엄숙했던 활쏘기 대결은 끝에 가서 쌍욕이 오가는 막장극으로 치달았다. 고백한 쪽이나 고백받은 쪽이나 너 나 할 것 없이 눈이 벌건 쌈닭이 되어 날뛰었으니, 당장 누구 하나가 달려들어 상대의 목을 물어뜯어도 전혀 이상하지 않을 상황이었다.

결국, 먼저 패배를 선언한 쪽은 맹부요였다. 이유인즉슨 목이 팍 쉬어서.

벌겋게 부은 목을 부여잡고 관람대 위로 후다닥 몸을 피하고는, 팔을 홱 내저으며 그녀가 말했다.

"막아! 저 자식 못 올라오게 해!"

아역과 병졸들의 창이 앞을 가로막자 철성은 무리하게 돌파를 시도하는 대신 맹부요에게서 제일 가까운 위치에 털썩 주저앉아 그녀를 잡아먹을 듯 노려보는 쪽을 택했다.

호소할 곳 없는 억울함을 끌어안고 끙끙 앓던 맹부요는 아까 자신이 대단히 심기가 불편한 채로 광장에 내려갔던 게 원소후 때문이었음을 떠올리고는 그를 향해 도끼눈을 떴다.

여유롭게 차를 즐기던 원소후가 미소를 지으며 한다는 말이 고작.

"성주께서는 도화 운이 참으로 성하십니다그려."

"위로 좀 해 주면 어디가 덧나요?"

맹부요가 퉁명스럽게 말했다.

"내가 좋아서 부른 도화살도 아니고!"

원소후가 눈썹을 까딱했다.

"그래도 말은 옳은 말을 하더이다."

"뭐가요?"

"원하는 걸 얻지 못하는 사내는 진짜 사내도 아니라던가."

즉시 조용해진 맹부요가 괜히 헛기침만 한 번 뱉은 후 얌전히 자리에 앉아 곧 있을 미인 선발 대회를 기다렸다.

논쟁의 여지가 거의 없었던 활쏘기와 달리 미인이라는 건 원래가 제 눈에 안경인 법인지라, 꽃을 들고 투표를 준비하는 백성들 사이에서는 이러쿵저러쿵 의견이 분분했다. 드디어 올해의 최고 미녀가 결정됐다는 보고가 올라왔을 때는 기다리다 지친 맹부요가 급기야 꾸벅꾸벅 졸기 시작했을 즈음이었다.

냉큼 아래를 내려다본 그녀가 기대만큼이나 어여쁜 아가씨를 발견했다. 적당히 균형 잡힌 몸매, 촉촉하게 반짝이는 눈빛, 타고나길 요염한 걸음걸이, 그리고 그와 대비되는 소녀다운 풋풋함과 수줍음이 묻어나는 이목구비.

저녁노을이 소녀의 얼굴에 아련한 분홍빛 그림자를 드리우고 있었다. 아직 조금 설익은 감은 있으나 보기 드문 미색인 것만은 확실했다.

이 자리에서 뽑힌 아가씨는 오늘 밤 모닥불 집회의 여신이 된다. 아름다운 인연을 잇고자 사방팔방에서 모여든 젊은이들이 오직 그녀가 내밀어 줄 섬섬옥수만을 기다리며 애태울 시간이 머지않은 것이다.

맹부요가 소녀를 보며 히죽거렸다. 듣자 하니 매년 경신절 축제 때 뽑힌 일등 사수와 최고 미인이 혼인하는 비율이 그렇게나 높다던가. 하기야, 영웅과 미인이 쌍을 이루는 거야 만고불변의 이치니까!

흐음, 호상胡桑이라는 저 아가씨, 분명 철성 그 얼간이가 마음에 들겠지? 한창 혈기왕성할 나이인 녀석도 저런 절세미인을 마다하지는 못할 테고, 그렇다면…….

크하하! 귀찮은 거머리가 곧 떨어져 나가겠구나!

맹부요는 홀로 기대에 부풀어 있느라 호상이 아까부터 은근슬쩍 관람대 위쪽으로 수줍은 눈빛을 보내는 것을 눈치채지 못했다.

어둠이 내리자 광장 한복판에 모닥불이 타오르기 시작했다. 너울거리는 붉은빛이 한창 흥이 오른 이들의 땀에 젖은 얼굴을 비췄다.

모닥불 위쪽에서는 가지각색 들짐승의 고기가 맛깔나게 구워지고 있었다. 한 번씩 큼직한 기름방울이 숯 위로 떨어져 '치익' 하고 타는 소리를 냈다.

꽃무늬가 화려한 치마를 입은 소녀들과 벗은 가슴팍에 색색의 장포를 걸친 소년들이 둥글게 모여 춤을 추고 있었다. 단순하고도 경쾌한 발놀림을 반복하면서, 소년과 소녀들은 신께서 베풀어 주신 은혜를 칭송하고 새해에도 가호가 이어지길 기도했다.

모닥불 옆에 주저앉아 손뼉으로 장단을 맞추고 있던 맹부요가 분위기에 취한 양 배시시 웃었다.

"소수 민족의 춤이랑 노래는 소박한 진정성이 더 마음을 움직이는 것 같아요."

무릎을 안고 앉아 가무를 지켜보던 원소후가 조용히 물었다.

"소수 민족이라니?"

"앗."

하고 흠칫한 맹부요가 요리조리 눈을 굴리며 대꾸했다.

"사람 수가 적은 민족 말이에요."

"부요, 종종 이상한 말을 쓸 때가 있더군."

원소후가 고개를 틀어 그녀를 바라봤다.

"마치 오주대륙 언어가 아닌 것 같은."

"내가 만든 거예요!"

맹부요가 큰소리를 탕탕 쳤다.

"이 몸이 좀 똘똘하잖아요, 남다른 면도 있고."

"매번 이런 식이지……."

원소후의 나지막한 목소리를 미처 듣지 못한 맹부요가 별안간 신이 난 투로 말했다.

"내가 만든 춤 한번 배워 볼래요? 되게 우아해서 당신 분위기랑 딱 맞을 것 같은……."

그녀가 말을 맺기도 전, 돌연 환호성이 들리더니 저만치서 비단 수건을 든 호상이 수줍게 웃으며 이쪽으로 다가오는 게 보였다. 그 모습을 보는 순간, 맹부요는 뭔가 일이 잘못 돌아가고 있다는 느낌을 받았다.

모두가 기대에 찬 눈빛을 보내며 미소 짓고 있건만, 호상은 그중 누구에게도 눈길을 주지 않았다. 그녀는 황홀한 단꿈에 젖은 표정을 한 채로 곧장 맹부요……가 아닌 그 옆자리로 향했다.

부끄러운 양 웃으며 다소곳이 자세를 낮춘 그녀가 비단 수건을 원소후의 품 안에 톡 떨어뜨렸다.

왁자지껄한 환호성의 기세에 활활 타오르던 불꽃마저 일순 휘청였다. 수줍지만 행복에 겨운 미소와 함께, 호상이 원소후를 향해 손을 내밀었다.

옥으로 빚은 듯 영롱한 손가락이 원소후의 얼굴 앞에 멈췄다. 그 손가락을 뚫어져라 응시하던 맹부요는 목구멍이 바짝바짝 타들어 가는 기분에 꿀꺽 침을 삼켰다.

맹부요의 눈이 무의식적으로 원소후를 훑었다. 가면 밖으로 드러난 얼굴에 의외라거나 당황했다는 기색은 조금도 없었다. 평소와 다름없이 차분하기만 한 그는 심지어 엷은 미소마저 머금고 있었다.

달과 별이 빛나는 밤, 모닥불 옆에서 서로를 마주 보고 있는 한 쌍의 가인. 실로 아름다운 그림이 아닐 수 없었다.

시끌벅적하던 주변이 점차 조용해졌다. 다들 넋이 나간 듯 두 사람의 아리따운 모습에 눈을 고정하고 있었다.

그러나 맹부요는 눈을 틀어 원소후도, 비단 수건도 외면해 버렸다. 저 수건을 받아 든 원소후가 미인의 손을 잡고 일어나 춤에 응하면 둘의 혼인이 성사되는 셈이었다.

차라리…… 그 편이 나을지도.

맹부요는 땅바닥에 주저앉은 채 제멋대로 오르락내리락하는 체온을 느끼고 있었다. 손가락이 덜덜 떨렸다. 엉망진창인 뇌리에 일순간 정신 나간 생각이 떠올랐다. 그녀는 저항했지만, 생각은 흡사 악마처럼 끈질기게 그 자리를 떠돌며 유혹을 멈추지 않았다.

만약 저걸 받는다면……, 받는다면…….

곁에서는 원소후가 천천히 소녀의 손끝을 훑어보는 중이었다. 손을 내민 지 꽤 오랜 시간이 지난 것 같건만, 호상은 부끄러워하면서도 같은 자세를 꿋꿋이 유지하고 있었다. 원소후가 화답하기 전에는 절대 물러서지 않을 기세였다.

사실 소녀의 표정에는 이미 난처한 기색이 드러나 있었다. 불빛에 물든 건지 아니면 다른 이유에서인지, 뺨이 취한 사람처럼 새빨갰다. 살며시 내리뜬 눈 안에서는 기다림이 만들어 낸 눈물이 영롱하게 반짝였다.

호상은 일렁이는 시야 너머로 원소후를 마치 홀린 듯 바라보고 있었다. 천상에서 내려온 신인 양 비현실적으로 완벽한 남자, 저 존귀한 기품. 그녀는 자신의 안목을 믿었다.

드디어 원소후가 움직였다. 그는 소녀의 손을 잡는 대신 비단 수건을 느릿하게 집어 올렸다.

모두가 잔뜩 긴장해 그 동작을 주목했다.

과연 저 사내는 수건을 받아 넣을 것인가, 아니면 내버릴 것인가.

이때 불현듯 누군가의 손이 끼어드는 동시에 낭랑한 목소리가 울렸다.

"이야, 진짜 예쁜 아가씨네. 우리 형님 마음에 쏙 들겠어! 형님, 뭘 쑥스러워해요. 그 마음 다 아니까 자, 받아요!"

물론 맹부요였다. 그녀는 짐짓 호들갑스럽게 비단 수건을 낚아채 지체 없이 원소후의 품 안으로 밀어 넣었다.

우레와 같은 환호성이 주변을 뒤흔들었다. 호상은 기쁨을 주체하지 못하는 기색이었다. 원소후의 어깨가 흠칫 굳었다.

다음 순간, 맹부요는 줄곧 고요한 강물 같던 남자에게서 처음으로 침착과 거리가 먼 움직임을 보았다.

원소후가 홱 고개를 틀어 그녀를 노려본 것이다.

시름을 봉인하다

이 순간, 밤하늘보다도 어두운 원소후의 눈동자 안에는 무거운 먹장구름이 겹겹이었다. 먹구름을 뚫고 새파랗게 번뜩이는 번갯불이 그 아래에서 거칠게 들끓고 있는 바다를 비췄다. 성난 파도가 사방을 향해 포효하며 지켜보는 이를 덮쳐들었다.

상대를 집어삼킬 듯한 눈빛. 저런 눈빛을 원소후에게서 보기는 처음이었다.

맹부요가 기억하는 그는 언제나 고상하고 침착했다. 무엇에든 흔들리는 법이 없었다. 눈앞에서 태산이 무너져도 아무렇지 않게 툭 차고 가던 길을 마저 갈 사람이 아니었던가. 설마하니 원소후가 평정심을 잃는 모습을 보게 될 날이 오리라고는 상상조차 해 보지 못했다.

그의 눈을 본 맹부요는 순간적으로 가슴이 무겁게 내려앉는 걸 느꼈다. 숨죽인 채 눈을 떨군 그녀는 자기도 모르게 고개를 반대편으로 돌리고는 손가락으로 땅바닥에 박힌 풀 줄기를 꽉 움켜쥐었다.

그러나 그도 잠시에 불과했으니. 다시금 숨을 깊게 들이쉰 그녀가 고개를 세워 원소후를 똑바로 응시하기까지는 오랜 간격이 필요치 않았다.

그래, 원망해! 차라리 미워해.

어차피 내 힘으로 당신한테서 벗어날 수 없다면, 당신 스스로 떠나게 만드는 수밖에…….

원소후는 움직임도, 표정도 없이 그저 빤히 그녀를 바라보고 있었다. 조금 전까지 눈 안에서 몰아치던 격랑마저도 어느덧 흔적을 감춘 뒤였다.

모닥불 앞에 미동도 없이 앉은 그의 옆 선이 불빛을 받아 더욱 또렷하게 살아났다. 긴 속눈썹을 살며시 내리깐 원소후는 지극히 정적인 모습이었지만, 축제 현장에 모인 이들은 주변 공기가 완전히 달라졌음을 느꼈다.

누군가 진득한 풀을 잔뜩 쒀서 동이째로 공기 중에 들이붓기라도 했는지, 청량하고 깨끗하던 겨울밤의 대기가 순식간에 치덕치덕하게 엉겨들었다.

구름도 뭔가를 감지한 양 부쩍 낮게 내려앉았고, 타닥타닥 타오르던 모닥불 역시 기세가 한결 꺾여 소리 없이 일렁이고 있었다.

환호성이 잦아드는 사이, 호상의 환희는 당혹으로 바뀌었다.

그녀는 이도 저도 하지 못하고 제자리에 선 채로 원소후와 그가 응시하는 맹부요를 번갈아 가며 쳐다보고 있을 뿐이었다.

숨 막히는 정적을 깨고, 원소후가 비로소 움직였다. 그가 한 것은 지금까지의 침묵이 무색하리만치 거친 동작이었다. 그는 멀뚱히 자신을 쳐다보고 있는 맹부요를 휙 끌어당겨 한 치의 망설임도 없이 공중으로 내던졌다.

포물선을 그리며 날아간 맹부요가 '털썩' 하고 떨어진 곳은 저만치 인파 바깥쪽에 있던 말의 잔등 위였다. 정상적인 기마 자세와는 반대로 말 엉덩이를 보고 앉은 그녀가 기겁해 소리를 지르기도 전이었다.

그녀의 눈앞에 보랏빛 그림자가 휼쩍 스치는가 싶더니 다음 순간, 원소후가 그녀와 마주 보는 자세로 말에 올라탔다. 곧장 혈도를 짚어 맹부요의 비명을 막아 버린 원소후가 채찍질을 하자, 준마가 앞쪽을 향해 내달리기 시작했다.

일련의 동작이 워낙 거침없이 이루어진 탓에 주변인들은 무슨 일이 일어난 건지 정확히 보질 못했다. 그저 그림자 둘이 여기서 후딱, 저기서 후딱 했을 뿐인데 정신 차리고 보니 성주가 전격적으로 '납치'를 당한 것이다.

한편 대경실색한 호상은 말 뒤를 좇아 달리며 울부짖었다.

"대인……! 제 손수건 받으셨잖아요!"

돌아볼 기색이 전혀 없는 원소후의 품 안에서 털 뭉치 하나가 폴짝 뛰어나와 쪼르르 어깨 위로 올라가더니, 뒤에서 좇아오는 호상을 향해 앞발을 '촷' 뻗어 보였다.

녀석의 동작을 따라 허공에 펄럭 펼쳐진 것은 버드나무 아래 노니는 원앙 한 쌍을 수놓은 비단 손수건이었다.

모닥불 불빛을 조명 삼아 번뜩이는 앞니를 한껏 드러낸 원보 대인이 의기양양한 눈으로 경쟁자를 내립떠봤다. 앞발에 잡힌 비단 손수건이 순백의 털과 어우러져 멋들어지게 휘날리고 있었다.

눈에 불을 켜고 감시했기에 망정이지, 나 아니었으면 맹부요, 저 파렴치한 것이 주인님을 벌써 팔아먹었을 것이야…….

쾌당!

하필 생쥐에게 정표를 건네고 만 비운의 여인 호상은 그 자리에서 졸도했다.

원소후도 이렇게 미친 듯이 말을 달릴 때가 다 있을 줄이야.

두 사람이 탄 말은 거의 자동차에 필적하는 속도로 질주하고 있었다. 칼날처럼 날카로운 바람 소리가 귓가를 베고 지나갔다.

두건이 벗겨지면서 풀린 머리카락이 공중에서 나부끼던 중 몇 가닥이 고삐와 꼬여 자꾸만 아프게 잡아당겨졌다. 맹부요는 엉킨 머리를 억지로 당겨 뜯어 버렸다. 한 줄기 연기처럼 나붓나붓 날아내리는 머리카락이 흡사 번잡한 세상에서 잃어버린 꿈인 듯했다.

맹부요는 그 머리카락에 눈길을 주지 않았다. 그저 입을 앙다문 채로 빠르게 후퇴하는 주변 풍경을 응시하고 있을 뿐이었다. 나무며 사람들, 집들이 시야를 스쳐 삽시간에 저만치 사라져 갔다.

시간이 거꾸로 흐르는 것 같은 느낌이었다.

정말로 시간을 되돌릴 수만 있다면 얼마나 좋을까.

처음으로, 시작점으로, 아무 근심 없던 맹부요로 돌아갈 수 있다면.

만남이 도리어 고통만 낳을 줄 알았다면 차라리 만나지 말 것을. 애초에 정이란 걸 키우지 않았다면 차라리 나았을 것을.

원소후가 아까 그녀를 말에 태우던 동작은 배려라든지 친절과는 굉장히 거리가 멀었다. 나무토막처럼 내던져져 말 위로 고꾸라진 직후 혈도마저 봉해졌다. 그 때문에 그녀는 몸도 못 가누고 말 등이 치받는 대로 들썩들썩, 휘청휘청하는 신세였다.

그런 그녀의 허리에는 원소후의 한쪽 팔이 감겨 있었다. 겨울옷의 두께에도 지금 그의 손바닥이 얼마나 차게 얼어붙어 있는지 고스란히 느껴졌다.

맹부요의 눈높이에서는 그의 얼굴 중 턱만 보였다.

날렵하고도 힘 있는 턱 선, 그녀의 것보다도 더 굳게 다물린 얇은 입술.

본래 원소후는 항상 미소 띤 표정이었다. 여유롭고 존귀하며, 항상 세상을 발아래 두고 굽어보는 듯하던 웃음.

그에 길든 맹부요는 지금 원소후의 입술이 그리고 있는 냉엄함에 가까운 각도에 도무지 적응되지를 않았다.

자기도 모르게 손을 뻗어 그의 입가를 펴 주려던 그녀는 팔이 들리지 않는 걸 그제야 인지하고서 연마혈을 찍혔음을 상기해 냈다.

말은 적막하게 뻗은 큰길을 따라 쉬지 않고 질주했다. 길가에 졸졸 흐르는 냇물 위에는 융족들이 띄운 형형색색의 유등이 한들거리고 있었다.

은은한 오색 빛무리를 뿌리며 떠가던 등이 갑작스레 불어닥친 바람에 휘말려 휘청이자 시냇가에 있던 융족들이 깜짝 놀라 고개를 들었다.

오늘 같은 축제일에 저리 거칠게 말을 달리는 자가 있다니.

융족들의 눈길 속에서 온 성을 붉게 물들인 엽자화 꽃잎이 거센 바람결에 휩쓸려 날아올랐다가 이내 두 사람의 어깨 위로 나풀나풀 내려앉았다.

흩날리는 꽃잎과 너울거리는 등불, 돌바닥을 얇게 덮은 한 겹의 서리. 수많은 이들이 잠드는 것도 마다하고 기쁨을 즐길 이 밤에, 두 사람만은 침묵에 젖어 있었다. 달빛조차도 그들을 비추면서는 숨을 죽였다.

타닥타닥 말발굽 소리가 깊게 침잠한 밤의 냉기를 두드리는 사이, 어느덧 저만치 앞에 성문이 보였다. 원소후가 맹부요의 품에 손을 넣어 영패를 꺼내 들더니 검문을 위해 다가온 병사의 손바닥에 툭 던졌다.

"성주 대인께서 급히 군영에 가셔야 하니 문을 열라!"

병사가 군말 없이 성문을 열자 원소후는 다시 속도를 내기 시작했고, 맹부요가 당황해 고개를 들었다.

"성 밖에는 왜요?"

원소후는 그녀에게 눈길을 주지 않았다. 상대해 줄 생각 자체가 없는 듯했다.

무안해서 슬그머니 입을 다물었던 그녀는 잠시 후에야 원소후의 목소리를 들을 수 있었다.

"머릿속을 씻어 낼 필요가 있어 보이기에."

"에?"

도통 영문 모를 소리였지만, 맹부요는 더 캐묻지 않고 찔끔 목을 움츠렸다. 오늘 아무래도 성질을 제대로 건드린 것 같으니 멀쩡히 살아 돌아가려면 무조건 얌전히 있는 게 좋겠다는 판단에서였다.

이때 원보 대인이 주인의 옷깃 사이를 비집고 나와 맹부요의 이마를 콩 쥐어박았다. 원보 대인의 경멸에 찬 눈빛에서, 맹부요는 신기하게도 녀석이 하고자 하는 말을 똑똑히 읽어 냈다.

멍청이 같으니!

그래, 나 멍청이다. 하지만 이러지 않으면 나중에 더 멍청한 짓을 하게 될지도 모르는 걸 어쩌냐…….

숨을 얕게 들이마신 그녀가 고개를 들어 어스름한 달을 올려다봤다.

여기와는 다른 시공간에서, 엄마는 지금쯤 어쩌고 있을까? 투석 비용은 괜찮나? 연구소에서 연금은 나오는 걸까? 항상 자전거에 태워 병원까지 데려다줬는데, 지금은 어떻게 다니지?

17년.

오주대륙에서 보낸 시간이 벌써 17년이었다.

양쪽의 시간 흐름이 같을까 봐, 엄마가 17년을 버텨 내지 못했을까 봐 너무 겁이 났다. 하지만 겁이 난다고 외면해 버릴 수는 없었다.

만일 이쪽과 그쪽의 시간이 다르게 흐른다면?

대단한 신통력을 가졌다는 장청 신전의 현자가 자신을 과거의 어느 시점으로 데려다줄 수 있다면?

만약, 만약 엄마가 혼자서 계속 기다리고 있다면?

맹부요는 고개를 들어 자신의 차디찬 이마를, 일부러 더 부릅뜬 눈을 서릿발 섞인 바람에 고스란히 내맡겼다. 시린 바람이 정면으로 달려들자 눈언저리 안쪽에서 물기가 얼어붙는 소리가 들렸다.

덜컹, 순간적으로 몸이 크게 요동치면서 그 얇디얇은 살얼음이 깨져 나갔다. 얼떨떨해 고개를 튼 맹부요는 드디어 말이 어딘가에 멈춰 섰음을 알았다.

앞쪽에는 푸르름이 융단처럼 덮인 산맥이 굽이굽이 뻗어 있었고, 산맥 발치에는 끝이 보이지 않는 평원이 펼쳐져 있었다. 평원 저편에서부터 울부짖으며 달려온 바람이 돌산 사이를 통과하며 목청을 날카롭게 돋웠다.

맹부요에게는 낯선 곳이었으나 원소후는 지리를 잘 아는 듯 보였다. 먼저 말에서 내린 그가 맹부요를 안아 들었다. 혈도를 풀어 주겠거니 기대했건만, 그는 눈도 한 번 맞추지 않고 그녀를 안은 채 곧장 산을 오르기 시작했다.

그는 험한 산길을 흡사 평지인 양 빠른 속도로 걸었다. 그 팔에 안긴 맹부요는 정신없이 흔들리느라 눈앞이 다 빙빙 돌 지경이었지만, 군소리 대신 홀로 쓴웃음을 삼켰다.

역시, 아무리 온화하고 마음 넓은 사람이라도 열받으면 맹수로 돌변하는 건 다 똑같구나.

다행히 원소후는 얼마 안 가서 걸음을 멈췄다. 무거운 머리로 도리질을 치던 맹부요는 미처 고개를 들기도 전에 짙은 유황 냄새를 먼저 맡았다.

뭉게뭉게 하얗게 피어오르는 수증기가 시야 가장자리에 잡히는 순간, 그녀는 흠칫하고 말았다.

뭐가 어떻게 돌아가는지 하나도 모르겠는 와중에 몸이 갑자기 붕 뜨더니 '풍덩' 소리가 귓가를 울렸다.

"꺄악!"

옥구슬이 부서지듯 물보라가 어지럽게 튀었다. 느닷없이 맹부요를 집어삼킨 물은 예상 밖에 따끈따끈한 열기를 품고 있었다. 김이 모락모락 올라오는 물속에서 몸을 일으킨 그녀는 어느새 혈도가 풀렸음을 깨달았다.

수면 밖으로 드러난 바위에 의지해 몸을 일으켜 얼굴에 줄줄 흐르는 물기를 쓸어내린 맹부요는 물에 빠진 생쥐 꼴로 주변을 두리번거렸다. 보아하니 산 중턱에 있는 천연 온천에 내던져진 모양이었다.

그녀는 멍한 상태로 저만치 물가 어둠 속에 서 있는 원소후를 바라봤다. 물에서 피어오르는 열기 탓에 얼굴이 화끈거리고 현기증이 났다.

대체 이게 뭐 하자는 건가.

흐릿한 달빛 아래 드러난 원소후의 얼굴은 절반뿐, 나머지 절반은 산 그림자에 가려진 채로 눈만이 강렬한 빛을 발하고 있었다.

평소의 온화함은 온데간데없이, 이 순간의 그는 옥석처럼 서늘하기만 했다.

물속에 선 맹부요를 조용히 응시하던 그가 입을 열었다.

"씻어 내! 그 머릿속을 깨끗이 씻어 내서 자신이 뭘 원하는지, 뭘 해야 할지 똑바로 아시오!"

머리부터 발끝까지 홀딱 젖어 물속에 굳어 있는 맹부요는 오갈 곳 없는 떠돌이 개 비슷한 몰골이었다.

반대로 맞은편에 선 남자는 옥으로 빚은 나무 같은 자태로 흔들림 없이 냉정한 목소리를 내뱉고 있었다. 한 음절 한 음절이 옥석이 돌에 부딪혀 깨지는 소리 같았다.

"하룻밤의 시간을 주지. 그 잘못된 이기심과 방종, 경박함을 씻어 내고 깨달으시오. 누군가 그대에게 관용을 베푼다 해서 그게 끝 모르고 제멋대로 굴어도 된다는 뜻은 아니라는 것을. 거절해도 괜찮고 도망쳐도 괜찮지만, 남의 존엄을 모욕하고 그의 선택에 간섭할 권리까지는 그대에게 없다는 것을."

맹부요는 떨었다. 물은 분명 뜨거운데도 몸이 덜덜 떨렸다. 그녀는 스르르 물속에 웅크리고 앉았다.

"그대를 연모하고 구애를 바치는 것은 나의 자유요, 나를 피하고 거절하는 것이 그대의 자유이듯. 내 얼굴을 더는 보고 싶지 않거든 명확하게 말하시오, 영영 보지 말자고. 그러면 나 원소후가 그 순간부로 영원히 그대 앞에서 사라져 줄 터이니! 부요, 그러길 바라오? 바란다면 지금 당장 이야기하시오!"

맹부요가 물방울이 알알이 맺힌 얼굴을 들어 그를 올려다봤다. 입술이 작게 달싹이는가 싶었지만, 그녀는 결국 단 한 마디도 밖으로 내뱉지 못했다.

원소후가 그녀를 내려다봤다. 그의 말투는 냉정했으나 눈빛은 비애에 젖어 있었다.

"부요, 내게는 절대 내보이려 하지 않았어도 그대의 마음에 근심이 있다는 것쯤은 알고 있소. 거절에 승복하지 못하는 게 아니오. 아무런 이유도 알려 주지 않은 채로 밀어내고 내버리고, 심지어는 나를 다른 사람에게 떠안기려 하는 것을 받아들일 수 없을 뿐이지."

"……."

"부요, 내게 어찌 이리도 이기적이고 잔인할 수 있소? 본인 마음만 철옹성처럼 지킬 줄 알았지, 남의 진심은 헌신짝 취급이라니."

고통스러운 듯 가슴을 부여잡고 바르작거리던 맹부요가 마침내 한마디를 뱉어 냈다.

"대체…… 내가 왜 좋은데요?"

원소후가 홀연 침묵에 빠졌다. 그가 담담히 입을 연 건 꽤 긴 시간이 지나 바람결에 실려 온 낙엽 한 장이 손끝에 잡혔을 때였다.

"가슴속에 품고 살던 그림자와 겹치는 여인을 만났소. 본래는 그녀를 더 가까이서 살펴보고 싶은 마음에 접근하였으나, 다가가는 과정에서 처음의 목적은 점차 잊고 말았지. 일생을 부족함 없이 살아왔기에 무언가를 애써서 얻는다거나 소중히 여긴다는 것이 어떤 감정인지 전혀 알지 못했소. 한데, 지금은 그 여인이 너무도 소중하여…… 가슴속 그림자마저 잊을 지경이 되고 말았소. 이제 내게 중요한 것은 그녀의 존재뿐이오."

그가 처음으로 맹부요를 향해 자신의 손바닥을 활짝 펼쳐 보였다. 아스라한 달빛 아래 연꽃의 생생한 자태가 드러났다.

"살갗에 피어난 이 연꽃과 마찬가지로 그녀 또한 영원히 내 곁에서 함께해 주길 바라오. 생사와 시간을 넘어, 우리가 나란히 재로 화하여 사라질 마지막 날이 올 때까지."

눈썹에서 눈동자, 코끝, 입술에 이르기까지, 맹부요의 이목구비가 뻣뻣하게 굳었다. 물속에 멍하니 일어나 있던 그녀는 한참 만에야 풍덩 바닥으로 주저앉으며 울음을 터뜨렸다.

"원소후 당신, 꼭 그렇게 남의 마음을 흔들어 놔야겠어요? 나 그렇게 이기적인 사람 아니에요. 너무 이기적이지 못해서 이런단 말이야!"

끓어오르는 감정이 뜨거운 온천수처럼 그녀를 덮쳐 와 마음속 제방을 들이받았다.

피와 살이 뒤엉킨 오장육부 안에서 무언가가 요란하게 터져 나갔다. 의식과 육체가 산산이 바스러져 오늘 밤 저 하늘 위 희미한 별빛으로 화하는 것만 같았다.

극심한 통증이 천지를 집어삼킬 기세로 몰려들었다. 시커먼 색으로, 검푸른 색으로, 뾰족한 톱날을 세우고 달려들어 그녀의 의지와 사유를 서걱서걱 갉아 냈다.

어금니를 악문 맹부요는 목구멍에서 울컥 치받쳐 오르는 핏물을 억지로 삼켰다. 그런데 그 들쩍지근하고도 비릿한 냄새가 오랫동안 가슴속에 묻어 뒀던 억울함과 분노에 그만 불을 댕기고야 말았다.

자신을 거의 놓아 버리다시피 울부짖던 맹부요가 몸부림치듯 두 팔로 수면을 후려쳤다. 물보라가 한 장 높이도 넘게 치솟았다가 우르르 그녀의 머리 위로 쏟아져 내렸다.

비명에 가까운 새된 목소리가 강철 칼날이 되어 밤의 숲을 채우고 있던 적막을 무참하게 찢어발겼다.

"누군가를 사랑하는 데 따르는 고통도, 사랑받아서 찾아드는 두려움도 다 감내할 수 있어요. 진짜 겁나는 건 짧은 만남 끝에 있을 영원한 이별이란 말이에요! 내가 여기서 보내는 하루하루는 다 빌린 거예요, 빌린 거라고요. 알아요? 만약 어느 날인가 내가 전부 훌훌 털고 떠나 버리면, 원소후 당신은 그때도 '아무런 이유도 듣지 못한 채로 버려졌다, 남의 진심을 헌신짝 취급했다.' 하고 욕할 거잖아. 내 사랑이 머물러야 할 곳은 여기가 아니야. 필사적으로 나를 다잡았던 건, 당신을 밀어냈던 건, 상처 주기 싫어서였는데! 내 속이 어떤지 알아? 아느냐고……."

온천물과 눈물이 흥건하게 뒤섞여 맹부요의 얼굴을 타고 흘러내렸다.

부들부들 떨며 불분명한 발음으로 말을 내뱉던 그녀는 다음 순간 느닷없이 수면을 박차고 올라 뭍 쪽으로 몸을 날리면서 원소후를 잡아챘다. 이성을 잃은 맹부요의 모습에 당혹하던 원소후는 엉겁결에 붙잡혀 첨벙 물속으로 떨어지고 말았다.

맹부요가 이미 홀딱 젖은 그를 마구잡이로 물속 깊이 짓누르며 악을 써 댔다.

"사라져! 사라져 버려! 없어지란 말이야! 나 이제 당신 하나도 겁 안 나. 아까는 내가 치통이 도져서 입을 못 열었는데, 지금부터 똑똑히 들어. 그래, 나 당신 싫어! 싫다고! 본인이 지껄인 대로 영영 내 앞에서 사라져……."

"생각이 바뀌었소."

그녀에게 한창 짓눌리고 있던 원소후가 돌연 소리를 내어 말했다.

조금 전 싸늘하던 때와는 딴판인 말투. 그의 목소리에서는 따스함에 가까운 평온마저 느껴졌다.

온천 한복판에 선 그가 맹부요의 고삐 풀린 팔을 단번에 틀어잡았다. 손아귀 힘이 얼마나 무지막지한지, 맹부요는 바로 옴짝달싹 못 하는 신세가 되었다.

흠뻑 젖은 채로 물 한가운데에 마주 선 두 사람의 눈이 서로를 향했다. 맹부요의 눈을 들여다보던 원소후가 마침내 나지막이 말했다.

"말을 하려거든 아까 했어야지. 이미 늦었으니 무효요."

"무효는 누구 마음대로……, 읍……."

서늘하고도 부드러운 입술이 가볍게 그녀의 입을 틀어막았다. 맹부요는 너무 놀란 탓에 일순 자기가 누군지도 잊고 말았다.

물속에 선 그녀는 상대를 한 대 칠 기세로 손을 쳐든 그대로 멍청히 굳어 버린, 몹시도 괴상한 모양새였다.

머릿속이 아득해졌다.

어느 앳된 소녀가 버드나무 가지 끝에 걸린 달을 보며 꿨던 아리따운 꿈이 이리로 옮겨 온 것이려나.

아련한 꿈결이 안개처럼, 미풍처럼 맹부요를 에워싸 그녀의 마음을 하느작거리게 녹여 놨다.

달빛이 물결 한가운데를 비춰 연꽃 한 쌍을 나란히 피워 냈다. 수면을 스치고 지나는 바람결은 저처럼 사분사분하게 마음을 간질이는 시구를 써 내려갔다. 공기 중에는 향긋한 내음이 떠돌고, 샘 위쪽에 드리운 비취색 덩굴은 저들끼리 애틋하게 몸을 엮은 채 너울거리고 있었다.

구름이 되어 한들대던 맹부요의 귓가에 원소후의 속삭임이 감겨들었다.

"그대의 시름을 이 입맞춤으로 봉하겠소."

시름을 입맞춤으로 봉인한다…….

이 얼마나 듣기 좋은 말인가.

하지만 이 아름다운 찰나가 과연 앞으로 닥쳐올 인생사 어지러운 풍파 가운데서도 영원토록 스러지지 않을 수 있을까?

다시금 몸 어딘가에서 통증을 느낀 맹부요가 팔목을 흠칫 떨자 원소후가 그녀를 놓아줬다. 달빛 어린 물결이 그의 눈동자 안에 괴어 또 다른 호수를 이루고 있었다.

뺨이 발그레해진 맹부요가 무의식적으로 눈을 떨군 찰나, 떡하니 반쯤 풀어 헤쳐진 원소후의 옷섶이 눈에 들어오지 않겠는가.

일순 넋을 놨던 맹부요는 갑자기 인중이 뜨끈해지는 감각에 고개를 숙였다가 수면에 번져 가는 핏빛을 발견했다. 머릿속이 '뎅' 하고 울렸다.

개망신이다, 개망신! 미모에 홀려서 코피까지 터지다니, 앞으로 얼굴 어떻게 봐…….

한창 황망한 와중이었다. 목구멍 깊숙이에서 들쩍지근함이 올라오는가 싶더니 무언가가 미처 손쓸 새도 없이 입 밖으로 뿜어져 나왔다.

반사적으로 하늘을 향해 고개를 젖힌 그녀는 처연하도록 아리땁게 쏟아지는 선혈의 비를 목도했다.

어스레한 달빛을 선홍으로 물들인 비는 두 사람의 얼굴 위로 고스란히 내려앉았다.

그녀는 온통 피를 뒤집어쓴 원소후의 당황한 눈빛을 보았고, 그와 동시에 기이하게도 천천히 허물어지고 있는 자신 역시 보았다.

그나마 미색에 맛 가서 코피 뿜은 건 아니라 다행이네…….

쓰러지기 직전, 맹부요는 아무짝에 쓸모없는 생각을 떠올리며 홀로 안도했다.

느슨하게 감긴 눈꺼풀 사이로 불빛이 춤추고 있었다. 무언가 고소하게 구워지는 냄새와 타오르는 불꽃의 온기가 소리 없이 주위로 스며들었다.

눈꺼풀을 들어 올리자 울퉁불퉁하게 그림자가 진 동굴 천장에 이어 선명한 주홍빛 모닥불이 시야에 잡혔다. 모닥불 곁에서는 원소후가 다소 어설픈 동작으로 옷가지를 말리고 있었다.

옷가지……, 옷가지?

정신이 퍼뜩 든 맹부요가 기겁해 몸을 위아래로 더듬었다.

후우……. 다행히 속옷은 그대로 있네.

이불 대신 그녀에게 덮여 있던 것은 원소후의 겉옷이었다. 겉옷을 가만가만 어루만지다가 온천에서의 일을 떠올린 맹부요는 금세 귀까지 새빨개졌다.

주변을 힐끔거리던 그녀가 동굴 구석에 등을 돌리고 쭈그려 앉은 원보 대인을 발견했다.

어라, 재는 하나도 안 젖었잖아? 주인이 물에 빠질 때 품속에 없었던 건가? 혼자 뽀송한 주제에 뭐가 우울해서 저러고 있대?

이때 원소후가 고개를 돌렸다. 불빛을 받은 그의 속눈썹과 눈동자에서 검은 광택이 반짝이고 있었다.

맹부요를 지긋이 응시하던 그가 말했다.

"종월이 쇄정 이야기를 빼먹었더군."

씩 웃은 맹부요가 힘없이 동굴 벽에 몸을 기댔다.

"이제 왜 안 되는지 알겠어요?"

"틀렸소."

원소후가 고개를 가로저었다.

"무슨 독이든 해결책은 반드시 있는 법. 진정 해결이 어려운 것은 본인의 마음이지. 부요, 구차한 핑계는 거두시오."

묵묵히 있던 맹부요가 잠시 후 입을 열었다.

"그래요, 틀렸어요. 하지만 틀리는 게 옳았다고 생각해요."

대단히 괴상망측한 논리였다. 이를 재주도 좋게 알아들은 원소후가 그녀를 빤히 쳐다보길 잠시, 그가 문득 손을 뻗어 머리카락을 매만져 주며 말했다.

"고집불통 꼬맹이 같으니……."

맹부요는 그가 화를 내리라 예상했다.

쳐라. 그냥 한 대 때려라. 나도 내가 마음에 안 든다.

하지만 원소후가 한 일은 곁으로 다가와 그녀를 일으켜 바로 앉힌 것이었다.

온천에서 난리를 치느라 다 풀어 헤쳐진 머리카락은 불기운을 쬐지 못한 탓에 여전히 축축한 채로 등에 달라붙어 있었고, 바위에 비벼지면서 서로 뒤엉켜 상태가 말이 아니었다.

원소후가 그녀의 등을 보고 앉아 머리카락을 살며시 손아귀 안에 그러쥐었다. 엉킨 데를 한 올 한 올 손가락으로 빗어 내려가며, 불빛 쪽에 대고 물기를 말리던 그가 조용히 말했다.

"발작으로 성치 못한 몸에 젖은 머리로 있다가 풍한이라도 들면 어쩌려고."

맹부요는 아무 대꾸 없이 주먹만 감아쥐고 있었다.

등 뒤에서 청량하고도 매혹적인 향기가 전해져 왔다. 솜씨 좋게 머릿결을 매만지는 손길이 어찌나 부드러운지, 간질간질하고 찌릿찌릿한 감각이 온몸으로 퍼져 나갔다. 구름에 파묻힌 양 더할 나위 없이 나른한 기분이었지만, 그녀의 눈 안에는 물기가 그렁그렁하게 차올랐다.

차라리 내버리지, 팽개치지, 뿌리치고 가 버리지. 물에 던져 넣고 욕이나 잔뜩 퍼붓지!

저항할 수도, 도망칠 수도 없는 다정함보다는 그게 오히려 나으련만.

원소후는 내내 말이 없었다. 물기가 거의 말라 갈 무렵, 뭔가를 진중히 고민하던 그가 머리카락을 몇 가닥으로 나눠 땋아 내리기 시작했다.

아무리 속이 복잡하다 한들 맹부요도 이쯤 되면 피식할 수밖에 없었다.

"하다 하다 이제 여자 머리까지 땋을 줄 안다고요?"

원소후는 오래된 기억을 되살리려 애쓰는 듯 묵묵히 머리카락만 땋았다, 풀었다, 다시 땋기를 반복하다가 조금 간격을 두고서야 읊조렸다.

"한때는 긴 머리를 틀어 올리지 않고 늘 어깨를 덮도록 늘어뜨려 두었으니, 풀어진 머리카락이 낭군의 다리에 드리우던 그

때가 내 어여뻤던 시절이었더라."[26]

기품 있는 저음이 그윽하게 이어지는 동안 그 애틋하고도 다정다감한 울림에 파르르 전율했던 맹부요가 마침 머리 한 올이 툭 뽑히자 속내를 감출 겸 냉큼 킥킥거렸다.

"어허, 아프잖아요!"

원소후가 멈칫하더니 땋아 놓은 머리카락에서 스르르 손을 뗐다.

"역시 능력 밖이오."

정수리로 손을 뻗었다가 어린아이나 할 법한 만두 머리가 절반쯤 완성된 걸 발견한 맹부요가 실소를 흘렸다. 좀 비웃어 줄까 하던 그때, 원소후가 먼저 입을 열었다.

"아무리 고집불통이어도…… 기다릴 것이오. 부요, 달이 쉬이 기울듯 사람의 인연 또한 쉬이 다한다 하였소.[27] 함께 있음을 귀히 여겨야 하거늘."

그가 맹부요의 등 뒤에서 속삭였다.

"언젠가 그대가 깨달을 날을 기다리겠소."

별안간 모닥불 속에서 무언가가 '팟' 하고 튀었다. 불길에 달아오른 잣송이에서 알맹이가 터져 나온 것이었다.

그 기세 그대로 모닥불 밖까지 튀쳐나온 잣 한 알이 맹부요의 손바닥으로 날아들었다.

---

26 진晉나라 때 자야子夜라는 여인이 지은 〈자야가子夜歌〉 중 일부이다.

27 소동파의 〈중추견월화자유中秋見月和子由〉에 등장하는 구절이다.

그녀는 잣을 손 안에 받아 꼭 틀어쥐었다. 흡사 후끈후끈하게 열 오른 심장을 쥐는 양.

뒤에 앉은 이의 그림자가 불빛이 일렁이는 동굴 벽에 비치고 있었다. 기골이 장대하다고까지는 못할 체격이었으나 그는 항상 딱 적당한 포근함으로 그녀를 감싸 줬다.

맹부요는 그의 그림자를, 쏟아져 내린 자신의 머리카락이 그의 무릎을 덮고 있는 모습을, 오도카니 응시했다.

동굴 안에 적막이 흘렀다. 말로는 못다 할 심사를 품은 채로, 두 사람 모두 침묵을 지키고 있었다. 그 덕분에 바깥에서 나는 소리가 한층 또렷하게 들려왔다.

바람이 동굴 입구를 쓸고 지나가면서 나지막하게 울부짖은 찰나, 둘은 그 소슬한 음향 속에 사뭇 이질적인 기척이 섞여 있음을 포착해 냈다. 무언가 '쿵' 하는 소리, 헐떡거리는 호흡, 초목이 서로 부대끼고 도검이 얽히는 마찰음이 점차 가까이 오고 있었다.

맹부요가 허리를 바짝 세우고 밖에 귀를 기울이는 사이, 모닥불부터 즉시 끈 원소후가 조용히 말했다.

"서남향, 누군가 이쪽으로 쫓겨 오고 있군."

맹부요가 그를 돌아보며 물었다.

"우리가 지금 어디 있는 건데요?"

어째서인지 원소후가 대답을 내놓는 데는 약간의 시간이 걸렸다.

"과거에 한 번 와 본 적이 있소. 호양산昊陽山, 융군 본영에서 멀지 않은 곳이오."

맹부요가 경악한 표정으로 그를 쳐다봤다. 평소에는 그렇게나 현명하던 사람이, 어쩌자고 이 위험한 데로 자신을 데려온 건지 납득이 가지를 않았다.

하지만 정작 원소후의 태도는 당당하기만 했다.

"정신없이 내달리느라 그만 깜빡했소."

맹부요는 아무 말 못 하고 머쓱하게 코끝만 훔쳤다. 원인 제공자가 누구인지를 너무 잘 아는 탓이었다. 자기 때문에 머리가 홱 돌지만 않았어도 오밤중에 이런 데까지 말을 달려올 일이 뭐가 있었겠는가.

동굴 밖으로 고개를 내밀자 어느새 산 전체가 횃불로 뒤덮인 게 보였다. 온 하늘의 별빛이 모조리 산으로 쏟아져 내린 듯한 모양새였다. 인원수가 실로 어마어마한 것 같았다.

날붙이 부딪치는 소리가 끊이지 않는 가운데, 가까운 산마루에서 누군가가 횃불을 흔들며 묵직한 음성으로 외쳤다.

"침입자다! 잡아라!"

맹부요가 소곤거렸다.

"난리도 아니네. 우리가 산에 들어온 거 눈치챘나 보죠? 어휴, 그러게 왜 그랬어요. 온천에서 엄청 요란하게 첨벙대더라니."

방귀 뀐 놈이야 성을 내든 말든 어둠 속만 뚫어져라 보고 있던 원소후가 느릿느릿 말했다.

"동굴을 나가면 바로 앞은 낭떠러지요. 덩굴이 우거져 표시가 나지 않지만, 사실 아래쪽 암벽이 수직이 아닌 안으로 움푹

들어간 형태이니 잠시 후에 그리로 내려 주겠소."

맹부요가 고개를 홱 틀어 그를 쳐다봤다.

"당신은요?"

"융군의 긴장 태세가 심상치 않소."

원소후가 무심히 손가락을 뻗어 점점이 타오르는 횃불을 가리켰다.

"아무래도 우리 때문이 아니라 진짜로 누군가 본영에 침입한 것 같소. 적의 수가 너무 많은 데다가 그대는 발작으로 인해 운신이 어려운 상태이니 우선 여기보다 안전한 곳으로 피해 있으라는 것이오."

"싫어요!"

맹부요는 결연했다.

"나 떼어 놓고 도망갈 생각일랑 꿈도 꾸지 말아요."

원소후의 눈동자가 그녀를 향했다. 오늘 밤 들어 처음으로, 그의 눈에 옅은 웃음기가 맺히는 순간이었다.

"부요, 그 솔직하지 못한 말버릇은 언제쯤에나 고칠 테지?"

맹부요가 한마디 받아치려던 그때, 어지러운 발소리와 함께 작은 사람 하나가 비틀비틀 동굴 입구로 달려오는 게 보였다. 그 사람은 뛰는 와중에도 불안한 양 자꾸만 뒤를 확인했다.

고개가 돌아가던 어느 찰나, 핏자국으로 얼룩진 자그마한 그 얼굴에 달빛이 내려앉았다.

소도였다.

맹부요가 아이의 이름을 외치기 직전, 가까스로 제 입을 틀어막았다. 그런데 다음 순간, 뒤를 돌아보느라 발을 헛디딘 소도가 크게 휘청하더니 동굴 앞 절벽 가장자리에서 추락하는 게 아닌가.

"소도!"

당장 동굴을 박차고 나간 맹부요가 절벽 아래로 몸을 날렸다.

농탕을 치다

맹부요는 절벽으로 몸을 날리던 도중 단단한 손에 붙들리고야 말았다.

기력 빠진 몸으로 발버둥을 쳐 본들 한 발자국도 더 앞으로 나아갈 수 없었던 그녀가 억눌린 목소리로 외쳤다.

"애를 구해야……."

말을 미처 맺기도 전에 웬 사람 그림자가 눈앞을 번개같이 스치고 지나갔다. 동굴 위쪽 벼랑에서 뛰어내린 누군가가 그녀보다 훨씬 빠른 속도로 소도를 쫓아 내려간 것이다. 맹부요의 시야 끄트머리에 잡힌 것은 자색과 남색이 섞인 장포 자락이 전부였다.

절벽 밑에서 탄탄한 팔뚝이 불쑥 올라와 바위틈을 붙잡더니, 나머지 한 손이 소도를 위쪽으로 휙 던져 올렸다. 맹부요는 얼른 앞으로 나아가 아이를 받아 들었다.

소도는 눈이 왕방울만 해진 채였지만, 이번에도 역시 울지는 않았다.

한숨을 푹 내쉰 맹부요가 물었다.

"다친 데 없어? 여기는 어떻게 온 거야?"

입을 꾹 다문 소도가 절벽 아래를 내려다봤다. 곧이어 선명한 색채의 장포를 걸친 남자가 훌쩍 뛰어 위로 올라왔다.

저 숱 많고 진한 눈썹은, 자기한테 시집오라는 소리로 시작해 광장에서 쌍욕 대결까지 서슴지 않았던 철성이 아닌가.

추격병들이 이미 낌새를 채고 이쪽으로 몰려오고 있는 상황에는 아랑곳없이, 씩씩거리며 동굴 앞에 선 그가 눈썹을 가파르게 치켜세우고는 맹부요를 윽박질렀다.

"못 믿을 인간!"

맹부요는 얼떨떨한 표정이었다.

"뭐래?"

"못 믿을 인간이라고 했다!"

철성이 성토하기를.

"내 거 하기로 해 놓고서 딴 놈이랑 놀아나는 게 어디 있어!"

쿨럭, 기침을 뱉은 맹부요가 다음 순간 퍼뜩 고개를 쳐들고는 따져 물었다.

"너 미행했냐? 훔쳐보고 있었어?"

"그게 뭐?"

철성이 고개를 빳빳하게 세웠다.

"혼인할 사이인데 당연하지!"

이를 박박 갈던 맹부요가 쇳소리로 외쳤다.

"누가 너랑 혼인 같은 거 한대?"

"내가 하자면 하는 거다!"

눈앞에 버티고 선 꼴통 자식을 노려보며, 맹부요는 아예 상대를 안 하는 편이 현명하겠다는 판단을 내렸다.

추격병이 목전까지 들이닥친 판국에 생떼 쓸 마음이 드느냐는 말이다!

이때, 뒤에 있던 원소후가 건조한 투로 끼어들었다.

"싸움 끝났소? 끝났으면 따라오시오."

원소후는 아까부터 심상치 않은 눈으로 자신을 쏘아보고 있는 소도를 안아 든 뒤, 팔을 뻗어 맹부요를 끌어당겼다.

"바짝 붙으시오. 무슨 일이 있어도 나한테서 떨어지지 말고."

듣고 있던 철성이 큰 소리로 퉁을 놨다.

"따라가기는 내가 왜……."

그러자 원소후가 그를 돌아보지조차 않고 대꾸했다.

"너는 애초에 열외다."

오늘 밤 수색 작전의 책임자는 융군 부장副將급 장수였다.

삼경 즈음, 어느 간 큰 놈이 본영에 잠입해 날린 불화살이 하마터면 최고 사령관 막사를 홀랑 태워 버릴 뻔했다. 융족들은 전투 전에 막사가 망가지는 걸 불길한 조짐으로 믿었고, 그 때문에 격노한 최고 사령관이 그에게 병력을 내어 주며 추격을 명한 것이었다.

오밤중에 군영을 발칵 뒤집어 놓은 놈을 어떻게든 붙잡아서 발기발기 찢어 죽이라며.

사실 침입자는 주변 지형에 빠삭하다는 강점 하나로 여태 붙잡히지 않았을 뿐, 체격도 왜소하고 딱히 무공이 뛰어난 것도 아니었다. 하지만 추격을 맡은 부장은 조심성 많은 성격이었기에 병마 수천을 굳이 이곳 호양산까지 몰고 온 참이었다.

절벽에서 떨어질 뻔한 소도를 본 융족 병사가 신호를 보내자 흩어져 있던 횃불들이 우르르 몰려들어 산봉우리를 겹겹으로 둘러쌌다.

융족 부장이 친히 산을 오르기 시작했다. 앞뒤 좌우로 호위병을 붙인 것은 소도가 무서워서가 아니라 아까 절벽에서 소도를 구해 준 사내의 몸놀림이 범상치 않았기 때문이었다.

부장은 흐느적흐느적 몸을 날리다가 만 맹부요와 시종일관 제대로 모습을 드러내 보이지 않은 원소후의 존재는 아예 모르고 있었다.

벼랑 근처에 도달했을 즈음 하얗고 동그란 그림자가 시야를 휙 스쳤다. 고개를 숙인 부장은 토끼 같기도 하고 생쥐 같기도 한 동물이 재빠르게 달려 사라지는 모습을 봤지만, 딱히 개의치 않고 다시금 포위망을 좁혀 가는 데 집중했다.

부장은 상상도 못 했을 테지만, 하얗고 토실토실한 그림자가 산에서 내려가자마자 한 일은 원소후가 몰고 왔던 말에 폴짝 올라타서 대뜸 갈기를 '이랴 이랴!' 하고 잡아당기는 것이었다.

하지만 고도로 훈련된 상양궁 명마가 아니고서야 보통 말이 원보 대인의 신호를 알아먹을 리 없었다. 말이 꼼짝도 하지 않는 통에 원보 대인은 피가 바짝바짝 말랐다.

오늘 밤 주인님은 호위들에게 절대로 뒤에 따라붙지 말라는 명령을 내렸고, 위기 상황을 밖에 알릴 사람은 자신뿐이었다.

빌어먹을 말 대가리, 이 몸의 승마 자세가 좀 특별하기로서니 숫제 쌩까기냐?

울분을 이기지 못한 원보 대인이 말 목덜미를 콱 물어뜯자 그제야 기겁한 준마가 길게 울부짖으며 지면을 박차고 튀어 나갔다.

턱에서 힘을 풀었다가 하마터면 공중으로 내동댕이쳐질 뻔한 원보 대인은 허겁지겁 갈기 끝에 매달렸지만 말이 달리는 내내 이리 휘청, 저리 휘청, 요동치는 신세였다.

이날 새벽, 별도 뜨기 전에 부지런히 일터로 나섰던 마을 사람들은 기묘한 광경을 목격했으니, 사람도 태우지 않은 말이 혼자서 들판을 냅다 가로질러 내달리는 모습이었다. 갈기에는 하얀 공 하나를 덜렁덜렁 매달고서.

원보 대인이 제 소임을 다하고자 질주하는 사이, 조금 전에 지나간 쥐 새끼가 얼마나 중요한 존재였는지 꿈에도 모르는 융족 부장은 오로지 절벽만 노려보며 목표물이 숨어 있을 장소를 가늠 중이었다.

병사들의 긴 창이 연신 풀숲을 들락날락했으나 기대하던 목표물의 낌새는 어디에서도 찾을 수 없었다.

융족 부장은 얕게 파인 동굴 쪽으로 눈길을 돌렸다. 그의 눈에 의혹이 스쳤다.

도망칠 시간이라면 충분했을 터인데 어째서 아직도 저 안에 있단 말인가?

입구에 장작을 대충 쌓아 연기만 잠깐 피워도 자기들은 끝장이란 걸 정녕 몰라서?

적막한 동굴의 어둠 속, 모닥불이 꺼지고 남은 잿더미 사이에서 암홍색 불티가 꿈틀거리는 가운데 동굴 천장 가까이에서는 불티보다도 더 형형한 안광이 번뜩이고 있었다.

맹부요는 엉겁결에 원소후의 품으로 끌려 들어가 폭 안긴 채였다. 그만의 은은한 향기가 공기 중의 청량한 수분감과 한데 섞여 기분 좋은 내음을 만들어 냈다.

맹부요가 몸을 뒤척이자 원소후가 그녀를 한층 단단히 끌어안았다. 괜히 '킁' 하고 코를 들이마신 맹부요가 손가락으로 원소후의 손바닥에 글씨를 썼다.

'우리 도망 안 가요?'

원소후 정도의 무공이라면 설사 혹 두 개가 붙었다 한들 탈출이 어렵지는 않을 터였다.

그녀의 질문에 원소후도 손바닥 글씨로 화답했다.

'이리된 김에 모조리 죽여 버리려 하오. 나중에 일이 줄도록.'

맹부요가 입을 삐죽였다.

'큰소리는 빵빵 잘 치네요. 혼자서 군사 3천을?'

맞닿은 뺨의 감각으로 원소후가 미소 짓는다는 걸 알 수 있었다. 어둠 속에서 눈을 빛내던 그가 아까보다 훨씬 느릿하게 손바닥에 글자를 썼다.

'나는 혼자서도 3천 군사를 제압할 수 있고 그대는 그런 나를 꼼짝 못 하게 할 수 있으니, 결국 더 대단한 사람은 그대일 터.'

웃음이 맹부요의 입가를 비집고 나오려 했다.

손바닥이 간질간질했다. 어찌나 손끝을 살금살금 놀리는지, 원소후의 동작은 글자를 쓴다기보다는 간지럼 태우기에 가까웠다.

하필 맹부요는 간지럼에 약한 유형이었다. 웃음을 참느라 힘껏 깨문 입술이 피처럼 선명한 빨강으로 물들어 가고 있었다.

이때 위쪽에서 코웃음 치는 소리가 났다.

"쳇!"

한 칸 높은 바위에 앉아 있던 철성이었다. 이글이글 타오르는 눈으로 둘을 노려보던 그가 손가락을 세워 암벽에 글자를 새겼다.

'적이 코앞에 닥친 판국에 농탕질은!'

'농탕질'이라는 단어에 순간적으로 사레까지 들린 맹부요였지만, 녀석에게 한 방 먹고 그냥 끝내는 건 역시 자존심이 용납하지 않았다.

그녀의 손가락이 재깍 허공을 휘저었다.

'남이사!'

철성이 발끈해 아래로 뛰어내리려던 때였다. 원소후가 홀연 옷소매를 휘둘렀다.

보라색 섬광이 번뜩하는가 싶더니 급작스럽게 주변 대기가 희박해지면서 온도가 뚝 떨어졌다. 철성은 무릎 주변에 얼음이 끼는 듯한 느낌을 받는 것과 동시에 그 자리에 딱딱하게 굳어 버리고 말았다.

철성이 경악에 찬 눈빛을 보내는 동안, 고개를 틀어 벽을 살펴보던 원소후의 눈 안에 웃음기가 스쳤다. 그가 손가락을 뻗어 글자 몇 개를 지워 내고 다시 몇 자를 덧붙이고 나자 철성이 썼던 문장이 새롭게 재탄생했다.

'정녕 선달 열사흘 밤. 비님이 오시려 구름 드리웠는데, 소후가 이곳에서 부인과 농탕을 치다.'

글귀를 본 맹부요의 얼굴이 화르륵 불타올랐다. 그냥 불타오른 게 아니라 시커먼 숯이 되도록.

시커먼 얼굴색과 대비되는 하얀 송곳니가 뾰족하게 날을 세웠다. 당장이라도 어느 분을 물어뜯을 기세였다.

그러나 송곳니가 미처 쓸모를 발휘하기도 전에 동굴 밖에서 발소리가 들려왔다.

융족 부장이 발걸음을 멈춘 곳은 결국 동굴 앞이었다. 주변은 이미 샅샅이 뒤져 본 뒤였다. 날개라도 달려 날아가지 않은 이상, 놈들이 숨어 있을 만한 장소는 이제 동굴이 유일했다.

새카맣게 몰려든 병사들이 두꺼운 성벽에 필적하는 포위망을 이뤄 동굴 주변을 물샐틈없이 에워쌌다. 근방 수 리 밖까지 구불구불 뻗은 병졸 대열은 거대한 뱀을 닮은 모습이었다. 병졸들이 세워 든 무기가 달빛을 받아 파르스름한 빛을 발했다.

이 정도 밀집 진용을 혼자 힘으로 뚫기란 불가능한 일이었다. 병사 한 명당 일 장씩만 날린다고 쳐도 중간에 지쳐 쓰러지고야 말리라.

"불을 피워라!"

팔짱 낀 자세로 떡 버티고 선 융군 부장이 동굴을 노려보며 싸늘하게 소리쳤다. 순간 맹수의 것 같은 치열이 어둠 속에서 하얗게 번뜩였다. 장군께서는 발기발기 찢어 죽이라 명하셨지만, 찢어발기는 것이야 숯덩이가 된 시체를 들고 가서 해도 무방한 일이었다.

장작 쌓기를 다 마치도록 동굴 안에서는 아무런 기척이 없었다. 비릿하게 웃은 융군 부장이 손날을 아래로 내리치는 시늉을 해 보였다.

횃불을 든 병사가 불을 붙이려던 찰나, 탑 형태로 쌓여 있던 땔감이 느닷없이 무너져 내리면서 제일 위에 올려놨던 굵은 나무토막이 병사의 정수리를 후려쳤다. 지켜보던 이들이 창백해진 얼굴로 슬금슬금 뒷걸음질을 쳤다.

융족 사이에는 전쟁과 관련해 전해 오는 속설이 많았는데, 그중 꽤 중요한 한 가지가 바로 싸움이 시작되기도 전에 부상자가 나오는 건 불길한 징조라는 말이었다.

장작더미를 빤히 뜯어보던 융군 부장은 조금 전 동굴에서는 그 무엇도 쏘아져 나오지 않았음을 기억해 냈다. 결국 붕괴 사고는 단순한 우연이라 결론지었다. 미간을 찌푸리며 콧방귀를 뀐 그가 팔을 휘두르자 뒤에 있던 친위병이 횃불을 들고 다시금 장작더미로 다가갔다.

이번에는 절반 정도 가던 친위병이 별안간 스르르 고꾸라지는 사태가 발생했다. 넘어지면서 땅바닥을 데구루루 나뒹굴던 친위병의 몸통에서 갑자기 머리가 달랑 떨어져 나와 따로 저만치 굴러갔다.

수천 쌍의 눈이 지켜보는 가운데 머리통은 평온하게도 지면 위를 굴렀다. 피가 쏟아지지도, 비명이 터지지도 않았다. 심지어는 장작더미를 향해 신중한 탐색의 눈빛을 보내던 표정마저 고스란히 간직하고 있었건만, 그럼에도 불구하고 머리통은 사람 머리라기보다는 누군가 걷어찬 공에 가까워 보였다.

한밤중 심산유곡, 어두침침한 동굴 앞. 갑자기 고꾸라진 사람의 머리통이 소리도 없이 떨어져 나와 자기 발밑으로 굴러온다면, 과연 어떤 느낌이 들까?

일단 융군 부장의 경우는, 거의 정신줄을 놓기 직전이었다.

“우와악!”

소리를 지른 그가 반사적으로 머리통을 걷어찬 순간.

푸슉!

아주 미미한 소리가 울렸다.

광활한 적막 한가운데서 누군가 내뱉은 탄식과도 같은 소리랄까.

소리와 함께 머리통이 폭발했다.

서리 빛깔 월광 아래에서 붉은 피와 허연 건더기가 무수히 날았다. 자잘한 고체 상태로 뭉친 두개골 속 내용물이 바람 가르는 소리를 내며 주변에 밀집해 있던 군사들을 향해 휘몰아쳐 갔다.

날마다 같이 먹고 자던 동료의 뇌수를 온몸에 뒤집어쓴 기분이란 과연 어떠한 것일는지.

제아무리 용맹한 전사라도 이 순간의 공포와 역겨움이 남긴 악몽에서는 평생 벗어날 수 없을 터였다.

부장이 찢어지는 비명을 내지르며 고꾸라졌을 때였다. 피와 뇌수가 묻은 자리에서 파스스 연기가 치솟더니, 몸 곳곳이 문드러져 뼈가 보일 정도로 커다란 구멍이 숭숭 뚫리기 시작했다.

"저주다! 악마의 저주야!"

동굴 앞이 순식간에 시체 전시장으로 변했다.

원인 불명의 참혹한 죽음. 세상 경험이 적은 융족 병사들은 하얗게 질려 버린 지 오래였지만, 보이지 않는 적에 대한 두려움으로 칼을 덜덜 떨면서도 줄행랑을 놓을 기미는 없었다.

융족 군대는 군율이 엄격했다. 전투를 앞두고 대오를 이탈한 병사는 군법에 따라 일가를 몰살하게 되어 있었으니, 눈앞에서 아무리 무시무시한 상황이 벌어진들 도망칠 생각이 들 리 만무했다.

갸륵하게도 개중에는 멀찍이서 시험 삼아 횃불을 던져 보려는 용자도 있었다.

동굴 안의 맹부요는 원소후를 빤히 응시하며 눈을 빛내는 중이었다. 조금 전 그가 병사들을 처치한 방식은 맹부요가 보기에도 불가사의였다. 언뜻 무공이 아닌 것 같기도 했는데, 정확히 뭐였는지는 알 길이 없었다.

오주대륙 전역을 샅샅이 뒤진들 원소후와 비슷한 무공의 소유자를 찾기란 쉽지 않을 터였다. 정파도 아니고 사파도 아닌, 어떤 때는 눈부시게 화려하다가도 또 어떤 때는 기척조차 없이 피를 흩뿌리는.

망할 도사 영감 밑에서 천하의 무학 지식을 두루 쌓았노라 자부하는 맹부요조차도 그가 보여 주는 무공에 관해서는 아는 바가 전혀 없었다.

사실 방금 원소후가 쓴 것은 적을 정신적으로 무너뜨려 투지를 잃게 만드는 고도의 심리 전술이었다. 퇴각하지 않고 버텨 봐야 적들을 기다리고 있는 것은 파멸일 터였다.

문득 눈길을 옮긴 맹부요가 동굴 앞 장작더미를 향해 빙그르르 날아드는 횃불을 목격했을 때였다.

타앗!

보랏빛 그림자가 빛의 속도로 허공을 가로질렀다. 줄곧 존재를 숨기고 있던 원소후가 마침내 움직인 것이다.

단숨에 동굴을 벗어난 그가 장작더미를 걷어차자 굵은 나무토막들이 사방을 향해 화살처럼 쏘아져 나갔다. 진정한 의미의 무차별 타격이었다.

나무토막은 병사를 들이받고 나서도 멈추지 않고 사람 몸뚱이를 밀면서 그대로 돌진, 2차, 3차로 충돌을 일으켜 적들을 우수수 연쇄적으로 넘어뜨렸다.

나무토막 하나당 병사 너덧이 볏짚 쓰러지듯 나가떨어졌고, 희생자들이 뿜어낸 피와 체액이 소나기처럼 온 하늘을 뒤덮으며 쏟아져 내렸다.

철성 역시 원소후를 따라 동굴 밖에 등장했다. 비록 원소후의 절륜한 내공은 따라잡지 못하더라도 철성은 철성대로 싸움의 고수였다.

원소후가 적진을 휩쓰는 사이 철성은 곡도를 빼 들고 입구에 버티고 서서 슬금슬금 원소후를 피해 동굴을 공략하려는 적군을 상대했다. 한 놈이 덤비면 한 놈이, 두 놈이 덤비면 두 놈이 한꺼번에 그의 칼에 꿰였다.

나무토막으로 적군 수십을 작살낸 원소후는 여세를 몰아 공격을 이어 가는 대신 다시 동굴 안으로 몸을 날리면서 철성에게 분부를 남겼다.

"수고스럽겠지만, 여기 좀 지키고 있어라."

마침 달려드는 적군의 가슴팍에 칼날을 박아 넣던 철성이 얼굴에 튄 피를 닦으며 소리쳤다.

"그럼 그쪽은 뭐 하게?"

"피로하구나. 너만큼 용맹하지가 못한지라."

동굴 안에서 원소후의 느긋한 대답이 들려왔다.

철성은 혈압이 오르다 못해 피를 토할 뻔했다.

발놀림 한 번으로 적군 수십 명을 날려 버린 작자가 뭐? 피로해?

철성이 뒤를 돌아보면서 분통을 터뜨렸다.

"미친 거 아니야? 포위망 뚫렸을 때 빠져나가야지, 이대로 계속 체력만 소모하다가는 우리 전부 죽은 목숨이라고!"

원소후는 깔끔한 무시로 일관했다.

철성은 급기야 동굴로 뛰어들어 칼부림을 낼 기세였지만, 하필 병사 놈이 덮쳐드는 바람에 뒤로 돌아 상대의 칼을 받아 내야 했다.

이때부터는 또 지루한 중노동의 시작이었다.

지켜보던 맹부요가 고개를 절레절레 저으며 중얼거렸다.

"복도 지지리 없지, 어쩌다가 저 인간이랑 얽혀서는. 일단 얽히면 신세 조지는 거란다……."

때마침 그녀 곁으로 돌아온 원소후가 빙긋이 미소 지었다.

"팔자 얄궂기로 따지자면 그대와 얽힌 내가 최고지."

벽에 등을 기대어 있던 그가 일어나 모닥불을 새로 피운 후 맹부요와 소도를 불가로 불러들였다. 그사이에도 밖에서 고군분투 중인 철성을 보다 못한 맹부요가 한마디를 던졌다.

"어휴, 안 도와줄 거예요?"

"그대와 혼인하겠다지 않소. 그게 아무런 대가도 안 치르고 될 일이오?"

원소후는 태연하기만 했다.

"그래서야 내가 억울해 못 배기지."

맹부요가 표정을 구겼다.

"이제부터 당신이랑 말 안 섞을래요. 하여튼 상대방 입 틀어

막는 데 뭐 있어."

싱긋 웃으면서 모닥불을 뒤적이던 원소후가 돌연 타다 만 나무토막 하나를 집어 동굴 밖으로 휙 내던졌다.

다리가 풀린 철성이 휘청하는 틈을 노려 융족 병사가 칼을 찔러 넣으려던, 바로 그 순간이었다.

불씨를 벌겋게 머금은 나무토막이 귀신같이 날아들어 얼굴을 후려갈긴 결과, 실력이 꽤 쓸 만했던 융족 병사는 한순간에 머리통이 박살 나고야 말았다.

일순 움찔한 철성이 내키지 않는 기색으로나마 고맙다는 인사를 하려 돌아서자 원소후가 무심히 말했다.

"싸우는 데나 집중해라."

한바탕 퍼부으려던 철성을 방해한 건 어디서 갑자기 날아든 몽둥이였다. 당장 눈앞의 공격부터 막아 내야 하는 그에게 절대 우위를 점한 원소후와의 말싸움 같은 건 요원한 일이었다.

옆에서 맹부요가 웃음을 흘렸다.

"이제 알겠네. 착한 부하 만들기 훈련 중이셨구먼."

"무공도 쓸 만하고 대쪽 같은 기개에 용맹함까지 갖춘 녀석이나, 단점이라면 대가 지나치게 세고 성품이 불같은 점이지."

원소후가 잿더미 속에 묻혀 있던 잣알을 골라 내 맹부요에게 건넸다.

"기를 살짝 꺾고 소속감을 키워 주면 훗날 그대에게 든든한 힘이 될 거요. 요신은 워낙에 약아빠진 자인지라, 너무 믿지 않는 편이 좋소."

맹부요는 그가 껍질을 벗겨 손바닥에 올려 준 잣알을 묵묵히 내려다봤다.

속껍질을 '후' 불어 날리고 난 잣은 옥구슬처럼 반드르르 영롱한 것이, 흡사 상대가 애정을 담아 고이 바친 마음 같았다. 따끈따끈한 잣알을 천천히 뺨에 가져다 대자 살갗에서 시작해 가슴속까지, 훈훈한 온기가 번져 나갔다.

이때 뭔가가 휙 시야를 스치고 지나갔다. 원소후가 또 날아나간 것이다.

그는 철성이 힘겨워할 때마다 '딱 맞춰' 나가서 적을 수십 명씩 처치해 사나운 융족 군사들을 일시적으로나마 물러서게 만들었다. 그렇게 철성에게 한숨 돌릴 시간을 벌어 주고 나면 금방 또 '피로해서 쉬어야겠다.'라며 훌쩍 동굴로 돌아왔다. 그 이상의 도움은 말 그대로 국물도 없었다.

철성은 봉두난발로 헉헉거리고 있건만, 원소후는 느긋이 적들을 처치했고, 들어가는 길에 그에게 무심하게 몇 마디 지적까지 던졌다.

처음에 철성은 부아가 치밀어 눈이 홱 도는 느낌이었다. 동굴 안에 있는 이를 지켜야 한다는 의무감만 아니었더라면 아마 이판사판 붙어 보자고 덤벼들었을 것이다.

그런데 점차 시간이 지나면서 깨달아지는 바가 있었다. 원소후가 알려 준 대로 적을 상대해 보니 쓸데없는 기력소모가 줄어들면서 점점 몸에 기운이 차오르는 게 느껴지지 않겠는가. 초식 자체도 한층 깊고 예리하게 먹혀드는 것 같았다.

철성이 싸우는 모습을 멀찍이서 쳐다보고 있던 맹부요가 부러운 투로 말했다.

"운 좋은 녀석이네요."

원소후의 입꼬리가 엷은 미소를 띠었다.

달이 서산으로 지고, 태양이 동녘에서 고개를 내밀었다가 이내 뉘엿뉘엿 서편으로 넘어갔다.

어두침침하던 동굴에 햇빛이 들었다가 다시금 어둠이 차오르기까지, 꼬박 하루 동안 혈투를 벌인 철성이 더 이상 팔을 쓸 수 없게 되었을 즈음, 저 멀리서 날카로운 휘파람 소리가 들려왔다. 줄곧 눈을 감은 채 정좌하고 있던 원소후가 눈꺼풀을 들어 올리며 말했다.

"나갈 때가 되었군."

그가 일부러 시간을 끌고 있다는 것도, 원보 대인이 안 보이는 데는 분명 흑막이 있으리라는 것도, 맹부요는 진작 눈치를 챘기에 별다른 질문을 하지 않았다.

부축을 받으며 몸을 일으킨 그녀를 원소후가 한 팔로 감아 품으로 끌어 들였다.

"꽉 안으시오."

맹부요는 영 부담스러운 기색이었다.

"내 발로 갈게요."

애석하게도 원소후의 질문은 형식적인 것에 불과했으므로, 맹부요의 입장 표명이 미처 끝나기도 전에 그는 이미 몸을 날리는 중이었다.

덕분에 맹부요는 그의 가슴팍에 '쿵' 하고 이마를 박았으나, 어쩌겠는가. 이렇게 된 이상 죽자 사자 끌어안는 수밖에.

원소후는 지금까지와 사뭇 다른 방식으로 적의 목숨을 앗았다. 한 걸음에 한 번씩 피의 인印이 맺히노라면 필시 시체 한 구가 쌓이는 식이었다.

마치 구중천의 천신이 생명을 소환하고자 인을 맺듯, 그가 엷게 미소 지으며 손을 뻗을 때마다 멀쩡히 살아 숨 쉬던 병사들이 나무 말뚝이라도 된 듯 픽픽 쓰러졌다. 하나같이 미간에 구멍이 뚫린 시체들은 온몸의 뼈가 모조리 바스러져 뱀처럼 흐느적거리는 모양새를 하고 있었다.

옷자락을 휘날리며 병사들 사이로 들어갔던 원소후는 얼마 지나지 않아 흥건한 피 웅덩이를 밟으며 시체 사이를 빠져나왔다. 희미한 달빛 아래, 그의 연보라색 옷자락에는 작은 얼룩 한 점조차 남아 있지 않았다.

걸음걸음 죽음을 몰고 다니는 그의 앞을 가로막을 자, 감히 누가 있으랴.

동료들의 기괴하기 짝이 없는 마지막 모습과 눈 하나 깜짝 않고 살인을 자행하는 원소후의 냉혹함 앞에서는, 제아무리 흉포하기로 이름난 융군이라도 간담이 서늘해질 수밖에 없었다. 특히 융족은 사람 얼굴에 뱀의 몸통을 한 격일신을 섬기는 민족. 그들이 뱀처럼 뒤틀린 시신을 보며 신의 존엄을 떠올린 것은 어쩌면 당연한 일이었다.

그렇다면 사람 명줄을 초개와 같이 다루는 눈앞의 저 사내는 격일신의 화신이란 말인가?

"인간이 아니다!"

비명처럼 외친 병사 하나가 도망치기 시작했다.

"격일신께서 보내신 사자가 틀림없어!"

그러자 다른 사람들도 반사적으로 걸음아 날 살려라, 줄행랑을 쳤다.

"신께서 노하셨다! 우리를 벌하고자 사자를 보내셨다!"

절벽을 에워싸고 끈질기게 버티던 융족들이 마침내 사방으로 흩어졌다.

하지만 그들을 기다리고 있는 것은 원소후가 꼬박 하루 밤낮의 시간을 들여 치밀하게 짜 놓은 덫이었다.

절벽 아래쪽에 사람이 지나다닐 수 있는 길은 총 세 갈래가 있었다. 혼비백산한 융족들은 본능적으로 셋 중 가장 폭이 넓은 돌길로 접어들었다. 사람 손으로 반듯하게 닦여 시야가 탁 트인 노선이었다.

잠시 후, 선두에서 달리던 병사가 못 박힌 듯 우뚝 제자리에 멈춰 섰다. 저만치 앞쪽에 동그마니 굴러다니고 있는 머리통을 본 탓이었다.

별거 아니라고 하며 넘어갈 수도 있었겠지만 그 광경을 목격한 순간, 병사는 동굴 앞에서 폭발을 일으켰던 머리통을, 영문도 모른 채 목숨을 잃은 지휘관과 동료들을, 여태껏 그들의 몸에 덕지덕지 달라붙어 있는 살점을 떠올렸다.

질겁해 비명을 내지른 병사는 귀신이라도 본 양 허겁지겁 돌길을 벗어나 덩굴풀이 우거진 오솔길로 빠졌고, 나머지 인원들 역시 우르르 뒤를 따랐다.

그들이 택한 것은 '죽음의 길'이었다.

꼬박 하루 밤낮 동안, 원소후 휘하의 복병전 전문가들은 그곳에 구덩이를 파고 독약과 그물을 배치한 뒤 매복을 심었다. 덩굴풀을 비롯한 초목만 고요하게 우거졌을 뿐 언뜻 아무런 위험도 없어 보이는 오솔길은 이로써 3천에 달하는 생명을 끝장낼 사신 겸 그들 영혼의 종착지로 거듭났던 것이다.

1인 대 3천 군사의 전쟁. 시작부터 싸움의 주도권은 원소후의 손아귀에 있었다.

적이 포위망을 짜도록 내버려 뒀다가 그 한복판에서 시체의 머리를 폭발시키고, 지휘관을 처치해 군의 사기를 꺾은 뒤에는 제자리에서 산발적인 싸움으로 시간 끌기에 돌입했고, 이후 모든 준비가 완료된 시점에 홀연 등장해 맹공을 펼치기까지, 모두 원소후의 뜻대로였다.

숨죽이고 있던 지난 시간을 단숨에 지워 버릴 만큼 압도적인 기세로 출격해 3천 군사의 탈주를 유도해 낸 그는, 초반 머리통 폭발 사건이 병사들에게 남긴 충격을 마지막에 이르러 다시 한 번 이용했고, 그 결과 적군은 매복이 불가능한 큰길을 버리고 제 발로 죽을 자리를 찾아 뛰어들었다.

그것은 서로 맞물린 매 단계가 미리 계산해 둔 시간 순서에 따라 한 치의 오차도 없이 작동해야만 비로소 성공 가능한 작전이었다.

또한 병사들의 심리를 명확히 꿰뚫고 있을뿐더러 자기 자신을 미끼로 활용할 만한 배짱까지 갖춘 백전노장이 치밀한 계산과 모의 검증을 거쳐 선택한 전술이었다.

원소후는 처음부터 잘 짜인 계획에 따라 3천 군사를 차근차근 본인이 원하는 결말로 몰아가고 있었던 것이다.

맹부요는 원소후의 가슴에 기댄 채 빽빽하게 얽힌 덩굴 사이에서 어렴풋이 움직이는 그림자들을 응시하고 있었다. 쉼 없이 이어지는 폭발음과 비명을 배경으로, 짙은 녹음 틈새에서 무더기로 피어난 선혈의 꽃송이가 바위에 부서지면서 곱고도 처절한 그림을 그려 냈다.

그 와중에 멀지 않은 곳에서는 새벽빛이 밝아 오고 있었다. 피로 물든 살육의 현장을 차마 두고 볼 수가 없었는지, 숲이 엷은 안개를 피워 올려 주변 경관에 면사 한 겹을 덧씌웠다.

"사람도 아니야……."

맹부요가 한참 만에 중얼거린 말이었다. 자존심 강하고 고집 센 그녀지만, 지금 상황에서만큼은 말을 안 할 수가 없었다.

"나 이번 생에 당신이랑 원수 될 일은 절대 안 만들래요."

애초에 있지도 않은 먼지를 옷자락에서 털어 낸 원소후가 희미하게 웃으며 그녀를 바라봤다.

"원수가 싫으면 가족이 되는 선택지도 있소."

맹부요가 눈을 어색하게 깜빡거렸다. 한번 솔직하게 터놓고 나더니 어째 말본새가 갈수록 노골적으로 변하는 것 같았다.

어디 가서 말로는 절대 안 밀린다고 자부하는 몸이지만, 이런 이야기만큼은 어떻게 대처해야 할지 막막했다. 그녀는 애써 못 들은 척, 슬그머니 고개를 반대편으로 돌렸다.

그녀가 막 고개를 틀었을 때였다. 줄곧 말없이 원소후의 등에 붙어 있던 소도의 눈빛이 돌변했다. 신발 안에서 단검을 뽑아 든 소도가 어린아이라고는 믿을 수 없는 힘과 속도로 원소후의 등을 향해 칼날을 내질렀다.

낭만의 극치

지나치게 가까운 거리, 지나치게 맹렬한 일격이었다. 순간 하얗게 질린 맹부요가 반사적으로 팔을 뻗었다. 제 살을 방패 삼아 칼날을 막아 내고자.

그런데 원소후의 등에 닿은 칼끝이 삐끗 밀리더니 그대로 옷을 타고 미끄러져 내리질 않겠는가. 옷은 옷이 아니고, 그 아래 몸도 몸이 아닌 것 같았다. 그보다는 미끄덩한 기름 덩어리에 가까운 질감이랄까.

소도가 헛손질을 하는 사이 원소후가 돌아섰다. 그는 혹여라도 맹부요가 몸을 제대로 가누지 못해 칼에 다칠까, 돌아서자마자 그녀부터 한쪽으로 끌어다 놓고는 집게와 가운뎃손가락으로 단검을 잡아챘다.

손가락 사이에서 칼날이 부러져 나간 직후, 그의 발에 걷어차인 소도가 붕 떠서 저만치 날아갔다.

'퍽' 소리와 함께 튕겨져 나간 소도는 마침 뒤따라 오던 철성과 충돌했다. 엉겁결에 소도를 떠안고 비틀비틀 뒤로 밀리다가 등으로 바위를 들이박고서야 겨우 멈춰 선 철성이 그 즉시 아이를 내던지며 소리쳤다.

"같은 편의 등에 칼을 꽂다니, 은혜를 원수로 갚아도 유분수지. 네가 그러고도 사람 새끼냐?"

바위에 의지해 콜록거리던 소도의 입가에 한 줄기 핏물이 흘러내렸다. 아이는 돌아보지 않았다. 오로지 돌 표면에 붙은 덩굴 식물만 손아귀 안에 단단히 틀어쥐고 있을 뿐. 덩굴에 난 가시가 손바닥을 파고들어 피를 내는데도 신음 한마디 흘릴 줄을 몰랐다.

그 모습을 빤히 응시하던 맹부요가 허리 뒤쪽으로 손을 가져가 천천히 칼을 뽑았다.

위험한 아이라는 건 알고 있었다. 속에 그늘을 품은 아이라는 것 역시 알고 있었다. 알면서도 그저, 기구한 운명이 아이에게 세상에 대한 증오와 불만을 심어 주었겠거니 여겼다. 시간이 지나면 서서히 괜찮아지리라 믿었기에, 그럴 시간을 주기 위해 종월과 대립각을 세우기도 했었다.

맹부요는 자신이 해코지당하고 다치는 건 두렵지 않았다. 하지만 곁에 있는 이까지 위험해지는 건 다른 문제였다.

자신을 제외한 다른 사람에게까지 위협을 가하는 건 용납할 수 없었다.

맹부요는 흡사 한 마리의 어린 맹수를 보듯, 소도를 노려보고 있었다. 저 어린아이가 이곳에 나타난 것 자체가 극히 부자연스러운 일이었다.

병사들에게 쫓기던 것도, 절벽에서 발을 헛디뎠던 것도, 어쩌면 전부 연극이 아니었을까?

만약 3천 융군을 의도적으로 여기까지 끌어들인 거라면?

반쯤 뽑혀 나온 칼날이 아침 햇살을 받아 번뜩였다. 여전히 손에 힘이 들어가지 않는 상태였지만, 아이의 목을 단숨에 베어 낼 자신 정도는 있었다.

이때 원소후가 가벼운 웃음으로 그녀를 저지했다.

"명확한 적의 앞에서 망설이는 것은 안 될 일이나, 상대의 적의에 의문점을 느낀다면 조금 신중해질 필요가 있소."

아까부터 계속 콜록거리는 소도를 지켜보며 뒷짐을 지고 있던 원소후가 문득 말을 걸었다.

"도내아刀奈兒?"

그 소리에 움찔 경련을 일으킨 소도가 커다랗게 벌어진 눈으로 원소후를 올려다봤다. 소도와 마주 보고 있는 사이 원소후의 눈동자 안에 오래된 기억이 스쳤다.

잠시 간격을 두고, 그가 다시금 느릿느릿 입을 열었다.

"찰한이금察汗而金은 잘 지내느냐?"

소도는 아까보다 더 격하게 몸을 떨었고, 원소후는 빙긋이 미소를 머금었다.

"아들만 여덟인 찰한이금의 가장 큰 바람은 초원을 누빌 봉황을 슬하에 얻는 것이었지. 보아하니 소원을 이룬 듯하구나."

홱 고개를 돌린 소도가 날카롭게 쏘아붙였다.

"어떻게 그 이름을 입에 올려? 무슨 낯으로?"

여전히 평온할 따름인 표정으로 아이를 응시하던 원소후가 담담하게 말을 이었다.

"그가 너를 보배로 여기기는 하였구나. 몇 살 먹지도 않은 아이한테 당시 일까지 일러 준 것을 보니."

"내가 그걸 왜 몰라?"

상대를 서슬 퍼런 눈으로 노려보며 소도가 또박또박 말했다.

"기억이 있을 때부터 어머니 품에 안겨 수도 없이 많이 들었어. 원래 우리한테는 드넓은 방목지를 가득 채운 소와 양이 있었다고. 북융 초원 전체에 점점이 흩뿌려진 천막집은 진주알처럼 새하얬고 가축들은 하늘의 별보다도 많았다고. 용맹무쌍한 내 아버지는 북융의 존귀한 왕이셨어. 아버지 앞에 머리를 조아리고 꿇어앉아 발에 입을 맞추지 않은 용사가 없었다고 했어. 그랬던 우리가 지금은 누더기 같은 천막에 살아. 말라비틀어진 양이나 몇 마리 지키면서 추방자 신세로. 아버지는 본래 마유주 잔을 들고 계셨어야 할 손으로 투박한 채찍을 쥐고서 직접 가축을 친다고. 전부 다 너 때문이야! 초원의 남아는 모두 형제라면서, 아버지가 남융 왕을 믿도록 만들었잖아. 그 틈을 노려 침투한 남융 첩자들이 결국은 존귀한 왕을 내쫓았잖아!"

맹부요는 도깨비불처럼 형형하게 번뜩이는 소도의 눈을 멍하니 쳐다보고 있었다.

얘가 이렇게 말을 잘했었나? 그나저나 무슨 이야기지? 남융과 북융 사이의 내전? 어디서 들어 본 것 같기도 하고…….

"수많은 형제의 운명을 짊어진 왕 된 자로서 의무를 다하고자 한다면 싸움터에 나가고, 말을 달리고, 달밤에 울부짖는 늑대를 향해 곡도를 드는 것만으로는 부족하다는 말은 어머니가 해 주지 않더냐? 유차[28]와 파파나 즐기고, 용사들과 씨름이며 대련이나 하는 게 왕의 일이 아니라는 말은? 남융과 북융이 우호를 맺을 당시 남융 왕이 조정에 충성을 맹세한 뒤 제일 먼저 한 일이 무엇인지는 들었느냐? 중주로 사자를 보내 중원의 문화와 예법을 배워 간 것이었다. 그렇다면 너희 존귀한 북융 왕은 그때 무엇을 하고 있었지? 사냥? 아니면 마유주나 마시고 있었던가?"

원소후가 턱 끝을 살짝 들어 올렸다. 금빛 투명한 아침 햇살이 설산과도 같이 환하게 빛나는 이목구비를 흠뻑 적신 가운데, 그는 인세를 굽어보는 천신처럼 무심하고도 고요한 모습으로 서 있었다.

"한족들이 쓰는 말이 있지. '힘은 지략을 따라올 수 없다.', '이기면 왕이요, 지면 역적이다.'"

차분한 목소리가 이어졌다.

"어째서 상대의 속임수에 당해 쫓겨난 게 너희 쪽이어야만

---

28 油茶. 찻잎, 녹두, 파, 튀밥, 볶은 땅콩 등 각종 재료를 한데 넣어 죽 또는 탕에 가깝게 만들어 먹는 소수 민족 음식이다.

했는지, 왜 먼저 손을 쓸 생각은 못 했는지, 네 어머니는 이에 대해서는 생각해 보지 않았다더냐?"

소도는 눈을 부릅뜬 채로, 알 듯 말 듯 한 소리를 하는 원소후를 노려보고 있었다.

지금껏 아이의 자그마한 가슴은 어머니가 해 줬던 말 외에 다른 것을 담아 보지 못했다.

어머니가 묘사했던 원수의 모습을 그간 얼마나 곱씹고 또 곱씹었던가.

천신과도 같은 소년이라 했다. 세상 누구도 따라잡지 못할 비범함을 풍긴다 했다. 아버지의 진정한 원수는 바로 그런 모습을 하고 있다고. 그 소년만 아니었더라면 북융은 당시 전쟁에서 남융을 꺾고 초원의 유일한 주인이 되었을지도 모른다고 들었다.

그런데 홀연 등장한 소년이 두 족장을 얼렁뚱땅 의형제로 만들어 버렸고, 아버지는 결국 '형제'에게 배신당해 북융을 빼앗겼다. 마주치게 되면 한눈에 알아볼 수 있을 거라고, 그만큼 독보적인 인물이라고, 어머니는 말했었다.

첫 조우는 기루에서였다. 그때는 주변에 사람이 너무 많았던 탓에 그저 의혹에 차서 쳐다보기만 했지, 아무런 행동을 취할 수 없었다.

두 번째는 화원에서였다. 그곳에서 본 남자의 미소는 줄곧 가슴속에 새겨 왔던 누군가의 형상과 분명 닮아 있었다. 완벽한 확신까지는 없는 상태였지만, 끓어오르는 복수심을 안고 성을 몰래 빠져나왔다. 제 손으로 불화살을 만들어 융군 군영에 소란을 일으켰다. 그러고 나자 남자가 적을 다루는 모습을 볼 수 있었다.

밤처럼 흐느적거리는 시체…….

아주 오래전에, 어머니도 소년의 손에 그렇게 죽은 이를 봤다고 했다.

게다가 그토록 무심한 태도라니……. 그래, 확실했다. 역시 그가 틀림없었다!

권좌를 빼앗긴 아버지를 위해, 유랑 생활의 고단함에 치여 너무 일찍 시들어 버린 어머니를 위해, 일족이 도둑맞은 목초지와 가축들을 위해, 복수를 해야만 했다!

자신이 저지른 짓에 대한 후회는 없었다. 그저 딱 하나, 맹부요의 눈을 마주하기가 힘들 뿐.

어린 마음에 세상은 악당만 득시글거리는 곳인 줄 알았는데, 맹부요는…… 그리 나쁜 사람인 것 같지 않았다.

지금도 똑똑히 기억하고 있었다. 기루 앞에서 자신의 꽁꽁 언 손을 잡아 주던 온기를, 여행길에 밤마다 이불을 다독여 주던 손길을, 기생 어미한테 맞아서 생긴 상처 하나하나에 약을 발라 주면서 내보이던 표정을, 흰옷을 입은 사내가 기분 나쁜 눈빛을 보내던 때 자기 앞을 가로막던 팔을…….

비록 흰옷의 사내와 맹부요가 뭘 하고 있었던 건지 정확히 파악하지는 못했지만, 아무리 어려도 살기와 선의를 구분할 줄은 알았다.

그런 맹부요가 자신의 원수를 마음에 둔 듯했다. 맹부요는 애써 눈빛을 다잡으려 하는 것 같았지만, 가끔 남자의 뒷모습을 스치듯 바라보는 그녀의 눈길은 정확히 어머니가 아버지를 볼 때와 같은 모양을 하고 있었다.

소도는 입술을 깨문 채, 엄동설한에 맨발로 양을 치는 어머니와 척박한 돌밭밖에는 발붙일 곳이 없어 언제나 배고픔에 시달리는 일족의 처지를 떠올렸다.

만약 모두가 좀 더 나은 삶을 살고 있었더라면, 돈 몇 푼을 탐한 일족의 손에 납치되어 그 더러운 곳에 팔려 갈 일은 없지 않았을까?

소도의 심장이 다시금 단단하게 굳었다.

"너는 언젠가 내 손에 죽는다!"

자못 냉엄한 선전 포고였다.

마치 단단한 쇠못을 두드려 박듯 한 음절 한 음절을 허공에 박아 넣는 동안, 소도는 초원의 용사들이 결투 후에 외치던 말을 기억해 내느라 용을 쓰고 있었다.

"만약 겁이 난다면 이 자리에서 내 숨통을 끊어 놓아라!"

풉, 맹부요가 웃음을 터뜨렸다.

하는 짓이 괘씸한 건 사실이어도, 그렇다고 저 천진하면서도 고집스러운 얼굴을 보면서 표정을 굳히고 있기란 어려운 일이었다.

꼬맹이 주제에 어른 흉내는. 고집불통인 게 딱 자신과 판박이 아닌가.

오래된 일이지만, 그녀도 태연국 어느 깊은 산골짜기에서 하늘을 향해 퍼부어 댄 적이 있었다.

'나는 돌아가고야 말 거다! 능력 있으면 어디 또 멋대로 다른 세상에다 내던져 보시지!'

문득 눈언저리가 젖어 들었다.

어렸던 그 시절의 꿈, 그토록 변덕스럽던 운명, 그리고 결사적으로 지켜 왔으나 과연 그럴 만한 가치가 있는지는 알 길이 없는 맹세 때문이었다.

이때였다. 빙긋이 웃고 있던 원소후가 갑자기 소도에게로 다가가더니 허리춤에서 옥패를 풀어 작은 손에 쥐여 줬다.

"네 아버지의 처지에는 안타까운 마음이 들지 않는구나. 일족은 고사하고 자신조차 지켜 내지 못하는 왕은 애초에 진정한 왕이라 할 수가 없었으니. 도내아, 그렇다면 네가 남북융의 진정한 왕이 되어 아버지가 빼앗긴 초원을 되찾을 수 있겠느냐?"

옥패를 손아귀에 꼭 감아쥔 도내아가 상대를 올려다보며 큰 소리로 또박또박 말했다.

"할 수 있어!"

"훌륭하구나."

원소후가 미소 지었다.

"남북융은 결국 하나가 될 운명, 그 옥좌에 여왕이 앉는 것도 나쁘지는 않겠지. 하지만 그날이 오기 전까지 너는 그저 도내아, 쫓겨난 왕의 여식에 불과하다. 원하는 것을 손에 넣고 싶거든 이제부터 새로이 시작하여라."

"그날까지 기다릴 거야!"

"결국에 이기는 것은 인내심 있는 자인 법."

원소후의 말에는 뼈가 있었다. 그는 하늘가에 흘러가는 구름 같은 얼굴로 웃었다.

"만일 그날에 이르러서도 도내아, 네가 여전히 나를 죽이고 싶거든 너의 남북융을 몰고 오너라! 그때는 기꺼이 적수로 인정해 주마."

"각오하시지!"

무극국 정녕 15년 음력 12월 13일.

남북융 연합 반란군은 정식 개전 이래 처음으로 전력에 막대한 타격을 입었다. 본영 총사령관 막사가 불타고, 흉수를 쫓던 3천 군사가 증발해 버린 것이다.

마치 처음부터 물거품에 지나지 않았던 양, 3천이나 되는 인명은 시간의 강에 삼켜지면서도 작은 물보라조차 남기지 않았다. 커다란 광장을 빽빽이 채울 만큼 많은 인원이 어찌 그저 꽃 한 송이 지듯 져 버렸을까.

경신절 밤의 일이었다. 그날 밤 격일신의 백성들에게는 신의 가호가 임하지 않았다. 훗날 수많은 역사가와 군사학자들이 사건의 전말을 밝히고자 매달렸으나 아무도 진실에 도달하지는 못했다.

그러나 만약, 그날 밤 3천 군사가 맞닥뜨린 남자가 누구인지만 알았어도 학자들은 진상을 알아내고자 골머리를 앓지도, 사건을 불가사의라 이름 붙이지도 않았으리라.

그는 본디 기적을 행하는 자. 그런 자가 한 일을 굳이 불가사의라 명명하는 것은 아무런 의미가 없으므로.

세상 사람들은 알지 못하였으나 그날은 후일 초원의 지배자로 자랄 소녀가 대관식을 치른 날이기도 했다. 소녀의 용기와 굳은 의지가 천하의 진정한 제왕을 움직여 친히 왕관을 씌워주도록 한 것이다.

이렇듯 역사가 분분히 앞을 향해 내달리는 동안, 사서에 자취를 남기게 될 운명의 주인공들 역시 각자의 길을 따라 발걸음을 옮기고 있었다.

맹부요는 요 며칠 팔자가 늘어진 참이었다.

그날 쇄정 발작 이후 원소후로부터 절대 안정을 명받은 그녀는 몸조리 도중 아주 반가운 사실을 깨달을 수 있었다. 독에 무슨 신기한 성분이 섞여 있는지는 몰라도, 한 번씩 발작을 겪고 나면 체내 경맥이 자극을 받아 되레 뚝심이 붙는 느낌이랄까. 비록 진기가 차오르는 속도는 몹시 더뎠으나 기운 자체는 이전보다 탄탄해진 것 같았다.

근래 원소후는 밤이면 밤마다 그녀의 방을 찾았다. 물론 밤 일이 목적은 아니었지만, 솔직히 맹부요도 그가 자기 방에서 정확히 뭘 하는지는 몰랐다.

일단 원소후가 방문을 열고 들어왔다 하면, 그녀는 무슨 일을 하던 중이었든지 간에 고대로 픽 쓰러져서 아침까지 꿈도 안 꾸고 곯아떨어지는 탓이었다.

다음 날 일어나 보면 등허리가 엄청 뻐근했다. 옷매무새가 멀쩡하지만 않았어도 밤새 둘이서 격렬하게 땀을 뺀 것은 아닐까 의심했을 만큼.

그런가 하면 때때로 원소후의 낯빛이 초췌한 날에는 혹시 지난밤 자신이 일방적으로 그를 무참하게 유린한 것은 아닐까 하는 의구심이 솟구치기도 했다.

물론 단도직입적으로 캐물은 적도 있었다. 코끝 이하 무릎 이상 부위에 직접적인 신체 접촉은 엄금한다는 말까지 덧붙여서 말이다.

하지만 이에 대해 원소후가 싱긋 웃으며 내놓은 답변은 유감스럽기 그지없었으니.

'그런 소리를 하려거든 본인부터 내 코끝 이하 무릎 이상 부위에 손대지 않는 게 먼저일 터인데.'

크게 의혹을 느낀 맹부요는 급기야 자신의 사람 됨됨이를 의심하기 시작했다.

정신이 말짱할 때야 원소후의 코끝 이하 무릎 이상 부위를 대상으로 부적절한 행각을 벌일 리가 절대로 없지만, 만약 잠결이라면…….

원보 대인인 줄 알고 좀 주물렀을 수도 있나? 아니면 저쪽에서 애먼 사람 손을 끌어다가 자기 몸에 비비적댔다든지?

맹부요는 긴 고민 끝에 대단히 철학적인 결론을 내리기에 이르렀다.

누가 누굴 주물렀든 간에 내가 모르면 그냥 없던 일인 거다!

이리하여 근심 걱정 없이 잘 먹고 잘 자는 생활을 쭉 이어 갈 수 있었던 맹 성주는 뽀얗게 살이 올라 나날이 원보 대인을 닮아 갔다.

그사이 원소후는 소도를 데리고 한 번 출타를 했다. 나간 길에 곽평융도 만나고 온 듯했다.

맹부요는 돌아온 그에게 소도의 행방을 굳이 묻지 않았다. 완전히 새로운 모습으로 환골탈태한 아이를 다시 만나게 될 날이 분명 오리라 확신했기에.

한편, 원소후의 표정은 그가 곽평융에게서 해독약을 받아 내지 못했음을 알려 주고 있었다. 그날 밤 맹부요의 방에 찾아온 원소후는 웬일로 맹부요를 재깍 자빠뜨리는 대신 그녀의 머릿결을 가만가만 매만져 줬다.

"부요, 반드시 약을 찾겠소."

돼지 족발을 뜯던 맹부요가 소갈머리 없이 답했다.

"내가 방유묵 한번 찾아가서 혼쭐을 내 줘야겠네. 다 스승이 잘못 가르쳐서 제자 놈이 그따위인 거 아니겠어요?"

원소후가 빙긋 웃었다.

"그럼 나도 그대 사부를 찾아가 혼쭐을 내 드려야 하나. 제자를 어찌 이런 고집불통으로 키웠느냐고."

"누가 누구 보고!"

발끈한 맹부요가 기름기 치덕거리는 족발 뼈를 휘둘렀다.

"그러는 자긴 머리부터 발끝까지 속에 온통 시커먼 것만 들어차서는!"

뜯다 만 뼈다귀가 허공을 마구잡이로 날아다녔다. 맹부요는 깔깔거리고 뛰어다니면서 결국은 원소후를 문밖까지 내몰았다.

문이 닫힌 후, 문짝에 등을 기대고 선 맹부요가 긴 한숨을 내뱉었다. 방금까지 환하게 웃고 있던 얼굴에 순식간에 그늘이 드리웠다.

두 사람 사이에 무겁게 깔린 그 공기. 짐짓 가볍게 웃어넘기려 노력하고는 있지만, 날이 갈수록 점점 더 힘에 부치는 느낌이었다.

그녀가 문에 기대 있는 사이, 밖에서는 동쪽을 향해 우두커니 선 원소후가 근심스러운 얼굴빛을 드러내고 있었다.

선달에 접어들면서 한족 백성들은 새해 준비로 분주해졌으나, 경신절을 1년 중 가장 중요한 날로 여기는 융족들은 새해맞이에는 시큰둥한 모습이었다. 그 덕분에 길거리에는 하는 일 없이 어슬렁대는 융족 청년들이 나날이 늘어 가고 있었다.

타고난 호전성에 기운은 넘치는데 그걸 딱히 발산할 데가 없는 융족 젊은이들은 그 자체로 화약통이나 다름없는 존재였다. 하물며 길거리에 사람이 늘면 문제도 늘기 마련, 크고 작은 다툼이며 소란이 잦아지는 건 순리였다.

요즘 하는 일 없이 노는 청년으로 말하자면 또 맹부요를 빠뜨릴 수가 없을 터. 그녀는 한창때인 장정들의 왕성한 남성 호르몬을 어떻게 소모시켜야 할지 손톱을 씹으며 고심 중이었다.

그러다가 별생각 없이 눈동자를 돌리는데 마침 공을 끌어안고 노는 원보 대인이 눈에 들어왔다. 공은 크고 원보는 작았다. 이리 데굴, 저리 데굴 하는 게 원보가 공을 갖고 노는 건지, 공이 원보를 갖고 노는 건지 애매한 모양새였다.

보기가 영 짠하기에 손가락을 뻗자 원보 대인이 공을 안고 쪼르르 저만치 피해 버렸다. 최근 녀석은 까칠하기가 한 달에 '그날'이 두 번 오는 수준이었다.

맹부요는 떨떠름해져 다시 생각에 몰두했다.

그러고 보니 월드컵 직전에 이리로 넘어왔던가.

아르헨티나가 우승한다는 데 한몫 걸었던 건 순전히 메시가 취향이라서였다.

아아, 과연 결승전 마지막 쐐기 골을 차 넣은 건 누구의 발이었을지. 뭐, 누가 됐든 어차피 우리나라 국가 대표팀은 아니었겠지만…….

쓰잘머리 없는 생각에 빠져 있던 맹부요가 어느 순간 벌떡 자리를 박차고 일어나더니 요신을 불러다가 한바탕 설명회를 열었다.

뭐가 뭔지 하나도 모르겠다는 얼굴로 나갔던 요신은 며칠 후 광장 서편에 따로 구획을 나누어 지시에 따라 공간을 꾸미고 융족 청년 스물두 명을 섭외해 양편으로 갈라 두었다며, 맹부요에게 준비가 완료되었다는 기별을 보내왔다.

하나같이 용맹하기 이를 데 없는 청년들은 일부러 사이가 그다지 좋지 않은 두 융족 우두머리 휘하에서 선발해 온 것으로, 전부 맹부요가 분부한 대로였다.

말을 타고 그 자리에 등장한 맹 성주가 연설 첫마디를 외치길.

"융족 백성 여러분, 드디어 오주대륙 최초의 축구팀이 결성되었습니다!"

이어서 두 번째 마디가.

"앞으로 지는 편은 무조건 '중국 국대'라 칭할 것이며!"

세 번째는.

"이 몸은 '오주대륙 축구 연맹 회장', 약칭 회장님으로 불러주시면 되겠습니다!"

축구라니, 실로 훌륭한 아이디어라 아니할 수가 없었다.

축구가 현대에서 최고의 인기 스포츠로 자리매김했을 때는 다 그만한 매력이 있다는 이야기. 이것저것 다 차치하고서라도 혈기가 과하게 넘치는 융족들에게 사는 낙을 찾아 준 것만은 확실했다.

이날부터 탑목이 대인의 장자 철성을 주축으로 한 철우鐵牛팀과 목당 대인의 큰아들 목목합木木哈이 이끄는 거목巨木팀이 온종일 죽기 살기로 각축전을 벌이기 시작했다.

맹 회장이 친히 조직한 융족 미소녀 응원단 또한 화사한 치맛자락을 휘날리며 분위기를 돋웠다.

한편, 진지한 스포츠 경기를 미남 선발 대회 겸 수다의 장으로 활용하기는 어느 시공 언니들이나 마찬가지였다. 그 덕분에 준수한 외모에 근육질 몸매를 갖춘 철성의 인기는 하늘을 찌를 정도였다.

한 번은 철성과 목목합이 경기 중에 서로 바짓가랑이를 움켜쥐는 장면이 연출되었으니, 이 일은 두고두고 미인들의 입에 회자되었을 뿐만 아니라 맹 회장으로부터 기념 시를 헌사받기도 했다.

"너의 사타구니를 훑던 나의 손, 그 한 줌의 보드라움이여……."

축구 시합의 열기는 하루가 다르게 치솟았다. 그렇게 팀 규모가 점점 커지고 선수들의 기량도 일취월장하고 있을 즈음, 맹부요는 돌연 축구장의 문을 닫고 한창 경기 구경에 눈이 뒤집힌 관객들에게 표를 팔기 시작했다.

이에 더하여 결과 예측 내기 판과 협찬 제도까지 도입해 축구에 푹 빠진 부호들의 주머니를 탈탈 털었으며, 이렇게 얻은 돈으로는 학당을 열어 민족과 나이에 상관없이 누구나 학문을 익힐 수 있도록 했고, 일부 금액은 다리와 도로를 놓거나 관영 약방을 여는 데 투자했다.

요성 주민들 앞에는 새롭고도 열정에 찬 일상이 펼쳐졌다. 새 성주의 주도하에 모두가 그야말로 도낏자루 썩는 줄 모르고 다채로운 즐거움을 만끽하고 있었다. 실로 오랜만에 누리는 화평이었다.

원수를 갚겠다며 날뛰는 융족도, 불타는 살림집도, 길거리에서 벌어지는 소란도 더는 찾아볼 수 없었다. 바깥세상의 혼란 따위는 잊은 채, 요성은 차츰차츰 안정되어 갔다.

하지만 작금의 요성을 만들어 낸 주역, 맹부요는 시야를 더 멀리 두는 걸 잊지 않았다. 그녀의 손에 들린 전황 보고서는 날이 갈수록 두께를 더해 갔다. 병력 3천을 하루아침에 잃은 남북융 연합군이 분을 이기지 못하고 본격 공세에 나선 참이었다.

정월 초이레, 남융이 덕주德州 융성隆城을 쳤다. 그러나 수차례 격돌에도 성은 함락되지 않았고, 전투는 대치 국면으로 접어들었다.

며칠 뒤 정월 초열흘에는 북융군 분대가 느닷없이 수수 부근에 모습을 드러냈다. 기습을 시도하다가 강을 건너기 직전 발각된 것이었다. 거듭 쓴맛을 본 융군은 덕왕에게 가로막혀 한 걸음도 전진하지 못하는 형국이었다.

여기서 한 가지 이상한 점은 정작 전쟁의 승패를 가를 만한 대규모 전면전은 아직 벌어지지 않았다는 사실이었다. 거침없는 용병술로 이름난 덕왕이 이번만큼은 극도로 신중한 모습을 보여 주고 있었다.

맹부요는 생각에 잠긴 얼굴로 전황 보고서를 딱지 모양으로 접어 한 장 한 장 던지는 중이었다.

바로 근처에서 남융과 북융 군대가 움직이는 중이라니 일단 조심해야겠고…….

그러고 보니 엉겁결에 새해가 와 버렸다. 해가 바뀌는 날까지도 요양 중이던 그녀는 원소후, 원보 대인과 한데 둘러앉아 전골을 해치운 걸 마지막으로 곧장 또 자빠뜨려진 통에 새해맞이 기분 따위는 손톱만큼도 느껴 보지 못했던 것이다.

이렇게 된 이상 단란함의 상징인 원소절[29]만큼은 특별한 날답게 뭔가 색다르게 기념할 방법을 찾아야겠는데…….

그녀가 골똘히 고민에 잠겨 있는 와중에 등 뒤에서 문 열리는 소리가 나더니 곧 이어서 누군가의 웃음기 묻은 음성이 들려왔다.

"무슨 생각을 그리 하시나?"

전황 보고서를 내려놓고 고개를 돌리자 문가에 기대선 원소후가 눈에 들어왔다.

오늘 그는 넉넉한 장포가 아니라 오주대륙의 일반적인 승마복 차림이었다.

이곳의 승마복은 현대와 마찬가지로 깔끔하니 날렵한 형태였다. 등 뒤에서 비치는 석양이 그의 훤칠한 몸태를 또렷이 강조해 보였다. 평소의 나른한 분위기와는 또 달리 치명적인 매력에 맹부요는 순간적으로 가슴이 떨리는 걸 느꼈다.

그 떨림과 함께 기가 막히는 아이디어가 떠올랐다. 손에 남아 있던 보고서를 마저 휙 내던진 그녀가 웃음 지었다.

---

29 元宵節. 정월 대보름.

"흐음, 올해 원소절 어떻게 보낼지 정했어요."

정월 열닷새, 원소절.

오주대륙의 명절은 맹부요가 원래 있던 세계와 그다지 다를 게 없었다. 그 때문에 '역시 평행 세계인가.' 하며 식은땀을 빼는 순간도 꽤 있었지만, 오늘만은 그런 생각을 제쳐 두기로 했다. 아주 바쁜 하루가 될 테니까.

오늘 그녀는 오주대륙 역사에 유례없는 무도회를 열 계획이었다.

현대에서는 숨 돌릴 새도 없이 일 중독자로 살았으나 그래도 대학 때만큼은 남들과 다를 바 없이 흥 넘치는 청춘이었다.

고고학은 몹시도 심오한 학문으로, 케케묵은 고서적에 파묻혀 지내는 세월이 길어지노라면 뭔가 산뜻하고 반짝반짝한 것이 고파지는 게 사람 심리였다.

그래서 학과에서는 댄스파티를 자주 열었고, 맹부요는 언제나 적극적인 참여자였다.

성격상 정열적인 라틴 댄스나 탱고를 좋아할 것 같은 그녀지만, 신기하게도 댄스 취향만큼은 사뿐사뿐 기품 있는 왈츠였다. 그녀의 왈츠 사랑은 여태껏 춤곡을 꽤 여러 개 외우고 있을 정도로 대단했다.

그날 석양 아래 승마복을 입고 선 원소후를 본 순간, 그녀는 홀연 왈츠를 떠올렸다.

우아하고도 여유로우며, 화려하면서도 고고한 원소후의 품격이야말로 한껏 무르익은 왈츠 스텝과 똑 닮지 않았는가?

승마복을 입은 근사한 모습은 또 어떻고. 무도회장 안에서 가장 고상한 신사 그 자체 아니던가?

더군다나, 원소절은 그의 생일날이었다.

물론 누가 따로 알려 줬을 리는 없고, 원소후가 소도에게 옥패를 건네줬던 날 위에 새겨진 글자 일부를 보고 짐작해 낸 것이었다.

게다가 원보 대인도 요즘 잔뜩 들뜬 기색으로 종일 남몰래 뭔가를 조몰락거리는 게, 십중팔구 그의 생일 선물을 준비하는 듯했다.

요 며칠은 맹부요도 인원 섭외하랴, 장소 구하랴, 의상 만들랴, 솜씨 좋은 악사 찾아 곡 가르치랴, 그야말로 눈코 뜰 새 없이 바빴다.

몇 번인가 원소후가 뭘 하고 다니느냐고 물어본 적이 있었는데, 그때마다 그녀는 의미심장한 미소로 일관했을 뿐 절대로 입을 열지는 않았다. 미리 힌트를 줘 버리면 깜짝 이벤트가 아니니까.

무도회는 관아 화원에서 열렸다. 맹부요는 서양식 연회를 본떠서 만찬을 준비했다.

긴 테이블에는 만개한 엽자화가 한 아름 꽂힌 화병이 등장했으며, 새하얀 테이블보 위에는 은쟁반에 담긴 진미가 올라 있었고, 키 큰 은제 촛대에서 타오르는 촛불이 뭇별처럼 반짝이며 화원 입구까지 죽 늘어섰다.

화원 입구의 꽃 장식은 세 겹 문밖에서까지 향기를 맡을 수 있을 정도로 짙은 내음을 발산했다.

안쪽에서는 사흘간의 맹훈련 끝에 겨우 그럴듯한 모양새를 낼 수 있게 된 요리사들이 깨끗한 흰옷을 차려입고 소고기를 굽는 중이었다.

맹부요는 옆에서 감독할 겸 고기를 한 점씩 슬쩍슬쩍 집어 먹어 보고 있었다. 제일 육질 좋고 맛깔나게 구워진 부위를 골라 원소후 몫으로 빼놓기 위해서였다.

원소후에게는 해가 지면 승마복을 입고 화원으로 오라고 미리 말해 둔 뒤였다. 그는 의아한 눈을 하고서도 빙긋이 웃으며 그러마 대답했다.

밤의 장막이 드리웠다.

고기 굽는 냄새와 연지분 향내가 멀리까지 짙게 퍼지는 가운데, 맹부요가 고르고 골라 초대한 처녀들이 삼삼오오 안으로 안내됐다. '다소 괴이한 모양새지만 곱기는 무척 곱다.'라는 평가가 달린 풍성한 치맛자락을 끌면서.

레이스 대신으로 덧댄 겹겹 얇은 비단과 화려한 자수가 처녀들의 가느다란 허리와 매끈한 팔, 봉긋 솟은 가슴과 어우러져 이 밤을 전무후무한 아름다움으로 장식하고 있었다.

이 모든 미려함을 빚어내고자 그간 쏟아부은 정성은 오직 한 사람을 기쁘게 해 주기 위함이었다.

맹부요가 심혈을 기울여 무도회를 준비한 이유는 단순했다. 마음을 고백하려는 것도, 환심을 사려는 것도, 다른 그 무엇을 바라는 것도 아니었다.

다만 그가 베풀어 준 보살핌과 도움, 근래 들어 수척해진 그의 모습, 이미 받아 버렸으나 아마도 빚으로 남을 깊은 정이 그녀를 움직였을 뿐.

자신과의 만남은 그에게 즐거운 기억이 아닐 터. 한 번이라도 제대로 된 기쁨을 주고 싶었다.

그러면 언젠가 정말로 떠나게 되더라도 그가 훗날 자신을 돌이켜 생각할 때 울적한 기억만이 아니라 아름다웠던 순간도 함께 떠올릴 수 있을 테니까.

맹부요는 옅은 미소를 머금고서 원소후를 기다렸다. 그녀는 오늘도 사내 복장이었으나 화원과 맞닿은 방에 치마 한 벌과 춤 한 곡을 미리 준비해 둔 참이었다.

원소후가 좋다고만 한다면 춤을 가르쳐 줄 생각이었다. 경신절 밤에 미처 끝맺지 못했던 말대로.

'내가 만든 춤 한번 배워 볼래요? 되게 우아해서…….'

사실 그건 직접 만든 춤이 아니라 예전 세계에서 유일하게 누렸던 즐거움이었다.

그녀가 사랑하는 왈츠. 우아하고 화려하며 고고한, 원소후와 정확히 같은 분위기를 가진 춤.

처녀들의 웃음소리와 속닥거림이 홀연 잦아들었다. 무언가에 압도당한 양 밭은 숨을 들이켜는 소리가 여기저기서 터져 나오는 가운데, 뜨겁게 들떴던 공기가 일순간 정적으로 굳었다.

맹부요가 고개를 들었다.

저 앞쪽에서부터, 원소후가 그녀를 향해 걸어오고 있었다.

세상을 뒤흔든 무도회

달빛 또한 한몫한 밤이었다. 한 치의 이지러짐도 없이 동그란 달이 흩뿌리는 광채는 순도 99.9의 순은만큼이나 찬란했다.

새파란 빛깔을 띤 결 고운 비단 같은 하늘에는 별들이 점점이 자리를 잡고서 수천만 광년 밖에서부터 명멸하는 빛을 보내왔다. 얼마 전 내린 눈 덕분에 공기는 상쾌하기 이를 데 없었고, 저 멀리에서는 아득히 이어진 산맥이 등불 휘황한 작은 성의 연회를 굽어보고 있었다.

원소후가 미소 띤 얼굴로 가까이 왔다.

지면을 뒤덮은 엽자화 꽃송이 사이를 가로질러 오는, 검은 바탕에 은색으로 가장자리를 덧댄 목 높은 신발이 제일 먼저 맹부요의 눈에 꽂혔다.

그녀는 눈길을 먹색 바지에 감싸인 긴 다리로, 은빛 허리띠로 꽉 잡아맨 허리로, 너무 좁지도 너무 둔하지도 않고 지금 그대로 더할 나위 없이 완벽한 어깨선으로, 은은한 미소를 머금은 입술로, 빼어나기가 남달라 선풍仙風마저 흐르는 얼굴 윤곽으로 옮기던 끝에, 마지막에 이르러서는 바다처럼 깊은 가운데 광휘가 감도는 눈동자를 바라봤다.

그 눈을 보며, 맹부요는 어느 때보다도 환한 미소를 피웠다.

진짜 기가 막힌 미모라니까…….

그가 또렷한 색의 옷을 입은 모습은 거의 본 적 없었다. 특히 저렇게 짙은 흑색은 처음이었다.

세상에 검은색을 저토록 귀티나게, 화려하게, 세련되게, 고아하게 소화해 낼 수 있는 사람이 또 있을까 싶었다.

날렵한 옷매가 그의 평소 여유롭고 고상한 풍모에 한층 영준함을 더하고 있었다. 그 덕분에 화원을 가득 채운 규수들은 체통도 잊고 다 같이 숨넘어가는 소리를 뱉고 있었다.

원소후의 발치에는 길을 따라 굽이굽이 진홍색 엽자화가 깔려 있었다. 선명한 아름다움을 잃지 않고 바닥에 깔린 꽃송이는 마치 가지가 꺾인 게 아니라 스스로 그의 발치에 다소곳이 엎드린 듯한 모습이었다.

비단부채로 입가를 가린 규수들이 너 나 할 것 없이 뺨을 붉힌 채 원소후를 곁눈질하고 있었다. 그러나 원소후의 눈은 오로지 맹부요에게서 떨어질 줄을 몰랐다.

언제나처럼 소년 모양새로 차려입은 맹부요는 가냘프기 그지없는 모습이었다. 근래 부지런히 챙겨 먹이기는 했으나, 그의 눈에는 여전히 종잇장처럼 위태위태하기만 했다.

사내들이 입는 옷으로 몸을 꽁꽁 싸맸음에도 한 줌 개미허리와 늘씬하게 빠진 다리, 특유의 당당한 자태는 숨겨지질 않았다. 시원하게 뻗어 올라간 눈썹 아래 커다란 눈동자는 너무나 맑게 빛나고 있어서, 비할 데 없이 투명한 샘을 들여다보는 듯한 느낌을 줬다.

맹부요가 엽자화 꽃송이보다도 더 화사하게 웃었다. 항상 어딘가 그늘이 스치던 평소의 웃는 얼굴과는 다른, 순수한 웃음이었다.

우지牛脂로 만든 양초가 타는 내와 음식이 구워지는 냄새가 섞여 불어오는 바람에는 애가 타서 안절부절못하는 이의 마음이 함께 섞여 있었다.

싱긋 웃으며 앞으로 나선 맹부요가 서양 궁정의 귀족 사내들이 했을 법한 자세로 예를 갖춰 보이며 말했다.

"귀빈께서 걸음해 주셨군요."

이에 그녀를 지긋이 응시하던 원소후가 물었다.

"부요, 아리따운 차림이기는 하나 혹여 그 의복과 짝이 되는 여인의 옷은 없소?"

아무 말 없이 웃음 지은 맹부요가 손짓으로 요신을 불러 설명을 부탁한 뒤, 자신은 축사를 하러 나섰다.

그녀가 특별 제작한 수정 잔을 들어 올렸다. 시간도 촉박하고 계절도 안 맞는 탓에 포도주까지는 준비가 어려웠던지라 건배주는 중주의 명주, '이춘백梨春白'으로 갈음할 수밖에 없었다.

술잔 안에서 맑고도 서늘하게 일렁이는 수면이 웃음기 어린 맹부요의 눈빛을 반사하는 동안 장내 분위기가 차분하게 정리되어 갔다.

그녀를 따라 잔을 든 사람들이 신기한 구석이 많은 소년 성주에게로 눈길을 모았다. 원소후는 멀찍이 앉아 손에 들린 잔을 가만가만 돌리던 중이었다.

소년 성주의 낭랑한 목소리가 귓가로 날아들었다.

"이곳에 온 지는 열일곱 해째인데 원소절을 쇠기는 처음입니다. 에효, 오늘 빼고 제일 최근에 챙겨 본 건 지난 생에서였거든요."

듣던 이들 사이에서 호의적인 웃음소리가 터져 나왔다. 다들 농담을 좋아하는 성주가 또 우스갯소리를 한다고 생각했지만, 원소후만은 웃음기 없는 얼굴로 술잔을 내려놓고 맹부요를 응시했다.

"얼마 전까지만 해도 참 끔찍한 17년이었다 했더랬습니다. 원치 않는 곳에 끌려오느라 가장 소중한 것을 잃고 말았으니까요. 그런데 최근 깨달은 게 있습니다. 하늘이 무언가를 앗아 갈 때는 반드시 다른 무언가로 보상을 해 주기 마련이더군요. 저만 해도 좋은 사람을 알게 됐고, 좋은 추억을 얻었습니다. 당신을 만나고, 여러분을 만난 것처럼요."

그녀가 미소 지으며 잔을 높이 들자 좌중이 갈채를 보냈다. 그사이 맹부요의 그윽한 눈길은 수정 술잔 너머, 원소후를 향해 있었다.

당신을 만난 것처럼.

원소후가 눈을 들어 그녀를 마주 봤다. 그의 손끝이 매끈하게 윤기 흐르는 수정 잔 표면을 느릿느릿 어루만졌다. 공들인 부드러움, 그것은 누군가의 세심한 정성이 고스란히 손끝에 만져지는 듯한 감각이었다.

"오늘은 소중한 이들과 함께 모여 단란한 시간을 나누는 명절입니다. 지난날 그 단란함을 빼앗겼음에 안타까워했던 저는 훗날 또다시 원치 않는 이별이라는 운명을 맞을지도 모르겠습니다만, 그래도 오늘을 기억하여 어쩌면 그 영원한 빈자리를 메울 수도 있으리라 믿고자 합니다."

대부분은 눈치채지 못했겠으나 그녀의 미소에는 그렁그렁한 눈물기가 맺혀 있었다.

"이 기회를 빌려 고마운 이에게 인사를 전하고 싶습니다. 처음 만나서부터 제게 주었던 도움, 보살핌, 베풂에, 또한 항상 아껴 주고, 곁을 지켜 주고, 이해해 주고, 너그러이 품어 주었음에 고마움을 표합니다. 덕분에 지독하게 운 없는 저일지언정 하늘한테서 완전히 버림받은 건 아니라는 생각을 하게 되었고, 한편으로는 이기적으로 받기만 할 뿐 그만큼 되돌려 주지는 못하는 제가 부끄러워졌습니다. 그래서, 오늘 이렇게 많은 분을 불러 모았습니다. 모두의 축복을 빌려서 이 가슴에 담긴 감사의 마음을 한껏 불리려고요."

몇몇이 피식 웃는 가운데 더 많은 이들은 생각에 잠겼다. 맹부요는 그가 앉은 방향을 보지 않으려 눈길을 떨궜으나, 짙은 신열을 품고 날아드는 눈길에 자신의 의지가 그슬려 허물어지는 걸 느끼고 있었다.

그녀의 목소리가 나지막이 가라앉았다.

"제가 고마움을 전하려는 사람 역시 아마도 많이 쓸쓸한 삶을 살아왔을 겁니다. '드높은 누대에서 온 세상을 전부 내려다보고 나면'[30] 더는 그 무엇에서도 기쁨을 찾을 수 없게 되어 버릴 테니까요. 그가 부여받은 운명이 그러하기에 저로서는 어찌할 도리가 없건만, 불행하게도 언젠가는 제 존재가 그에게 더 무거운 외로움을 얹어 주리라는 예감마저 듭니다. 그래서 미리 보상해 주고 싶어요. 이 자리에서 오롯이 당신에게 바치는 선물은 '즐거움'입니다. 당신이 무엇을 얼마나 많이 가졌든, 이토록 특별한 즐거움은 분명 한 번도 경험해 보지 못했을 거예요. 신나고 충만하며 유일무이한, 세속에서 가장 평범하고 친근한, 그런 즐거움을 선물하겠습니다."

잔을 들면서 눈꺼풀을 감은 그녀가 탄식처럼 읊조렸다.

"부디 마음에 들길 바라며."

화원 안에 정적이 흘렀다. 저마다 한껏 멋을 낸 연회객들의 표정은 조금 전과 사뭇 달랐다. 그저 짓궂고 수완 좋은 줄로만 알았던 성주를 쳐다보는 눈이 낯섦과 당황으로, 이야기의 깊이와 그 안에 담긴 시름을 미처 이해하지 못한 얼떨떨함으로 물

---

30 안수晏殊의 〈접련화蝶戀花 · 함국수연란읍로檻菊愁烟蘭泣露〉 중 한 구절을 변형한 것이다.

들어 있었다.

감상적인 처녀들은 훌쩍이기도 했다. 맹부요가 무슨 말을 하는지 알아듣지도, 고마운 사람이란 게 누굴 가리키는지 알지도 못했지만, 어쩐지 가슴이 먹먹해지면서 뭐라 형용할 수 없는 감동이 밀려오는 것이었다.

가슴속으로 안개가 아스라이 차올라 얼음처럼 맑은 이슬방울로 알알이 맺히는 느낌이랄까.

인파 사이 여기저기서, 잔을 든 처녀들의 진심 어린 목소리가 흘러나왔다.

"부디 마음에 들길 바라며."

온화한 축복의 음성들이 산들바람처럼 밀려들었다.

항상 반석처럼 진중하던 원소후의 손마저 일순 흔들렸다. 그 때문에 수정 술잔이 손아귀를 벗어나 하마터면 아래로 추락할 뻔했다. 잔 테두리에서 넘쳐 나와 그의 손바닥에 쏟아진 술이 손금을 따라 흘러내렸다.

곁에 있던 요신이 재빨리 손수건을 건네자 원소후는 그걸로 물기 한 방울 튀지 않은 탁자를 닦았다. 그런 원소후의 모습에 요신의 눈이 휘둥그레졌다.

설마하니 넋이 빠진 원소후를 보게 되는 날이 올 줄이야!

상상도 못 했던 일이 눈앞에서 벌어지고 있었다. 원소후는 제정신이 아닌 것 같은데 표정만은 차분한 것이 대단해 보였다.

요신은 문득 코끝이 찡해졌다. 맹부요가 맨 끝에 했던 말이 무슨 소리였는지 알 것도 같았다.

원소후 같은 사내가 어디 타고난 성격만으로 만들어지겠는가. 모르긴 몰라도 성장 과정에서 받은 교육과 주변 환경 역시 남달랐을 것이다.

날 때부터 저렇게 진중하고 고요한 이가 설마 있으려고?

세상만사를 손바닥 위에 올려놓고 지켜보는 듯한 지금의 절대적인 여유를 갖추기까지 과연 얼마나 많은 애를 쓰고 얼마나 뼈아픈 희생을 감수했을까?

아마도 그의 인생은 희로애락으로 다채로운 보통 사람들의 삶과는 전혀 달랐을 것이다.

요신은 탄식했다. 덜렁덜렁 무신경해 보이기만 하던 맹부요가 실은 저리도 섬세한 마음 씀씀이를 가졌을지 누가 알았겠는가. 두 남녀가 서로를 저만큼 깊이 이해하기도 힘들 터.

한숨을 흘리던 요신이 살그머니 자리를 빠져나왔다. 방에 장식해 둔 꽃들이 촛불의 열기에 시들지는 않았는지 살펴보기 위함이었다. 시들시들한 녀석이 있다면 얼른 바꿔 놔야지 싶었다. 얼마나 정성 들여 준비한 선물인데, 완벽한 선물에 혹여 작은 흠결이라도 남아서는 안 됐다.

원소후의 손을 적신 술이 말라 가고 있을 때, 맹부요가 그를 향해 술잔을 들어 보였다. 맹부요는 안에 담긴 이춘백을 단숨에 목에 털어 넣었다.

원소후도 천천히 수정 잔을 들어 올렸다. 그는 단번에 잔을 비우는 대신 이번이 지나면 다시는 채워지지 못할 술잔을 대하듯이, 한 모금 한 모금 술을 끝까지 아끼고 아껴 가며 천천히 음미했다.

무도회는 이미 시작된 뒤였다. 이제 막 생소한 춤을 익힌 청춘 남녀들이 쌍쌍이 짝을 이뤄 연회장 중앙으로 나섰다. 날렵한 승마복과 휘날리는 치마폭, 빙글빙글 사뿐하게 흐르는 유려한 곡선, 세속이 빚어낸 아름다움의 극치가 황홀한 빛깔로 화원을 가득 채웠다.

이것이 바로 그녀가 심혈을 기울여 준비해 그에게 고이 바친 즐거움이었다.

손가락 사이에서 그윽하게 풍기는 주향이 마치 곱고도 알근한 꿈결인 양 그를 아득한 곳으로 이끌었다. 술은 몇 모금 마시지 않았지만 벌써 취기가 돌았다.

이때 맞은편에서 잔을 든 소년이 경쾌하게 걸어와 항상 그렇듯 아무렇게나 옆자리에 걸터앉더니 씩 미소 지으며 말했다.

"나 말발 죽여주죠?"

발그레한 얼굴에 맺힌 미소에는 다소 부자연스러운 구석이 있었다. 지나치게 감상적이었나 싶어 쑥스러워서였다.

원소후는 질문과 한참 동떨어진 답을 줬다.

"술맛이 좋군."

맹부요가 당황한 얼굴로 그를 쳐다봤다.

어째 좀 이상한데, 정확히 어디가 이상한지는 짚어 낼 수가 없었다.

그나저나 무슨 말로 꼬셔야 원소후가 흔쾌히 춤을 추겠다고 하려나 고심하고 있던 찰나, 입구 쪽에서 소란스러운 소리가 들렸다. 고개를 쭉 뺀 그녀의 시야에 여인의 아리따운 자태가 스쳤다.

저게 누구야? 호상 아닌가.

경신절 밤 이후로 크게 한 번 병치레를 한 호상은 자리를 털고 일어난 날부터 매일같이 관아에 와서 원소후를 찾았다. 물론 그가 만나 줄 리야 없었지만.

혹시 모를 불상사를 예방하고자 오늘 무도회 초대 명단에 호상은 아예 올리지도 않았다. 원소후가 또 저번처럼 화낼 일이 생길까 봐 무섭기도 했다.

한데, 설마하니 호상의 집념이 부르지도 않은 자리에 쫓아올 정도였을 줄이야.

맹부요는 호상이 입고 온 예복이 어찌저찌 본인이 손수 만든 것임을 단번에 알아봤다. 전체적으로는 엉치기 티가 났으나 그래도 몸매를 강조하는 디테일만은 영악하게 잡아 냈다. 한 줌밖에 안 되는 호상의 허리와 걸음을 내디딜 때마다 날아오르기 직전의 비둘기 한 쌍처럼 올록볼록 움직이는 가슴이 최대한 강조되어 있었다.

호상은 화원 입구에서 출입을 저지당하고도 막무가내로 들어오겠다고 억지를 쓰는 중이었다. 경비병의 난처한 눈길이 맹부요를 향하자 그녀가 괴롭다는 듯 뒷목을 젖혔다.

하아, 그래도 차마…….

때마침 원소후가 조용히 입을 열었다.

"부요, 즐거움을 주겠다더니……. 이게 그대의 선물 전부인

거요?"

"엥?"

맹부요가 아연실색해 돌아봤다.

"내 눈물도 쏙 빠질 뻔했을 만큼 감동적인 연설이었는데 아니, 만족을 못 한단 말이에요?"

희미하게 입꼬리를 끌어 올린 원소후가 화원의 꽃무리 뒤편, 창문이 어슷하게 열린 방 쪽으로 눈길을 옮겼다. 창문 틈으로 빛깔 고운 꽃 한 송이가 고개를 내밀고 있었다.

그걸 본 맹부요가 피식 웃으며 고개를 절레절레 저었다.

"참 재미없게 사셨을 것 같은 분……."

그녀가 자리에서 일어나면서 원소후를 끌어당겼다.

"나랑 어디 좀 같이 갈래요? 덜컥 따라왔다가 내가 확 팔아먹어 버릴지도 모르니까 결정은 본인이 해요!"

그녀에게 순순히 끌려가면서, 원소후가 미소 지었다.

"그대를 나한테 강매하지만 않는다면야."

두 사람은 남들의 눈에 띄지 않게 꽃밭을 빙 돌아 방으로 들어갔다.

호상은 그냥 내버려 둔 채로.

실내에 들어선 원소후는 흠칫 굳고 말았다. 유리 수정을 박아 장식한 벽 앞에 황동 등잔이 죽 늘어선 방 안은 바깥과는 비교도 안 될 만큼 환했다. 수정이 등불을 반사하면서 눈부시도록 영롱한 광채를 발하고 있는 덕분이었다.

천장에서는 연보랏빛 휘장이 늘어져 내려와 물결처럼 일렁이고, 바닥에는 같은 바탕색에 정교한 문양이 들어간 양탄자가 깔려 있었다.

방 안 곳곳에는 생화를 꽂아 두었다. 순백의 자기 화병이 꽃잎의 선명한 색감과 꽃가지의 가냘픈 자태를 한층 돋보이게 해 주었다.

요정이라도 된 양 방을 한 바퀴 빙그르르 돈 맹부요가 웃으며 말했다.

“우선 다른 선물부터 먼저 받고, 내 거는 제일 중요한 맨 마지막에 받아요.”

맹부요가 벽을 가리키며 눈을 찡긋했다. 선물은 직접 찾아보라는 뜻이었다.

원소후는 주변을 쓱 둘러본 것만으로 벽 뒤에 숨겨진 공간을 찾아냈다. 그가 팔을 뻗어 벽을 가볍게 두드리자 ‘팟’ 하고 서랍이 튀어나왔다.

상자 안에서 또 ‘팟’ 하고 상자가 등장, 이어서 다시 한번 ‘팟’과 함께 더 작은 상자가…….

주르륵, 맹부요가 식은땀을 흘렸다.

‘팟’의 향연이 가까스로 끝을 향해 달려가는 가운데 마지막 상자가 ‘팟’ 하고 튀어나왔다. 상자 안의 ‘선물’은 원소후가 손을 뻗는 그 잠깐을 못 참고 제 정수리로 뚜껑을 밀어젖혀 열어 버리고 말았다.

실로 고귀하고도 신사적인 풍모로 안에서 기어 나온 것은 오동통한 몸매에 검은색 연미복을 걸친 원보 대인이었다. 전 우주에서 가장 작은 연미복은 맵시가 퍽 그럴싸했고, 전 우주에서 가장 근사한 원보 대인은 자신이 걸친 옷보다도 훨씬 무게감 있는 표정이었다.

오늘은 응당 성대하고도 장중하게 기념해야 할, 원보 대인에게 있어 몹시도 중요한 날이었다!

옷자락을 끌어당겨 볼록 나온 똥배와 푹 퍼진 엉덩이를 감춘 원보 대인은 자신의 늠름한 자태가 주인과 똑 닮았음을 믿어 의심치 않았다.

물론 연미복은 직접 만든 게 아니라 맹부요의 협찬품이었다.

어느 날인가 맹부요의 동태를 몸소 시찰하던 원보 대인은 그녀가 침모에게 보낼 의복 도안을 그리고 있는 현장을 목격했고, 그중에서도 장난삼아 그려 놓은 연미복에 바로 꽂히고 말았다. 기다란 꼬랑지 부분이 자신의 성스러운 품격과 찰떡궁합이라 생각한 원보 대인이 죽자 사자 맹부요를 끌어당기며 그림을 향해 손가락질을 해 댔다.

맹부요는 최근 한 달에 그날이 두 번씩 오는 원보 대인의 처지를 가엽게 여겨 '오냐, 만들어 주마.' 하였고, 이로써 원보 버전 연미복이 세상에 나오게 된 것이었다.

그러나 여기까지는 맛보기에 불과했다. 원보 대인이 준비한 선물은 따로 있었다.

상자 안에서 으쌰으쌰 끌어낸 종이 두루마리를 전광석화 같은 속도로 원소후의 앞에 있는 탁자에 펼쳐 놓은 원보 대인이 그 옆에 의기양양하게 자리를 잡고 앉았다. 이제 남은 건 주인이 뜻밖의 감동에 무너져 자신에게 넘어오기를 기다리는 일뿐이었다.

생쥐 녀석, 그동안 철통 보안 속에서 준비한 선물이 대체 뭐려나.

호기심에 고개를 길게 빼 종이를 넘어다본 맹부요는 눈알이 튀어나오는 줄 알았다.

러브 레터…….

종이 위를 삐뚤빼뚤 꽉 채운 것은 자그마한 복령병 쪼가리. 글자를 갉아 먹어서 뻥 구멍 뚫린 것과 글자가 멀쩡히 남아 있는 것들이 섞여 있었다. 영 엉망진창이긴 했어도 순서대로 쭉 이어서 읽어 보면 얼추 연서 느낌이 나기는 났다.

너를 ○이 좋아해요, 매일 ○마다 둘이서 ○고 싶어. ○○○는 보지 마요, 너를 가장 ○○하는 건 나니까……. ○일 축하해요…….

"쥐 새끼, 너 진짜 똘똘하구나?"

맹부요가 감탄을 터뜨렸다.

"중요한 글자만 쏙쏙 골라 갉아 먹은 것 좀 보소. 아아, 이 얼마나 함축적이고 개성 넘치는 고백인가!"

원보 대인이 눈을 희번득 치떴다.

그때야 나중에 쓸 글자인 줄 몰랐으니까 먹어 치운 거란 말이다!

한편, 고백의 대상자인 원소후는 손으로 턱을 괸 채 속을 알 수 없는 표정으로 '복령병 연서'를 찬찬히 훑어보고 있었다. 원보 대인은 그런 주인을 반짝거리는 눈으로 올려다봤다.

들리는가, 사나이 가슴이 콩닥콩닥 뛰는 소리가.

잠시 후, 마침내 편지에서 눈을 뗀 원소후가 차분하게 종이를 말아 소매 안에 집어넣자, 원보 대인이 희열에 찬 눈망울을 빛냈다.

"원보야……."

원보 대인의 귀가 쫑긋 섰다.

"글이 많이 늘었구나. 따로 선생을 두고 보충 수업을 받았던 것이냐?"

원보 대인이 쑥스러운 듯 고개를 끄덕였다.

"잘 쓴 편지였다."

원보 대인의 눈이 황홀감에 젖어 갈 무렵…….

"다음번에는 3천 자 분량을 맞춰 오너라, 그때 고려해 보마."

"……."

가서 복습이나 마저 하라며, 원소후는 가뜩이나 상심한 원보 대인을 매몰차게 상자로 들여보냈다.

짠하다는 눈으로 원보의 뒷모습을 배웅한 맹부요는 이내 손수건을 꺼내 '챶챶' 소리가 나게 당기며 씩 웃었다.

"자, 다음 순서는 순진한 꼬마 숙녀가 시커먼 늑대를 자빠뜨리는……."

원소후는 나른하게 의자 등받이를 안은 자세로 그녀를 응시하고 있었다. 흑백이 분명한 눈이 등불 아래에서 발하는 광휘는 놀라울 만큼 형형했다.

아무리 음흉한 미소를 지어 봤자 상대에게서는 이렇다 할 반응이 나올 리가 없다는 걸 깨달은 맹부요가 툴툴거리는 투로 말했다.

"눈이나 가려요. 마술을 보여 줄 테니까."

원소후가 웃음을 섞어 답했다.

"다양하게도 준비했군."

맹부요가 어깨를 으쓱했다.

"기왕 뭘 보여 줄 거면 제대로 보여 줘라, 경요 할머니한테 그렇게 배웠거든요."

원소후의 눈에 안대를 씌운 맹부요가 빙긋 웃었다.

"잠깐만 기다려요."

그녀가 벽 한쪽에 눈에 띄지 않게 나 있던 문 뒤로 사라졌다.

눈이 가려진 채 고개를 살짝 들어 올린 원소후가 입가에 보일 듯 말 듯 한 미소를 띠었다. 고작 얇은 천 조각이 그의 날카로운 오감을 차단할 수 있을 리가 없었다.

벽 너머에서 희미한 기척이 들려왔다.

옷가지가 조심조심 벗겨져 나가는 소리, 매끄러운 공단이 저만큼이나 보드라운 살결을 스치는 소리, 긴 머리카락이 꿈결처럼 사르르 쏟아졌다가 손에 잡혀 다시 모아지는 소리, 신발 굽이 또각또각 바닥에 닿는 소리.

소리가 이어지다가 정체 모를 낯선 음향이 돌연 끼어들었다.

무언가가 길게 미끄러지는, 두 갈래로 떨어져 있던 것이 합쳐지는 듯한 소리였다. 그와 동시에 맹부요가 가쁜 숨을 들이켜는 소리가 파문처럼 번져 와 듣는 이의 가슴에도 떨림을 만들어 냈다.

하지만 그 떨림은 분위기 파악 안 되는 분의 투덜거림으로 인해 금방 맥이 끊기고 말았다.

"뭐가 이렇게 끼어? 살 빼야겠네……. 목둘레, 목둘레가……. 요신 이 쳐 죽일 자식……. 이게 신발이냐, 고문 도구지!"

피식 웃음을 흘리던 원소후는 이내 긴 치맛자락이 양탄자를 쓸며 가까이 오는 소리를 들을 수 있었다. 살며시 다가온 손길이 그의 눈을 가리고 있던 천을 풀었다.

우윳빛 속살이 시야로 밀려들었다. 흐드러지게 피어 있던 엽자화가 색채를 잃는 순간이었다.

숙였던 허리를 펴고 두 걸음 뒤로 물러선 맹부요가 치맛자락을 펼치면서 우아한 서양식 인사를 해 보였다. 수정의 찬란한 광채 가운데서 그보다도 더 찬란한 소녀가 빛나고 있었다.

자수가 반짝이는 비단 예복은 타는 듯한 붉은빛이었다. 흑진주 술 장식이 들어간 상의 부분은 윗몸에 딱 붙어 늘씬한 몸태와 봉긋한 가슴을 한껏 강조해 주었고, 골반 위쪽부터 주름을 잡아 부풀린 하의는 부러질 듯 잘록한 허리를 더욱 돋보이게 했다.

그 밑으로 풍성하게 퍼진 치마폭에는 주름 한 겹 한 겹마다 진주 같은 광택이 흐르는 실로 화려한 자수가 놓여 있어 마치

매혹적인 꿈결이 겹겹이 드리운 듯, 움직일 때마다 자잘한 빛이 반짝반짝 흩뿌려져 나왔다.

구름 같은 흑발은 간결한 모양새에서도 기품이 풍겨 나오는 마노 비녀로 우아하게 틀어 올리되, 동그랗게 말린 잔머리 가닥을 남겨 백옥처럼 뽀얀 이마 위에 늘어뜨려 둔 모습이었다.

실내를 어지럽게 채우고 있던 수정석의 휘황한 빛살을 단숨에 압도할 만큼 신비롭고, 고귀하며, 우아하고, 한없이 화려한 자태로, 맹부요가 미소 지었다.

정열적인 선홍은 그녀에게 더할 나위 없이 잘 어울리는 색이었다. 상아색 피부며 순흑빛 머릿결과 눈동자도, 핏속에 천성적으로 흐르는 호쾌한 기질도, 그 모든 것이 타는 듯한 붉음과 어우러져 완벽에 가까운 조화를 이루어 내고 있었다.

원소후가 그녀를 바라봤다. 긴 세월 덮여 있던 가림막을 걷어 내고 바야흐로 세상에 모습을 드러낸 여신상을 보는 듯한 눈이었다.

얕게 숨을 들이마시던 그는 한참 만에야 아주 나지막한 목소리를 냈다.

"부요……."

"왜요?"

"그 옷……."

맹부요의 눈에 긴장한 기색이 돌았다.

무슨 옷이 그렇게 괴상망측하냐는 건가?

눈을 들어 그녀의 새하얀 목선을 훑고 난 후, 원소후가 말을 이었다.

"나 아닌 다른 사내 앞에서는 입지 말아 주겠소?"

그러자 맹부요가 눈썹을 까딱 치켜세우면서 웃음을 뱉었다.

"나 참, 누군 취향이라서 걸치고 있는 줄 알아요? 춤 때문에 어쩔 수 없어서잖아요. 어휴, 덕분에 저녁밥도 못 먹고 불편해 죽겠구만, 내가 사서 이 고생을 또 하겠느냐고요."

이어서 속눈썹을 나풀거리며 품위 있게 자세를 낮춘 그녀가 손을 살포시 내밀었다.

"신사분, 춤 한 곡 청해도 될까요?"

이와 동시에 방 한쪽 칸막이 너머에서 음악 소리가 흘러나오기 시작했다. 고상하고도 서정적인 선율이었다. 음률에 정통한 원소후에게도 지금 흐르는 곡은 낯설었다.

"〈아름답고 푸른 도나우〉."

고개를 든 맹부요가 그리움에 잠긴 표정으로 읊조렸다.

"요한 슈트라우스 2세가 남긴 곡이에요. 완벽한 연주는 아니지만, 이렇게 들어 보는 게 얼마 만인지……."

아련한 우수에 젖은 맹부요를 응시하며, 원소후는 마치 이 순간 둘 사이에 아득한 산맥이 가로놓인 듯 그녀의 눈 안에 담긴 감정이 어슴푸레하게 멀어 보인다고 느꼈다.

눈동자에 그림자가 드리우길 잠시, 원소후는 아무렇지 않게 그저 빙긋이 웃으며 그녀의 손을 맞잡았다.

"여왕 폐하, 가르침을 주시기만을 기다리고 있었습니다."

상념에서 깨어난 맹부요가 미소를 머금었다.

그녀는 음악에 귀를 기울이며 한 발 한 발 원소후를 이끌기 시작했다.

앞으로, 뒤로, 옆으로, 발을 모으고, 반동을 주며 파도치듯 움직이다가 몸을 비스듬히…….

시간이 차분하게 흘러갔다. 원소후의 습득 속도는 놀라울 정도였다. 반 시진이 채 지나지 않아 맹부요를 놓아준 그가 싱긋 웃음 지었다.

그는 조금 전 배운 인사법대로 한 손은 허리 뒤에, 한 손은 그녀를 향해 내밀며 상체를 정중하게 굽혔다.

“아름다운 아가씨, 함께 춤출 기회를 주시겠습니까?”

맹부요가 마주 웃으며 그의 손바닥에 자신의 손을 사뿐히 올렸다.

“영광이죠.”

은가루 같은 달빛이 첩첩이 이어진 지붕을 넘어, 밤을 화려하게 밝힌 광채를 지나, 눈부신 휘광 속에서 수려하게 빛나고 있는 두 남녀를, 그들의 맞잡은 손을, 남자의 손길에 가볍게 기댄 여자의 허리를, 한들거리는 발놀림을, 서로를 향한 미소를 비췄다.

은은한 음악이 비단 띠처럼 굽이치며 실내를 가득 채웠다. 두 사람은 음률에 에워싸인 채로 서로를 살며시 안고서 상대의 몸에 흐르는 곡선을, 평온하고도 찬란한 이 순간 부드럽게 고조된 심장 박동을 느끼고 있었다.

나풀나풀 경쾌하게 돌며 흩날리는 치맛자락은 지면을 스치고 둥실 떠올랐다가 다시 사뿐히 내려앉을 때마다 매 찰나 한 폭의 황홀한 그림으로 화했다.

춤추는 맹부요의 허리를 가볍게 감싼 원소후는 흡사 손안에서 물고기가 미끄러져 다니는 듯한 감각을 느끼고 있었다.

신비로운 정령 같은 이 여인은 그의 인생이라는 강에 홀연 찾아들 때도 작은 물고기가 유영하듯 그렇게 흘러들어 왔었다. 그토록 기민하게 손에서 벗어나려는 그녀를, 한순간만 눈을 떼도 어느새 시야에서 사라져 버리곤 하는 그녀를, 원소후는 자신을 전부 다 바쳐서라도 품어 안고자 했다. 자신의 영역 밖으로 놓아주고 싶지 않았다.

그녀를 만나기 전에는 홀로 드높은 누대 꼭대기에 서서 천하 강산을 한눈에 굽어보고 있는 양, 세상사 전부를 이미 손에 쥐었노라, 권태감에 젖어 있었다. 그랬던 자신에게 그녀가 안겨 준 기쁨은 설사 필생의 지혜를 쥐어 짜낸들 절대로 다시 얻을 수 없는 것이었다.

이 순간 인간 세상에 선계가 열려 이리도 아리따운 순간을 만났으니, 오늘 밤은 함께 취하리라.

그래, 취한들 어떠하리.

줄곧 가슴속을 살금살금, 그러나 진득하게 맴도는 그 기분. 원소후는 거기서 헤어 나오고 싶은 마음이 추호도 없었다.

그는 취했다.

25년을 한결같이 맑은 정신으로 살았으나, 영원히 잊지 못할 생일 밤에 마침내 취기라는 것을 느껴 봤다.

다른 사람도, 다른 생각도, 이 순간의 따스한 사치를 방해하지 못하도록 25년 만에 처음으로 오감을 모조리 닫아걸었다.

그가 밖에서 일어난 소동을 알아채지 못한 이유가 바로 여기에 있었다. 호상이 결국 화원에 난입한 것도, 둥그렇게 부푼 치맛자락에 발이 걸려 넘어진 것도, 하필 엎어지면서 방 앞을 가리고 있던 꽃무리를 덮쳐 뭉갠 것도, 그는 전혀 알지 못했다.

이리하여 땅바닥에 고꾸라진 호상을 비롯해 한창 가무에 흥이 올랐던 귀빈 모두가 비스듬히 열린 창문 너머 실내의 풍경을 낱낱이 보고야 말았던 것이다.

방 안을 가득 채운 불빛의 일렁임과 길게 늘어져 나풀거리는 휘장, 하얀 화병에 꽂힌 꽃송이와 벽면에서 반짝이는 수정. 면면이 아름다움의 극치였지만, 정작 사람들의 눈길을 빼앗아 간 풍경은 따로 있었다.

그림 같은 용모의 사내가 청아한 미인을 품에 안은 채 거침없이 유려하게 선율 위를 걷는 모습. 불꽃처럼 붉은 치마폭이 빙그르르 돌며 잔영을 남기노라면 그윽한 향기를 발하는 겹겹 치맛자락 사이에서 화려한 자수 문양이 반짝반짝 약동했다.

파도가 치듯 위아래로 일렁이는 율동감과 사뿐하고도 유연한 회전, 해와 달의 광채가 고스란히 깃든 듯한 자태, 백옥같이 뽀얀 팔이 방 안을 별처럼 수놓은 광휘를 싣고서 뻗어 올라가 그려 낸 날렵한 선의 우아함, 여인을 지긋이 내려다보는 사내의 눈길, 날렵한 턱을 살짝 위로 들어 올린 여인의 미소, 벅차게 얽혀드는 시선, 푸르른 바다에서 솟구쳐 오르는 물고기처럼 사내의 품에서 빙글빙글 날아오르는 여인의 동작, 서로 딱 들어맞는 몸의 곡선, 누구도 감히 넘보지 못할 이 순간 두 사람의 절대적 존재감. 그 모두가 구경꾼들의 눈에 아로새겨졌다.

호상은 볼품없이 바닥에 엎어진 자세 그대로 창 안쪽에서 춤추는 둘을 멍하니 응시하고 있었다. 춤 동작이 빙그르르 돌 때마다 그녀의 자존감과 자신감은 비틀려 짓뭉개졌다.

그간 줄곧 요성 최고 미녀로 떠받들어지며 천하에 그 어느 잘난 사내도 자신에게는 과분하지 않다 여기던 그녀가 오늘에야 비로소 깨달은 것이다.

산골짜기 밑바닥과 하늘 사이에 존재하는 간극이 절대로 극복될 수 없듯, 세상에는 자신이 아무리 애를 써도 결코 닿을 수 없는 이들이 존재함을. 창 너머 그와 그녀처럼.

호상은 그렇게 엎어진 채로, 갑작스럽게 울음을 터뜨렸다. 시작도 해 보지 못하고 꺾인 자신의 연정이 가여워서였다. 하지만 아무도 그녀의 눈물에 관심을 두지 않았다. 다가와 일으켜 주는 이도 없었다.

사람들이 미동도 없는 자세로 응시하고 있는 것은 오로지 창문 안의 정경이었다.

서로를 품어 안은 아리따운 남녀를, 오늘 밤 파도처럼 그들을 휩쓴 미지의 경험을, 바람과 달빛의 찬란한 광채 속에서 세상을 전율시킨 춤을, 모두가 그저 하염없이 바라보고 있었다.

시간이 멈추고 만물이 숨을 죽인 그때, 아무도 알지 못하는 수 리 밖에서는 말 한 필이 다그닥다그닥 아득한 황톳길을 국경 지대의 험한 산세에 쏟아지는 달빛을 부수며 질주해 오는 중이었다.

요성을 향하여.

〈부요황후〉 3권에서 계속